BESTSELLER

Biblioteca

ROBIN COOK

Anestesia letal

WITHDRAWN

Traducción de
Ignacio Gómez Calvo

DEBOLS!LLO

Título original: *Host*

Primera edición en Debolsillo: octubre de 2017

© 2015, Robin Cook
Todos los derechos reservados, incluidos los de reproducción total
o parcial en cualquier formato.
© 2016, 2017, Penguin Random House Grupo Editorial, S. A. U.
Travessera de Gràcia, 47-49. 08021 Barcelona
© 2016, Ignacio Gómez Calvo, por la traducción

Printed in Spain – Impreso en España

ISBN: 978-84-663-4193-6 (vol. 183/28)
Depósito legal: B-14.480-2017

Compuesto en Comptex & Ass., S. L.

Impreso en Novoprint
Sant Andreu de la Barca (Barcelona)

P 341936

Penguin
Random House
Grupo Editorial

Para Cameron,
un chico ejemplar que se está
convirtiendo en todo un hombre.
¡Encuentra tu pasión, hijo, y disfruta
de una vida maravillosa!

Prólogo

Las siguientes entradas de diario fueron escritas por Kate Hurley, una profesora de tercero de primaria de treinta y siete años, en buena forma física (jugaba con frecuencia al tenis y cuidaba su dieta), moderadamente compulsiva y amorosa madre de dos hijos de once y ocho años. Hasta su muerte durante un terrible robo en su hogar, vivió con su familia en el 1440 de Bay View Drive, en Mount Pleasant, Carolina del Norte, enfrente del puerto de Charleston. La casa se encuentra en una zona boscosa relativamente apartada al final de la calle. Estaba casada con Robert Hurley, un agresivo abogado especializado en accidentes y lesiones personales.

Sábado, 28 de marzo, 8.35 h

Hace un día gris y deprimente detrás de la ventana de mi habitación en el Centro Médico Mason-Dixon. No es precisamente el tiempo primaveral que todos esperamos. Durante los últimos seis meses no me he sentido lo bastante bien como para escribir en mi diario, a pesar de que hacerlo siempre ha sido un gran consuelo para mí. Lamentablemente, por la noche estoy agotada y por el día demasiado ocupada preparándonos a los chicos y a mí para el colegio, pero me esforzaré por cambiar. Ahora me vendría bien ese consuelo. Estoy en el hospital, compadeciéndome de mí misma después de una noche espantosa que, sin embargo, había empezado de forma bastante prometedora; Bob y yo habíamos quedado con Ginny y Harold Lawler para cenar en Sullivan's Island. Todos pidieron pescado excepto yo, y ahora, pensando en ello, ojalá hubiera hecho lo mismo. Para mi desgracia elegí pato, que ya de entrada prepararon de una forma un tanto extraña; el médico de urgencias me explicó más tarde que posiblemente estaba contaminado, lo más probable es que de salmonela. Empecé a sentirme rara antes incluso de terminar el entrante, y la cosa empeoró poco a poco. Mientras Bob llevaba a casa a la canguro, sufrí el primer episodio de vómitos. ¡No fue agradable! El cuarto de baño y yo acabamos hechos un desastre. Menos mal que pude limpiarlo antes de que Bob volviera. Él se mostró comprensivo, pero estaba cansado después de un día ajetreado en la oficina y no tardó en acostarse. Como seguía sintiéndome fatal, preferí esperar en el cuarto de baño y vomité varias veces más, incluso cuando pensaba que era imposible que me quedara algo de comida en el organismo. A las dos de la madrugada me di cuenta de que cada vez estaba más débil. Entonces desperté a Bob. Él me echó un vistazo y consideró que tenía que verme un médico. Nuestro seguro nos mandó al Centro Médico Mason-Dixon de Charleston. Por suerte, conseguimos que la madre de Bob viniera a casa para estar con los niños. Ella ha sido nuestra salvación en varias ocasiones, y esta es una de ellas. En la sala de urgencias, las enfermeras y los médicos se portaron estupendamente. Claro que me morí de vergüenza cuando continuaron los vómitos y a ellos se sumó una diarrea con rastros de sangre. Me pusieron una vía intravenosa y me dieron medicación; seguro que me explicaron en qué consistía, pero no me acuerdo. También me recomendaron que ingresara en la clínica. Estaba tan mareada que no protesté, aunque siempre me han dado miedo los hospitales. Después debieron de sedarme, porque ni siquiera recuerdo que Bob se fuera, ni que me trasladaran de urgencias a una habitación del hospital. Sin embargo, unas horas más tarde recuerdo despertarme a medias cuando alguien, probablemente una enfermera, entró en la habitación a oscuras y ajustó o puso algo en la vía intravenosa. Parecía que estuviera soñando, porque la persona se me antojó una aparición, con el pelo rubio y vestida de blanco. Traté de hablar, pero no pude, al menos de forma coherente. Cuando me desperté esta mañana me sentía como si me hubiera atropellado un camión. Intenté salir de la cama para ir al cuarto de baño, pero me resultó imposible, al menos al principio, y tuve que pedir ayuda. Esa es una de las cosas que no me gustan de estar en un hospital: que no te puedes valer por ti mismo. Tienes que renunciar a toda tu autonomía cuando ingresas.

La enfermera que me ayudó dijo que en breve pasaría a verme un médico. Terminaré esta entrada cuando vuelva a casa y explicaré cómo este episodio me ha hecho darme cuenta de la poca importancia que le doy a la salud en general. Nunca había sufrido una intoxicación alimentaria. Es mucho peor de lo que había imaginado. ¡De hecho, es horrible! Es todo lo que puedo decir.

Domingo, 29 de marzo, 13.20 h

Es evidente que no he cumplido mi propósito de escribir más a menudo. No terminé la entrada de ayer, como me había prometido a mí misma, porque las cosas no han salido como yo había planeado. Poco después de escribir las líneas de ayer, me visitó uno de los médicos residentes del hospital, la doctora Clair Webster, quien reparó en algo de lo que yo no me había percatado: tenía fiebre. No era una fiebre muy elevada, pero era un cambio, ya que la noche anterior tenía una temperatura normal. Aunque no me daba cuenta, unas máquinas registraban mi pulso, mi tensión arterial y mi temperatura continuamente, y por eso no había visto a nadie durante la noche, salvo a la persona que me había ajustado la vía intravenosa. Incluso la vía está controlada por un pequeño dispositivo informatizado. ¡Adiós al contacto humano en los hospitales modernos! La doctora Webster me comentó que había empezado a subirme la temperatura en torno a las seis de la mañana y que quería esperar para ver cómo evolucionaba antes de darme de alta. Llamé a Bob para avisarle del retraso.

Al final fue más que un retraso, ya que la temperatura no volvió a la normalidad, sino que aumentó a lo largo de todo el día y toda la noche hasta los cuarenta grados, de modo que aquí sigo. Y ha habido más complicaciones. Poco después de que Bob y los niños me visitaran ayer por la tarde (se suponía que los niños no podían venir de visita debido a su edad, pero Bob los metió a hurtadillas en la habitación), empecé a notar mucho dolor; ahora entiendo a lo que se refiere la gente cuando dice que le duelen las articulaciones. Y lo que es peor, he empezado a tener problemas para respirar. Por si todo esto fuera poco, ayer al ducharme me fijé en que me había salido un ligero sarpullido debajo de los brazos y de los pechos: unos puntitos rojos y planos. Por suerte no me pican. La enfermera dijo que también tenía algunos en el blanco de los ojos. Por eso volvió la médica residente, quien me confesó que estaba confusa, porque los síntomas hacían pensar que podía tener la fiebre tifoidea, e insistió en que me viera un especialista en enfermedades contagiosas. El especialista vino y me examinó. Afortunadamente, dijo que no era fiebre tifoidea y adujo varios motivos, como que no tenía una cepa común de salmonela. Aun así, le preocupaba que mi corazón se hubiera acelerado durante mi estancia en el hospital. Para contrastar ese detalle, llamó a un cardiólogo, un tal doctor Christopher Hobart, que también me examinó. Mi habitación parecía un centro de convenciones, con tantos médicos entrando y saliendo. El doctor Hobart pidió enseguida una radiografía de mi pecho ¡porque pensó que estaba sufriendo una embolia grasa! En cuanto tuve ocasión busqué «embolia grasa» en la red (gracias a Dios por internet) y averigüé que se trata de la presencia de glóbulos de grasa en el flujo sanguíneo, una enfermedad que normalmente afecta a pacientes con traumatismos graves, incluidos los huesos rotos. Al no haber sufrido ningún trauma, salvo el emocional, el cardiólogo llegó a la conclusión de que se debía a una deshidratación severa, y como ya tenía la vía intravenosa, decidió que no hacía falta otro tratamiento, sobre todo ahora que mi respiración parecía totalmente normal. Me alegré de oírlo, pero debo decir que todo esto ha hecho que mi fobia a los hospitales se dispare. Hace unos meses leí un artículo en el *Post and Courier* sobre complicaciones sufridas por pacientes ingresados en hospitales; lo que me estaba pasando se parecía mucho a lo que leí, y me estaba poniendo muy nerviosa. Lo único que tenía cuando ingresé la noche del viernes era una intoxicación alimentaria, y se suponía que ahora tenía una embolia grasa. Llamé a Bob y le dije cómo me sentía y que quería salir de ese sitio y volver a casa. Me recomendó que tuviera paciencia y me aseguró que lo hablaríamos más tarde, cuando viniera a visitarme, después de que su madre pasase por casa para cuidar de los niños. Terminaré esta entrada después de que Bob y yo hablemos. Además de los otros síntomas, tengo problemas para concentrarme.

Lunes, 30 de marzo, 9.30 h

Otra vez no he escrito en el diario, como tenía pensado hacer después de la visita de Bob. La excusa es que me sentía colocada. Es la mejor forma que se me ocurre de describirlo. Ayer escribí que tenía problemas para concentrarme. La cosa ha empeorado. Ni siquiera recuerdo de lo que hablamos Bob y yo cuando estuvo aquí, aunque sí que me acuerdo de que a él también le preocupaban los nuevos síntomas y solicitó hablar con los médicos que me habían examinado. Si habló o no, no lo sé. No hay mucho más en mi memoria de lo que dijo, excepto que iba a llamar al doctor Curtis Fletcher, nuestro médico de familia de toda la vida, para pedirle que interviniera.

Recuerdo vagamente haberme inquietado después de que Bob se fuese, temiendo empeorar y no recuperarme. Por ese motivo, la doctora Webster volvió y me recetó un sedante para tranquilizarme, que verdaderamente me hizo efecto. Lo siguiente que recuerdo es despertarme otra vez en plena noche. En esta ocasión alguien me estaba haciendo algo en la barriga que me pareció un pinchazo. Tal vez era la misma persona que me había ajustado la vía intravenosa la noche anterior. No estoy segura. Cuando me desperté esta mañana, creí que había sido un sueño hasta que reparé en una zona ligeramente blanda de mi abdomen. ¿Se administran sedantes ahí? Intentaré acordarme de preguntarlo. La fiebre ha bajado un poco, aunque mi temperatura sigue por encima de lo normal. Lo más importante es que ya no me siento colocada, y gracias al ibuprofeno los dolores han disminuido mucho. Quizá me dejen volver a casa. Eso espero. Mi aversión y mi miedo a los hospitales no han mejorado. Más bien lo contrario.

10.35 h

¡Vuelvo a escribir! Estoy muy disgustada. No voy a volver a casa. El doctor Chris Hobart acaba de venir con malas noticias. Ha dicho que ayer solicitó una prueba de albúmina, que parece estar en los niveles correctos, pero los resultados muestran ¡que tengo otra proteína de la sangre muy elevada! Ha dicho que estoy desarrollando gammapatía monoclonal, sea lo que sea. Todavía tengo que buscarlo en internet. No soporto cuando los médicos hablan como si no quisieran que te enterases de nada. Ya sé que suena un poco paranoico, pero creo que los médicos lo hacen a propósito. En su descargo, me aseguró que probablemente la proteína elevada no suponía ningún problema, pero que quería consultar con una hematóloga, lo que significa que no me van a dar el alta.

15.15 h

La hematóloga acaba de irse y ha prometido que volverá por la mañana. Si se suponía que su visita tenía que tranquilizarme, no ha dado resultado. Mis peores temores sobre los hospitales se han confirmado con creces. ¡La nueva doctora es una especialista en el cáncer de la sangre! ¡Una oncóloga! Me aterra enfermar de algo como la leucemia. Se llama Siri Erikson, que suena a escandinavo, y tiene pinta de serlo. ¡Lo único que puedo decir es que quiero volver a casa! Por desgracia, todavía tengo mucha fiebre, y la doctora Erikson considera que es preferible que me quede unos días más para ver si averiguan qué es lo que está haciendo que me suba la temperatura o, como mínimo, para conseguir que vuelva a la normalidad.

No puedo evitar estar muy preocupada. Todo lo que está pasando me convence de que los hospitales no son lugares seguros a menos que necesites verdaderamente estar en ellos, como supongo que me pasó a mí la noche del viernes. Parece que cuanto más tiempo paso aquí, más problemas tengo. Hablaré con Bob de todo esto cuando venga a visitarme después del trabajo. En el lado positivo, mi tracto digestivo está volviendo a la normalidad. Me han cambiado la dieta y me dan alimentos normales que tolero sin problemas. Solo quiero irme de aquí y volver a casa con Bob y los niños.

16.45 h

Bob espera estar aquí sobre las seis de la tarde. Mientras tanto he llamado al doctor Fletcher, nuestro médico de familia, a quien mi marido se había olvidado de telefonear. Lo visité hace unos dos meses para que me hiciera un reconocimiento, cuando Bob y yo valorábamos la idea de contratar un seguro de vida. El examen incluía un análisis de sangre básico, y me preguntaba si ahí también aparecían las proteínas en sangre. En aquel entonces me aseguró que todo era normal. Cuando el doctor Fletcher me devolvió la llamada para expresarme cuánto lamentaba la intoxicación alimentaria que había sufrido, me dijo que el análisis de sangre que me había hecho incluía un examen de proteínas y me confirmó que el resultado había sido normal. Se sorprendió ante la posibilidad de que tuviera un problema de proteínas, aunque añadió que algo así puede originarse en cualquier momento, pero que normalmente solo afecta a personas más mayores que yo. Me aconsejó que pidiera un nuevo análisis, y le respondí que ya se había solicitado. En cuanto a que él interviniera en la asistencia hospitalaria que yo estaba recibiendo, me aseguró que no podía, ya que no gozaba de privilegios en el Mason-Dixon, pero que hablaría gustosamente con cualquiera de los médicos que cuidaban de mí si lo deseaban. Le di las gracias y le dije que se lo propondría. No hace falta decir que estoy decepcionada con el curso de los acontecimientos, y he decidido que, pase lo que pase, mañana abandonaré el hospital si Bob está de acuerdo.

19.05 h

Bob acaba de marcharse. Por desgracia lo he alterado mucho. Después de contarle lo que he descubierto gracias al doctor Fletcher, que mis proteínas en sangre eran normales hace unos meses, ha querido sacarme del hospital de inmediato. Por extraño que parezca, su reacción visceral me ha hecho dudar de la idea de marcharme, lo que me han dejado claro que haría en contra del consejo de los médicos. Al final he podido convencer a Bob de que debíamos esperar al menos hasta mañana, cuando vuelva a ver a la doctora Erikson. Después de todo, las enfermedades de la sangre son su especialidad, y quiero que me asegure que no tengo nada tan grave como un cáncer.

Ahora, tumbada aquí a merced de este sitio y escuchando los sonidos procedentes del pasillo, me pregunto si no hubiera sido mejor firmar lo que fuera necesario para que Bob me sacara de aquí. Para colmo de males, acabo de reparar en lo que podría ser un nuevo síntoma: me noto la barriga un poco blanda, o al menos eso me parece cuando aprieto fuerte. Claro que a lo mejor siempre ha estado así. La verdad es que no lo sé. Tal vez me estoy volviendo demasiado melodramática, incluso un poco paranoica. Voy a pedir el somnífero y a intentar olvidar dónde estoy.

Martes, 31 de marzo, 9.50 h

Acabo de hablar por teléfono con Bob. Me temo que he desatado una tormenta. Le he comentado que la doctora Erikson había venido a informarme de que la anomalía de las proteínas de mi sangre, o gammapatía, era real, y que incluso el nivel era ligeramente superior al de la prueba anterior. Cuando ha visto mi disgusto, ha tratado de dar marcha atrás y tranquilizarme, pero sus palabras de consuelo han caído en saco roto después de lo que he leído en internet sobre las anomalías de las proteínas de la sangre.

He llamado a Bob en cuanto se ha marchado la doctora. Me he puesto a llorar y le he contado lo que ha pasado. Me ha ordenado que empiece a recoger mis cosas, porque va a sacarme del hospital. Y eso no es todo: ha dicho que va a empapelar a Asistencia Médica Middleton, la empresa propietaria del Centro Médico Mason-Dixon y de otros treinta y un hospitales. Cuando le he preguntado por qué, me ha respondido que se había pasado toda la noche investigando, aprovechando sus contactos internos, aunque la realidad es que paga a informantes de hospitales de la zona para enterarse de casos complicados con el fin de ponerse en contacto directamente con los pacientes. Parece que ha descubierto algo inquietante relacionado con los hospitales de Asistencia Médica Middleton, pero que tiene que seguir investigando y que me lo explicará cuando llegue a casa. Mientras tanto, quiere que me vaya inmediatamente del centro médico. Cree que los hospitales de Middleton tienen unas estadísticas fantásticas en relación con las infecciones contraídas en los propios centros, pero en materia de altas en los diagnósticos de una anomalía nueva e insospechada de las proteínas de la sangre, como la que supuestamente yo tengo, sus cifras se salen de lo normal. Cree que puede haber dado con una demanda colectiva que podría consolidar su carrera. Su intuición le decía que Middleton estaba haciendo algo raro, algún tipo de delito empresarial, y tiene intención de averiguar de qué se trata y hacer algo al respecto. Hemos hablado un rato, aunque ha sido él quien lo ha dicho casi todo. Tengo que reconocer que poco a poco me he sentido un poco traicionada. Su principal interés se ha desviado de mis problemas y mi preocupación a una demanda de supuesto interés público.

Después de asegurarle que estaría lista para cuando él llegase, he colgado y he mirado por la ventana, sintiéndome especialmente sola y temiendo que el estado de ánimo de Bob nos cause problemas a la larga. Teníamos que venir al Centro Médico Mason-Dixon, ya que era el único hospital de la zona concertado con nuestro seguro. El problema es que cuando Bob se embarca en algo así, donde puede haber de por medio una demanda importante, es como un perro con un hueso. No me imagino por qué en los hospitales de Asistencia Médica Middleton detectan más anomalías de las proteínas de la sangre que el resto de los hospitales. No tiene sentido. ¿Piensa Bob que están haciendo negocio? ¡Me cuesta imaginar que sea cierto! Pero su agresividad con respecto al hospital me da mala espina, sobre todo porque los médicos y enfermeras me ayudaron mucho cuando lo necesité la noche del viernes. ¿Y si los niños necesitan ser hospitalizados en un futuro próximo? ¿Sería Bob capaz de poner eso en peligro? Lo que sí sé, y mejor que nadie, es que cuando dice que va a demandar a alguien, lo hace. Espero tranquilizarlo cuando estemos en casa, y que todos volvamos a la normalidad.

Libro primero

1

Lunes, 6 de abril, 6.30 h

La primavera en Charleston, Carolina del Sur, es un espectáculo deslumbrante, y a principios de abril suele estar ya muy avanzada. Las azaleas, las camelias, los jacintos, las magnolias de floración temprana y las forsitias rivalizan por llamar la atención con un derroche de colores y fragancias. Y este día en concreto, mientras el sol se preparaba para salir, flotaba en el aire la promesa de que iba a ser espléndido para casi todo el mundo en esta ciudad histórica y pintoresca. Para todo el mundo, claro está, menos para Carl Vandermeer, un joven abogado de éxito que había crecido en la vecina ciudad de West Ashley.

Casi todas las mañanas, fuera la época del año que fuese, pero sobre todo en primavera, Carl formaba parte del considerable grupo de gente que corría por el paseo marítimo del Battery, situado en el extremo sur de la península de Charleston. El Battery daba a la parte del extenso puerto de Charleston formada por la confluencia de los ríos Cooper y Ashley. Bordeado de mansiones restauradas del siglo XIX y dotado de un jardín público, era uno de los lugares más atractivos y populares de la ciudad.

Como la mayoría de sus colegas corredores, vivía en un encantador barrio residencial de las inmediaciones conocido por los vecinos como SOB, las siglas de *South of Broad*. Broad Street era una vía pública que avanzaba de este a oeste a través de la península de Charleston entre los dos ríos.

El motivo por el que no estaba corriendo esa preciosa mañana de primavera era el mismo por el que no había corrido durante el mes anterior: se había roto el ligamento cruzado anterior de la rodilla derecha durante el partido final de baloncesto de la temporada pasada. Él y otra media docena de abogados aficionados al deporte habían formado un equipo para jugar en una liga de la ciudad.

Siempre había practicado deporte en el instituto y en la Universidad de Duke, donde había jugado en la primera división de lacrosse y alcanzado una fama considerable. Se empeñó en mantenerse en forma incluso en la facultad de Derecho, y se consideraba en general inmune a los daños, sobre todo porque solo tenía veintinueve años. A lo largo de toda su carrera deportiva no había sufrido más que un par de esguinces de tobillo, de modo que la lesión de rodilla fue para él una desagradable sorpresa.

Se encontraba perfectamente, había jugado la primera parte del partido y marcado dieciocho tantos. Tenía la posesión de la pelota, amagó por la izquierda al jugador que lo vigilaba y se dirigió a la derecha directo a la canasta. Pero no llegó nunca. Cuando quiso darse cuenta estaba tumbado en el suelo, sin saber lo que había pasado. Avergonzado, se levantó enseguida. Notó cierta molestia en la rodilla derecha, pero nada serio. Dio varios pasos para recobrar el aliento y se desplomó por segunda vez. Entonces supo que era grave.

Una visita al doctor Gordon Weaver, un cirujano ortopedista, confirmó el diagnóstico: rotura del ligamento cruzado anterior. Incluso Carl, un absoluto lego en medicina por decisión propia, pudo verlo en la resonancia magnética. La mala noticia era que tendría que someterse a una operación si quería practicar cualquier tipo de deporte. El doctor Weaver dijo que la operación más recomendable consistía en injertar un trozo de su propio tendón rotuliano en la articulación. La única buena noticia era que su seguro médico cubriría todo el tratamiento, incluida la rehabilitación.

A sus jefes en el bufete de abogados en el que trabajaba no les entusiasmaba el tiempo de inactividad necesario, pero faltar al trabajo no estaba entre sus principales preocupaciones. El problema era que tenía una aversión especial a todo lo relacionado con la medicina y las agujas. Era famoso por haberse desmayado con una simple extracción de sangre, y ni siquiera le gustaba el olor del alcohol desinfectante por las asociaciones que provocaba en su mente. Nunca había sido hospitalizado, pero había visitado a amigos ingresados en centros médicos, y la experiencia le había puesto los pelos de punta, de modo que ir al hospital esa mañana para someterse a la operación iba a ser todo un reto.

La ironía de su vergonzosa y secreta fobia médica era que su novia desde hacía dos años, Lynn Peirce, era una estudiante de medicina en el cuarto año de carrera. Había llegado a marearse con las anécdotas que le contaba de sus experiencias diarias en el Centro Médico Mason-Dixon, donde tenía programada su operación en unas pocas horas. Ella había sido la que le había recomendado al doctor Weaver y le había explicado con todo detalle cómo iban a repararle la rodilla.

Ante la insistencia de Lynn, también había solicitado que su operación fuera el primer caso del doctor Weaver un lunes por la mañana. El motivo, le explicó, era que todo el mundo llegaría fresco al baile, lo que quería decir que habría menos posibilidades de error o problemas de planificación. Sabía que su novia tenía buenas intenciones, pero sus comentarios no hacían más que aumentar su nerviosismo.

Lynn se ofreció a pasar la noche con él, igual que había hecho el pasado sábado, para asegurarse de que seguía las instrucciones preoperatorias y llegaba a tiempo al hospital, pero Carl buscó una excusa. Lo cierto era que tenía miedo de que ella hiciera algún comentario inocente que aumentara aún más su preocupación, así que le dijo que dormiría mejor solo y le aseguró que seguiría al dedillo las instrucciones preoperatorias. Ella aceptó cortésmente y prometió visitarlo en su habitación del hospital en cuanto lo trasladaran de la sala de reanimación.

Nunca le había mencionado a Lynn su fobia por temor a que, como mínimo, se riera de él. Tampoco le había confesado lo inquieto que estaba ante su inminente operación. Para mantener su orgullo, había ciertas cosas que era mejor no comentar en voz alta.

Dejó que el despertador sonara un rato por miedo a volver a dormirse. Había pasado mala noche y le había costado conciliar el sueño. La enfermera del doctor Weaver le había dado instrucciones de que no ingiriese nada excepto agua después de medianoche, y que se diera una buena ducha caliente con jabón antimicrobiano cuando se levantara, prestando especial atención a su pierna derecha. Debía llegar al hospital a las siete como muy tarde. Eran las seis y media; tendría que darse prisa. Creía que si iba apurado de tiempo tendría menos oportunidades de pensar, pero allí estaba, todavía en la cama y ya preocupado.

Como si intuyera su angustia, Pep, su ágil gata birmana de ocho años, se despertó al pie de la cama y se acercó para frotar su hocico húmedo contra su incipiente barba.

—Gracias, chica —dijo, y retiró las mantas para ir directo al cuarto de baño.

Pep lo siguió, como siempre. Carl había salvado a la gata al final de su último año en la Universidad de Duke, cuando uno de sus compañeros de clase iba a abandonarla en el centro de acogida de animales después de licenciarse con la esperanza de que alguien la adoptase. Fue incapaz de acatar un plan que se parecía demasiado a una posible sentencia de muerte. Se llevó a la gata a casa para que pasara el verano, se enamoró perdidamente de ella y acabó llevándosela a la facultad de Derecho. Frank Giordano, un abogado muy amigo suyo y compañero de partidos de baloncesto, quien debía estar a punto de llegar para llevarle en coche al hospital, se había ofrecido a pasar por su casa para asegurarse de que la gata tenía comida y agua hasta que él volviera dentro de tres días. Todo estaba en regla, o al menos eso pensaba.

Mientras Carl Vandermeer se metía en la ducha, la doctora Sandra Wykoff se bajó de su BMW X3. Tenía prisa, pero no porque llegase tarde, sino porque le entusiasmaba su trabajo. A diferencia de Carl, le gustaba tanto la medicina que no había disfrutado unas vacaciones de verdad en los tres años que llevaba en la plantilla del Centro Médico Mason-Dixon. Estudió al otro lado de la ciudad, en la antigua Universidad de Medicina de Carolina del Sur, para convertirse en una anestesióloga colegiada. A sus treinta y cinco años, y después de un breve matrimonio con un cirujano, era una adicta al trabajo recién divorciada.

Salió de su aparcamiento reservado en la primera planta del garaje y subió por la escalera en lugar de por el ascensor. Le gustaba el ejercicio, y además solo había un tramo de escaleras. Los modernos quirófanos del centro médico, construido en los primeros años del nuevo milenio, se encontraban en la segunda planta. En la sala de cirugía, miró el monitor que emitía la imagen de la pizarra con el cuadrante de los quirófanos. La habían destinado al Q12 para intervenir en cuatro casos, el primero de los cuales era una reconstrucción del ligamento cruzado anterior con injerto de rótula realizada por Gordon Weaver con anestesia general. Se alegró. Gordon Weaver le caía especialmente bien. Como la mayoría de los cirujanos ortopedistas, era un tipo sociable que disfrutaba con su trabajo. Sin embargo, lo más importante desde su punto de vista era que no se entretenía y se hacía oír si el paciente perdía más sangre de la esperada. Para ella, esa clase de comunicación era muy importante, pero no todos los cirujanos colaboraban de esa manera. Como todos los anestesiólogos, sabía que ella era la responsable del bienestar del paciente durante la operación, no el cirujano, y agradecía que le informasen debidamente si ocurría algo fuera de lo normal durante la intervención.

Tecleó en su tableta el nombre del paciente, Carl Vandermeer, junto con el número que le habían asignado en el hospital y su propia clave para acceder a su historial médico electrónico. Quería ver cómo había ido el preoperatorio. Un momento más tarde supo que se enfrentaba a un varón de veintinueve años, sano, sin alergias a medicamentos y que no había sido anestesiado con anterioridad. De hecho, nunca había sido hospitalizado. Iba a ser un caso sencillo.

Se puso la bata quirúrgica, entró en el departamento de cirugía propiamente dicho y pasó por delante del mostrador tras el que gobernaba la competente supervisora del departamento, Geraldine Montgomery. A su derecha, pasó por delante de la entrada de la UCPA, que antes recibía el sencillo nombre de sala de reanimación y a la que ahora se referían como Unidad de Cuidados Post Anestésicos. El área de espera preoperatoria estaba a la izquierda. En las dos salas había una actividad frenética. Un grupo de enfermeras y camilleros se preparaban para el inminente e inevitablemente ajetreado programa de una mañana de lunes.

Como persona en general cordial, aunque reservada, Sandra saludaba a todos con los que se cruzaba, pero no se detenía a charlar ni reducía el paso. Estaba concentrada en su misión de primera hora de la mañana. Estaba impaciente por comprobar el funcionamiento de la máquina de anestesia que utilizaría durante el día, un requisito que se exigía a todos los anestesiólogos y enfermeros anestesistas. La diferencia era que ella era más concienzuda que la mayoría y que estaba deseando empezar.

Adoraba la más reciente máquina de anestesia, controlada casi por completo a través de un ordenador. De hecho, era el creciente protagonismo que la informática desempeñaba en la anestesia lo que le atrajo de la especialidad. Como digna hija de su padre, a Sandra le atraía todo lo que fuera mecánico. Su padre, Steven Wykoff, era un ingeniero de automoción al que la compañía BMW había trasladado de Detroit, Michigan, a Spartanburg, en Carolina del Sur, en 1993.

El hecho de que los ordenadores estuvieran destinados a intervenir cada vez más en la medicina fue el motivo por el que decidió estudiar esa carrera. Su primer acercamiento a la anestesia tuvo lugar durante su tercer año de rotación en cirugía, y la especialidad la cautivó desde el principio. Constituía una mezcla perfecta de medicina, farmacología, computadoras y aparatos mecánicos, cuatro elementos a los que Sandra era muy aficionada.

Entró en el Q12 y saludó a Claire Beauregard, la enfermera de rotación asignada, que ya estaba ocupada preparando la operación. Tampoco con ella entabló conversación, sino que se acercó a su leal socio mecánico, con el que pasaría la mayor parte del día. El aparato estaba equipado con abigarrados cilindros de gas, múltiples monitores, medidores, indicadores y válvulas. La máquina, como todo el equipamiento del complejo hospitalario adquirido recientemente, era un modelo de tecnología punta controlado por ordenador. Era el número treinta y siete de un total de casi cien. El número aparecía en una pegatina en un lateral de la máquina, en la que también se incluía su historial de mantenimiento.

Desde su punto de vista, el aparato que tenía delante era una maravilla de la ingeniería. Entre sus numerosas prestaciones se incluía una función de lista de comprobación que cumplía los requisitos exigidos por la Agencia de Alimentos y Medicamentos antes de su uso, similar en muchos aspectos al catálogo de verificaciones requeridas en un avión moderno antes del despegue para confirmar que todos los sistemas funcionan correctamente.

No encendió inmediatamente la máquina para iniciar el chequeo automático. Le gustaba hacer la revisión a la antigua usanza, sobre todo los sistemas de alta y baja presión, para estar completamente segura de que todo estaba en regla. Le encantaba tocar y manejar todas las válvulas. La inspección manual le hacía sentirse mucho más segura que si tuviera que fiarse de un algoritmo controlado por ordenador.

Satisfecha con lo que encontró, acercó el taburete con ruedas que sería su asiento durante todo el día, se sentó y se aproximó a la parte delantera de la máquina de anestesia. Solo entonces encendió la máquina. Fascinada, como siempre, mantuvo la vista pegada al monitor mientras el aparato llevaba a cabo la lista de comprobación, que incluía la mayoría de las operaciones que ella ya había hecho. Unos minutos más tarde, la máquina indicó que todo estaba en regla, incluyendo las alarmas de problemas, como cambios en la tensión arterial del paciente y el funcionamiento del corazón, o niveles bajos de oxígeno en la sangre.

Estaba contenta. Cuando ocurría algo, incluso un percance sin importancia, estaba obligada a ponerse en contacto con el departamento de ingeniería clínica, que realizaba el mantenimiento de las máquinas de anestesia. Los técnicos eran un grupo de lo más extraño. Todos con los que había tratado eran inmigrantes rusos con mayor o menor dominio del inglés, y la mayoría parecían los típicos frikis de la informática que solía ver cuando era joven. Misha Zotov le era especialmente antipático; la buscó en la cafetería del hospital e intentó entablar una conversación con ella el día después de que Sandra acudiera al departamento para hacer una sencilla consulta relacionada con el mantenimiento. Le daba repelús, y más aún cuando la llamó a casa días más tarde para invitarla a tomar una copa con él. No tenía ni idea de cómo había conseguido su número de teléfono, porque no figuraba en el listín. Ella respondió con una pequeña mentira, asegurándole que tenía pareja.

Con la máquina de anestesia preparada, empezó a revisar el material y los medicamentos con idéntica diligencia. Le gustaba tocar todo lo que podía necesitar para saber dónde estaba. Si había una emergencia, no quería tener que buscar nada. Quería tenerlo todo a mano.

—¿Quieres que aparque y entre contigo?

Frank Giordano condujo hasta el interior del Centro Médico Mason-Dixon, con Carl como acompañante, cuando pasaban unos minutos de las siete.

Habían viajado en silencio. Al principio, Frank trató de iniciar una conversación mientras se dirigían hacia el norte por King Street, pero Carl no puso nada de su parte. Supuso que estaba agobiado por la operación, sobre todo después de que su amigo reconociera antes de salir que estaba hecho un manojo de nervios.

—Gracias, pero prefiero que no —contestó—. Llego un poco tarde. Espero que así no tenga que esperar sentado mucho rato.

Era evidente que estaba nervioso.

—¡Oye, tío, tienes que tranquilizarte! —lo animó Frank—. No es nada del otro mundo. A mí me quitaron las amígdalas cuando tenía diez años. Fue pan comido. Me acuerdo de que me dijeron que contara hacia atrás desde cincuenta. Llegué a cuarenta y seis y cuando quise darme cuenta me estaban despertando y todo había terminado.

—Tengo un mal presentimiento —reconoció.

Se volvió para mirar a Frank.

—Joder, tío, ¿por qué dices esas tonterías? ¡Sé positivo! Mira, tienes que hacértelo, y tiene que ser ahora, así en diciembre estarás listo para la próxima temporada de baloncesto. Te necesitamos sano.

Carl no respondió. Debajo del pórtico había una fila de coches de los que se apeaba gente con bolsos de viaje. Dedujo que ellos también venían a operarse. Deseó poder tomárselo con tanta calma como parecían hacer los demás. Echó un vistazo a su teléfono móvil. Eran casi las siete y cinco. Se había propuesto llegar a la hora en punto para no tener que permanecer en la sala de espera.

—Me bajaré aquí.

En un instante había abierto la puerta del lado del pasajero y salido del coche

—Dentro de treinta segundos estaremos en la puerta.

—Lo dudo. Iré más rápido andando. —Cerró la puerta de un portazo y abrió el maletero. Sacó la mochila que contenía sus artículos de primera necesidad y se la echó al hombro—. ¡No te olvides de la gata!

—No te preocupes. —Frank también se bajó del coche y rodeó el vehículo para darle un abrazo rápido. Carl no reaccionó; se limitó a mirarlo a los ojos cuando su amigo se apartó, pero lo imitó cuando Frank levantó el puño. Sus nudillos se tocaron a modo de saludo—. ¡Hasta luego, colega! —añadió—. Todo va a salir bien.

Carl asintió con la cabeza, se volvió y sorteó el pequeño atasco de coches que esperaban para acercarse a la puerta principal y descargar a sus pasajeros. Al entrar en el hospital recordó la descripción del infierno de Dante que había leído en clase de civilización, en la Universidad de Duke.

Una voluntaria vestida con una bata rosa lo acompañó a través del pasillo hasta el área de admisiones quirúrgicas. Dijo su nombre a una de las recepcionistas sentadas detrás de un mostrador que le llegaba al pecho.

—Llega tarde. —El tono de la mujer era ligeramente acusador.

Tenía un asombroso parecido con su profesora de sexto, la señorita Gillespie. La asociación le hizo sentirse como si retrocediera a una etapa anterior de su vida, en la que no controlaba su destino. Carl había sido un indomable niño de doce años y había chocado en repetidas ocasiones con la señorita Gillespie. La recepcionista cogió un fajo de impresos del mostrador que tenía delante y se lo entregó.

—¡Siéntese! Una enfermera estará con usted dentro de poco.

Aunque igual de autoritaria que la recepcionista, la enfermera era considerablemente más simpática. Sonrió cuando le pidió que la siguiera a una zona separada con una cortina, donde había una camilla con sábanas y una almohada limpias. Encima estaba la infame bata de hospital. Después de comprobar su documento de identidad con foto y de preguntarle su nombre y fecha de nacimiento, le puso una pulsera con sus datos en la muñeca. Una vez hecho eso, le ordenó que depositara sus objetos de valor en una bolsa de lona con cremallera que también estaba encima de la camilla, que se quitara la ropa, se subiera a la camilla y se tumbase. La enfermera corrió la cortina desde dentro para ofrecerle intimidad. Observó cómo Carl recogía la bata y trataba de averiguar cómo se ponía.

—La abertura debería estar en la parte trasera —le explicó la enfermera, como si eso fuera suficiente para despejar la confusión de Carl—. Volveré en un momento, cuando haya terminado.

A continuación desapareció a través de la cortina. Estaba claro que tenía prisa.

Hizo lo que la enfermera le pidió, pero tuvo problemas con la bata, sobre todo para atarla. Un lazo estaba en el cuello y el otro en la cintura, cosa que no tenía sentido. Hizo todo lo que pudo. Apenas se había subido a la camilla y tapado el torso con la sábana cuando la enfermera apareció al otro lado de la cortina, preguntándole si había terminado.

Una vez dentro, la mujer recitó una letanía de preguntas: ¿ha comido algo esta mañana? ¿Tiene alguna alergia? ¿Tiene intolerancia a algún medicamento? ¿Lleva alguna prótesis dental extraíble? ¿Fuma? ¿Lo han anestesiado alguna vez? ¿Ha tomado aspirinas en las últimas veinticuatro horas? El interrogatorio siguió y siguió, mientras Carl contestaba obedientemente «No» una y otra vez, hasta que la enfermera le preguntó cómo se sentía.

—¿A qué se refiere? —preguntó él. Lo desconcertó esa pregunta inesperada—. Estoy nervioso. ¿Es eso lo que me pregunta?

La enfermera se rio.

—¡No, no, no! Me refiero a si se siente bien ahora mismo y si se ha sentido normal durante la noche. Lo que quiero saber es si cree que podría haber enfermado de algo. ¿Tiene escalofríos? ¿Fiebre? ¿Algo parecido?

—Entiendo. —Estaba avergonzado por su ingenuidad—. Desgraciadamente me encuentro bien de salud, así que no tengo excusa para no seguir con todo esto. Para ser sincero, estoy preocupado.

La enfermera alzó la vista de su tableta, donde había tomado nota de todas las respuestas de Carl.

—¿Cómo de preocupado se siente?

—¿Cómo de preocupado debo sentirme?

—A algunas personas les agobian los hospitales. No a los que estamos aquí, porque para nosotros es algo cotidiano. Dígame cómo se siente, en una escala del uno al diez.

—¡Un ocho, tal vez! Para ser sincero, estoy muy nervioso. No me gustan las agujas ni el resto de la parafernalia médica.

—¿Ha tenido algún episodio de hipotensión en un entorno médico?

—¿Me lo puede traducir?

—¿Se ha desmayado?

—Me temo que sí. Dos veces. Una cuando me sacaron sangre para unas pruebas en la enfermería de la universidad y otra cuando quise donar sangre en el campus.

—Haré que conste en su historial. Si lo desea, pueden darle algo para tranquilizarle.

—Estaría muy bien.

Lo dijo con total sinceridad.

La enfermera comprobó que la tensión y el pulso eran normales. Le preguntó de qué rodilla tenían que operarle, y cuando Carl señaló la derecha, le dibujó una X con un rotulador permanente en el muslo, diez centímetros por encima de la rótula derecha.

—Queremos estar seguros de que no operamos la otra rodilla.

—Yo también —respondió alarmado—. ¿Ha pasado alguna vez?

—Me temo que sí —reconoció—. No aquí, pero ha pasado.

«Joder», pensó. Ahora tenía otro motivo de preocupación. Con lo nervioso que estaba, se preguntó si se habría equivocado disuadiendo a Lynn de que se pasara a saludarle antes de la operación. Tal vez necesitase una defensora.

—Doctora Wykoff, el paciente está en el CAPQ. —Claire, que acababa de entrar en el Q12, se refería al centro de atención al paciente quirúrgico, un nombre muy largo para denominar al área de espera para quienes iban a ser intervenidos.

—¿Y el doctor Weaver? —preguntó Sandra.

—Se está cambiando. Estamos listos.

—Perfecto. —Se levantó y cogió su tableta—. ¿Qué tal vas, Jennifer?

Jennifer Donovan era la enfermera quirúrgica, quien ya se había puesto la bata y los guantes y estaba colocando el instrumental esterilizado. Eran las 7.21 de la mañana.

—Ya casi estoy —anunció la enfermera.

Mientras recorría de nuevo el pasillo central, Sandra consultó el historial médico electrónico de Carl y se fijó en las anotaciones que habían hecho en admisión. No había indicadores de peligro. Lo único que vio fue que el paciente estaba extraordinariamente nervioso y que tenía un historial de episodios de hipotensión relacionados con la extracción de sangre. A lo largo de su carrera había tropezado con varios hombres con ese tipo de fobia, pero nunca había supuesto un problema. La gente no solía desmayarse cuando estaba tumbada. En su opinión, el nerviosismo era de lo más normal. Por eso le gustaba tanto el midazolam. Funcionaba a las mil maravillas para relajar incluso a los pacientes más inquietos. En el bolsillo de su bata llevaba preparada una jeringuilla con la dosis apropiada en función del peso de su próximo paciente.

Encontró a Carl Vandermeer en uno de los compartimentos preoperatorios del CAPQ. Era un hombre atractivo, de abundante pelo moreno y ojos azules sorprendentemente abiertos. Exceptuando su evidente inquietud, era la viva imagen de la salud. Pensó que sería un placer trabajar con él.

—Buenos días, señor Vandermeer —le saludó—. Soy la doctora Wykoff. Seré su anestesista.

—¡Quiero que me duerma! —declaró Carl con toda la autoridad de la que fue capaz dadas las circunstancias—. Ya lo he hablado con el doctor Weaver y me ha prometido que estaría dormido. No quiero la epidural.

—No hay problema —respondió Sandra—. Estamos preparados. Tengo entendido que está un poco inquieto.

Carl soltó una risilla triste.

—Eso es quedarse corto.

—Podemos ayudarlo, aunque es necesario ponerle una inyección. Ya sé que no le gustan las agujas, pero ¿le importa que le ponga una? Le ayudará, se lo garantizo.

—Para ser sincero, no me entusiasma la idea. ¿Dónde me la va a poner?

—El brazo me sirve.

Armándose de valor, descubrió obedientemente su brazo izquierdo y apartó la vista para evitar ver la jeringuilla. Después de frotarle rápidamente con una toallita antiséptica, Sandra le puso la inyección.

Carl se volvió de nuevo.

—Ha sido fácil. ¿Ha terminado ya?

—¡Ya está! Ahora quiero repasar con usted los datos que la enfermera ha anotado.

La doctora formuló rápidamente las mismas preguntas sobre si había respetado el ayuno desde la medianoche anterior, las posibles alergias, la intolerancia a los medicamentos, los problemas médicos, las anestesias previas, las prótesis dentales extraíbles, etc. Cuando llegó al final del cuestionario, la actitud del paciente había cambiado por completo gracias al midazolam. No solo ya no estaba inquieto, sino que la situación le resultaba incluso divertida.

Aprovechó el momento para colocarle la vía intravenosa. A Carl le trajo sin cuidado y observó los preparativos con una sensación de indiferencia. Ayudó el hecho de que la anestesista se mostrase extremadamente segura y competente en el proceso. Siempre se empeñaba en colocar su propia vía para estar segura, utilizando un catéter permanente en lugar de una simple vía intravenosa. El paciente no dejó de hablar durante todo el proceso, sobre todo de su novia, Lynn Peirce, una estudiante de cuarto curso de medicina y la chica más guapa de su clase según él. Sandra cambió diplomáticamente de tema.

Minutos más tarde, el doctor Gordon Weaver apareció para tratar unos asuntos con él, incluyendo qué rodilla iban a operar. Comprobó que la X que la enfermera había dibujado con el rotulador permanente estaba en el muslo adecuado.

—Están obsesionados con qué rodilla es la correcta —bromeó Carl.

—Ya lo creo, amigo mío —respondió el doctor Weaver.

Sandra guió la camilla que el doctor Weaver empujaba desde atrás y llevaron a Carl al Q12. Se detuvieron junto a la mesa de operaciones, justo debajo de la lámpara del quirófano. En el trayecto, el paciente se había quedado dormido en mitad de una frase, lo que le recordó una vez más por qué le gustaba tanto el midazolam. La anestesista no dudaría de la dosis que había administrado hasta mucho más tarde, al revisar cada paso que había dado. Sandra, el doctor Weaver y Claire Beauregard subieron a Carl a la mesa de operaciones con experta eficiencia.

Cuando el doctor fue a lavarse, acercó la máquina de anestesia a la cabeza del paciente. Esa era la parte de la intervención que más le gustaba. En ese momento ella adoptaba un papel protagonista, dispuesta a demostrar la validez de la ciencia de la farmacología. La anestesia era una especialidad que se caracterizaba por una extrema atención a los detalles; a periodos de actividad intensa, como el que estaba iniciando ahora; le seguían largos intervalos de relativo aburrimiento que exigían un esfuerzo consciente por mantener la concentración. Cada vez que pensaba en ello, le venía a la mente la analogía del piloto. En ese momento estaba a punto de despegar. Una vez que lo hubiera conseguido, entraría en acción el equivalente al piloto automático y tendría poco que hacer, aparte de mirar el monitor y controlar los indicadores. Hasta el momento del aterrizaje no se le volvería a exigir otro periodo de actividad intensa y atención a los detalles.

Como el paciente no tenía contraindicaciones concretas a ninguno de los anestésicos más comunes, había decidido usar isoflurano acompañado de óxido nitroso y oxígeno. Había utilizado esa combinación en miles de casos y confiaba en ella. No era necesario emplear medicamentos paralizantes, ya que una operación de rodilla no exigía relajación muscular, como sucedería en una intervención abdominal, y tampoco iba a utilizar un tubo endotraqueal, sino lo que se conocía como mascarilla laríngea. Sandra era una obsesa de los detalles en todos los aspectos de su vida, pero sobre todo en lo relativo a la anestesia, y nunca había tenido una complicación grave.

Como todos los especialistas en el área de la anestesia, tanto médicos como enfermeros, Sandra sabía que el gas adormecedor ideal no debía ser inflamable; tenía que ser soluble en la grasa para facilitar su llegada al cerebro, pero no demasiado soluble en la sangre como para no poder anular sus efectos rápidamente; debía tener la menor toxicidad posible en diversos órganos y no irritar las vías respiratorias. También sabía que ningún agente anestésico actual cumplía a la perfección todos esos criterios. Aun así, la combinación que pensaba administrar a Carl se le acercaba bastante.

Lo primero que hizo fue configurar el seguimiento total del paciente para tener una lectura constante del pulso, el electrocardiograma, la saturación de oxígeno en la sangre, la temperatura corporal y la tensión arterial, tanto sistólica como diastólica. La máquina de anestesia controlaría el resto de los niveles, como los de oxígeno y de dióxido de carbono, los gases espirados y las variables del suministro de ventilación.

Mientras colocaba los dispositivos de control, sobre todo los electrodos del electrocardiograma y el brazalete del tensiómetro, Carl volvió en sí. No sentía ninguna inquietud. Incluso bromeó diciendo que con las mascarillas que todos llevaban parecía que estuvieran en una fiesta de Halloween.

—Voy a suministrarle oxígeno —le informó Sandra mientras colocaba con cuidado el respirador negro sobre la nariz y la boca del joven—. Luego lo dormiré.

A los pacientes les gustaba esa agradable metáfora en vez de lo que realmente constituía la anestesia: básicamente, una forma de envenenamiento en circunstancias controladas y reversibles.

Carl no se quejó y cerró los ojos.

Inyectó el propofol, en su opinión un maravilloso medicamento que por desgracia había adquirido mala fama a causa de la tragedia de Michael Jackson. Sabiendo lo que el propofol provocaba en la tensión arterial, la ventilación y la hemodinámica cerebral, ella jamás administraría el medicamento a un paciente sin los dispositivos de control fisiológico adecuados y una máquina de anestesia óptima y preparada.

Estaba especialmente atenta durante la fase de inducción. Sin perder de vista los monitores, siguió usando el respirador negro para que Carl inhalase oxígeno puro. Al fondo, reparó vagamente en que el doctor Weaver entraba en el quirófano y se ponía la bata y los guantes estériles. Después de unos cinco minutos, Sandra apartó el respirador y cogió la mascarilla laríngea del tamaño adecuado. Introdujo de manera experta la punta inflable triangular en la boca de Carl y presionó con el dedo corazón hasta colocarla. Infló rápidamente el balón del tubo y conectó el conducto de la máquina de anestesia. La detección inmediata de dióxido de carbono en el gas exhalado indicaba que la mascarilla laríngea estaba bien colocada, pero para estar segura, utilizó el estetoscopio para escuchar los sonidos de la respiración. Satisfecha, sujetó la mascarilla laríngea con cinta adhesiva a la mejilla del joven para que no se moviera e introdujo los niveles adecuados de isoflurano, óxido nitroso y oxígeno.

El óxido nitroso tenía propiedades anestésicas, pero no las suficientes como para usarlo por sí solo. Lo que hacía era reducir la dosis necesaria de isoflurano, cosa que resultaba útil, ya que este medicamento tenía ligeros efectos irritantes en las vías respiratorias. A continuación cerró los ojos de Carl con cinta adhesiva, no sin antes ponerle un poco de pomada antibiótica para evitar que se le secaran las córneas.

Observó la máquina de anestesia con la lectura de los signos vitales. Todo estaba en regla. El despegue había sido suave. Metafóricamente, estaban alcanzando la altitud de crucero y pronto se apagaría el indicador del cinturón de seguridad. Su pulso, que había aumentado considerablemente durante la inducción de la anestesia, volvió a la normalidad. Habían sido unos minutos tensos, como siempre, pero el trabajo bien hecho y una correcta atención al paciente le provocaban una agradable sensación de euforia.

—¿Todo bien? —preguntó el doctor Weaver. Estaba impaciente por empezar.

Sandra levantó el pulgar en señal de aprobación mientras comprobaba manualmente la tensión arterial de Carl una vez más. A continuación ayudó a Claire a poner el arco de Kocher, que sería cubierto con una tela estéril para separar la cabeza del paciente del campo operatorio estéril. Una vez que la tela estuvo colocada, volvió a sentarse. Ahora estaba en pleno vuelo.

Al tiempo que operaba, el doctor Weaver mantuvo una conversación prácticamente unilateral con cada uno de los presentes en el quirófano. Habló de lo que estaba haciendo desde el punto de vista técnico mientras daba forma al injerto rotuliano, y también charló de sus hijos y de su casa de veraneo en Folly Island.

Sandra escuchaba a medias, como se imaginaba que estaban haciendo también la enfermera quirúrgica y la de rotación. Ella solo habló una vez. Aprovechó una pausa en el monólogo del doctor Weaver para preguntarle cuánto más creía que tardaría.

El cirujano se enderezó, hizo una breve pausa y evaluó sus progresos.

—Supongo que otros cuarenta minutos más o menos. Todo va sobre ruedas. ¿Todo bien por ahí?

—Perfectamente —respondió.

Consultó sus notas. En contraste con los viejos tiempos,

ahora era la máquina la que elaboraba el informe de anestesia, pero ella llevaba su propio registro para su uso personal y para mantenerse concentrada. Otros cuarenta minutos elevarían la duración total de la operación a algo más de una hora y media, lo que significaba que el doctor Weaver estaba siendo fiel a su costumbre. Otros cirujanos ortopedistas tardarían casi el doble de tiempo.

Se movió un poco para favorecer la circulación y estiró las piernas. Podía solicitar que viniera alguien y la relevara unos minutos si lo deseaba, pero casi nunca aprovechaba la oportunidad y tampoco lo hizo ahora, aunque todo estaba yendo como la seda.

Oyó el sonido de la taladradora al encenderse; eso quería decir que el doctor Weaver estaba abriendo un conducto a través del hueso en el que introduciría el injerto rotuliano. Consciente de que el periostio estaba lleno de fibras del dolor, Sandra alzó la vista al monitor integrado del paciente para ver si había cambios apreciables que indicasen que el nivel de anestesia de Carl no era el que le correspondía. Todos los registros se mantenían igual que a lo largo de toda la operación. Se concentró en el ritmo cardiaco. Era de setenta y dos, sin el más mínimo cambio. Pero mientras estaba mirando, la pantalla hizo algo que ella no había visto nunca. Hubo un parpadeo, como si por una milésima de segundo se hubiese interrumpido la alimentación.

Preocupada por esa irregularidad, se inclinó para ver mejor mientras su pulso aumentaba. La idea de perder todos los dispositivos de control en medio de la operación no era una perspectiva alentadora. Conteniendo el aliento, esperó atenta por si se producía otro incidente. Pasaron unos segundos, y luego unos minutos. No hubo más parpadeos.

Después de cinco minutos empezó a relajarse, especialmente porque todos los registros del monitor permanecían normales, incluidos los del electrocardiograma. Fuera lo que fuese, estaba claro que no había vuelto a suceder. El único cambio que se había producido, y ni siquiera estaba segura de que hubiera sido un cambio, era que todos los registros de la pantalla parecían ligerísimamente superiores, como si hubiera habido un leve cambio en el valor inicial o en la calibración. Pero no podía haber ocurrido algo así porque ella no había cambiado nada.

Sacudió la cabeza como si quisiera desprenderse unas telarañas imaginarias. Tal vez sí necesitaba un descanso. Aun así, su temor a que el posible accidente hubiera sido real la mantuvo pegada a su asiento, observando atentamente el monitor del paciente. Permaneció hipnotizada mientras las lecturas corrían por la pantalla, sobre todo las del electrocardiograma, con sus rápidas y repetitivas subidas y bajadas entrecortadas.

Diez minutos más tarde el doctor Weaver llamó su atención para avisarle de que le faltaban veinte minutos para cerrar la piel. Llegaba su segundo momento de mayor actividad. Cortó el suministro de isoflurano, pero mantuvo el óxido nitroso y el oxígeno. ¡Nada más hacerlo sobrevino el desastre! La alarma de oxígeno en sangre se disparó y la sobresaltó.

Dirigió rápidamente la vista al monitor. De pronto, el nivel de oxígeno había pasado de casi el cien por cien al noventa y dos por ciento. No era una noticia terrible, pero era un cambio, ya que ese nivel se había mantenido al máximo durante toda la operación. Se animó al ver que pasaba al noventa y tres por ciento y seguía subiendo. Pero ¿por qué había descendido? No tenía la más mínima idea. Reparó entonces en que el electrocardiograma también había variado. Al mismo tiempo que el nivel de oxígeno había descendido, había una súbita elevación de la onda T, lo que hacía pensar en una isquemia endocárdica, que se producía cuando el corazón sufría una falta de oxígeno. Eso no era bueno. Pero ¿cómo era posible? ¿Cómo demonios podía faltarle oxígeno al corazón cuando el nivel de la sangre no había variado, excepto un momento y apenas nada? ¡Era de locos!

Utilizó toda su fuerza de voluntad para tranquilizarse. Tenía que pensar. Pasaba algo, eso estaba claro. Pero ¿qué? Aumentó rápidamente el porcentaje de oxígeno y redujo la entrada de óxido nitroso. El volumen corriente parecía estar bajando, lo que significaba que Carl no respiraba tan hondo como antes. Activó inmediatamente la ventilación asistida. Quería introducir más oxígeno para que la alarma se desactivase.

—¡Eh! —gritó el doctor Weaver—. Las dos piernas se están hiperextendiendo. ¿Está sufriendo un ataque? ¿Qué demonios pasa?

—¡Dios mío, no! —clamó Sandra en voz baja.

Se levantó de un salto y cogió una pequeña linterna. Arrancó la cinta que mantenía cerrados los párpados de Carl y enfocó las pupilas con el haz de luz. Lo que vio lo aterró. ¡Las dos pupilas estaban muy dilatadas y reaccionaban lentamente! De repente le flaquearon las piernas y tuvo que agarrarse un momento al borde de la mesa de operaciones para no caerse. Temía que la hiperextensión de las piernas fuera algo llamado rigidez decorticada, un síntoma que indicaba que el córtex del cerebro, la parte más sensible, no estaba recibiendo el oxígeno que necesitaba. Cuando el córtex cerebral no recibe su aporte de oxígeno, los millones de neuronas no solo funcionan mal como el corazón, ¡sino que mueren!

2

Lunes, 6 de abril, 9.20 h

Lynn Peirce y los amigos que la acompañaban se reían a carcajadas. Desgraciadamente para ella, acababa de beber un sorbo de café y terminó escupiendo un pequeño arco de líquido sobre la mesa que tenía delante. Se moría de vergüenza y no podía creer lo que había hecho.

—Lo siento mucho —consiguió decir mientras se limpiaba los labios con una servilleta.

Michael Pender, sentado justo enfrente de ella, saltó hacia atrás, exagerando su reacción en busca de un efecto dramático. Todo el mundo se rio aún más, hasta el punto de que recibieron varias miradas de desaprobación de los clientes más cercanos.

Lynn y Michael descansaban con otros cuatro estudiantes de cuarto de medicina en la concurrida cafetería de la planta baja del centro médico de la Universidad Mason-Dixon. Era un hospital con ochocientas camas propiedad de Asistencia Médica Middleton, que poseía y dirigía un total de treinta y dos hospitales repartidos por la esquina sudeste de Estados Unidos. Los estudiantes disfrutaban de una pausa para el café apiñados alrededor de una mesa para cuatro a la que habían acercado dos sillas más. Las grandes ventanas correderas situadas justo a su lado estaban abiertas y permitían que el aire cálido del exterior se colara en la sala, además de ofrecer una vista perfecta de los jardines meticulosamente diseñados del hospital.

El centro médico estaba ubicado en la esquina nordeste de Charleston, en Carolina del Sur, y se podía ver un poco de la «ciudad santa» por encima de una hilera de magnolias que bordeaba la calle. La llamaban así por todas las iglesias que había; incluso desde la cafetería se distinguían varios campanarios que asomaban entre las residencias históricas. Hacía una mañana espléndida, como la mayoría de las mañanas de primavera en Charleston, llena de sol, flores y trinos de pájaros.

Lo que había hecho reír tan repentinamente a Lynn era un chiste subido de tono sobre un ángel que había cambiado su arpa por un órgano enhiesto. Lo había contado Ronald Metzner, el bromista de la clase, que tenía una memoria prodigiosa para los chistes. Le sorprendió que la ocurrencia la hubiera hecho reír, ya que normalmente no les encontraba la gracia. Más tarde se daría cuenta de que era debido a la tensión reprimida que estaba tratando de ignorar.

Pidió otra vez disculpas a sus compañeros por lo que consideraba una metedura de pata garrafal y recogió su café y su platillo para limpiar la mesa. Se fijó en que Ronald lucía una amplia sonrisa de satisfacción en el rostro, visiblemente complacido con el efecto que la gracia había ejercido en ella y en el grupo en general.

Los seis estudiantes de medicina, cuatro chicas y dos chicos, convenientemente vestidos con sus batas blancas, estaban eufóricos y se divertían. Los casi cuatro años de trabajo, dudas, descubrimientos y retos casi habían terminado para ellos. Hacía poco más de dos semanas que habían recibido los resultados del Programa Nacional de Asignación de Residencias, de modo que la incertidumbre ya había quedado atrás. Todos sabían dónde iban a pasar la siguiente y, tal vez, más importante etapa de su formación profesional.

Durante el último par de meses antes de licenciarse, ese grupo y otras varias docenas de estudiantes de cuarto año de la misma rotación debían iniciarse en oftalmología, otorrinolaringología y dermatología. Pero la rotación no estaba tan organizada ni era tan importante como en otras disciplinas más básicas, como la medicina interna y la cirugía general de tercero. Tampoco habían contraído verdaderas responsabilidades con los pacientes, al menos aún. Hasta la fecha solo habían asistido a lo que consideraban clases y prácticas bastante mal planificadas y aburridas de las tres especialidades. Esa mañana habían decidido saltarse la clase para disfrutar de su sensación de plenitud. A decir verdad, básicamente tenían puesto el piloto automático hasta que les entregasen los diplomas.

—No sabía que te interesase la ortopedia —comentó Karen Washington cuando el grupo recuperó la compostura.

El tono de Karen tenía un leve matiz crítico que solo Lynn detectó. Poco antes del chiste del ángel había revelado sus planes de residencia, que no había compartido con nadie hasta ese momento, y Karen se mostró sorprendida. Las dos jóvenes eran de Atlanta, se conocían desde la secundaria y habían estado juntas en la Universidad de Duke. Fueron amigas íntimas durante el instituto y su primer año en la universidad, pero cuando las dos se decidieron por la carrera de medicina, la competitividad interfirió en su amistad.

Pero no eran los estudios lo único que se había interpuesto entre ellas. Los problemas económicos de la familia de Lynn durante su segundo año de carrera habían afectado a todos los aspectos de su vida, incluida su amistad con Karen, cuya familia era especialmente adinerada.

Aunque las dos terminaron en la misma facultad de medicina, su estrecha amistad no se había recuperado del todo, sobre todo porque Karen no abandonó su rivalidad encarnizada. De modo que Lynn inició una estrecha relación platónica con Michael Pender. En un momento dado de su primer año en la facultad de Medicina, Karen le confesó que habría entendido esa relación si hubiera sido romántica, a lo que ella respondió que la primera sorprendida de tener una amistad íntima pero no romántica con un hombre era ella, aunque el novio de Lynn, Carl Vandermeer, no le iba a la zaga. De hecho, confesó que a

Carl le había costado mucho aceptar la situación al principio.

Todo había empezado de forma bastante inocente a raíz de la proximidad alfabética de sus apellidos, Peirce y Pender, lo que les llevó a trabajar juntos desde el primer día en todas las actividades que exigían hacerlo en pareja, sobre todo en el laboratorio y en la diagnosis física. Aunque nunca les unió un vínculo romántico, se convirtieron en un auténtico equipo, como si fueran hermanos, asegurándose de que tenían las mismas rotaciones, sustituyéndose el uno al otro y estudiando juntos con la exclusión parcial e intencionada de los demás. Como consecuencia, Lynn y Michael habían sido apodados «los gemelos».

—¿En serio? ¿Ortopedia? —insistió Karen con incredulidad—. Me ha pillado totalmente por sorpresa, tanto o más que si me hubieras dicho que te ibas a dedicar a la urología. Siempre pensé que ibas a ser uno de esos cerebritos que se dedican a la medicina interna.

—No sé de qué te sorprendes —respondió Lynn, percibiendo una pizca del antiguo resquemor en su amiga—. Sabes mejor que nadie que siempre he hecho deporte en el instituto y en la universidad, y que soy muy aficionada al lacrosse. El deporte siempre ha formado parte de mí. Estudiar ortopedia como optativa en otoño fue lo que terminó de decidirme. Me sorprendió lo mucho que me gustó. Me parece una medicina alegre, al menos en general. Eso me atrae mucho.

—Pero la cirugía... —se quejó Karen con una expresión exagerada de rechazo—. No es lo que la gente espera de la cirugía. Desde luego no es para mí. Es como un montón de carpinteros con martillos y sierras poniendo clavos y que luego llaman a los de radiología para ver adónde han ido. ¡En cambio, la oftalmología...! ¡Qué diferencia! Es la cirugía al más alto nivel: precisa, sin sangre, y encima puedes sentarte mientras operas.

Todo el mundo sabía que Karen iba a ir a la Universidad de Emory, en Atlanta, para hacer una residencia en oftalmología.

—Sobre gustos no hay nada escrito.

No iba a dejarse engatusar y acabar comparando las dos especialidades.

—¿Y te vas a quedar aquí? —Karen parecía incrédula—. La verdad es que eso me ha sorprendido todavía más. Pensaba que estabas destinada a ir a un hospital filial de una universidad prestigiosa, como el Hospital General de Massachusetts, en Boston, considerando tu nivel de estudios.

Era de dominio público que, desde el punto de vista académico, Lynn estaba muy cerca de ser la mejor de la clase. Ella y Michael siempre iban parejos en la clasificación: dos guisantes en la misma vaina, inseparables en muchos sentidos.

—Voy a dejarle a Michael la medicina interna y las universidades prestigiosas.

Lynn reconoció el triunfo de su compañero, que sonrió satisfecho al oír su comentario. Todos los presentes sabían que pocas personas conseguían una vacante en el Hospital General de Massachusetts y en Harvard viniendo de la facultad de Medicina de la Universidad Mason-Dixon, cuyo objetivo declarado era proporcionar médicos bien formados a Carolina del Sur y sus alrededores, y no al mundo académico.

—Yo estoy encantada de quedarme en el Mason-Dixon —aseguró—. Y mira quién fue a hablar, Karen. ¡Oftalmología en Emory! No está nada mal.

También Karen estaba entre los diez mejores estudiantes de la clase.

—Todo el mundo sabe por qué Lynn se va a quedar aquí a hacer su residencia —anunció Ronald con afectado desdén—. ¡Como el ángel, ha cambiado su arpa por el órgano enhiesto de Carl Vandermeer!

Hubo otra carcajada, esta vez a su costa, aunque ella también sonreía. Le lanzó al gracioso una bola de papel hecha con una servilleta mientras él disfrutaba del triunfo de haber logrado una vez más que todos se rieran del mismo chiste moderadamente obsceno.

—¿Debo entender que tú y Carl Vandermeer seguiréis siendo pareja cuando llegue la graduación?

Karen se esforzaba por contener la risa.

Las carcajadas del grupo habían vuelto a atraer la desaprobación de los demás clientes de la cafetería. Después de todo, aquello era un hospital.

La mayoría de los alumnos de la clase habían conocido al novio de Lynn en varios actos sociales durante sus cuatro años en la facultad de Medicina. Habían empezado a salir en Duke, cuando ella estaba en segundo año de carrera y Carl era un estudiante de primero de Derecho. Todos sabían que habían estado saliendo exclusivamente el uno con el otro durante los dos últimos años. Lo que no sabían era si la relación iba en serio a largo plazo. Ni siquiera Lynn lo sabía con certeza. A pesar de lo unidos que estaban, Carl siempre se mostraba evasivo cuando hablaban del tema.

—Ya veremos lo que pasa.

Apartó los largos mechones morenos de su cara y se recogió el pelo con un pasador, como siempre que estaba en el hospital. Lo que no dijo era que tenía mucho interés en que su relación con Carl prosperase y que el verdadero motivo por el que no había solicitado un programa de formación en Atlanta o Boston era porque Carl estaba comprometido con su trabajo en Charleston. Desde su punto de vista, no cabía duda de que era un sacrificio. A decir verdad, ella esperaba un compromiso, y se preguntaba si se produciría para la graduación. Para ella sería un maravilloso regalo de fin de carrera.

Como mujer moderna y competitiva, no creía necesitar el amor, pero después de haberlo encontrado accidentalmente con Carl, lo deseaba. También se conocía lo bastante a sí misma como para sospechar que sus ganas de crear su propia familia tenían algo que ver con el hecho de haber perdido a su padre cuando estaba en la universidad. Habían estado muy unidos, y su muerte la empujó a convertirse en doctora.

—¿Algún plan concreto que debamos saber? —preguntó Karen, pinchando a su amiga.

Cuando empezó su aventura con Carl en la Universidad de

Duke, Karen encajó mucho mejor el enfriamiento de su amistad con ella que en los últimos cuatro años en los que Michael había cobrado cada vez más protagonismo. Karen nunca había perdido a una amiga por culpa de un miembro del sexo opuesto sin que hubiera un romance de por medio. No podía por menos de preguntarse si había algo entre los dos, aunque ambos lo negasen.

Lynn respondió levantando las dos manos con las palmas hacia ella.

—Ni anillo, ni planes concretos. El próximo año estaré muy ocupada con la residencia, como todos nosotros. Esa es mi principal responsabilidad.

—Eh, ¿habéis oído el del cirujano de trasplantes de urología? —interrumpió Ronald.

Esta vez fue Karen la que lanzó su servilleta al chistoso.

—¡Cállate antes de empezar, colega! —espetó—. Todavía me acuerdo de ese chiste, y no tiene gracia. Solo es una patética fantasía masculina.

—Me alegro de que nos vayamos a graduar pronto —comentó Michael—. Ronald se está quedando sin chistes.

—¡Oh, mierda! —Lynn consultó su reloj—. Van a ser las diez. ¡Me tengo que ir!

Se levantó apresuradamente y recogió sus platos.

—No pensarás ir a la clase de oftalmología y hacernos quedar mal a todos, ¿verdad? —preguntó Alice Wong.

—¡Qué va! A Carl le han hecho una pequeña intervención esta mañana y quiero estar presente cuando llegue a su habitación.

—¿De verdad? —se interesó Karen—. No dijiste nada de que fueran a operarlo.

—Ha sido decisión suya —respondió—. No quería que se enterara todo el mundo.

—Nos vemos —se despidió Michael.

Chocó su puño con el de Lynn, pero no se levantó. Él sabía que iban a operar a Carl, y también que era el único que estaba al tanto.

—Dale recuerdos de nuestra parte —le gritó Karen.

Lynn fue a dejar sus platos sucios, ya que el local funcionaba como la cafetería de una escuela, y se despidió con un gesto de cabeza, pero sin darse la vuelta. Tenía prisa. Estaba preocupada por Carl y temía haberse entretenido demasiado tomando un café. Consciente de lo rápido que trabajaba Weaver y de que cuanto menos tiempo estuviese anestesiado un paciente, más breve era el periodo de recuperación, no le extrañaría encontrarse a Carl ya en la habitación cuando llegase. Esperaba que no fuera así.

3

Lunes, 6 de abril, 9.48 h

Lynn se dirigió con rapidez a los ascensores principales. Estaban abarrotados, como siempre a esa hora de la mañana, sobre todo los lunes. El hospital, junto con la Universidad de Medicina de Carolina del Sur en la otra parte de la ciudad, hacían las veces de centros de atención médica especializada de la zona metropolitana, cuya población estaba a punto de alcanzar el millón de habitantes. Charleston crecía al mismo ritmo que su base industrial y biotecnológica se expandía, especialmente en los suburbios del norte. Boeing estaba ampliando su planta de montaje del 787, y el gigante internacional Productos Farmacéuticos Sidereal, en plena expansión, acababa de anunciar la creación de mil nuevos puestos de trabajo en su planta de fabricación de medicamentos biológicos.

Había otro motivo por el que el hospital estaba lleno. En respuesta a lo que se consideraba una necesidad nacional, Asistencia Médica Middleton había construido una moderna instalación, el Instituto Shapiro, para el cuidado de pacientes en estado vegetativo persistente, o EVP, y la había conectado físicamente con el Centro Médico de la Universidad Mason-Dixon. Su construcción había sido posible gracias a una cuantiosa donación filantrópica por parte de Productos Farmacéuticos Sidereal. Aunque el instituto era en general independiente, se servía del laboratorio clínico y de los quirófanos cuando era necesario.

A pesar de que Lynn y sus compañeros sabían poco del centro, al que no se le habían dado fines docentes, le constaba que hasta allí llegaban regularmente pacientes de todo Estados Unidos con sus familias, y eran ingresados a través del hospital.

Les enseñaron el centro durante su segundo año en la facultad de Medicina con la intención de animarles a derivar a sus pacientes vegetativos a la instalación cuando empezaran a ejercer. Su guía fue uno de los médicos de asistencia hospitalaria, pero se trató de una visita muy restringida cuya finalidad principal era mostrar a los estudiantes de medicina los avanzados sistemas informáticos y mecánicos del complejo, que permitían cuidar de muchos pacientes con muy poco personal.

Acostumbrada a hacer varias tareas al mismo tiempo, Lynn sacó la tableta de su bolsillo mientras avanzaba a toda prisa e introdujo el nombre de Carl para obtener su número de habitación. Le preocupó que no apareciera ningún número. Conocía el funcionamiento del sistema. En los ingresos de cirugía ambulatoria, al paciente no se le asignaba una habitación hasta que estaba listo para salir de la sala de reanimación. Eso significaba que probablemente Carl siguiera allí. Pero a veces, en mañanas tan ajetreadas como aquella, la entrada de datos para la asignación de habitaciones se retrasaba hasta una hora con respecto a entradas de datos más importantes.

Incluso sin habitación asignada, no pensaba ir a la UCPA. Era una de las zonas del hospital que a los estudiantes les disuadían de visitar, incluso cuando hacían la rotación en cirugía durante el tercer año. Subiría a la quinta planta, donde ingresaban a los pacientes ortopédicos después de las operaciones, siempre y cuando hubiera una habitación disponible.

—Disculpe. —Escuchó una voz agradable en medio del estruendo general. Al mismo tiempo, notó un tirón en el brazo. Cuando miró hacia abajo vio a una anciana de pelo canoso teñido de azul. Con una estatura de casi un metro ochenta, Lynn tenía que bajar la vista para mirar a muchas mujeres—. ¿Puede ayudarme, doctora? —añadió la mujer cuando consiguió captar su atención. Sostenía en la mano unos comprobantes del laboratorio.

—Todavía no soy doctora —le aclaró, sincera hasta el extremo—, pero ¿en qué puedo ayudarle?

—Tienes pinta de doctora, aunque seas demasiado joven. Tengo que hacerme unos análisis de sangre, pero no sé adónde tengo que ir. Me lo han dicho en la recepción, pero se me ha olvidado.

Lynn vaciló un momento. Tenía que subir a la quinta planta si quería llegar a tiempo a recibir a Carl. Sin embargo, se ablandó al percibir la ansiedad de la mujer.

—La acompañaré.

Cogió la mano libre de la mujer y la llevó de vuelta por donde habían venido. Al llegar al vestíbulo de la entrada principal, cruzaron el puente que daba al hospital de día. Una vez dentro, condujo a la mujer hasta uno de los empleados del mostrador de recepción.

—Yo le enseñaré con mucho gusto a esta jovencita adónde tiene que ir —prometió el celador.

Lynn volvió rápidamente sobre sus pasos y, tras una breve espera, subió a uno de los ascensores principales con rumbo a la quinta planta. Para su desgracia, se detuvo en cada uno de los pisos para descargar o recoger gente. Apretujada al fondo de la cabina, volvió a probar con su tableta para ver si Carl ya tenía una habitación asignada, pero todavía no se la habían dado. Confiaba en que lo harían en cualquier momento.

Una vez en el quinto piso, fue directa al mostrador principal. Como el resto del hospital, la planta no podría haber estado más concurrida. Y por si no había bastante confusión, en ese momento estaban recogiendo las bandejas del desayuno. Las enfermeras que habían terminado sus informes llevaban a algunos pacientes a la sala de reanimación, obedeciendo órdenes de los médicos, repartían medicamentos y organizaban el traslado a los departamentos de radiología y fisioterapia. El caos era casi total.

Conocía a muchas de las personas que trabajaban en la planta porque había cursado una optativa de un mes en octubre. Buscó a la enfermera jefe, Colleen McPherson, con la que congenió bastante bien, pero no la encontró. Otra enfermera le informó de que Colleen estaba con un paciente operado de trasplante de cadera al que intentaban movilizar. Volvió al mostrador para charlar con Hank Thompson, el auxiliar administrativo. En la jerarquía hospitalaria, presidida por las enfermeras, los estudiantes de medicina ocupaban un puesto muy bajo, pero Hank nunca la había tratado de esa forma. Era un estudiante de la Universidad de Charleston y hacía su propia versión de un programa de becarios.

Como el resto del personal, Hank estaba haciendo seis cosas a la vez. Atendía al teléfono y tenía a varias personas en espera. Mientras aguardaba, Lynn consultó la lista general de los pacientes de la quinta planta en uno de los monitores. Estaba organizada de acuerdo con el número de habitación. Deslizó el dedo por todos los nombres buscando el apellido Vandermeer. No aparecía. Pero había varias habitaciones vacías, de modo que se alegró al pensar que no habría problema. Era preferible que los pacientes de cirugía ortopédica estuvieran en la quinta planta, porque las enfermeras y auxiliares eran expertas en la gestión de los problemas a los que solían enfrentarse los pacientes durante la fase postoperatoria, como el manejo de MPC, o máquinas de movimiento pasivo continuo, que flexionaban y estiraban las articulaciones inmediatamente después de la cirugía. Sabía que Carl tendría una, porque Weaver las empleaba con todos sus pacientes con rotura del ligamento cruzado anterior.

Hank comenzó a marcar un nuevo número para realizar otra llamada cuando terminó con las personas que tenía en espera, pero Lynn le cogió el brazo.

—¡Dos segundos de tu tiempo! Un paciente llamado Carl Vandermeer va a subir a planta dentro de poco, a menos que ya esté aquí. ¿Te suena el nombre?

—No que yo recuerde. —Hank negó con la cabeza—. ¿Quién es su médico?

—Weaver.

Hank cogió la lista general de quirófanos y le echó un vistazo.

—Sí, aquí está. Tenía la operación a las siete y media. —Consultó su reloj—. Debería subir en cualquier momento, a menos que haya habido alguna complicación.

—Es un caso sencillo. Su primera operación. Un joven saludable.

—Entonces no debería haber problemas. Esta mañana tenemos varias habitaciones libres y ya ha pasado el servicio, así que están limpias y listas.

Lynn asintió con la cabeza y jugueteó distraídamente con un clip. Hank centró de nuevo su atención en el teléfono, que ocupaba el noventa por ciento de su jornada diaria.

Tenía que ir a la clínica de oftalmología. La clase ya habría terminado y los pacientes estarían haciendo cola para ser presentados y examinados por los estudiantes. Sin embargo, sabía que no podría concentrarse hasta que estuviera segura de que Carl se encontraba estable y todo estaba en regla.

Incapaz de quedarse allí sentada, se levantó y decidió bajar a la segunda planta y mirar al menos el programa de los quirófanos. La operación podía haber empezado con retraso. ¿Y si Weaver había llegado tarde por algún motivo? ¿Y si en el quirófano no había suficientes enfermeras? Una operación se podía retrasar por millones de razones.

Bajó tres pisos en el ascensor. Se sintió un poco como pez fuera del agua cuando entró en la sala de cirugía. Era otro de los sitios por donde los estudiantes de medicina no podían deambular solos. Estaba igual de concurrida que el resto del hospital, con los quirófanos en plena actividad. La mayoría de los sillones y sofás, si no todos, estaban ocupados por médicos y enfermeras vestidos con trajes quirúrgicos. En el rincón, la televisión sintonizaba la CNN con el volumen apagado. Unos leían la prensa, otros hacían tiempo para empezar y otros más se tomaban un breve descanso en medio de una operación.

Temía llamar la atención y que la echaran de allí, así que no vaciló. Entró en la sala lo justo para poder ver el cuadrante de los quirófanos en el monitor fijado a la pared. Encontró el nombre de Weaver en el Q12. Estaba practicando una operación de ligamento cruzado anterior, pero el nombre del paciente era Harper Landry, no Vandermeer. Era evidente que la operación de Carl había terminado.

Echó un vistazo a la sala en busca de una cara familiar, alguien a quien pudiera conocer vagamente de cuando estudió la optativa de ortopedia o de tercero de cirugía, pero no reconoció a nadie. Presa de una súbita determinación, entró en el vestuario de mujeres.

Cogió una bata quirúrgica, se cambió con rapidez y dejó su ropa en una taquilla vacía. Metió su media melena debajo de un gorro, cogió una mascarilla y se miró en el espejo. El gorro, casi blanco, acentuaba el color aceitunado de su piel, y sin su abundante pelo enmarcándole la cara, sus facciones juveniles y angulosas y su nariz ligeramente respingona la hacían parecer más joven de lo que era. Temía que, con el añadido de su altura, pareciese una estudiante de primer año en un lugar que no le correspondía. Se puso la mascarilla más para ocultar su identidad que como medida aséptica.

Satisfecha, regresó a la sala. Sin vacilar por miedo a acobardarse, ya que acostumbraba a seguir las normas, salió de la sala por la puerta de dos hojas y entró en la zona de los quirófanos. Había estado allí en numerosas ocasiones durante la optativa de ortopedia, y unas cuantas veces durante la asignatura de cirugía de tercer año, pero siempre acompañada. Incluso había ayudado a Weaver y a otros cirujanos para hacerse una idea más exacta de lo que era la cirugía ortopédica. A ella le había parecido muy distinta de lo que Karen había insinuado. No era cirugía ocular, desde luego, pero con las modernas herramientas era considerablemente más precisa que en el pasado.

Estaba casi convencida de que le llamarían la atención, pero nadie lo hizo. Siguió avanzando a toda velocidad, pensando que la más mínima vacilación por su parte delataría que era una intrusa. Fue directa hacia la UCPA. Se abrió paso por la segunda puerta de dos hojas como si trabajase allí, pero se detuvo poco después de haber entrado.

Para la mayoría de la gente, incluida Lynn, la sala de reanimación era un mundo extraño y lleno de actividad, con aparatos de alta tecnología que hacían sentirse incompetentes a los estudiantes. Los pacientes estaban en camas elevadas con barandillas laterales. La mayoría estaban ocupadas. No había mamparas entre las camas. Cada paciente aparentemente dormido estaba atendido como mínimo por una enfermera, y muchos disponían también de auxiliares de enfermería. Los pacientes tenían distintas partes del cuerpo cubiertas con vendas nuevas.

Racimos de envases intravenosos que parecían frutas de plástico colgaban de la parte superior de unos postes metálicos. La mayoría de los catéteres serpenteaban hasta los brazos descubiertos, aunque algunas eran sondas centrales conectadas al cuello de los enfermos.

Grupos de monitores lanzaban sus señales luminosas desde la pared, sobre la cabecera de cada cama, dibujando líneas a través de sus pantallas. Debajo de las camas colgaban bolsas de plástico para el drenaje y la orina. Varios pacientes tenían ventiladores para la respiración asistida.

Los sonidos de la estancia eran una mezcla de los pitidos electrónicos, los ciclos de los respiradores, las voces apagadas de las enfermeras y el tenue zumbido de los potentes motores de los aparatos de aire acondicionado que mantenían el aire de la sala limpio y fresco.

Justo detrás de ella, una camilla entró con gran estruendo por las puertas de vaivén con un paciente recién salido del postoperatorio, y tuvo que apartarse de un salto. Una enfermera de quirófano tiraba de la parte delantera. En la parte trasera, un anestesista empujaba mientras se aseguraba de que la respiración se mantenía estable. Una enfermera del mostrador central acudió para ayudarles a acercar la camilla a una cama vacía.

Mientras el paciente era trasladado con eficacia profesional de la camilla a la cama, Lynn dio una vuelta rápida por la sala, tratando de no llamar la atención. Ningún miembro del personal pareció fijarse en ella. Carl no estaba allí. Lo habría reconocido en el acto. Había dos pacientes operados de la rodilla conectados a máquinas de movimiento pasivo continuo para que flexionasen y estirasen la articulación. Ninguno de los dos era su novio.

Confundida y sin saber qué hacer a continuación, se acercó al mostrador frente a la mesa central. Supuso que no tardarían en llamarle la atención, pero le daba igual. Si Carl no estaba en la UCPA ni en la quinta planta, ¿dónde demonios estaba? ¿Y por qué no estaba en la planta de ortopedia? Según Hank, había camas disponibles. Claro que quizá la operación había sido tan breve que había terminado antes de que las camas del piso quinto estuvieran listas. Hank había dicho que habían quedado libres esa misma mañana. Tenía que haber alguna explicación. Y sin embargo, tanto misterio estaba empezando a inquietarla y a avivar la tensión que había sentido esa mañana, la misma que le había hecho reírse tan estrepitosamente del chiste subido de tono de Ronald.

—¿Puedo ayudarte? —preguntó una voz.

Se volvió para situarse de cara a una enfermera de la sala de reanimación casi tan alta como ella. Llevaba una bata encima del traje quirúrgico y observó a Lynn con una mirada inquisitiva y fija.

—Espero que sí —respondió—. Estoy buscando al primer paciente del doctor Weaver. Un hombre llamado Carl Vandermeer.

—¿Quién eres tú?

El tono de la mujer no era desafiante ni agresivo, solo autoritario.

—Soy Lynn Peirce, estudiante de medicina. Hice una rotación en ortopedia y trabajé con el doctor Weaver.

Fue lo primero que le vino a la mente. No era una explicación propiamente dicha, pero sonaba bien.

La enfermera la observó un momento antes de situarse detrás de la mesa.

—No me suena el nombre —comentó, aunque lo encontró al echar un vistazo al registro de la UCPA—. Era el paciente de Gloria —dijo, y gritó a través de la sala—: ¡Gloria! ¿Qué ha pasado con Vandermeer?

—Se lo han llevado a la UCI de neurología —contestó la aludida.

Lynn alargó el brazo y se agarró al borde de la mesa. ¡La UCI de neurología! ¿Qué demonios significaba eso? Se volvió y salió de allí tratando de no pensar. El problema era que tenía una idea bastante aproximada de qué hacía Carl en la UCI de neurología.

4

Lunes, 6 de abril, 11.05 h

Lynn tenía prisa. Era una forma de evitar pensar. Sin molestarse en ponerse la ropa de calle, se dirigió derecha a los ascensores principales, donde varias personas ya estaban esperando. No tenía ganas de hablar con nadie, así que evitó todo contacto visual y fijó su atención en los indicadores de los pisos sobre las puertas del ascensor. Nerviosa, golpeteó sin cesar el botón de subida. No parecía que ningún ascensor se moviera.

—Así no vas a conseguir que vaya más rápido —le recriminó una mujer.

Cerró los ojos. Esperaba que su silencio le librara de tener que ser amable en un momento de desconcierto total. El hecho de que Carl estuviera en la UCI de neurología no podía significar nada bueno, y era difícil no imaginarse lo peor.

—Si no me equivoco, eres una estudiante de medicina de cuarto.

La voz no se había dejado intimidar por su silencio.

Se volvió de mala gana para mirar a la mujer. En cuanto lo hizo, reconoció a una de las cirujanas. Llevaba una larga bata de laboratorio por encima de la ropa quirúrgica. Supuso que estaba en un receso entre dos operaciones y que subía a cirugía para ver a un paciente.

Lynn trató de sonreír y mostrarse sociable. El pulso le martilleaba en las sienes. Se preguntaba si tenía la cara roja o pálida, segura de que era uno de los dos extremos por el subidón de adrenalina que estaba experimentando. Además, había comenzado a hiperventilar.

Asintió con la cabeza, distraída.

—Así es.

¿Qué narices podía estar retrasando los ascensores? Todavía no se habían movido de las plantas en las que estaban cuando apretó el botón por primera vez.

—Lynn Peirce. —La cirujana se inclinó hacia delante y leyó la tarjeta de identificación que llevaba colgada del cuello con un cordón—. Para ser exactos, te recuerdo de tu rotación en cirugía de tercero. Soy la doctora Patricia Scott.

—Yo también me acuerdo de usted —consiguió decir—. Sus clases eran geniales, sobre todo sus diapositivas.

Dedicó otra media sonrisa forzada a la alta y elegante mujer antes de volver a centrar su atención en el indicador de los pisos del ascensor. Esperaba que su inquietud no resultara demasiado evidente. No quería dar explicaciones.

—Gracias. Debiste de atender mucho en clase, porque te recuerdo muy bien. Tengo entendido que recibisteis la notificación de residencia hace un par de semanas. Considerando lo bien que lo hiciste en tu rotación, espero que consideres la cirugía.

—En realidad, me he decidido por la ortopedia.

—¡Claro! Es estupendo. Necesitamos más mujeres en todas las áreas quirúrgicas, sobre todo en la ortopedia, donde no estamos muy bien representadas. ¿Dónde vas a hacer tu formación?

—Voy a quedarme aquí.

—Fenomenal. —La doctora parecía sincera—. Es estupendo. Estoy deseando que me asistas durante tu primer año de cirugía general.

—Seguro que disfruto mucho, doctora Scott.

Esperaba no parecer tan preocupada ni tensa como se sentía. Finalmente, uno de los ascensores que llevaban una eternidad parados en el primer piso empezó a subir.

—Ahora que vas a formar parte del personal del hospital, puedes llamarme Patricia. Y que conste que mi despacho siempre está abierto si necesitas consejo. No hace tanto que completé mi formación. Por desgracia, la cirugía todavía se considera anacrónicamente un club masculino.

—Le agradezco su amabilidad.

Las puertas del ascensor se abrieron y mostraron una cabina llena. La doctora Scott le indicó con la mano que entrase ella primero, y las dos tuvieron que apretujarse para permitir que las puertas se cerrasen. Por un momento, Lynn sintió la tentación de preguntarle a la doctora Scott qué significaba cuando un paciente iba directamente a la UCI de neurología desde la UCPA, pero se abstuvo. Podía imaginárselo. Tenía que haber habido algún problema o un contratiempo con la anestesia. Aun así, conservaba cierta esperanza de que hubiera sido algo menos alarmante. ¿Podía haber dañado el taladro algún nervio de la pierna de Carl? Por muy grave que pudiera ser, era preferible a otras posibilidades que procuraba no imaginarse.

Cuando llegaron a la sexta planta, donde estaban los departamentos de neurología y neurocirugía, el ascensor se había vaciado casi por completo. Le dio las gracias a Patricia Scott antes de salir y echó a andar con paso rápido. Conocía el camino hasta la UCI. Había estado allí en varias ocasiones durante su rotación en neurología, y también en la temporada que había pasado en neurocirugía.

La mayoría de las visitas de la planta debían registrarse en el control de enfermería principal, pero Lynn tuvo el impulso de comportarse como lo había hecho en la UCPA: como si trabajase allí. Sin vacilar, se metió directamente en la UCI.

La sala de reanimación y la UCI de neurología se parecían bastante a simple vista por su notable equipo de alta tecnología, pero allí los pacientes se quedaban mucho más tiempo, en ocasiones semanas, incluso meses. Los boxes estaban separados por paredes de cristal, y no todos los pacientes llevaban vendas. Además la actividad no era tan frenética, apenas había entradas y salidas de personal y el profundo silencio reinante solo quedaba interrumpido por el lejano pitido de los monitores y el ritmo de los ventiladores. Había una mesa circular en el centro, de manera que permitía vigilar cada uno de los dieciséis compartimentos individuales. Todos estaban ocupados. Como mínimo, en la mitad había enfermeras que prestaban asistencia directa.

Echó un vistazo por la sala y vio que cada cubículo tenía un identificador con el nombre del paciente impreso en negrita. Casi en el acto dirigió su atención a VANDERMEER, en el box ocho. Avanzó despacio. Carl estaba de espaldas. No podía verle la cara. Como esperaba, un aparato de movimiento pasivo continuo flexionaba y estiraba constantemente su pierna operada. Albergó un atisbo de esperanza al verla; quizá todo estuviera como debía, pero no le duró mucho.

Había dos personas con él. A la derecha, una enfermera de la UCI le tomaba manualmente la tensión arterial, aunque ya estaba monitorizada. A la izquierda de Carl había un médico residente vestido de blanco. Le enfocaba un ojo y luego el otro con una linterna de bolsillo. Lynn no tardó en comprender que su novio estaba inconsciente. También advirtió que sufría pequeños espasmos mioclónicos en la pierna sana. El brazo y la muñeca que tenía libres estaban flexionados sobre su cuerpo. El otro brazo, con una vía intravenosa, estaba sujeto a la barandilla.

Se acercó al pie de la cama y observó el monitor. La tensión arterial era normal, igual que el pulso y el electrocardiograma, pero no era una experta en electros. El nivel de saturación de oxígeno era un poco bajo, pero aun así razonable, con más del noventa y siete por ciento. Parecía respirar con normalidad. Se obligó a mirarlo a la cara, que ahora podía ver claramente. No tenía mal color, tal vez un poco pálido. Lo peor era que se trataba sin duda de Carl y no de otra persona.

El médico residente reparó en su presencia cuando se enderezó. Guardó la linterna en el bolsillo de la chaqueta y le preguntó:

—¿Eres de radiología? —A continuación, sin esperar una respuesta, añadió—: Vamos a necesitar una resonancia magnética o un TAC cerebral lo antes posible.

Lynn leyó su placa identificativa: doctor Charles Stuart, neurología. Era un hombre menudo con cabello ralo, facciones finas y gafas sin montura.

—No soy de radiología —consiguió decir. Ver a su novio inconsciente y posiblemente paralizado era casi insoportable—. Soy estudiante de medicina —añadió. Alargó la mano y agarró la barandilla del pie de la cama para mantener el equilibrio. Como le había pasado en la UCPA, de pronto se sentía mareada. En un hospital había sitio para la tragedia y para la esperanza, pero esta vez todo estaba resultando una tragedia—. ¿Qué le pasa? —preguntó lo más despreocupadamente que pudo.

—No pinta bien. Parece que nos enfrentamos a una recuperación retardada del conocimiento después de una anestesia aparentemente sin incidentes en una reconstrucción del ligamento cruzado anterior. De momento, la causa es un misterio.

—Entonces, ¿no se ha despertado?

No sabía qué más decir, pero tenía que pensar en algo que justificara su presencia allí.

—He ahí la cuestión —respondió el doctor con ligereza.

Lynn no lo culpaba. Había descubierto que esa era una de las formas en que los médicos residentes se protegían de la realidad de la tragedia humana a la que se veían obligados a enfrentarse a diario. Otra forma era obsesionarse con los detalles académicos, un aspecto que el hombre puso de manifiesto diciendo:

—No muestra ninguna reacción a las palabras ni al contacto normal, salvo un ligero reflejo corneal. En el lado positivo, ha recuperado cierta respuesta pupilar a la luz. Parece que el bulbo raquídeo funciona, pero con su postura de decorticación y su respuesta motora al dolor intenso, la cosa no pinta bien para su córtex. Debe de haber sido un ictus global; creemos que lo más probable es que haya sido de origen hipóxico, a pesar de lo que parece indicar el informe de anestesiología. No puede haber sido embólico, porque sus reflejos tendinosos profundos no solo se mantienen, sino que son simétricos. El problema es que tiene un valor de solo cinco en la escala de coma de Glasgow. Como sabrás, esa cifra no es digna de mención.

Lynn asintió con la cabeza. En realidad no entendía gran cosa de lo que el médico residente estaba diciendo salvo que el cerebro de Carl había sufrido un ictus debido a la hipoxia por falta de oxígeno. Su rotación en neurología había sido breve y más orientada a la neuroanatomía que a la clínica.

—¿Cómo puede haberse producido un daño hipóxico si, como dice, no ha habido incidentes con la anestesia?

La pregunta se debía más a su reflejo de estudiante de medicina que a otra cosa. Se esperaba que los alumnos hicieran preguntas.

—Tu conjetura es tan válida como la mía. —El médico, retomó la actitud trivial—. Me temo que esa va a ser la pregunta del millón de dólares.

La enfermera terminó de comprobar la tensión arterial de Carl y volvió a la mesa central. La miró durante un momento, pero no dijo nada. Lynn se acercó a la cama, ocupó el lugar en el que había estado la enfermera y se obligó a mirarlo de nuevo a la cara.

Por su expresión, parecía que estuviera dormido y totalmente relajado, a pesar del movimiento de su pierna libre. Estaba claro que no se había afeitado esa mañana, porque tenía el mismo aspecto que la mayoría de los domingos cuando se despertaban juntos. Asoció la apariencia de Carl con su intimidad, algo totalmente fuera de lugar en el entorno y las circunstancias actuales.

Contuvo el deseo de alargar el brazo y darle una sacudida para despertarlo, de hablarle, de gritarle para que reaccionase y le demostrara al médico residente que se equivocaba al pensar que carecía de sensibilidad. Lo que empeoraba la situación era que su rostro tenía un aspecto terriblemente normal, como el día anterior por la mañana cuando se despertó y lo observó un rato mientras dormía, admirando sus espléndidas facciones masculinas.

—¿Eres del grupo de prácticas en neurología del doctor Marshall?

Charles la observaba desde el otro lado de la cama. Le pareció que el residente había detectado algo poco profesional en su comportamiento.

—Sí —respondió ella sin entrar en detalles.

Era cierto que había formado parte del grupo del doctor Marshall, pero de eso hacía ya un año. No le resultaba fácil mentir, pero supuso que la echarían de la UCI si se enteraban de que no estaba allí con fines docentes. El hospital era estricto con respecto a los temas de confidencialidad, y técnicamente ella no era un familiar, al menos todavía. Hizo un esfuerzo para evitar el contacto visual con el médico. Notaba que el residente todavía la observaba.

Alargó el brazo con aire vacilante y tocó suavemente la mejilla de Carl con la mano derecha. Su piel tenía un tacto frío, pero normal por lo demás. Temía que su roce pareciera de goma, artificial.

—¿Le han hecho algún ECG?

Lynn volvió a adoptar el papel de estudiante protectora.

Temió que tocar la cara de Carl le hubiera resultado extraño al residente de neurología. No dijo «electroencefalograma» porque los médicos residentes no se referían de esa forma a la prueba de la actividad del cerebro.

—Se le hizo uno con carácter urgente. Desgraciadamente, mostraba una amplitud muy baja y una onda delta lenta. No era del todo plana, pero revela anomalías difusas.

Alzó la vista y se obligó a mirar a Charles a pesar de la incomodidad que le provocaba. En el tono más profesional que pudo adoptar para camuflar sus turbulentas emociones, preguntó:

—¿Cuál cree que es el pronóstico?

—Con un valor de solo cinco en la escala de Glasgow, yo diría que desalentador —respondió—. Esa ha sido nuestra experiencia con pacientes comatosos sin traumatismos. Creo que cuando le hagamos una resonancia magnética del cerebro veremos una extensa necrosis laminar del córtex.

Lynn asintió con la cabeza como si entendiese lo que Charles estaba diciendo. Nunca había oído el término «necrosis laminar», pero sabía perfectamente que necrosis significaba muerte, de modo que con necrosis laminar querría decir muerte cerebral extensa.

Tragó saliva con cierta dificultad. Quería gritar: «¡No, no, no!». Pero no lo hizo. Quería escapar, pero tampoco lo hizo. Se consideraba una mujer moderna; era consciente de las oportunidades que la sociedad actual brindaba a las mujeres y las había aprovechado destacando en el instituto, en la universidad y en la facultad de Medicina. Su método consistía en trabajar lo más duro posible, y cuando se enfrentaba a problemas u obstáculos, reaccionaba esforzándose aún más. Pero ahora estaba ante uno de los mayores desafíos de su vida. El hombre con el que había llegado a creer que compartiría su vida podía haber sufrido una muerte cerebral, y no había nada que ella pudiera hacer.

—Oye —la increpó Charles de repente—. ¿Sabes qué? Este es un caso perfecto para hacer una demostración del reflejo de los ojos de muñeca, la prueba de la actividad del bulbo raquídeo en pacientes comatosos. ¿Lo has visto alguna vez?

—No —se obligó a responder.

Tampoco quería verlo con Carl como sujeto, porque no haría más que convertir su estado en algo mucho más real, pero no creía que pudiera negarse sin delatar que había entrado allí valiéndose de engaños.

—Te enseñaré, pero necesitaré tu ayuda. Mantén sus ojos abiertos mientras yo le giro la cabeza.

Como si tocase algo prohibido, Lynn empleó el pulgar y el índice de la mano izquierda para elevar con cautela los párpados superiores de Carl. Miró el vacío de sus pupilas ligeramente dilatadas. Le provocó una sensación inquietante, como si estuviera vulnerando su humanidad. Le gritó calladamente que se levantase, que sonriese, que hablase y dijese que ese incidente era una farsa y una broma. Pero no hubo ninguna reacción, solo su respiración rítmica.

—Bien. —El médico se inclinó por encima del pecho de Carl y le puso una mano a cada lado de la cabeza. Primero la giró hacia Lynn y luego hacia sí mismo—. Mira, ¿lo has visto?

—¿Qué tengo que ver? —preguntó en tono vacilante. Tuvo que contenerse para no retroceder y huir de la habitación.

—Fíjate en que cuando le giro la cabeza, los ojos se mueven en la dirección opuesta.

Volvió a girarle la cabeza.

La joven pudo ver ahora sin problemas que los ojos de Carl giraban como Charles había descrito, mirando inexpresivamente hacia arriba al tiempo que su cabeza se movía hacia un lado.

—Es un reflejo vestíbulo-ocular —le explicó en un didáctico tono monocorde que le resultó muy familiar—. Significa que el bulbo raquídeo y los nervios craneales funcionan como deberían. Si el paciente está haciéndose el enfermo, fingiendo que está inconsciente, algo que de vez en cuando verás en urgencias, los ojos se mueven en la dirección del giro. Cuando el bulbo raquídeo no funciona, los ojos no se mueven. Es bastante llamativo, ¿no te parece? Te podría mostrar el mismo fenómeno utilizando estimulación calórica, es decir, metiéndole agua fría en los oídos. ¿Quieres verlo?

—Ya está bien —respondió.

Retiró la mano y dejó que los párpados de Carl se cerrasen despacio. Tenía que largarse, aunque no sabía adónde. Como miembro del colectivo hospitalario y como futura doctora, sentía una responsabilidad en la tragedia de Carl más allá de haberle recomendado al doctor Weaver y el Centro Médico Mason-Dixon.

—Tengo toda la parafernalia disponible —insistió el residente—. Solo tardo un segundo en ir a buscarlo. No es ninguna molestia.

—Gracias. —Se apartó de la cama hacia atrás—. Le agradezco que quiera tomarse el tiempo para enseñármelo, pero me tengo que marchar. Lo siento.

—Está bien. —La miró fijamente y frunció el ceño. Era evidente que su comportamiento lo desconcertaba—. Si alguno de los miembros de tu grupo quiere ver el movimiento de los ojos de muñeca, estaré encantado de enseñárselo.

—Gracias. Avisaré a los demás.

Salió volando de la UCI. Una vez en el pasillo, se detuvo y respiró hondo varias veces. Era reconfortante estar otra vez en medio del alboroto habitual del hospital mientras los pacientes, las enfermeras y los camilleros pasaban por delante de ella. El corazón todavía le latía rápido. No había nada que pudiera hacer para ayudar a Carl, y lo primero que pensó fue que tenía que buscar a Michael. Necesitaba un apoyo, alguien a quien aferrarse durante esa tormenta de incertidumbre y emociones.

5

Lunes, 6 de abril, 12.25 h

Encontró a Michael en el bar. Había mirado primero en la cafetería, pero él y los demás ya se habían marchado. Pensó enviarle un mensaje de texto, pero no sabía qué decir. Solo quería encontrarlo. Puede que después tardara en poder decir algo.

Considerando la hora que era, había decidido que el bar era la opción más probable, ya que el menú era considerablemente más barato que en la cafetería y Michael rara vez se saltaba una comida. Como siempre, en la sala había el habitual ajetreo del mediodía. Tardó un rato, pero consiguió localizarlo en la cola de la comida. Dio gracias de que estuviera solo. Se alegró de no ver a los otros miembros de su grupo por ninguna parte. Quería hablar a solas con Michael.

—Hola. ¿Qué tal está Carl? —le preguntó cuando se volvió para mirar quién le había dado unos golpecitos en el hombro.

—Tengo que hablar contigo —respondió con la voz entrecortada—. En privado.

—Está bien, no hay problema. —La conocía lo suficiente como para darse cuenta del frágil estado emocional en el que se encontraba. La miró fijamente—. ¿Estás bien?

—Eso está por ver.

Le temblaba la voz.

—¿Qué te parece si pides algo de comer y te quedas conmigo?

—Ahora mismo no tengo hambre.

—¿Te importa si como mientras hablamos?

—Claro que no.

—Entonces déjame que pague el papeo. Podemos sentarnos en un sitio apartado junto a la pared del fondo. Veo un par de mesas libres.

Miró en esa dirección y asintió con la cabeza. El bar era un lugar tan bueno como cualquier otro para hablar con Michael. De hecho, el barullo le ayudaría a dominar sus emociones.

Lynn no tenía hambre, pero sí sed, y pidió agua antes de sentarse a una de las mesas libres que habían visto. Era la zona más apartada de las ventanas, que daban a un jardín interior diseñado suntuosamente. Las mesas del exterior eran las más frecuentadas, y las primeras en ocuparse cuando hacía un tiempo tan bueno como ese día. Vio a bastantes compañeros de clase afuera.

Mientras esperaba sentada a que Michael pagase, lo observó en la cola de la caja. Tenía una presencia imponente y destacaba entre los estudiantes vestidos como él, con batas blancas, por la combinación de su estatura y el hecho de que fuera negro. En su clase solo había tres chicos afroamericanos y cinco chicas de color, que constituían solo un seis por ciento de la clase a pesar de los denodados esfuerzos de captación de la facultad.

Michael era un joven musculoso de cuello grueso que había jugado al fútbol americano en la Universidad de Florida y habría tenido posibilidades de jugar profesionalmente si no se hubiera empeñado en hacerse médico. Lynn sabía que la carrera que había elegido era una deuda que tenía con su madre. Poseía unas facciones anchas, piel oscura, de color caoba, y el pelo relativamente largo recogido en lo que llamaban trenzas africanas. Al principio pensaba que eran unas rastas cortas, pero ahora sabía que no eran lo mismo.

Habían hablado por primera vez en su segundo día en la facultad de Medicina, cuando los habían emparejado en el laboratorio de anatomía. Entonces se sintió un poco intimidada. No solo era un hombre considerablemente corpulento, sino que desde el principio le pareció que le tenía antipatía. Las primeras palabras que pronunció fueron para quejarse de su actitud, de modo que ella hizo lo mismo. Durante esos primeros días simplemente se soportaron el uno al otro, y los dos tuvieron que esforzarse por llevarse bien para poder trabajar juntos.

Nunca se había considerado racista, pero con el tiempo Michael le había hecho ver que lo había sido hasta cierto punto, y que lamentablemente el racismo seguía vivo y presente en Estados Unidos. Michael, por su parte, descubrió gracias a ella que estaba tan acostumbrado a tener que enfrentarse a actitudes condescendientes que a menudo él mismo las adoptaba. También aprendió a través de ella que, a pesar de los cincuenta y pico años de feminismo, la misoginia y la discriminación de género no habían desaparecido. Los dos comprendieron que en las cuestiones de racismo y de género había que ser un miembro de los oprimidos para apreciar los matices sutiles y no tan sutiles de la discriminación que tanto habían influido en sus respectivas vidas. Desde siempre, Lynn pensaba que tenía que hacer las cosas un poco mejor que los hombres con los que competía, mientras que Michael consideraba que tenía que hacerlas mucho mejor que cualquiera.

A medida que ambos comprendían que eran almas gemelas, empezaron a apreciar sus respectivas idiosincrasias al margen de la raza y el género, resultado de sus distintos orígenes: Lynn y sus dos hermanas se habían criado en una familia de clase media de Atlanta que últimamente había conocido tiempos difíciles; y Michael, en una familia monoparental de la costa de Carolina del Sur con cinco hermanos que habían tenido que luchar para conseguir techo y comida.

También descubrieron que tenían cosas en común, además de ser personas muy trabajadoras y extremadamente motivadas que se esforzaban por conseguir la excelencia. Los dos habían roto con los estereotipos y habían respondido bien a los programas especializados en ciencia, tecnología, ingeniería y matemáticas en los que habían participado durante sus estudios. A los dos les gustaban los videojuegos y tenían interés y facilidad para la programación. Los dos habían destacado en la universidad. Los dos habían recibido becas que les cubrían todos los gastos para estudiar en la facultad de Medicina, y ese era el principal motivo por el que estaban en la Universidad Mason-Dixon. Ambos habían sido aceptados en todas las facultades a las que habían optado, pero la de Mason-Dixon había sido la que les ofrecía las mejores condiciones económicas. Por último, aunque ella había estado muy unida a su padre, también sabía lo que era no tener uno.

Mientras Michael se acercaba, Lynn se sintió reconfortada por su amistad y dio gracias a la facultad por haberlos emparejado. Nunca había tenido un amigo como él, y valoraba su relación porque había ensanchado sus horizontes vitales en muchos aspectos. Y si el residente de neurología estaba en lo cierto cuando afirmaba que el pronóstico de Carl no era favorable, iba a necesitar su apoyo más que nunca.

—Bueno, ¿qué pasa?

Michael aparentó despreocupación mientras colocaba su bandeja en la mesa.

Acomodó los noventa kilos de su cuerpo en la silla, que protestó con un chirrido. Cogió el sándwich y le dio un buen bocado.

Por un momento, Lynn fue incapaz de hablar. No era una persona de lágrima fácil, posiblemente como reacción al estereotipo femenino, y no quería llorar ahora. Estaba indecisa. Necesitaba el apoyo de su amigo para evitar la sensación de aislamiento que estaba experimentando, y sin embargo temía que al contarle lo que había pasado se volviera más real. Como estudiante de medicina, sabía lo suficiente sobre la psicología de la reacción de duelo para ser consciente de que seguía anclada en la fase inicial de negación.

Michael no la presionó. Masticó su sándwich y le dio otro mordisco, sin prestarle atención aparente. Se conformó con esperar. La conocía lo bastante para estar preocupado. Sucedía algo importante, y tenía que ver con Carl y su operación.

Bebió otro trago de agua y cerró fuerte los ojos. Cuando los abrió, dejó que todo saliera y le explicó el aparente desastre de la anestesia, que había ido a la UCI de neurología y había hablado con el residente. Terminó diciendo que el valor de Carl en la escala de coma de Glasgow era de solo cinco y que el médico de neurología había dicho que su pronóstico era desalentador.

Su amigo dejó el sándwich y apartó el plato como si hubiera perdido el apetito.

—Es un valor bajo.

Lynn lo miró fijamente. Una vez más, la había sorprendido. Ella nunca había oído hablar de los valores de la escala de Glasgow, mientras que Michael parecía que sí, a pesar de que los dos habían hecho la misma rotación en neurología durante el tercer año. Él tenía facilidad para recordar datos por muy extraños que fuesen.

—¿Cómo sabes lo que es la escala de Glasgow? Creo que yo nunca he oído hablar del tema.

—Digamos que he tenido motivos. Es una forma de evaluar a los pacientes que están en coma. ¿Cómo se llamaba el residente de neurología?

—Charles Stuart, creo. No lo sé con seguridad. El cerebro no me funciona a pleno rendimiento.

—Creo que no lo tuvimos cuando hicimos la rotación en neurología.

—Estoy segura de que no lo tuvimos. No lo había visto antes.

—¿Qué más te dijo aparte del valor de la escala de Glasgow y que el pronóstico no era favorable?

—Dijo que esperaba ver una necrosis laminar extensa en la resonancia magnética.

—No sé lo que es una necrosis laminar.

—Yo tampoco, pero no es difícil de imaginar.

Michael asintió.

—¿Has hablado con alguien más, con el cirujano o el anestesiólogo?

—No he hablado con nadie. Quería hablar contigo primero.

—¿Has visto el informe de anestesia?

—No. Lo único que hice fue ver si era Carl, y sí que lo era. ¡Por Dios, está en coma! Y yo fui la que le recomendó al médico y lo animé a que se operase la rodilla en el Mason-Dixon.

Michael alargó el brazo y rodeó la muñeca de Lynn, tan estrecha en comparación con su manaza. La agarró con firmeza.

—Escucha, hermana —empezó a decir.

Cuando estaban solos se llamaban en broma «hermana» y «hermano», un toque de argot de los negros que Michael había fomentado como señal de su intimidad platónica y de la comodidad que sentían el uno con el otro. Como señal adicional de su estrecha relación, él también la obsequiaba con las metáforas baloncestísticas que había usado con sus compañeros en el instituto.

—De entrada, te aseguro que tú no eres responsable de lo que ha pasado hoy. Tú no has jugado en el partido. ¡Ni de coña!

A pesar de sus esfuerzos por controlarse, las lágrimas de Lynn se desbordaron y algunas cayeron sobre sus mejillas. Ella se las secó con el nudillo del dedo índice.

—Sé que me voy a sentir culpable pase lo que pase; me conozco bien. Pero ¿y sus padres? Ellos querían que se operase en el Hospital Roper. ¿Por qué me entrometí?

El padre de Carl trabajaba como abogado en Charleston, al igual que su hijo, pero en otro bufete y distinta especialidad. Él ámbito de su padre eran las demandas y el derecho penal, mientras que el interés de Carl se centraba en los bienes raíces y el derecho de sociedades. Su madre era profesora de una escuela de primaria, y ambos vivían en la misma casa de West Ashley en la que Carl se había criado. Lynn había coincidido con ellos en numerosas ocasiones, sobre todo durante los últimos años, a medida que su relación se consolidaba. Incluso Michael había cenado con ellos en un par de cumpleaños.

—Los Vandermeer son gente inteligente —la tranquilizó su amigo—. Se nota que te tienen cariño. Ellos no van a culparte. ¡Ni hablar!

—Yo en su lugar no estoy segura de que no lo hiciera.

—Nos estamos precipitando. No sabemos con certeza lo que pasa. Te propongo lo siguiente: vámonos pitando a la UCI de neurología, antes de clase de dermatología, y veamos la hoja clínica de Carl.

El historial médico electrónico se hallaba totalmente implantado en el Mason-Dixon, pero los pacientes hospitalizados también tenían hojas clínicas físicas mientras estaban ingresados. Estaba previsto eliminar progresivamente las hojas clínicas, pero todavía no se había llevado a cabo.

—¿Qué sacaremos con eso?

No estaba segura de que pudiera volver tan pronto. Ver a Carl en estado comatoso era tremendamente perturbador, por no decir otra cosa.

—No lo sé, pero nos haremos una idea más aproximada de lo que ha pasado. Tiene que haber un informe de anestesia. Debe haber alguna explicación. ¡Vamos!

Michael empezó a ponerse en pie, pero ella lo agarró por la manga de su bata blanca.

—No serán benévolos con dos estudiantes de medicina que se presentan sin autorización en la UCI para ver una hoja clínica.

—Déjamelo a mí. Ya te he dicho que la mayoría de la gente cree que soy un portavoz de mi raza o un negro servil. A veces me da problemas, pero otras me es útil. Esta es una de esas veces. ¡Confía en mí! Además, ya lo he hecho antes.

—¿En la UCI de neurología?

—Sí.

—¿Cuándo?

—Hace unos tres meses.

—¿Por qué?

—Ya hablaremos de eso más tarde. Vamos a ver a Carl, y Dios quiera que el doctor Stuart esté equivocado.

Se puso en pie y tiró del brazo de Lynn para que se levantase. Al joven le recordó un ciervo cegado por los faros de un coche. Recogió su bandeja y la llevó a la ventana. Ella lo siguió. Agradecía que otra persona tomara las decisiones.

6

Mientras subían en el ascensor, Michael observó a su amiga mientras ella miraba el indicador de las plantas situado encima de la puerta. Tenía los ojos enrojecidos y llorosos. El ascensor estaba lleno, lo que impidió cualquier conversación sobre su misión. Experimentaba una extraña e incómoda sensación de *déjà vu*, y esperaba que cualquier parecido con los sucesos en los que estaba pensando fuera mínimo.

Cuando las puertas se abrieron en la sexta planta, ellos no fueron los únicos que se apearon. Lynn lo agarró del brazo para que se quedase atrás mientras los demás ocupantes se dirigían a sus respectivos destinos, principalmente la mesa central. El lugar estaba tan concurrido como antes.

—Tenemos que trazar un plan. —Lynn bajó la voz para que no la oyesen. Había varias personas cerca, esperando un ascensor que bajase—. Antes he conseguido entrar en la UCI porque el residente creyó que hacía la rotación en neurología. Tú no lo conseguirás. Se acordarán de ti porque destacas. ¿Cómo piensas hacerlo? Ya sabes que los estudiantes de medicina no somos bien recibidos en la UCI a menos que tengamos un motivo oficial.

—No creo que tengamos problemas, siempre y cuando no nos mostremos inseguros ni indecisos.

—¿Qué quieres hacer exactamente?

—Sobre todo quiero mirar la hoja clínica. Pero no vamos a

ir directamente a la mesa a coger el informe sin ver antes cómo está el paciente. Eso no mola. Así no se hace. ¿Entiendes lo que digo? ¿Te acuerdas de dónde está Carl? Eso sería de ayuda. No nos conviene llamar la atención comportándonos como si nos hubiéramos perdido.

—Está en el box número ocho, creo, pero podría equivocarme. Estoy muy confundida.

—Vale, este es el plan. Entramos directamente en el box ocho. Siempre que sea el correcto, comprobamos el estado actual de Carl. Si no lo es, lo buscamos, y rápido. ¿Estás de acuerdo? Tú no tienes por qué hacer nada. Simplemente espera. Yo haré algo para que parezca una visita oficial.

—De acuerdo.

No estaba del todo segura de que sus emociones no fueran a asumir el mando.

—¡Vamos allá! —dijo Michael con convicción.

Él caminaba medio paso por delante y avanzaba rápido; pasaron por delante de la mesa central de la sexta planta y se dirigieron a la UCI. En la puerta, Michael vaciló una milésima de segundo para mirar a Lynn con una ceja arqueada. Ella supuso que estaba poniendo en duda su estado psicológico, de modo que asintió con la cabeza. Estaba todo lo lista que podía estar.

Michael cruzó la pesada puerta. El interior era otro mundo. Desaparecieron el ruido de los carritos de la comida, el murmullo de voces y la sensación de alboroto. En su lugar se oían los apagados sonidos electrónicos de los monitores y el ciclo repetitivo de un par de ventiladores. Por lo demás, reinaba una profunda quietud. Los pacientes estaban totalmente inmóviles.

Como había dicho, fue derecho al box ocho. A Lynn no le había fallado la memoria. Carl estaba en la cama y se encontraba solo en ese momento. La media docena de enfermeras y el mismo número de auxiliares de guardia estaban ocupadas con otros pacientes.

Se colocó a la derecha de Carl, y la joven se dirigió a su izquierda. Parecía tan dormido como antes, salvo por las sacudidas de su pierna sana. Una vez más, tuvo que reprimir el deseo casi irresistible de tenderle los brazos y zarandearlo para intentar despertarlo. Por un brevísimo instante, sintió una punzada de ira, como si Carl lo estuviera haciendo a propósito.

—No está tan tranquilo como parece —murmuró Michael.

Lynn asintió con la cabeza. Las lágrimas amenazaron con desbordarse de nuevo. Trató de pensar objetivamente en lo que podía estar pasando en el cerebro de su novio. Vio que Michael sacaba su linterna de bolsillo. Después de levantarle los dos párpados superiores, enfocó con la luz un ojo y luego el otro.

—Las pupilas están iguales, puede que un poco perezosas, pero las dos reaccionan. Nada del otro mundo, pero algo es algo. Por lo menos el bulbo raquídeo todavía funciona.

Asintió otra vez con la cabeza, pero no dijo nada. Como mecanismo de defensa, pensó en el movimiento de los ojos de muñeca que le había mostrado el residente de neurología y en sus implicaciones.

—Los signos vitales son normales —continuó su amigo.

Siguió su mirada hasta el monitor. Todo estaba como antes, incluido el nivel de saturación de oxígeno, que era de un noventa y siete por ciento.

—De acuerdo. —Michael bajó la voz y miró a Lynn—. De momento, todo va bien. —Las ocupadas enfermeras parecían indiferentes a su presencia—. Acerquémonos sin prisa a la mesa central. ¡Y procura tranquilizarte, chica! Parece que vayas a atracar un banco.

Lynn no se molestó en contestar. Aguantaba su lenguaje ligeramente irrespetuoso del mismo modo que él le permitía llamarlo «chico» de vez en cuando. Solo hablaban de esa forma cuando estaban seguros de que nadie los escuchaba. Era otra señal de su estrecha relación y de su visión compartida de la discriminación.

La mesa circular solía estar controlada por el dúo formado por la enfermera jefe, Gwen Murphy, y el veterano y competente auxiliar administrativo Peter Marshall, que llevaba tanto tiempo allí que se creía el dueño del lugar. Recordaban de su rotación en neurología que los dos eran eficientes, profesionales y muy atentos. En ese momento solo Peter estaba allí. Como todos los auxiliares administrativos, hablaba por teléfono, pero arqueó las cejas de manera inquisitiva cuando les echó un vistazo. Al parecer, Gwen estaba ocupada en otra parte.

Bajo el borde del mostrador circundante había unos monitores de pantalla plana que mostraban las lecturas de los signos vitales de cada paciente. Lynn desvió la vista directamente al número ocho. Todo era normal. Encima del mostrador había una rejilla giratoria para las hojas clínicas.

—Hola, colega. —Peter puso los ojos en blanco al oír el saludo.

Sin darle la oportunidad de responder, Michael centró su atención en la rejilla, que hizo girar de forma deliberada. La detuvo de manera que la ranura del box ocho quedase orientada hacia él. Sin vacilar ni lo más mínimo, sacó la hoja clínica, cogió un par de sillas y las llevó a un lado. Indicó a Lynn con un gesto que se sentase en una y tomó asiento en la otra. Abrió la hoja clínica y pasó rápidamente las páginas hasta el informe de anestesia.

Mientras hacía eso, Lynn miró a Peter por el rabillo del ojo. Como Michael había previsto, parecía no prestarles atención, al menos hasta que puso fin a su conversación telefónica. Entonces dijo:

—Hola. ¿En qué puedo ayudaros, chicos?

—Nos han dicho que veamos el informe de anestesia de Vandermeer —dijo—. Y aquí lo tenemos. ¡Gracias! ¡Échale un vistazo, Lynn!

Colocó la hoja clínica de manera que ella pudiera verla. Había una nota escrita a mano por la anestesióloga, la doctora Sandra Wykoff, así como una versión impresa de tres páginas elaborada por la máquina de anestesia. Leyeron la nota manuscrita, que afortunadamente era fácil de leer en comparación con los apuntes de muchos doctores que habían tenido que descifrar durante los dos últimos años:

Varón caucásico de veintinueve años con una salud excelente programado para una reconstrucción del ligamento cruzado anterior de la rodilla derecha con anestesia general. Funcionamiento de la máquina de anestesia comprobado tanto manual como automáticamente. Cierta ansiedad preoperatoria. Administración de 10 mg de Midazolam por vía intravenosa a las 7.17 con buenos resultados. Paciente relajado. Catéter intravenoso colocado sin dificultad. Inicio de la inspiración de oxígeno puro con mascarilla a las 7.28. Inducción de la anestesia con 125 mg de Propofol IV a las 7.28. Oxígeno puro administrado por mascarilla antes de colocar una máscara laríngea LMA 4 e inflarla sin problemas. La administración de isoflurano, óxido nitroso y oxígeno empieza a las 7.35. Ojos cerrados con cinta adhesiva. Signos vitales normales y estables. Electrocardiograma normal. Nivel de saturación de oxígeno estable al 99-100%. Respiración espontánea con volumen y ritmo normal. Operación iniciada con la colocación de un torniquete en la pierna derecha. Ningún cambio en los signos vitales, el electrocardiograma y la saturación de oxígeno. A las 8.28, cincuenta minutos después del inicio de la operación, el cirujano comunica cuando se le solicita que le quedan cuarenta minutos para terminar. A las 8.38 se cierra el isoflurano. El óxido nitroso y el oxígeno siguen administrándose. A las 8.39 suena la alarma por oxígeno bajo cuando el nivel de saturación de oxígeno desciende bruscamente del 98 al 92%. Al mismo tiempo, el electrocardiograma muestra unas súbitas elevaciones de las ondas T. Flujo de oxígeno aumentado. La saturación de oxígeno vuelve a ascender rápidamente al 97% a las 8.42. La alarma por oxígeno bajo se apaga. El segmento ST del electrocardiograma vuelve a la normalidad. Flujo del óxido nitroso reducido a las 8.44 e inicio de la ventilación asistida. A las 8.50, hiperextensión decorticada de piernas en las dos extremidades inferiores observada por el cirujano y dilatación de pupilas observada con reacción lenta a la luz. Óxido nitroso interrumpido a las 8.52 y oxígeno puro mantenido. Ventilación asistida apagada a las 8.58, cuando la respiración del paciente recupera el volumen y el ritmo normal. El cirujano extrae el torniquete y termina la operación a las 9.05. El paciente no despierta. Se solicita la presencia del jefe de anestesia, el doctor Benton

Rhodes. Bajo su dirección, se administra al paciente Flumazenil en incrementos de 0,2 mg X 3 sin resultados observables. A las 9.33 se traslada al paciente a la UCPA mientras sigue respirando oxígeno puro. Se solicita consulta urgente de neurología. Los signos vitales, el electrocardiograma y el nivel de saturación de oxígeno se mantienen normales y estables.

Doctora SANDRA WYKOFF

Michael y Lynn terminaron de leer casi al mismo tiempo y se miraron.

—Yo no entiendo mucho de anestesia —comentó ella—. Solo nos dieron una clase sobre lo básico cuando hicimos la rotación en cirugía. Voy a tener que investigar para entenderlo todo.

—Lo importante es que hubo una hipoxia documentada —añadió Michael—. El nivel de oxígeno bajó un par de minutos, y el electrocardiograma cambió.

—Pero no mucho. El oxígeno solo bajó a un noventa y dos por ciento un momento y luego volvió a subir a un noventa y siete por ciento. No es un gran descenso; probablemente se parezca a lo que la gente experimenta al bajar del avión en Aspen, Colorado. Y solo duró tres minutos.

Lynn señaló la parte del sumario escrito a mano donde estaba anotado.

—Entonces, ¿cómo es que en el electrocardiograma aparecieron alteraciones de la onda T?

Lynn se encogió de hombros.

—No sé lo bastante como para hacer conjeturas.

Michael pasó a la página más importante de las tres que componían el informe de anestesia. Lo que les interesaba eran los comentarios sobre el intraoperatorio, es decir, lo que ocurrió durante el tiempo que duró la operación propiamente dicha. Los dos sabían que la moderna máquina de anestesia estaba controlada por ordenador y que mantenía un registro de todas las variables en tiempo real, incluido lo que aparecía representado en el monitor. Al final, lo imprimía todo en forma de gráfica. Todo lo que había pasado quedaba registrado, incluyendo los gases, los medicamentos, los líquidos utilizados y todos los parámetros de seguimiento.

—¿Qué estáis haciendo? —preguntó una voz. No era agresiva, pero sí autoritaria.

Alzaron la vista para descubrir por encima de ellos la figura amenazante de Gwen Murphy, la enfermera jefe. Era una mujer robusta y corpulenta con el pelo rojo fuego y unas mejillas sonrosadas.

—Nos han enviado los de anestesia para revisar este caso de recuperación retardada.

Gwen miró detenidamente a Lynn un momento y acto seguido asintió con la cabeza, como si se hubiese creído la explicación de Michael.

—El paciente tiene programada una resonancia magnética para esta tarde.

Y sin dar más detalles, se dio la vuelta y regresó a su puesto ante los monitores.

Lynn se inclinó hacia Michael y susurró:

—¿Cómo se te ha ocurrido eso?

Estaba impresionada. Sabía que lo que estaban haciendo estaba peor que mal visto por las autoridades, y se había asustado ante la aparición y la pregunta repentina de Gwen. Seguro que a ella se le habría trabado la lengua si hubiera intentado decir algo. Menos mal que fue Michael quien habló. Tanto a ella como a los demás estudiantes de medicina les habían advertido que no estaba permitido mirar las hojas clínicas impresas ni los historiales médicos electrónicos, a menos que les hubieran autorizado específicamente. Ni siquiera podían consultar los de sus amigos o parientes. La administración se tomaba muy en serio la confidencialidad del paciente, y mirar los historiales de manera fraudulenta era un delito grave y punible.

—La práctica, supongo —contestó Michael—. ¿Te has fijado en que no me ha mirado?

—Ahora que lo dices, sí. A mí no me ha quitado el ojo de encima, pensaba que era porque se me notaba el sentimiento de culpa.

—Lo dudo. Creo que el hecho de que no me haya mirado es un ejemplo de la discriminación laboral inconsciente de la que te he hablado. Los superiores, tanto médicos como enfermeras, a menudo no me miran. Pero no pasa nada. Estoy acostumbrado. Y a veces es útil, como ahora, que nos ha permitido seguir con lo que estamos haciendo.

—Lo siento.

—Eh, tú no tienes la culpa, y a mí ya no me molesta. En fin, volvamos a lo que nos ha traído aquí.

Sin decir una palabra más, los dos estudiantes centraron de nuevo su atención en el informe de anestesia impreso. Vieron con claridad en qué punto la saturación de oxígeno había descendido repentinamente a un 92 por ciento. Bajando la vista al registro asociado del electrocardiograma, advirtieron las variaciones que coincidían.

—¿Es una variación hipóxica del electrocardiograma? —preguntó Michael.

—Creo que sí —contestó ella—. Tengo que averiguarlo. Desde luego, este trabajo está hecho para mí.

—¿Qué quieres decir?

—Lo que oyes. Voy a averiguar por qué ha pasado esto.

—He visto un caso igual a este.

Lynn lo miró sorprendida.

—¿De verdad? ¿Cuándo?

Michael miró a Gwen y Peter sin contestar. Los dos estaban ocupados. Aprovechando la situación, sacó su smartphone. Después de apagar el sonido y el flash, hizo una foto del informe de anestesia. Un momento después el teléfono desapareció.

—¡Por Dios! —Lynn lanzó un susurro forzado—. ¿Por qué te has arriesgado tanto?

Miró nerviosa al mostrador central. Se tranquilizó al ver que Gwen estaba enfrascada en una conversación con otra de las enfermeras de la UCI y que Peter hablaba por teléfono y escribía afanosamente al dictado.

—Puede que lo necesitemos. —Michael fue muy críptico—. ¿Has terminado con el informe?

—Me gustaría leer el de neurología, aunque me hago una idea bastante aproximada de lo que dice.

—Leámoslo y salgamos pitando de aquí. Luego te explicaré el otro caso.

7

Lunes, 6 de abril, 12.55 h

En cuanto la pesada puerta de la UCI se cerró detrás de ellos, Lynn acribilló a Michael a preguntas sobre el caso supuestamente parecido, deseosa de saber en qué coincidían.

—Pasó exactamente lo mismo.

El joven se explicó mientras avanzaban por el atestado pasillo de la sexta planta, esquivando carritos de la comida.

—¿Fue una recuperación retardada de la anestesia?

—Desde luego. Te lo aseguro, pasó lo mismo.

—¿Cuándo fue?

—Hará unos tres meses, cuando yo estaba en pediatría.

Iba a preguntarle cómo se había enterado del caso cuando miró al frente. En dirección a ellos venían el doctor Gordon y, lo más alarmante, Markus y Leanne Vandermeer, los padres de Carl.

Lynn se quedó inmóvil como un conejo asustado. Ellos estaban demasiado lejos como para haberla visto y el alboroto del pasillo los mantenía distraídos. Por un segundo se planteó dar media vuelta y correr en la dirección contraria. Todavía no había asimilado ni de lejos sus emociones a flor de piel y no sabía cómo reaccionaría si la criticaban o la culpaban. No le cabía duda de que ellos se quedarían tan desolados como ella.

Cuando reconoció a la pareja, Michael intuyó la reacción de su amiga. La agarró con firmeza del brazo y le susurró:

—Haz como si nada, hermana.

—No sé si estoy lista para enfrentarme a esto.

Tenía la voz ronca. Trató de soltarse, pero él siguió agarrándola.

—¡Aguanta! —insistió, tajante—. Puedes hacerlo. Es mejor sacártelo de encima aquí, en el hospital.

Observó con el pulso acelerado cómo se acercaban. La primera en reconocerla fue Leanne. Era una mujer delgada, vestida con un conservador traje gris que le hacía parecer la profesora de primaria que era. Cuando la vio, su rostro macilento pasó de la tristeza a una solidaridad llena de preocupación. Sin vacilar lo más mínimo, fue directa a la joven y le dio un largo abrazo. Lynn se sorprendió agradablemente. Hasta entonces, la madre de Carl nunca le había dado más que un ligero beso en la mejilla.

—¿Cómo lo llevas, querida? —le preguntó, todavía aferrada a Lynn después del largo abrazo. Medía unos quince centímetros menos que ella y tenía que levantar la vista para mirarla a la cara—. Quiero que me prometas que te tomarás este revés con calma. Pronto despertará. ¡Confía en mí! Todo va a salir bien. Estoy segura. Ya sé lo ocupada que estás. Hay pacientes que dependen de ti. Tienes que cuidar de ti misma y volver al trabajo.

Lynn miró a Michael en busca de apoyo. Carl le había advertido que Leanne era controladora, pero la situación le parecía inaceptable. La mujer le estaba diciendo cómo tenía que reaccionar a una catástrofe.

—Siento mucho que se haya producido esta pequeña complicación —continuó la mujer—, pero terminará dentro de poco. Estoy segura.

—Yo también lo siento —respondió.

La aparente negación del estado real de Carl por parte de su madre era tan sorprendente que le resultó más fácil dominar sus emociones. Había temido que la censurasen y le echasen la culpa, pero sentía empatía. Estaba aliviada y agradecida.

—Debes de estar destrozada —continuó Leanne—. ¿Lo has visto?

Asintió, aunque sabía que reconocerlo delante del doctor Weaver podía suponer que este considerara el acto una infracción de las normas del hospital, pero el médico, que evidentemente tenía sus propios problemas, no respondió.

—¿Cómo está? —preguntó la señora Vandermeer.

Su expresión de preocupación se transformó otra vez en una de tristeza.

—Muy tranquilo —contestó Lynn—. Parece que esté dormido.

Leanne la soltó, y Markus le dio otro abrazo. El padre de Carl era un hombre corpulento como su hijo, pero de constitución más gruesa. Tenía la cara arrugada y lucía un bronceado perpetuo. Era un gran aficionado al golf y le encantaba el bourbon. En contraste con su mujer, parecía totalmente conmocionado y prefirió no hablar.

—¿Ha habido algún cambio? —quiso saber Leanne cuando su marido la soltó.

—Me temo que no —respondió. Señaló a Michael—. Supongo que se acuerdan de Michael Pender.

—Sí, claro. —La mujer lo saludó brevemente, pero al instante se volvió otra vez hacia Lynn—. Vamos a asegurarnos de que Carl es atendido por los mejores médicos. Estoy segura de que muy pronto habrá un cambio a mejor.

—Eso espero.

Lynn asintió con la cabeza.

Miró al doctor Weaver, que seguía vestido con el traje quirúrgico. Él no le devolvió la mirada y animó a los Vandermeer a que pasasen a la UCI de neurología, avisándoles de que el tiempo de visita era limitado.

Después de prometer que se reunirían con ella más tarde, los padres de Carl siguieron por el pasillo, mientras ellos avanzaban en la dirección opuesta, hacia los ascensores.

—No ha ido tan mal —comentó Michael.

—Han sido muy generosos —reconoció ella. Al instante, su mente volvió al tema que les había ocupado antes de encontrarse con los Vandermeer—. Cuéntame los detalles del caso que has mencionado y cómo te enteraste de él.

—Fue una mujer afroamericana que rondaba los treinta, la edad aproximada de Carl. La operaron con anestesia general después de recibir un disparo en las dos rodillas. No se despertó. Sufrió un episodio de hipoxia como el de tu novio, y eso fue todo.

—¿La operaron aquí, en el Centro Médico Mason-Dixon?

—Sí. Te lo aseguro, fue un caso idéntico.

Llegaron a los ascensores. Tiró de la bata de Michael para detenerlo. No quería hablar del caso en un ascensor lleno, pero deseaba oír más información.

—¿Y tú cómo te enteraste?

—Mi madre me llamó desde Beaufort para decirme que una pariente lejana que había sido operada aquí estaba teniendo complicaciones graves. Me pidió que averiguara algo, y eso hice.

—¿Cómo se llamaba la mujer?

—Ashanti Davis.

—¿Qué parentesco tenía contigo?

—Muy lejano. Era una pariente política. La prima del hermano de un pariente político de la familia de mi madre, o algo por el estilo. Yo la conocí un poco durante la secundaria porque fuimos al mismo instituto, pero ella era mayor que yo y no terminó los estudios, y nos movíamos en círculos distintos.

—¿Le dispararon en las rodillas? ¿Fue por una guerra entre bandas?

—Alguien tuvo un problema gordo con ella, eso está claro.

—¿Qué fue de ella?

—Se quedó como un vegetal después de la operación. A los pocos días la llevaron al Instituto Shapiro.

—Qué horror. ¿Y sigue allí?

—Que yo sepa, sí. Creo que nadie la visita ni pregunta por ella. En su familia nadie está dispuesto a pagar los gastos que todo esto supone, no sé si me entiendes. Ella no era muy popular entre los suyos, por no decir otra cosa, ni siquiera entre los más allegados. En el instituto tenía fama de pendón y salía con todos los que aspiraban a ser miembros de bandas. Yo guardaba las distancias. Por su culpa mataron a tiros a uno de mis primos, así que el hecho de que le disparasen no fue tan inesperado, considerando el tipo de gente que frecuentaba. Era una manzana podrida.

—Qué historia más terrible. Antes de que le disparasen, ¿tenía buena salud en general, como Carl?

—Sí, que yo sepa.

Lynn sacudió la cabeza. Que hubiera dos personas sanas en el Mason-Dixon que, con pocos meses de diferencia, no hubieran despertado de la anestesia era más que inquietante; era realmente espantoso. Y la idea de que Carl fuera trasladado al Instituto Shapiro resultaba aterradora. Después de su breve visita al centro, ella y sus compañeros de carrera lo comparaban con un viaje al Hades.

—Me encantaría echarle un vistazo al historial de Ashanti —afirmó Lynn.

—¡Alto ahí! —Michael se apartó de ella como si tuviera algo contagioso—. Por algo así te podrían expulsar de la facultad de Medicina. La hoja clínica de Carl es distinta, porque es un caso en activo y mucha gente tiene acceso a él. En el caso de Ashanti, sería algo totalmente distinto. Tendrías que utilizar el historial médico electrónico y te pillarían en el acto.

—No lo haría yo misma.

Le daba vueltas a la cabeza, pensando en quién podría estar dispuesto a conseguirle el historial.

La doctora Scott le había ofrecido ayuda diciéndole que su despacho siempre estaba abierto para ella. También pensó en la anestesióloga que se había ocupado de Carl. Tal vez a ella le interesase, siempre y cuando no fuera la que había administrado la anestesia a Ashanti.

—Tengo una foto de su informe intraoperatorio de anestesia en alguna parte —dijo Michael—. La hice en la UCI, como acabo de hacer con el de Carl.

—¿De verdad? —Lynn estaba sorprendida—. ¿Dónde está? ¿Podrías encontrarla?

—Tendré que buscarla. Si mal no recuerdo, está en mi PC o en una memoria USB que tiene que andar en mi habitación, en alguna parte.

Como beneficiarios de becas completas, ambos tenían que vivir en la residencia, un edificio aparte en el extenso campus del centro médico. La mayoría de los estudiantes de cuarto año se habían mudado a pisos privados, pero a ella no le había importado quedarse, porque cuando estaba de guardia le resultaba práctico dormir en su propia cama en vez de en la sala de descanso del hospital. Además, pasaba la mayoría de los fines de semana en casa de Carl.

—¿La buscarás?

—Claro. Pero ahora no, si es lo que estás pensando. —Michael consultó su reloj—. Llegamos tarde a la clase de oftalmología. Más vale que vayamos al edificio de la clínica.

—No voy a ir a clase. —El tono de Lynn no admitía discusión—. No podría aguantar sentada una hora en el estado en el que me encuentro. Estoy muy nerviosa.

—¿Qué vas a hacer?

—Voy a ir en bici a casa de Carl para intentar calmarme. Tengo que informarme sobre las complicaciones anestésicas y sobre la recuperación retardada; lo haré desde su ordenador. Allí me sentiré más cerca de él. Puede que incluso rece un poco. Mira lo desesperada que estoy.

Michael la miró de reojo. La religión había sido un tema de conversación habitual entre ellos, sobre todo durante su tercer año en la facultad, cuando estaban en pediatría, y más recientemente mientras cursaban una asignatura optativa en pediatría avanzada. Tener que tratar con niños que padecían cáncer les había hecho plantearse que no podía existir un dios, al menos no uno benévolo y bondadoso al que se pudiera influir rezando.

—Ya lo sé. —Podía leer el pensamiento de su amigo—. Va

en contra de lo que dije en todas nuestras conversaciones a altas horas de la noche. Sin embargo, al ver cómo está Carl me dan ganas de intentarlo todo.

Michael asintió con la cabeza. Lo entendía. El incidente había dejado a su amiga a la deriva emocional.

8

Lunes, 6 de abril, 13.16 h

Lynn se quitó el traje quirúrgico y se puso la ropa de calle. La ira bullía en su interior. Estaba furiosa con la anestesióloga, con el hospital, con la medicina en general, y recordó cómo se había sentido cuando murió su padre. Tenía ganas de darle una patada a la taquilla donde había guardado la ropa. Tenía ganas de romper algo mientras se peinaba con pasadas rápidas y airadas.

El problema era que en algunos aspectos sabía demasiado. Si no hubiera sido estudiante de medicina, podría haber esperado que él despertase y estuviera bien, cosa con la que al parecer los Vandermeer contaban. Deseó poder dejarse llevar por semejante optimismo, pero era imposible. Sabía que eso no iba a ocurrir. El residente de neurología creía que la resonancia magnética mostraría en detalle una necrosis laminar extensa del córtex, fuera lo que fuese. Aun así, tenía los suficientes conocimientos sobre el tema como para comprender que eso equivalía a la muerte de muchas células en la parte del cerebro donde residía la humanidad de las personas.

En lenguaje llano, aunque Carl despertase, no sería el mismo de antes. No habría un final feliz, pasara lo que pasase. Era una situación desastrosa para todos los implicados. Por un breve instante, pensó que habría sido preferible que hubiese muerto, pero cambió de idea al instante, avergonzada de su egoísmo. Por lo menos ahora había un atisbo de esperanza, por improbable que fuera. Después de todo, él seguía vivo. Podía producirse un milagro.

Se puso la bata blanca y volvió a mirar su imagen en el espejo. Sus labios, normalmente gruesos, estaban apretados en una línea severa. Sus ojos verdes le devolvían la mirada con una intensidad hostil. Estaba claro que ahora se hallaba en la fase del duelo correspondiente a la ira, una vez abandonada la de negación.

No podía evitar pensar que el sistema médico de Estados Unidos había vuelto a fallarle. La primera vez fue con su padre, Ned, quien había tenido la mala suerte de padecer una enfermedad genética de la sangre conocida por las siglas HPN. Era una de las llamadas enfermedades raras que afectaban a menos de diez mil pacientes en todo el mundo. Después de casi cuatro años en la facultad de medicina, Lynn sabía mucho más sobre el mal que afectaba a su padre. Sabía, por ejemplo, cómo la enfermedad destruía los glóbulos rojos por la noche. También sabía que ella no la padecía y que tampoco era portadora.

En 2008, siendo una estudiante de segundo año de universidad sobrevino la crisis, Ned perdió su trabajo y, con él, el seguro médico que había estado pagando el coste extraordinariamente elevado de la medicación que lo mantenía con vida. Aunque pudo pagar las primas durante un año, la aseguradora anuló la póliza en cuanto pudo, antes de que se aprobara la reforma sanitaria propugnada por Obama. Eso supuso la desaparición del medicamento que le salvaba la vida, lo que en última instancia significó su muerte.

En esa época no conocía todos esos detalles, solo que su familia pasaba por dificultades económicas. El descubrimiento de lo que había ocurrido contribuyó a afianzar su deseo de dedicarse a la medicina para intentar cambiar el sistema, sobre todo después de enterarse de que el carísimo medicamento era mucho más barato en Europa y en Canadá. Ahora tenía la sensación de que el sistema sanitario de Estados Unidos había vuelto a cebarse con ella.

Se salpicó la cara con agua fría para calmarse. Detrás de ella vio que la alta figura de la doctora Scott entraba en el vestuario y se dirigía a su taquilla. Por un instante, dudó si acercarse para hablar con ella y preguntarle si le ayudaría a investigar lo que le había pasado a Carl, pero cambió de opinión. Era demasiado pronto. Todavía no podía formular preguntas inteligentes, como la frecuencia con la que se daba un caso como el de su novio en todo el país. De momento, lo único que sabía era que había ocurrido dos veces en el Centro Médico Mason-Dixon, con solo unos meses de diferencia.

En lugar de hablar con la cirujana, Lynn se concentró en marcharse antes de que la doctora Scott la viera por casualidad. No quería hablar con ella ni con nadie. Pisaba terreno emocional pantanoso, sobre todo ahora que la ira estaba superando a la negación.

Bajó por la escalera para evitar tropezarse con algún conocido en el ascensor. Una vez en la planta baja, acortó por el edificio del hospital, que ofrecía un atajo hasta la residencia. Puso especial empeño en esquivar el anfiteatro clínico, donde estaban dando la clase de oftalmología.

Se sintió aliviada al salir de los confines del hospital al espléndido sol de mediados de primavera en Charleston. Intentó no pensar en nada mientras los pájaros cantaban y la cálida luz del sol se filtraba entre los árboles en flor del patio interior ajardinado. Tenía que hacer un esfuerzo para mantener sus pensamientos a raya, y no aguantó mucho tiempo. A su derecha se levantaba la inmensa mole del Instituto Shapiro, recordándole insistentemente el drama de la muerte cerebral.

En marcado contraste con el resto de edificios que formaban el complejo del Centro Médico Mason-Dixon, el Instituto Shapiro parecía tener solo dos o tres plantas. Era difícil de determinar, ya que no tenía casi ventanas, lo que le daba el aspecto de un monstruoso rectángulo de granito pulido. Alrededor de su perímetro habían plantado numerosos árboles y arbustos en flor, en un intento por suavizar su austero contorno. Había una sola puerta de entrada, sólida y lisa, bajo un arco de piedra en la fachada. A veces, cuando Lynn y Michael volvían del hospital, coincidían con el cambio de turno del instituto y veían al personal salir del edificio. Nunca era mucha gente. Los que veían siempre iban vestidos con uniformes blancos, una vestimenta parecida a la ropa de cirujano pero mucho más elegante y entallada a pesar de ser monos de una pieza.

Se detuvo un instante y contempló el edificio, preguntándose si Ashanti Davis seguiría allí, y si lo estaba, cómo se encontraría. Se estremeció al pensar cómo se sentiría Carl si lo trasladaban al instituto y si le permitirían a ella visitarlo. Dudaba que la dejasen, ya que no era un pariente directo.

Se acordó otra vez de la visita oficial que ella y Michael habían hecho durante su segundo año en la facultad con sus compañeros de clase. Recordaba claramente los detalles de la historia que había detrás del nombre del instituto. Se llamaba así en honor a Arnold Shapiro, un universitario de veintiún años de Texas que permaneció en estado vegetativo persistente durante quince años. Se pensó que la causa inmediata había sido una hipoxia. Su corazón se había detenido espontáneamente y transcurrió un intervalo de tiempo indeterminado hasta que fue reanimado por unos técnicos de emergencias médicas. El caso provocó una encarnizada batalla legal entre los padres divorciados de Arnold para decidir si lo mantenían indefinidamente en ese estado o eliminaban la sonda nasogástrica y lo dejaban morir. El caso se convirtió en un reclamo publicitario para las dos partes implicadas en el asunto.

Les contaron que la instalación debía su nombre a Arnold Shapiro porque durante todo su calvario, Arnold recibió una magnífica asistencia al ser el centro de atención. El objetivo del Instituto Shapiro era ofrecer el mismo nivel de asistencia a cualquiera que la necesitase, tanto si era famoso como si no.

Pensar en la posibilidad de que Carl estuviese encerrado durante años hizo que volviera a estremecerse y dejó de mirar el edificio. Reemprendió el camino a la residencia de la facultad de Medicina. Tenía que controlarse.

La habitación que ocupaba desde el día que llegó a la facultad se encontraba en la cuarta planta. Era pequeña pero agradable y, lo más importante, tenía un cuarto de baño privado. La ventana daba al río Cooper y ofrecía una vista del elegante puente de Arthur J. Ravenel Jr. que se extendía hasta Mount Pleasant. El río era tan ancho en esa zona que casi parecía un lago.

Había una foto enmarcada de Carl encima del escritorio. Se reía mientras sostenía una piña colada decorada con un trozo de fruta, una guinda al marrasquino y una sombrilla de papel en miniatura. La foto había sido tomada el último verano, en su vigésimo noveno cumpleaños en Folly Beach, un popular complejo turístico situado cerca de allí. Habían alquilado una pequeña pero encantadora cabaña durante un fin de semana.

Lynn alargó el brazo y le dio la vuelta a la foto. Le recordaba otra época y otro lugar que le resultaban dolorosos. Después de lanzar la bata blanca sobre el respaldo de la silla de oficina, se puso una ropa de ciclismo más adecuada y cogió el casco, la mochila y las gafas de sol. En la mochila llevaba el teléfono móvil, una libreta nueva y un par de lápices. Aparte del casco no necesitaba nada más, ya que había ido llevando poco a poco a casa de Carl ropa y artículos de aseo básicos.

Fue derecha hacia el sur en bicicleta hasta que pudo desviarse por Morrison Drive, que se transformaba al final en East Bay Street y, por último, en East Battery. Era una ruta con paisajes cada vez más pintorescos a medida que avanzaba hacia el sur, sobre todo cuando llegó al centro histórico. Se situó por debajo de Broad Street, donde se hallaban la mayoría de las residencias históricas, y pasó por la zona conocida como Rainbow Row, una serie de casas adosadas de principios del siglo XVIII que habían sido construidas en la orilla del río Cooper. Todas estaban pintadas de caribeños colores pastel que resultaban fieles desde el punto de vista histórico, un legado de los colonos ingleses de Barbados. Se le levantó un poquito el ánimo. Charleston era una ciudad de una belleza cautivadora.

9

Lunes, 6 de abril, 14.05 h

Michael se guardó el bolígrafo en el bolsillo de la bata blanca. Había intentado tomar apuntes para mantenerse concentrado, pero no le estaba dando resultado. El principal problema era que la clase no trataba de oftalmología clínica, como él había esperado, sino que se había metido en una tediosa sesión de repaso del globo ocular y sus conexiones con el cerebro. Era una materia que tanto él como sus compañeros ya habían estudiado extensamente en su primer año en la facultad.

Uno de los secretos del éxito académico de Michael era su rapidez de lectura y su extraordinaria memoria. Había desarrollado con mucho trabajo la técnica desde que era solo un niño pequeño, aunque siempre tuvo buen cuidado de ocultar su aptitud en desarrollo a sus amigos, sobre todo a los chicos y especialmente en el instituto. En los círculos sociales en los que se movía, no estaba bien visto esforzarse por ser un buen estudiante. Al contrario, era algo que despertaba sospechas.

Hasta donde le alcanzaba la memoria, su madre, una mujer trabajadora que limpiaba casas y lavaba ropa, había insistido siempre en la idea de que la educación era el tren que le sacaría de la pobreza del gueto, y que leer rápido era el billete. Michael se había tomado en serio su consejo y, gracias a la buena genética heredada de su madre y del padre que no había llegado a conocer, pronto dominó la lectura rápida.

Ahora, con su residencia médica en el bote, soportar una maratoniana clase de repaso de dos horas de una materia que ya había tratado de sobra le resultaba un coñazo. De hecho, podía repasar por su cuenta lo que le estaban explicando en mucho menos tiempo y recordarlo mejor. También era cierto que estaba distraído. No podía dejar de pensar en Lynn, en Carl y, especialmente, en Ashanti Davis.

Echó un vistazo a sus compañeros de clase. Era evidente que prácticamente todos lo estaban pasando igual de mal. Los que no se habían dormido tenían los ojos vidriosos, indicativo de que solo un puñado de neuronas funcionaba en sus cerebros.

—A la mierda —masculló para sus adentros—. ¡Me largo!

Aprovechando que las luces se atenuaron para ver otra serie de imágenes generadas por ordenador, se levantó impulsivamente y se marchó. Solo tardó un instante, ya que se había sentado en la parte de atrás del aula, junto al pasillo, cerca de la salida. Aun así, sabía que se arriesgaba a que lo pillasen. Como hombre negro que iba a ejercer una profesión en la que el porcentaje de médicos de color era cada vez menor, el anonimato, en su caso, casi nunca era una opción.

La clínica estaba en pleno ajetreo. Todas las sillas disponibles estaban ocupadas por pacientes. Varios de ellos alzaron la vista esperanzados cuando vislumbraron a Michael y su bata blanca, confiando en que su espera estuviera a punto de acabar. Ninguno tenía ni idea de que la demora estaba motivada por una clase. Muchos de los pacientes blancos apartaron rápidamente la vista. Era un caso parecido al de la ausencia de contacto visual con los médicos, blancos en su mayoría, que tanto le había molestado durante su primer año en la facultad, cuando los estudiantes recibieron una introducción al trato con el paciente. Ahora se lo tomaba con filosofía. Había acertado al darse cuenta de que el problema era de ellos, no de él.

Tenía una buena relación con los pacientes, tanto blancos como negros, cuando superaban la vacilación inicial que su condición de hombre afroamericano suscitaba en ellos de vez en cuando. De hecho, a veces los pacientes blancos se adaptaban más rápido, mientras que algunos negros daban por supuesto que Michael era un «Oreo», un término de la jerga de los suyos para referirse a alguien totalmente integrado, o «negro por fuera y blanco por dentro». Pero sin duda, ese no era su caso. Se sentía plenamente identificado con sus raíces y con la comunidad negra, y estaba decidido a servirles llevando los conocimientos de Harvard a Beaufort, en Carolina del Sur.

Abandonó la clínica por la misma salida por la que Lynn se había marchado antes y se dirigió a su habitación de la residencia en busca del informe de anestesia de Ashanti. Como si estuviera imitando a su amiga, se detuvo en el mismo punto del patio ajardinado en el que ella se había parado y contempló el Instituto Shapiro por los mismos motivos. Se preguntó si Ashanti Davis seguiría allí dentro, mantenida con vida gracias a la magia de la medicina moderna. También temía que Carl estuviera destinado a ser trasladado allí. Sabía que sería un golpe muy duro.

Michael era consciente, al menos en teoría, de que un paciente en estado vegetativo podía ser mantenido con vida casi indefinidamente. Conocía el caso de una persona que había vivido en coma durante treinta y siete años. Para ello no hacía falta tecnología punta, sino simplemente un cuidadoso equilibrio del medio interno del cuerpo, es decir, hidratación y estabilidad electrolítica, una nutrición adecuada y un minucioso cuidado de la piel. Para cubrir las necesidades nutricionales a largo plazo, la mejor solución era una sonda de gastrostomía percutánea, introducida directamente en el estómago mediante una intervención quirúrgica a través de la pared abdominal.

Por supuesto, otro requisito importante era mantener a raya los diversos microorganismos, como las bacterias, los hongos y los virus, ya que a menudo el sistema inmunitario de los pacientes no se encontraba en un estado óptimo. Se empleaban los medicamentos adecuados, como antibióticos y antivirales cuando era necesario, pero la principal defensa se conseguía con la prevención, es decir, manteniendo los virus nocivos lejos de los pacientes. Evitar enfermedades infecciosas era el motivo por el que las visitas al instituto se restringían a los familiares más cercanos, e incluso a ellos se les disuadía en beneficio del colectivo de los pacientes. Los allegados tenían que ver a sus seres queridos enfermos a través de una ventana de vidrio.

Gracias a su rotación en la UCI durante el tercer año de cirugía, sabía perfectamente que los mayores peligros en la asistencia a largo plazo de pacientes inconscientes eran la neumonía y las úlceras de decúbito. Era necesario girar con frecuencia a los pacientes para evitar que permanecieran demasiado tiempo en la misma postura, ya que eso favorecía las infecciones y la neumonía. Cuanta más movilización, mejor, motivo por el cual ese tipo de cuidados se consideraban en general trabajosos, excepto en el Instituto Shapiro.

La única vez que había estado en el centro se enteró de que su secreto consistía en la informatización y la automatización. No estaba seguro de lo que eso significaba porque ni él ni sus compañeros de clase habían llegado a ver a ningún paciente de verdad. La visita se había limitado a una clase didáctica y una breve estancia en una zona para familiares, donde les ofrecieron una demostración con un maniquí.

Al pensar en Ashanti Davis y en su ignominioso fin, Michael recordó que a él, contra todo pronóstico, le había sonreído la vida. Allí estaba, a punto de terminar sus estudios en la facultad de Medicina y de iniciar su residencia médica en una exclusiva y prestigiosa universidad, mientras la mayoría de sus conocidos de la infancia estaban muertos o en la cárcel, o tenían un futuro incierto, como Ashanti.

Una semana antes, para relajarse después de los nervios del programa de asignación de residencias, se había escondido en su habitación y se había dedicado a visitar las redes sociales hasta acabar casi con el cerebro frito, buscando al mayor número posible de amigos de la infancia. Había sido un pasatiempo de lo más depresivo y le había hecho preguntarse cómo había tenido tanta suerte.

Casi todo el mérito se lo reconocía a su madre y a su insistencia en la educación y en la capacidad lectora. Pero también se atribuía a sí mismo cierto mérito por no caer víctima de la cultura en la que había estado inmerso. Las cosas podrían haber ido de forma muy distinta y podría haber terminado siendo un número más en las estadísticas de homicidios de Beaufort.

De adolescente traficó con drogas durante una temporada; le pareció que era una forma fácil de ayudar a mantener a su familia. También se le daban bien los deportes, y las dos actividades lo habían empujado a situarse en primera línea. Pero estar en cabeza también conllevaba problemas, y para salvaguardar su honor tenía que reaccionar rápido a las amenazas. Al principio bastaba con liarse a puñetazos, pero en octavo uno se veía obligado a llevar arma.

Para Michael, el detonante del cambio fue la combinación de pistolas e ira. Era lo bastante sensato como para saber que si iba armado estaba condenado al fracaso, sobre todo después de que a su primo lo matase a tiros un supuesto amigo y compañero de baloncesto que se había enamorado por error de la veleidosa Ashanti. A partir de ese momento no quiso tener nada que ver con la droga, los aspirantes a matones, las pistolas ni las zonas conflictivas. Ya no le interesaba desmadrarse. Evitaba todas las situaciones que podían desembocar en una confrontación, como meterse con las chicas que salían con los miembros de su banda, vacilar a sus adversarios en la cancha de baloncesto o alardear de cualquier logro.

Como si despertase del trance en el que lo había sumido su ensoñación, Michael se encontró repantigado en uno de los numerosos bancos del parque que bordeaban los senderos del patio interior, hipnotizado aún por el Instituto Shapiro. Se sorprendió de lo que habían dado de sí sus pensamientos sobre Ashanti. Y mientras seguía reflexionando, se preguntó si habían sido las palabras de su madre o su propia inclinación lo que había impedido que acabase muerto o matando a alguien por un desaire. No conocía la respuesta, pero todo eso lo llevaba a plantearse cómo habría sido su vida de no haber aprendido a leer rápido o si hubiera tenido un padre, y en caso de haberlo tenido, si le habría ayudado o habría sido un obstáculo. En cualquier caso, se consideraba un tío con suerte.

10

Lunes, 6 de abril, 14.20 h

Lynn frenó la bicicleta y se metió en el camino de acceso enladrillado que había junto a la casa de Carl, que llevaba a la cochera de la parte de atrás. No había ido directamente a la casa, como había planeado en un principio. Mientras se dirigía hacia el sur, se preguntó si aquello era apropiado, de modo que se dirigió al pie de East Battery Street y pasó un rato sentada en el rompeolas, intentando asimilar sus turbulentos pensamientos y emociones. Desde aquel lugar estratégico con vistas al puerto de Charleston podía distinguir Fort Sumter a lo lejos, en el extremo más oriental de James Island. Era un sitio reconfortante al que había ido a menudo con Carl. Sabía que era su lugar favorito de la ciudad.

Mientras iba en bicicleta se le había ocurrido algo terrible. Había intentado quitárselo de la cabeza, pero no podía. El inoportuno pensamiento volvía continuamente para atormentarla y reclamar su atención como el equivalente psicológico de un dolor de muelas. Era la idea de que su repentina libertad nacía del descubrimiento de que si su novio terminaba como temía, encerrado en el Instituto Shapiro, el motivo por el que había decidido abandonar su carrera académica y quedarse en el Centro Médico Mason-Dixon para hacer su residencia resultaba irrelevante. Y aunque no lo ingresasen allí, si necesitara atención constante, ¿estaba hecha ella para ese papel? Mierda, pensó, si ni siquiera estaban comprometidos, y sinceramente no sabía si su compromiso entraba dentro de lo posible. Cada vez que ella sacaba a colación el futuro de ambos, Carl siempre cambiaba de tema, cosa que había dificultado enormemente los planes para su residencia médica.

Esas inquietantes ideas le hicieron preguntarse si era egoísta y mala persona por pensar esas cosas y por hacerlo tan pronto. Y sin embargo, sentada en el Battery, la plácida escena y su vinculación con Carl la convencieron de que sería positivo participar en todo lo que le ayudase a recordarlo como la persona que era antes de los sucesos de esa mañana. También se convenció de que sería mucho peor para ella desde el punto de vista emocional volver a su habitación en la residencia sabiendo que su novio estaba muy cerca, en estado comatoso, aquejado de una reciente lesión cerebral de la que ella se sentía responsable. Si hubiera ido al Hospital Roper, probablemente ahora estaría viendo la tele y deseando que le dieran el alta.

Tenía las llaves del garaje y de la casa en un llavero junto con la de su residencia. Metió la bicicleta en el garaje, al lado del Jeep Cherokee rojo de Carl y se dirigió a la casa.

El ámbito legal favorito del joven abogado era con diferencia el inmobiliario, un sector en auge en Charleston. Se habían restaurado un gran número de las residencias del siglo XVIII y XIX, y las que todavía no habían sido remozadas eran objeto de gran demanda. Carl había participado en muchas ventas, y su profundo conocimiento del mercado, junto con su amistad personal con varios propietarios, le había brindado la oportunidad de comprar una de las propiedades más codiciadas de la zona. La casa, una vivienda unifamiliar, estaba en Church Street, una calle especialmente pintoresca. Como antiguamente los impuestos sobre la propiedad de Charleston estaban determinados por la extensión de la finca en la calle, los habitantes originales de la ciudad construyeron sus casas con el eje longitudinal perpendicular a la calle y con una sola habitación. A lo largo de un lado de la casa, se construían largas galerías, llamadas *piazzas*, en cada planta. Antes de la aparición del aire acondicionado, los habitantes de Charleston pasaban tanto tiempo fuera de casa como dentro durante los largos y húmedos veranos.

La vivienda de Carl era deseable por dos motivos. En primer lugar, aunque necesitaba una modernización, los detalles de época se habían conservado a lo largo de los años, mientras su infraestructura mejoraba poco a poco. Y en segundo lugar, sus dueños originales habían adquirido el solar de al lado y lo habían convertido en un gran jardín simétrico, dotado de un estanque de nenúfares, un cenador, árboles que daban sombra y varios tipos de palmeras. Aunque el jardín llevaba casi medio siglo sin cuidar, era una baza incalculable a la que Carl tenía pensado sacar el máximo partido.

Regresó andando a la fachada de la casa y abrió con su llave lo que, a todos los efectos, parecía la puerta principal. Sin embargo, la puerta cerrada daba a una galería descubierta a la que un visitante podía acceder con facilidad saltando la balaustrada. Era otra de las curiosas características de las casas unifamiliares de Charleston. Tuvo que recorrer la *piazza* de la planta baja hasta la auténtica puerta principal, situada en medio del porche longitudinal. A su izquierda se encontraba el descuidado y enmarañado jardín, que se había convertido en una pajarera que servía de refugio a buena parte de la población de aves autóctonas.

Una vez dentro, cerró la segunda puerta y se detuvo un momento a escuchar el silencio de la casa y oler su familiar aroma. A diferencia de ella, Carl cuidaba de su casa con esmero y hacía que la limpiasen dos veces por semana. Los altos árboles del jardín impedían que entrase mucha luz en el interior, un detalle que constituía una clara ventaja en los meses de calor, pero que oscurecía bastante las habitaciones. Tuvo que esperar a que sus ojos se acostumbrasen después del radiante sol exterior. Poco a poco, los detalles emergieron de la relativa penumbra de la estancia de alto techo. Sobresaltada, dejó escapar un grito cuando algo le rozó la pierna.

—Dios mío —suspiró aliviada. Un poco avergonzada de su

reacción, alargó la mano para acariciar a Pep y pedirle disculpas a la gata por asustarla—. Me había olvidado de ti —añadió. Pep se apretó contra su mano mientras la acariciaba—. Supongo que estás sola. Me temo que esta noche vamos a estar solas tú y yo.

Lo primero que hizo fue entrar en la cocina para comprobar que la gata tenía agua y pienso. Había ambas cosas, además de una nota dirigida a Frank Giordano que especificaba la cantidad de comida que había que poner en el bol del felino. Tomó nota mental de que debía llamar a Frank para avisarle de que ya no hacía falta que cuidase de Pep. No tenía muchas ganas de entablar esa conversación, porque preveía que Frank le haría muchas preguntas que ella no podría contestar.

Una vez que se hubo encargado de la gata, volvió al salón y subió por la escalera principal al segundo piso. Le daba pavor entrar en el dormitorio principal.

Cuando lo hizo, se asombró de que Carl se hubiera entretenido en hacer la cama. Era muy típico de él. Esa era la única diferencia entre ellos que le había preocupado un poco; se preguntaba si su falta de interés por esos detalles fastidiaría a Carl y si la obsesión de él le molestaría a ella. Era meticulosa con su persona y su trabajo, pero no era tan estricta con detalles mundanos como hacer la cama, doblar y colgar la toalla del baño o encargarse de la ropa sucia.

Sobre el escritorio había una foto de ella tomada el mismo fin de semana en Folly Beach que la imagen de él que tenía Lynn. Aparecía tan feliz como él en la suya, y se preguntó si algún día volvería a sentirse así. Le dio la vuelta a la fotografía, como había hecho en su habitación de la residencia. Mirarla no haría más que causarle dolor. Iba a dormir allí para sentirse cerca de Carl y convencerse de que no era tan egoísta como temía.

Recorrió a continuación el pasillo del segundo piso hasta uno de los dormitorios más pequeños, que Carl había convertido en un estudio. Era una casa grande, con otros tres cuartos en el tercer piso, y dos más en el ático abuhardillado. El dormitorio que había transformado en su espacio de trabajo tenía una puerta que daba a la galería, como la mayoría de las habitaciones. La estancia, revestida de paneles de madera de caoba oscura, tenía un aire muy masculino. En una pared había una estantería de suelo a techo con un estante lleno de los trofeos deportivos que había ganado, empezando por los de fútbol americano infantil y la liga de alevines de béisbol.

Lynn se sentó a la ordenada y amplia mesa de Carl y encendió el ordenador. Sacó el teléfono móvil, el cuaderno y los lápices de su mochila. Mientras el aparato se encendía, ojeó los contactos de su móvil hasta que llegó a Giordano y pulsó su número del trabajo. Tenía tendencia a aplazar las tareas desagradables, así que prefería acabar de una vez con el asunto para poder concentrarse en el estado médico de su novio.

Dijo su nombre a la secretaria que contestó y le aclaró que era una llamada personal. Un momento más tarde Frank estaba al teléfono.

—¿Qué tal? —preguntó. Lynn percibió su preocupación. Sabía que él había llevado a Carl al hospital esa mañana.

—Ha habido una complicación... —empezó a decir.

—¡No me digas! —la interrumpió—. Carl tenía el presentimiento de que las cosas no iban a ir bien. ¿Qué ha pasado?

—Hubo un problema con la anestesia. El nivel de oxígeno descendió durante la operación y no se ha despertado. Está en coma.

—¡Joder! ¿Qué va a pasar?

—He hablado un momento con el residente de neurología que lleva el caso. Está convencido de que ha habido daños cerebrales. Esta tarde van a hacerle una resonancia magnética.

—¡Joder, joder! ¡Me cago en la puta!

—Siento darte esta noticia —continuó Lynn—. No te puedo contar más. Yo tampoco sé nada. Ni siquiera sabía qué preguntar, pero voy a ponerle remedio esta noche. Tal vez mañana sepa más. Te mantendré informado.

—¡Hazlo, por favor! ¡Santo Dios! ¿Lo saben sus padres?

Frank había ido al colegio y al instituto con Carl y conocía bien a sus padres.

—Sí.

—¡Dios mío! Debes de estar destrozada. Lo siento mucho. ¿Qué tal estás?

—Estoy de los nervios —reconoció—. Además, me siento responsable porque yo le recomendé ese cirujano.

Le cruzó la mente el temor a estar siendo egoísta, pero no dijo nada.

—¡Eso es una chorrada! —aseguró Frank sin vacilar, reproduciendo la reacción de Michael—. No es culpa tuya. ¡Ni de coña! Si nos ponemos así, yo también podría decir que ha sido culpa mía porque yo fui el que lo llevó al hospital. ¡Es una gilipollez! ¡No te castigues!

—Lo intentaré, pero estoy agobiada. El problema es que me cuesta dominar mis emociones.

—¿Dónde estás ahora?

—En casa de Carl. Eso me recuerda que no tienes que preocuparte por Pep. Yo me encargaré de sus necesidades.

—¿Quieres que vaya a recogerte? Puedes quedarte con Naomi y conmigo. —Frank tenía una casa unifamiliar parecida a la de su amigo, y no estaba demasiado lejos—. Puedes quedarte todo lo que quieras. Tenemos espacio de sobra.

—Te agradezco la oferta, pero prefiero quedarme aquí.

—¿Estás segura?

—Todo lo segura que puedo estar en este momento. Intentaré tomármelo con calma. Ya te llamaré. Mientras tanto, voy a entretenerme informándome de todo lo que pueda sobre su estado médico.

—Tienes mi móvil. Llámame cuando quieras. De verdad, cuando quieras. No me molesta. Y si no te importa, te llamaré más tarde.

—No me importa —le aseguró.

—Vale, hasta luego. Y lo siento.

—Gracias.

Colgó el teléfono y centró de nuevo su atención en la pantalla del ordenador; se aseguró de que tenía conexión a internet y abrió Google Chrome. Antes de que pudiera iniciar la primera de lo que iban a ser muchas búsquedas, se sobresaltó, asustada. Un movimiento repentino a su izquierda la hizo levantarse de un salto; la silla salió rodando hacia atrás y se estrelló ruidosamente contra la estantería. Unos cuantos libros colocados de pie para exhibir sus portadas se cayeron al suelo. La gata que había provocado la reacción en cadena lanzó un aullido con un miedo equivalente y huyó de la habitación.

—¡Mierda! —exclamó, llevándose la palma de la mano al pecho.

El corazón le latía a toda velocidad. Era la segunda vez que la gata la asustaba con una acción del todo inocente, como saltar sobre la mesa. La intensidad de su reacción le permitió hacerse una idea de su grado de inquietud. Se agachó, recogió los libros que se habían caído y volvió a colocarlos en el estante. Acercó otra vez la silla a la mesa y se sentó.

Tuvo que esperar unos instantes para recuperarse antes de ponerse manos a la obra. Le interesaban principalmente tres cosas. La primera era la incidencia de complicaciones en la anestesia. La segunda era la especialidad de la anestesia en sí misma, para poder examinar el informe de Carl y entenderlo por completo. Deseaba informarse especialmente sobre los problemas relacionados con la hipoxia o el nivel bajo de oxígeno y los motivos que podía provocarlo. Aparentemente esa era la explicación oficial de la recuperación retardada de la conciencia que había sufrido Carl. Y por último, quería leer algo sobre la escala de coma de Glasgow.

Unos minutos más tarde, Pep volvió a entrar en la habitación. Esta vez, cuando saltó sobre la mesa para tumbarse encima, Lynn ni siquiera se dio cuenta. Estaba absorta en la lectura de un artículo sobre complicaciones hospitalarias. Las estadísticas la dejaron helada, e incluso le hicieron avergonzarse de la profesión a la que tanto esfuerzo le había costado acceder. Era consciente de que las complicaciones suponían un problema en algunos hospitales, pero ni de lejos hasta ese punto. Se preguntó por qué nunca les habían dado una clase oficial sobre el tema ni les habían hablado de ello en los grupos de prácticas. Cuanto más leía, más se asombraba.

Había estado tomando notas furiosamente y necesitaba una goma de borrar. Abrió el cajón del escritorio para buscar una. Como había supuesto, había varias. Cogió una y, cuando se disponía a cerrar el cajón, algo le llamó la atención. Era una cajita del característico color azul de Tiffany.

Se quedó inmóvil mirando la caja. Dudó un instante, introdujo la mano temblorosa en el cajón y la sacó. Deshizo el lazo blanco y la abrió. Dentro, como se imaginaba, había una cajita negra forrada de fieltro que contenía un anillo de compromiso con un diamante. Lo cerró de golpe, lo guardó en la caja de cartón y volvió a ponerlo en el cajón.

Su mirada se perdió en el vacío durante un momento. Ahora sabía con certeza que iba a haber un compromiso y que los sucesos de esa mañana habían dado al traste con él. Experimentó una mezcla de tristeza incontenible y de ira paralizante; cada emoción trataba de superar a la otra. En lugar de dar rienda suelta a cualquiera de las dos, cerró el cajón del escritorio y retomó la búsqueda en internet. Sentía un compromiso renovado con la misión. Quería averiguar exactamente qué le había pasado a Carl y quién era el responsable. Así evitaría pensar en la oportunidad perdida y en el inquietante asunto de su libertad.

11

Lunes, 6 de abril, 14.53 h

Michael permaneció sentado casi media hora en el mismo banco del parque, mirando al Instituto Shapiro y meditando sobre los aspectos de su infancia que habían aflorado al recordar a Ashanti Davis. Le asombraba la suerte que había tenido al escapar de la red de pobreza casi irremediable e inexorable en la que él y sus amigos habían estado inmersos, y de los métodos autodestructivos que habían desarrollado para poder sobrevivir.

Se incorporó de golpe. Vio a un hombre salir por la puerta del Instituto Shapiro justo frente a él. A esas horas resultaba algo inusual, y más aún porque el hombre estaba solo y no llevaba el típico atuendo blanco que había visto antes. En lugar de un uniforme, ese hombre vestía una llamativa chaqueta de cuero negra por encima de unos vaqueros de aspecto caro.

Sorprendido de su espontaneidad, Michael gritó:

—¡Oiga! ¡Señor! ¡Espere!

Utilizó las manos para sujetar la colección de bolígrafos y demás parafernalia que llevaba en los bolsillos, incluida su tableta digital, y corrió hacia el hombre, que caminaba con paso rápido en paralelo al edificio, al parecer en dirección al aparcamiento del otro lado.

—¡Disculpe! —añadió mientras se le acercaba—. ¿Puedo hablar con usted un momento?

El hombre se detuvo y lo observó. Unas gafas de sol le impedían verle los ojos. Era un tipo blanco y musculoso, de facciones toscas y cabello oscuro y lacio. Lucía una perilla parecida a la que él mismo había estado tentado de dejarse en alguna ocasión. Tenía puestos unos auriculares cuyo cable descendía serpenteando hasta desaparecer dentro de su chaqueta, además de un ordenador portátil en la mano derecha y una cartera de piel en la izquierda.

—Lo he visto salir del Instituto Shapiro —le explicó, jadeando ligeramente—. Soy Michael Lamar Pender, un estudiante de medicina de cuarto año. Siempre me ha fascinado este sitio.

El hombre se quitó uno de los auriculares, y pudo oír música de jazz a un volumen considerable. El hombre ladeó la cabeza con el ceño fruncido y le repitió el comentario. Esperaba que con un poco de comadreo amistoso el hombre se abriese como posible fuente de información, pero no tuvo suerte. No solo no dijo nada, sino que mantuvo el gesto adusto.

—Los estudiantes de medicina visitamos el instituto durante el segundo año. Aprendimos un poco sobre el sitio, pero...

Se calló, esperando alguna respuesta, pero no la hubo.

—¿Trabaja usted en el instituto? —añadió, desesperado.

—No —contestó el hombre finalmente.

—¿Estaba solo de visita? —insistió—. ¿Tiene un familiar ingresado en el instituto?

—No entiendo pregunta. —El hombre tenía un fuerte acento—. Soy programador informático. Yo arreglo problema.

—Guay. —Michael hablaba en serio.

Su interés aumentó al reconocer el acento ruso. A lo largo de los años, el Centro Médico Mason-Dixon había contratado a varios soviéticos para el departamento de ingeniería clínica, que incluía la sección de informática. Había hablado con un par de ellos en varias ocasiones, y en general le parecieron cordiales y muy competentes.

Los enormes servidores en los que se guardaban los historiales médicos electrónicos del hospital y el resto del equipo del centro, que funcionaban básicamente a través de computadoras, como las máquinas de anestesia, las unidades de resonancia magnética, los dispositivos de exploración por TAC y otros aparatos parecidos, obligaban al hospital a contar con un equipo de técnicos con amplios conocimientos informáticos. Michael sabía que, en general, los rusos tenían talento para la programación. Últimamente habían adquirido una relativa mala fama por su participación en las negociaciones de alta frecuencia en Wall Street, donde los mercados financieros utilizaban sofisticadas herramientas tecnológicas para obtener información, no siempre de manera lícita, y adelantarse al resto de los inversores. Algunos miembros del equipo del hospital habían sido reclutados allí.

—¿Trabaja en el hospital principal?

Le habló despacio y alto, señalando por encima del hombro la torre de ocho plantas situada detrás de ellos.

—No —respondió el hombre sin dar más detalles.

—Guay —repitió Michael, asintiendo con la cabeza como si estuviera de acuerdo.

Se dio cuenta de que el hombre no hablaba ni la mitad de inglés que los rusos con los que había charlado hasta entonces. Aun así, no quería acabar la conversación. Le parecía una gran coincidencia encontrarse con un tipo que salía del Instituto Shapiro justo cuando se había reavivado su interés por Ashanti Davis. Pensó que había muchas posibilidades de que el hombre fuera el administrador del sistema informático del instituto. Tenía que serlo si trabajaba allí.

—¿Está arreglado el ordenador? —le preguntó.

Si ese tío era el administrador del sistema, podía serle muy útil, siempre que él quisiera. Sabía que la gente a la que le estaba permitido el acceso al sistema del hospital principal, incluido él mismo, no podía acceder al del Instituto Shapiro. Lo sabía porque lo había intentado hacía unos meses, cuando trató de informarse sobre Ashanti.

—Ordenador todavía no arreglado —respondió—. Pero funciona bien.

—¡Guay! —repitió una vez más.

Necesitaba poner a ese tipo de su parte. Había algo que le animaba. Cuando frecuentó a los rusos del hospital, descubrió que, en general, admiraban a los negros y su cultura. Tenía que ver con los sentimientos ambivalentes de los soviéticos hacia Estados Unidos, un hecho que hacía bueno el dicho según el cual el enemigo de mi enemigo es mi amigo. En Rusia era de dominio público que, a lo largo de la historia, Estados Unidos no había sido justo con sus ciudadanos afroamericanos, lo que les ponía al instante del lado de los negros.

—He conocido a unos rusos en el hospital. —Habló otra vez alto y despacio—. ¿Para quién trabaja usted?

El hombre miró rápidamente a su alrededor, como si le preocupara que alguien pudiera oírle. Michael lo interpretó como un comportamiento alentador, como si estuvieran a punto de compartir un secreto, pero entonces el hombre hizo algo inesperado. En lugar de responder verbalmente, dejó el ordenador portátil y el maletín y sacó su smartphone. Abrió una aplicación y empezó a teclear. Cuando terminó, le mostró el móvil para que pudiera leer lo que ponía en la pantalla. En la parte superior había un párrafo en cirílico. Debajo, probablemente una traducción: «Trabajo para Productos Farmacéuticos Sidereal en North Charleston».

Michael asintió con la cabeza. Tenía sentido. Todo el mundo sabía que existía una relación entre Productos Farmacéuticos Sidereal y Asistencia Médica Middleton. Sidereal no solo había financiado una gran parte de la construcción del Instituto Shapiro, sino que se decía que la empresa de productos farmacéuticos, con sus abundantes recursos, estaba adquiriendo una participación mayoritaria en la cadena de hospitales.

Michael cogió el teléfono del hombre y rápidamente descubrió cómo escribir un mensaje en su idioma y que apareciera debajo en ruso. Un momento después entablaron una conversación electrónica:

Michael: Me llamo Michael Lamar Pender. Soy un estudiante de medicina de cuarto. ¿Cómo te llamas y de dónde eres?

Vladimir: Me llamo Vladimir Malaklov. Soy de Ekaterimburgo, en el óblast de Sverdlovsk, en Rusia.

Michael: ¿Cuánto hace que estás en Estados Unidos?

Vladimir: Poco tiempo. Primero fui a Nueva York y luego vine aquí, hace tres meses.

Michael: ¿Te han traído por algún motivo en concreto?

Vladimir: Soy especialista en lenguaje informático MUMPS. El sistema de este centro está programado en MUMPS.

Michael: Debe de ser difícil para ti comunicarte.

Vladimir: El inglés me cuesta. Estudié un poco en Rusia antes de venir, pero no me ha servido de mucho. Intento aprender, pero es difícil.

Michael: ¿Conoces a alguno de los rusos que trabajan en el hospital?

Vladimir: Sí. Conozco a varios de la misma universidad donde yo estudié. Vivo con uno de ellos, pero no es fácil. Dice que al final del día está cansado de hablar inglés, así que no tengo ocasión de practicar.

Michael: Yo estoy a punto de terminar en la facultad de Medicina y tengo tiempo libre. Podría enseñarte la jerga de los negros.

Vladimir: No entiendo. ¿Qué es la «jerga de los negros»?

Michael: Es la forma en que los hermanos y hermanas afroamericanos hablamos entre nosotros. Son como las palabras de la música rap. ¿Te gusta el rap?

Vladimir: Me encanta el rap. ¡Toma, escucha!

Vladimir cambió de aplicación, se quitó el segundo auricular y le dio los dos a Michael, que se los acercó al oído. Reconoció en el acto la melodía y al artista. Era Jay-Z cantando a voz en grito *Hard Knock Life*, un tema que conocía bien.

Michael sacó su propio teléfono con unos auriculares Beats conectados, reprodujo la misma canción y se lo pasó a Vladimir. Una sonrisa de satisfacción se dibujó en la cara del ruso, que empezó a mover la cabeza siguiendo el ritmo. No le sorprendió.

La calidad de sus auriculares era muy superior a la de los del ruso. Eran como la noche y el día.

Señaló el teléfono de Vladimir e hizo el gesto de tocar la pantalla y mirarla. Al principio el ruso no le entendió, pero cayó en la cuenta cuando Michael dijo:

—De mi idioma al tuyo.

MICHAEL: La música es mucho mejor con mis auriculares.

Vladimir asintió con la cabeza y levantó el pulgar para indicarle que estaba de acuerdo. Continuó meneando la cabeza siguiendo el ritmo percusivo con un esbozo de sonrisa en la cara. Estaba pasándoselo bien, y Michael estaba preparado para captarlo.

MICHAEL: Te regalo los auriculares como obsequio de bienvenida a Estados Unidos.

VLADIMIR: No puedo aceptarlos. Eres muy amable.

MICHAEL: Tienes que aceptarlos. Si no lo haces, me ofenderás y entonces tendríamos un problema. Según la jerga del rap, tendríamos un puto *beef*, lo que significa que yo tendría que pegarte un tiro porque en este país todo hijo de vecino lleva una pipa.

Observó la cara de Vladimir mientras leía la traducción, preguntándose cómo se traduciría al ruso la última frase. Sonrió para sus adentros pensando que *beef* podía también entenderse como «bistec» o «hamburguesa», dos palabras que no tendrían ningún sentido en el contexto. Pero una sonrisa de oreja a oreja iluminó el rostro del soviético, que tecleó en su pantalla antes de sostener el teléfono para que Michael lo viera.

VLADIMIR: Acepto encantado para evitar un puto *filet mignon*, sea lo que sea, pero tú también deberás aceptar un regalo mío. He traído unos recuerdos de Rusia.

Michael: [Después de reírse mucho.] Como quieras. Me encantaría tener un recuerdo ruso. ¿Qué tal un selfie de los dos?

Vladimir: No entiendo la palabra «selfie».

Señaló alternativamente a sí mismo y a Vladimir: «Una foto. Nosotros dos». Para hacerle una demostración, se tomó rápidamente un selfie y se lo enseñó. Quería una foto del ruso, por si Lynn no se creía que había conocido a ese hombre.

Vladimir: Sí, foto, pero también con mi cámara.

Primero Michael sujetó su smartphone con el brazo extendido, rodeó el hombro de Vladimir con el otro y tomó una foto. Luego fue Vladimir quien hizo otro tanto. Después continuaron con su conversación electrónica:

Michael: Tengo todos los discos de Jay-Z en mi ordenador. Puedo compartirlos contigo, si te interesa.

Vladimir: Me interesa mucho.

Michael: ¿Cómo puedo ponerme en contacto contigo, por ejemplo, mañana o pasado mañana?

Vladimir: Te daré mi número de móvil y mi dirección de correo electrónico.

Michael: Perfecto. Yo te daré los míos.

Durante los siguientes minutos, los dos hombres se concentraron en introducir los datos del otro en los contactos de sus teléfonos. Michael se fijó en que el prefijo de Rusia era el siete, seguido de diez dígitos. Se preguntó cuántos mensajes de texto iba a costarle ese hombre. Aunque intentaba incrementar su exigua economía con varios empleos en el centro médico, trabajando entre otras cosas en el banco de sangre, a final del mes siempre iba un poco corto de dinero.

Cuando terminaron de intercambiar sus números de móvil y sus direcciones de correo electrónico, le indicó por señas que tenía algo más que decir. Vladimir volvió a abrir la aplicación de traducción.

> MICHAEL: Encantado de conocerte. Los negros nos despedimos diciendo: «¡Nos vemos!».
> VLADIMIR: ¡De acuerdo! ¡Nos vemos! Y gracias por los auriculares.

Con una amplia sonrisa en la cara, Vladimir alargó la mano y estrechó vigorosamente la de Michael. Cuando le soltó, el joven estudiante cerró los dedos del ruso, hizo lo mismo con los suyos y chocó su puño con el de él.

—Así lo hacemos los negros —le explicó.

Vladimir asintió con la cabeza y sonrió.

—Nos vemos —repitió en su inglés titubeante con acento.

—Guay.

El tío era todo un personaje.

Vladimir recogió su ordenador portátil y su maletín del suelo e insistió en volver a chocar los puños con el sonriente Michael, para lo cual tuvo que meterse el portátil debajo del brazo y dejar libre una mano. Mientras lo hacía, no dejó de sonreír en ningún momento, visiblemente contento. A continuación, con un último gesto de la mano, se volvió y se marchó en su dirección original.

Michael esperó a que el hombre estuviera a unos diez metros de distancia. Entonces gritó su nombre y se dirigió trotando hacia él, esforzándose otra vez por evitar que sus pertrechos de estudiante salieran volando de sus bolsillos. Cuando lo alcanzó, le indicó con un gesto que quería utilizar la aplicación de traducción de su smartphone.

> MICHAEL: Acabo de acordarme de una cosa. Tengo una pariente lejana que ingresó en el Instituto Shapiro hace unos meses. No he tenido ninguna noticia de ella y le prometí a mi madre que me enteraría de si seguía aquí y si le iba bien, pero no he

podido hacerlo. Cuando vuelvas al instituto, ¿te importaría averiguar si sigue ingresada, para que pueda decírselo a mi madre?

VLADIMIR: Necesitaría su nombre.

MICHAEL: Ashanti Davis.

VLADIMIR: Podemos averiguarlo ahora si quieres.

MICHAEL: Te estaría muy agradecido. Como no soy un familiar directo, no he podido visitarla. ¿Cómo podríamos informarnos sobre ella?

VLADIMIR: Podemos volver a entrar en el instituto y averiguarlo rápidamente.

MICHAEL: ¿Puedo ir contigo?

VLADIMIR: Si quieres, pero no es necesario. Solo será un momento. Puedes esperar aquí si lo prefieres.

MICHAEL: Me gustaría ir contigo. No creía que me dejaran pasar.

VLADIMIR: ¿Quién se va a enterar? Casi nunca hay nadie en el COR, el Centro de Operaciones en Red, y sé que ahora no hay nadie allí. Los servidores del instituto también se controlan en el COR del hospital principal. He estado trabajando un mes en el COR del Instituto Shapiro y no he visto a nadie. La puerta por la que he salido lleva directamente a ese sitio.

MICHAEL: Te acompaño. ¡Vamos!

Siguió a Vladimir a medio paso de distancia hasta la puerta lisa. Justo a la derecha del marco, a la altura del pecho, había una cajita metálica con una bisagra. Su nuevo amigo levantó la tapa y descubrió la pantalla táctil que había debajo. Presionó el pulgar derecho contra ella y casi al instante sonó un clic y se abrió la puerta. La empujó y le indicó a Michael con un gesto que lo siguiera. El estudiante no estaba impresionado. Al contrario, creía que el ultra futurista Instituto Shapiro dispondría de una tecnología más moderna que un simple sistema de seguridad por huella digital de hacía una década.

Más allá de la puerta había un pasillo. Todas las paredes eran blancas y este estaba iluminado por brillantes luces led detrás de placas translúcidas de techo. Mientras avanzaba, recorrió el techo con la mirada, buscando indicios de dispositivos de vídeo. Distinguió lo que le pareció uno en medio del techo, a unos seis metros de la puerta. Si lo era, Vladimir ni se inmutó, aunque como experto en el sistema informático del instituto debía ser un entendido también en seguridad. Se encogió de hombros. Si a Vladimir no le preocupaba, a él tampoco. Era probable que no hubieran sufrido intrusiones durante años y se hubieran relajado.

Al cruzar la primera puerta con la que se toparon, se encontró en una habitación relativamente pequeña que albergaba cuatro terminales informáticos con múltiples pantallas, cada uno con una mesa de trabajo y una silla ergonómica. Al igual que en el pasillo, las paredes eran blancas y la iluminación provenía de unas placas translúcidas situadas en el techo. Enfrente de la puerta había una gran ventana que daba a la sala de servidores, con sus pilas de procesadores y dispositivos de almacenamiento. La sala estaba refrigerada hasta el punto de que hacía la misma temperatura que en una cámara frigorífica.

Vladimir se sentó sin vacilar ante una de las terminales de trabajo; Michael se acercó y se situó justo detrás de él. Si le molestaba que mirara por encima de su hombro, no lo demostró. El ruso introdujo rápidamente su nombre de usuario, que coincidía con su dirección de correo electrónico. A continuación, cuando estaba a punto de teclear su contraseña, se movió a un lado para poder ver el teclado. La clave empezaba por siete. Trató de concentrarse en la serie de dígitos. Gracias a su aptitud para leer rápido, era un ejercicio que se le daba relativamente bien. Cuando Vladimir llegó al sexto dígito se dio cuenta de que estaba tecleando su número de móvil. Después de once dígitos, el informático ruso pasó a las letras minúsculas; primero una eme. No tardó en comprender que tampoco tenía que memorizarla: simplemente estaba escribiendo su apellido. ¿Y eso eran fuertes medidas de seguridad?

—Vale, ya está —dijo Vladimir, mientras navegaba por la barra de tareas. Cuando se le solicitó, introdujo el nombre «Ashanti Davis», que había escrito en un trozo de papel antes de conectarse. Un segundo más tarde, la página principal de Ashanti apareció: Grupo 4-B 32. Debajo ponía: DROZITUMAB +4 ACTIVO—. Ella todavía aquí.

—¡Genial!

Michael miraba la pantalla y se preguntaba qué significaría «Grupo 4-B 32» y «Drozitumab +4 activo».

Decidió tomar la iniciativa. Cogió el ratón y desplazó el cursor a ESTADO DE SALUD en la barra de menú e hizo clic. A continuación, clicó en SIGNOS VITALES en el menú desplegable. Un segundo más tarde tenían delante un gráfico activo de los signos vitales de la mujer en tiempo real. La tensión arterial, el ritmo cardiaco, la frecuencia respiratoria y la saturación de oxígeno estaban dentro de lo normal.

—Parece que no ha abandonado el partido —murmuró Michael.

Sin soltar el ratón, volvió al menú desplegable y eligió COMPLICACIONES. Ante ellos se abrió una lista de problemas, unos activos y otros resueltos. Le llamó la atención que, entre las enfermedades que esperaba, como NEUMONÍA BACTERIANA/CURADA, CISTITIS/CURADA, aparecía un siniestro diagnóstico de mieloma múltiple, un tipo de cáncer de la sangre que se detectaba con mayor frecuencia en los afroamericanos que entre los caucásicos, más en hombres que en mujeres y muy rara vez en jóvenes.

Sacó su móvil y le explicó por gestos que quería tomar una foto de la pantalla. Dedicó a Vladimir una expresión inquisitiva y le explicó:

—Para poder contarle a mi madre cómo está Ashanti.

El ruso pareció entender el gesto y respondió encogiéndose de hombros:

—De acuerdo.

Hizo la foto y comprobó que había quedado lo bastante

aceptable como para que se pudiera leer. Parecía que había salido bien. Le habría gustado seguir leyendo el informe, pero no quería tentar a la suerte. Ya había conseguido más de lo que habría soñado media hora antes, y desde luego no quería ofender a su nuevo amigo ruso.

—¿Vamos? —preguntó Vladimir.

Michael respondió levantando los dos pulgares. No podía creer la suerte que tenía. Lynn se iba a quedar de piedra.

12

Lunes, 6 de abril, 23.48 h

El tiempo había acompañado a Darko Lebedev. Aunque había hecho un día primaveral, radiante y despejado, a media tarde presenció un cambio repentino. El viento varió de rumbo, trayendo hacia el interior un húmedo aire tropical del sur que pronto se convirtió en una densa niebla. Ahora, mientras miraba por el parabrisas de una furgoneta Ford corriente, podía ver los remolinos de vapor que envolvían los árboles y los arbustos alrededor de la casa que constituía su objetivo, en el 1440 de Bay View Drive. La luna estaba oportunamente oculta. Las circunstancias no podían haber sido mejores para lo que estaba a punto de ocurrir.

Esa tarde, Darko y su socio, Leonid Shubin, habían recorrido unos treinta kilómetros hacia el norte desde Charleston, hasta un pueblo llamado Summerville, donde habían robado la furgoneta que estaban usando. Era azul oscuro y no tenía ninguna marca, motivo por el cual la habían elegido. Desde Summerville se habían dirigido a Mount Pleasant y habían pasado unas cuantas veces por delante de la casa que constituía su objetivo para echar un vistazo. Era la última residencia de una calle sin salida, con solo una vía de acceso, una complicación sin importancia con respecto al allanamiento de morada que estaban planeando.

Hacía media hora que habían pasado por delante de la casa por última vez y habían aparcado a un lado de la calle, frente a la vivienda más próxima. Con el motor apagado, esperaban señales de que la familia se disponía a acostarse. No tuvieron que esperar mucho.

—Las luces de lo que parece el dormitorio principal acaban de apagarse.

Leonid habló en ruso.

Los dos hombres dominaban el inglés después de poco más de cinco años viviendo en la zona de Charleston, pero cuando estaban solos preferían el ruso. Se conocían desde hacía casi tres lustros; habían coincidido en el Spetsgruppa B Vega ruso, la unidad militar en la que habían servido durante casi diez años en Chechenia, donde habían cometido docenas de allanamientos de morada. Esa operación era su especialidad. En el norte del Cáucaso, los sospechosos de pertenencia a banda terrorista eran eliminados junto con sus familias sin la más mínima intención de ofrecerles un juicio justo. Era la forma rusa de lidiar con lo que calificaban de terrorismo.

—¡Vamos! —ladró Darko en ruso.

Los dos hombres bajaron de la furgoneta. Llevaban casi una hora preparados para actuar. Iban vestidos con monos negros y zapatillas de deporte del mismo color y cargaban con todo lo que necesitaban, incluidas granadas aturdidoras y pistolas automáticas AF-1 con silenciador de fabricación rusa. Al salir del vehículo, ambos se cubrieron la cara con los pasamontañas y activaron sus gafas de visión nocturna. Les encantaba realizar la tarea para la que los habían adiestrado a conciencia. En su opinión, desde su llegada a Estados Unidos estaban infrautilizados.

Darko, el más corpulento de los dos, iba el primero cuando corrieron por la entrada, pasaron por delante del sedán Mercedes aparcado en el garaje y recorrieron el sendero hacia la puerta principal. Estaban en una forma física espléndida; entrenaban y montaban en bicicleta o corrían todos los días. Según lo planeado, Darko se dirigió a la derecha de la puerta y Leonid a la izquierda. Con experta eficacia, Leonid colocó una pequeña carga explosiva de C4 en el ángulo entre la puerta y la jamba, justo al lado del pomo.

Cuando Darko hizo un gesto con la cabeza, Leonid detonó la carga. El estallido pareció fuerte, pero no se diferenció mucho de la explosión de un globo de cumpleaños. Un momento más tarde estaban dentro de la casa. Era crucial incapacitar a los adultos lo antes posible y luego encargarse de la alarma, si la había. En Chechenia no abundaban las alarmas, pero se disparaban de vez en cuando. No les preocupaba especialmente que se realizara una llamada de teléfono automática a la empresa de seguridad. Ellos ya se habrían ido hacía un buen rato cuando alguien llegara a la casa para ver qué pasaba. Si no había sistema de alarma o estaba desconectada, podrían tomarse su tiempo y pasárselo en grande.

Después de observar la casa durante sus paseos en coche, se habían hecho una idea razonable de su distribución. La luz que llevaba media hora brillando en una de las ventanas de la segunda planta les llevó a deducir que allí estaba el dormitorio principal. Subieron directamente la escalera de forma precipitada con las pistolas en ristre. No había sonado ninguna alarma cuando abrieron la puerta de la calle. Unos segundos más tarde irrumpieron en el dormitorio.

La cama de matrimonio extra grande estaba justo enfrente de la puerta que daba al pasillo. Kate y Robert Hurley se incorporaron en la cama, totalmente sorprendidos, con los ojos desorbitados y las bocas abiertas.

Darko encontró un interruptor y encendió una pequeña lámpara de cristal.

Cuando Kate Hurley vio a los rusos, dejó escapar un grito ahogado. Darko se levantó sus gafas de visión nocturna.

—¿Qué es esto? —gritó Robert Hurley—. ¿Qué demonios está pasando?

Darko no contestó, pero hizo una señal con la cabeza a Leonid. Todo iba según el plan. Un instante más tarde, Leonid había salido por la puerta. Su misión consistía en ocuparse de los dos niños que les habían dicho que habría en la casa.

—¡Cómo se atreven! —Robert trató de parecer autoritario. Kate le agarró el brazo para que se callara, pero no dio resultado—. ¿Qué narices hace un equipo de los SWAT en nuestra casa? —preguntó.

Darko siguió sin contestar. Miró el teclado del sistema de alarma que había en la pared, a la derecha de la puerta. Estaba en la posición de apagado. Podían tomarse su tiempo.

Robert retiró las mantas y empezó a salir de la cama.

El ruso le apuntó con su automática y le dijo con un marcado acento:

—¡No te muevas!

—¿De dónde son ustedes? —inquirió Robert airadamente, pero obedeció la orden. Nunca le habían apuntado con una pistola. Era, como mínimo, perturbador—. ¿Son policías o qué?

Un instante más tarde escucharon dos fuertes ruidos sordos que sonaron como si alguien le hubiera dado a una almohada con un bate de béisbol. Darko sabía lo que significaban los sonidos, pero los padres no. Un momento más tarde, Leonid volvió a aparecer y se limitó a hacerle una señal con la cabeza para indicarle que el trabajo estaba hecho.

—¿Dónde está tu ordenador? —preguntó Darko.

Robert miró a su mujer con una expresión inquisitiva como diciendo: «¿Tú te crees a estos tíos?».

—¿Tienes ordenador portátil? ¿Y tableta? Y tu móvil: los queremos todos.

—¿De eso se trata? —preguntó Robert. Estaba furioso—. ¿Han entrado aquí para robarnos los ordenadores? ¡Bien! ¡Quédenselos!

—¿Dónde están? —insistió, manteniendo un tono sereno.

Todo iba bien, y no quería disgustar a Robert innecesariamente. Necesitaban que cooperase.

—Abajo, en el estudio —respondió finalmente.

—¡Enséñamelo! —ordenó, y señaló hacia la puerta con su pistola.

—Enseguida vuelvo.

Se despidió de Kate mientras salía de la cama, se ponía una bata y se calzaba unas zapatillas.

Lanzó una mirada asesina a Darko y Leonid al pasar por delante de ellos en dirección al pasillo.

—¡Que te lo pases bien! —le dijo Darko a Leonid en ruso mientras se volvía y seguía a Robert.

Antes de entrar en la casa habían lanzado una moneda al aire para decidir lo que hacía cada uno. El que perdiera tenía que ocuparse de los niños, pero como compensación también podía quedarse con la mujer. Lo importante era que tenían que hacer que pareciera un horrible allanamiento de morada y no un asesinato. Como varios episodios de triste recuerdo, el último de ellos en Connecticut, la violencia era la clave, incluida la violación y el asesinato con robo como idea de última hora. Era importante convencer a los medios de comunicación.

—Pienso pasármelo bien —le aseguró Leonid también en ruso—. No será difícil. No es fea.

Darko siguió a Robert escalera abajo hasta el estudio, donde encendió la luz. Señaló su ordenador personal en el escritorio.

—¿Y el portátil, la tableta y el smartphone?

Sin hacer ningún comentario, Robert salió del estudio y entró en la cocina. Darko lo siguió, empuñando la pistola a su lado. No esperaba que intentara nada, pero parecía menos intimidado que la gente con la que habían tratado en Chechenia. Claro que allí la gente sabía lo que iba a pasar, y Robert no.

Volvió al estudio con todos los aparatos electrónicos en la mano. Allí, Darko lo obligó a sentarse ante el ordenador personal que había sobre la mesa.

—Quiero que accedas a los archivos de tu oficina —le dijo. Utilizó otra vez la pistola para señalar.

—Está de broma. —Robert le miraba con absoluta incredulidad.

—No bromeo. ¡Hágalo!

Observó la pistola, vaciló un momento y acto seguido hizo lo que le había pedido.

Darko observó la pantalla por encima del hombro de Robert.

—Ahora quiero que busques y borres todos los archivos y documentos que tengas relacionados con Asistencia Médica Middleton y el Centro Médico Mason-Dixon, tanto en tu oficina como en esta máquina.

Su tono todavía era sereno.

—Está bien.

Atónito, empezó a preguntarse quién podía estar detrás de esa extraña situación. Estaba en juego el trabajo de poco más de una semana relacionado con el caso de la demanda colectiva, pero podría recuperarlo todo con bastante facilidad porque recordaba todas las fuentes. Teniendo eso en cuenta, hizo lo que le mandaron sin vacilar. Miró a Darko cuando terminó.

—Ya está todo. —Habló con ligereza, como si no le importara.

—No todo —repuso el ruso. Apuntó con el cañón de su pistola a los otros dispositivos electrónicos—. Todos los documentos y archivos de todos los aparatos.

—Usted y sus jefes son increíbles. —Sacudió la cabeza—. ¿Quién le ha ordenado hacer esto exactamente? A ver si lo adivino: ¿Josh Feinberg, el director general del centro médico? Esto es una puta locura. Pero no pasa nada. No me importa. —Centró primero su atención en el ordenador portátil. Cuando hubo acabado, cogió el smartphone—. ¡Ya está! —Cuando terminó del todo lanzó el móvil a la mesa—. En la tableta no hay nada. Apenas la uso, salvo para jugar. Eso significa que todos los documentos y archivos de Asistencia Médica Middleton y el Centro Médico Mason-Dixon han sido borrados. Espero que esté contento.

Darko era razonablemente competente con los ordenadores y otros dispositivos electrónicos y estaba totalmente seguro de que Robert decía la verdad, de modo que estaba «contento», aunque «satisfecho» habría sido una descripción más acertada. Alargó la mano por delante de Robert y apartó el portátil y el smartphone a un lado. Justo cuando lo hizo, sonó un grito arriba, seguido de un ruido sordo parecido al que Robert y Kate habían oído antes, cuando Leonid había ido a ocuparse de los niños.

Robert alzó la vista de golpe, como si creyera poder ver a través del techo.

—¿Qué demonios...? —preguntó mientras empezaba a ponerse en pie.

Darko no contestó, pero levantó la pistola y apuntó a Robert a la cara. El sonido del arma fue más un susurro que un estallido. La cabeza de Robert cayó hacia atrás de golpe y su cuerpo se quedó sin fuerzas en la silla, con los brazos colgando a los lados. Un punto rojo del tamaño de una canica apareció en medio de su frente, justo entre los ojos.

Registró rápidamente la mesa en busca de otros objetos de valor aparte del ordenador portátil y el smartphone. Era importante que la agresión pareciera un robo. Leonid apareció un momento más tarde, subiéndose la cremallera del mono.

—¿Qué tal ha ido? —le preguntó Darko de nuevo en ruso mientras recogía los aparatos electrónicos para llevarlos a la furgoneta.

—Prefiero a las chicas chechenas —respondió Leonid—. Se resisten más. ¿Te apetece subir y aprovechar la oportunidad? Todavía está caliente.

—Que te den. —Le dedicó a su compañero un gesto con el dedo corazón—. ¿Te has acordado de buscar joyas?

—Sí, y he encontrado algunas. No muchas, pero he cogido lo que he podido, incluida la cartera y el Rolex del abogado.

—Con eso debería bastar. ¡Larguémonos de aquí!

13

Martes, 7 de abril, 5.45 h

Al principio, Michael trató de incorporar el ruido sordo al agradable sueño que estaba teniendo, pero no dio resultado. Reconoció de mala gana que alguien estaba llamando intermitentemente a su puerta.

—Mierda —murmuró.

Asumió que su torturador no iba a marcharse, sacó las piernas de debajo de las mantas y miró el reloj. Ni siquiera eran las seis, y la clase de dermatología no empezaba hasta las nueve.

—Mierda —repitió, poniéndose en pie.

No se le ocurría quién podía molestarlo ni por qué. A pesar de estar vestido únicamente con la ropa interior, abrió la puerta de golpe. Le sorprendió encontrarse cara a cara con Lynn, enfadada por lo que había tardado en abrir la puerta. Ella era la última persona que esperaba ver.

La noche anterior se había pasado varias veces por la habitación de su amiga para ver si había vuelto. Su cuarto estaba solo a tres puertas de la suya. A las once de la noche todavía no había regresado, por lo que pensó llamarla o enviarle un mensaje de texto para asegurarse de que estaba bien. También quería relatarle su encuentro casual con Vladimir y su visita al Instituto Shapiro. Luego supuso que ella pasaría la noche en casa de Carl y temió que ya estuviera dormida o que necesitase un poco de intimidad. Después de todo, si quería contactar con él, tenía su número de móvil.

—¡Tenemos que hablar! —exclamó la joven.

Pasó junto a un sorprendido Michael dándole un empujón, se lanzó a su silla de oficina y encendió el ordenador de sobremesa. Llevaba una bata blanca de estudiante de medicina recién estrenada.

—Pasa y ponte cómoda, por favor —comentó Michael con sarcasmo.

—Quiero que leas un artículo, pero primero dúchate o lo que sea que hagas cuando te levantas. Tenemos que ir a ver a Carl, y luego iremos a desayunar. Estoy muerta de hambre. Anoche no cené nada.

—¿Nada? ¿Por qué no?

—Estaba demasiado ocupada. Me he enterado de un montón de cosas que quiero contarte. ¡Así que espabílate!

—¡Sí, señor! —Michael le dedicó un saludo militar.

El padre de Michael, al que recordaba muy vagamente, pasó un tiempo en los marines y estuvo destinado en Parris Island, a unos ocho kilómetros de Beaufort, donde Michael se había criado. Solo tenía cuatro años cuando sus padres se separaron, pero todavía recordaba a su padre haciéndole el saludo militar como si él también fuera un marine.

Se duchó a toda velocidad, se afeitó y se arregló el pelo, que no necesitaba muchos cuidados. Cuando salió del cuarto de baño, Lynn lo esperaba delante de la ventana, taconeando. Era evidente que estaba agotada e impaciente, y no podría haberle importado menos que Michael estuviera casi desnudo salvo por la toalla que llevaba. Se dirigió a la cómoda, sacó unos calzoncillos y unos calcetines limpios, y se acercó al armario para coger el resto de su ropa y el calzado. Le avisó cuando terminó; Lynn parecía hipnotizada por la vista del puerto hasta Mount Pleasant, como si no contemplara el mismo paisaje desde su habitación desde hacía casi cuatro años.

—El artículo que quiero que leas está en la pantalla de tu ordenador. Léelo rápido y vámonos pitando al hospital.

Michael notó que Lynn no estaba de humor para discutir, de

modo que se sentó y comenzó a leer. Sintió la presencia de la joven en su espalda, mirando por encima de su hombro.

El artículo tenía el logotipo de la revista de divulgación *Scientific American* en la parte superior, lo que le otorgaba gran credibilidad. Era consciente de que el principal problema de internet era el hecho de no conocer las fuentes de información, lo que generaba dudas sobre su veracidad. Sin embargo, lo más probable era que ese artículo fuese fiable. Se trataba de un texto relativamente breve titulado «¿Cuántos pacientes mueren a causa de errores médicos en los hospitales de Estados Unidos?». Terminó de leerlo en menos de un minuto y miró a Lynn.

—Venga ya —dijo ella—. Es imposible que hayas terminado.

—Pan comido.

—¡Vale, listillo! ¿Cuál es el límite máximo de muertes estimadas de las personas que ingresan en hospitales de Estados Unidos cada año y sufren un «incidente adverso evitable», un eufemismo como no había oído en mi vida? ¡Deberían llamarlo como en el título del artículo: un puñetero error!

—Cuatrocientas cuarenta mil —respondió él sin dudar.

—Caray —se quejó Lynn—. ¿Cómo narices lees tan rápido y te acuerdas de todo? Es muy desmoralizador para los simples mortales.

—Ya te lo he contado, mi madre me enseñó.

—Las madres no enseñan esa clase de técnicas. Pero da igual. ¿No te parece una estadística sorprendente y bochornosa? Como dice el artículo, eso querría decir que las muertes en hospitales debido a errores médicos son la tercera causa principal de mortalidad en el país.

—A ver si lo adivino. Ahora estás convencida de que Carl ha sufrido un error o, para ser más exactos, una cagada de campeonato. ¿Es eso lo que leo entre líneas?

—¡Pues claro! Un joven de veintinueve años fuerte, atlético y sano es sometido a una sencilla operación de rodilla y termina en coma. Alguien ha metido la pata hasta el fondo, y si Carl no despierta, la estadística que acabas de leer va a aumentar a cuatrocientas cuarenta mil y una muertes este año, ¡y todo por una rutinaria reconstrucción del ligamento cruzado anterior!

—Dios bendito, estás sacando conclusiones precipitadas. Ni siquiera han pasado veinticuatro horas, y segurísimo que Carl no está muerto. A lo mejor cuando volvamos está sentado en la cama, comiendo y preguntándose cómo demonios ha pasado el lunes.

—Eso estaría muy bien —respondió con sarcasmo—. El residente de neurología cree que ha habido una necrosis cerebral extensa. Siento ser aguafiestas, pero no va a estar sentado desayunando.

—La medicina es una ciencia imperfecta. Si hemos aprendido algo durante los últimos cuatro años es eso. Todo el mundo es único según su ADN. Puede que Carl reaccionara negativamente a la anestesia y a lo que sea que le administraron. Puede que hubiera un error, pero puede que no. Puede que la máquina de anestesia funcionara mal. Pudieron pasar mil cosas, pero no fue necesariamente un error.

—Creo que la anestesista la cagó de alguna forma —insistió la joven—. Mi intuición me dice que ha sido un problema humano, como indica el artículo, no una reacción idiosincrática o un problema técnico. Los errores los comete la gente.

—Es otra posibilidad, pero hay muchas más. Hay errores del sistema y también humanos. Hasta los ordenadores cometen errores.

—Pues te aseguro una cosa —prometió Lynn con una convicción que rayaba en la ira—, los dos vamos a averiguar lo que ha pasado, es decir, quién ha metido la pata, y vamos a asegurarnos de encontrar a los responsables para que no vuelva a pasar.

—¡Un momento! —Michael sonreía con ironía—. ¿Cómo que «los dos», hombre blanco?

Era el remate del único chiste que Ronald Metzner había contado durante toda su estancia en la facultad que a Michael le había hecho gracia de verdad. Era un chiste sobre el Llanero Solitario y su compinche, un nativo americano llamado Tonto, que se veían atrapados en un cañón estrecho, rodeados de un montón de indios sanguinarios decididos a cargárselos. El remate en cuestión era la respuesta de Tonto a la frase del Llanero Solitario: «Parece que los dos estamos de mierda hasta el cuello».

Lynn se quedó callada un momento; no estaba precisamente de humor para que le recordasen uno de los chistes estúpidos de Ronald. La actitud de Michael le despertó incredulidad y la desanimó.

—¿No estás tan cabreado como yo por el estado de Carl?

—Lo que quiero decir es que es un poco pronto para perder los estribos y ponerse a hacer toda clase de conjeturas.

—Bueno, no sé tú, pero yo no puedo quedarme sentada esperando a que despierte, cosa que no creo que vaya a pasar, y dejar correr el asunto. Voy a averiguar lo que ha ocurrido, y no voy a descansar hasta entonces. Se lo debo. Si he llegado hasta donde estoy es porque soy una persona con iniciativa, igual que tú, añadiría.

—¡Oye! Entiendo cómo te sientes. Tienes todo el derecho del mundo a estar cabreada, pero como amigo tuyo, y probablemente el mejor, tengo que intentar pararte los pies. Podrías poner en peligro tu carrera médica. Nadie verá con buenos ojos tus esfuerzos, a nadie le gustará este asunto. Y para colmo, te recuerdo que infringir la Ley de Responsabilidad y Transferibilidad de Seguros Médicos con engaños, cosa que hemos hecho, es un delito de clase cinco. Te buscarás problemas. ¿Entiendes lo que te digo?

—¿Has acabado? —Lynn puso los brazos en jarras.

—De momento. Vamos a la cafetería. Creo que ahora mismo tu nivel de azúcar debe de ser cero y te está afectando al sentido común.

La joven se contuvo durante unos minutos, pero volvió a la carga en el ascensor de la residencia.

—Me parece increíble que a nosotros, que somos estudiantes de medicina, nos hayan dado tan poca información sobre los errores hospitalarios. Y los fallos que acaban en muerte solo son la punta del iceberg. Piensa en todos los pacientes que entran en el hospital por un motivo y salen con un grave problema de salud totalmente distinto. Las estadísticas son de más de un millón. Es obsceno.

—No me sorprende que no anuncien esas estadísticas a bombo y platillo —reconoció Michael—. Muchos hospitales, incluido este, son propiedad de empresas mercantiles. Incluso los supuestos hospitales sin ánimo de lucro son máquinas de hacer dinero disfrazadas. Eso significa que hay un conflicto de intereses inherente para evitar publicar esas estadísticas, como muchas otras cosas en la asistencia médica. Los hospitales no quieren hablar de sus fallos. Los estudiantes de medicina novatos todavía creemos que la medicina es una vocación cuando, la verdad sea dicha, es un negocio, un gran negocio, y no uno limpio desde el punto de vista del público. Casi todo el mundo se dedica a esto para ganar pasta.

—No me había dado cuenta de que eras un cínico de mierda.

—¡Soy un negro que intenta hacerse un hueco en una profesión en la que la mayoría de gente es blanca! ¡Tengo que ser realista!

—De acuerdo, colega, pero esa es la clase de actitud que impide que haya cambios.

Michael sonrió.

—Has perdido los papeles, muchacha.

—Estoy furiosa —reconoció Lynn. Respiró hondo—. Perdona si parezco una bruja. Esto me está costando mucho, y estoy tratando de asumir lo que he descubierto. Sabía que el sistema médico de Estados Unidos tenía problemas, pero no tan graves.

—No pasa nada, rubia, pero tienes que calmarte, por lo menos de momento.

—Yo no lo veo así. Voy a averiguar lo que ha pasado.

—Vamos a pillarte algo de papeo. Tu cerebro no funciona mucho mejor que el de Carl, y tengo algo interesante que contarte.

14

Martes, 7 de abril, 6.12 h

El sol amenazaba con salir en menos de una hora cuando Lynn y Michael abandonaron el edificio de la residencia. Se avecinaba otro espléndido día primaveral sin una sola nube en la cuenca invertida color pastel del cielo, cada vez más iluminado. Pero a Lynn le daba igual el magnífico tiempo que hacía; la cabeza le daba vueltas. Había decidido que si Michael no quería ayudarle a averiguar la verdad sobre el desastre de Carl, lo haría ella sola. Era un imperativo absoluto para mantener sus demonios a raya.

—¿Sabes qué más descubrí anoche? —preguntó.

Tenía que hablar más alto de lo normal para competir con la algarabía de los pájaros que anunciaba la llegada del amanecer.

—Me da miedo preguntarlo —respondió Michael.

—La tasa normal de complicaciones graves durante la anestesia de un paciente sano es de una por cada doscientas mil operaciones. Si tomamos solo a tu pariente, Ashanti Davis, y a Carl, tenemos dos en unos cinco mil casos, calculando que aquí se hacen unas cien operaciones de cirugía por día. ¿Sabes de qué porcentaje estamos hablando?

—Supongo que muy alto —reconoció. Hacer cálculos mentales no era uno de sus fuertes.

—Es ochenta veces lo normal. ¡Ochenta veces! Y ni siquiera sabemos si ha habido otros, cosa que empeoraría aún más la situación.

—Hablando de Ashanti —empezó Michael, incapaz de mantener en secreto la noticia por más tiempo. Notaba que Lynn se estaba excitando otra vez—. He descubierto que sigue en el Instituto Shapiro. Mantiene las constantes vitales normales, pero le han dado un diagnóstico adverso de mieloma múltiple.

—¿Cómo demonios lo has descubierto?

—De una forma un poco rara —reconoció—. Ayer por la tarde me escaqueé de la clase de oftalmología, que fue una mierda, por cierto. Repaso de neuroanatomía, así que no te perdiste nada. Cuando volvía a mi habitación para buscar la foto del informe de la anestesia de Ashanti, acabé en el Instituto Shapiro.

Lynn se detuvo en seco y miró a su amigo como si acabara de decirle que había cenado con el Papa.

—¿Cómo narices lo conseguiste?

Michael se rio.

—Empecé a hablar con un tío ruso que solo lleva aquí un par de meses. Es un friki de los ordenadores que ha venido para arreglar un par de fallos de la red informática del Instituto Shapiro. Salía por la puerta cuando yo estaba mirando el edificio.

Señaló la puerta en cuestión.

—¿E iniciaste una conversación sin más?

—Tampoco se le puede llamar conversación. El tío no habla un carajo de nuestro idioma. Nos comunicamos con una aplicación de traducción instantánea que tenía en el móvil. Y como sabía que no me creerías, nos hicimos un selfie. —Sacó su teléfono y buscó la foto—. Ha estado trabajando en el centro de operaciones en red del instituto.

Lynn cogió el teléfono y examinó la imagen.

—¿Cuál es el ruso? —preguntó.

Michael recuperó su teléfono y se lo guardó en el bolsillo.

—¡Listilla!

—¿Conseguiste ver a Ashanti?

—Qué va. Solo vi el interior del centro de operaciones en red y un par de páginas de su historial médico electrónico.

—Y tú me adviertes que no infrinja la ley —comentó con ironía.

—Eh, no hackeé el sistema. El ruso accedió legalmente.

—Simplemente se lo pediste, y él aceptó.

—Le hice un poco la pelota —admitió—. Le regalé unos auriculares Beats y le dije que estaba dispuesto a compartir con él mi carpeta de música de Jay-Z. Me imaginé que era administrador de la red y que podía ver el historial de Ashanti en algún momento. Lo que no esperaba era que me invitara a entrar en el edificio en ese mismo instante.

—¿Te dijo su nombre? ¡Dios! Podría sernos muy útil.

—Vladimir Malaklov. También me dio su dirección de correo electrónico y su número de móvil.

—¡Genial! Pero ¿no le preocupaban las cuestiones de seguridad?

—No lo parecía. Creo que sabe que la seguridad dentro del instituto es laxa. Vi una cámara de vídeo en el techo, fuera del centro de operaciones, pero no le preocupó cuando pasamos por debajo. A lo mejor sabe que nadie ve el material. Y dijo que desde que está allí no ha visto a ninguna otra persona en el centro de operaciones en red.

—Qué raro —comentó la joven—. Tenía la impresión de que en el Instituto Shapiro la seguridad era importante. Eso es lo que nos dieron a entender cuando fuimos de visita, y el sitio está construido como la cámara acorazada de un banco.

Contempló la enorme pero achaparrada estructura de granito sin una sola ventana que se veía desde donde se encontraban.

—Tal vez al principio dieran importancia a la seguridad, pero como no ha habido problemas durante los ocho años que ha estado operativo, se han desentendido. Incluso la seguridad de la puerta exterior no es nada del otro mundo. Se accede a través de una pantalla táctil con la huella digital. Esa tecnología está muy desfasada.

—Entonces, ¿has descubierto que ella tiene un mieloma múltiple?

—Vladimir abrió la página de Ashanti y pude hacer clic en el estado de salud, las constantes vitales y las complicaciones. Me habría gustado leer más, pero sabía que estaba tentando a la suerte. Eso sí, hice una foto de la página con las complicaciones de su caso.

—¡Déjame verla!

Volvió a sacar el teléfono y abrió la imagen. Lynn trató de examinarla.

—Es un poco difícil de leer aquí fuera.

—Se lee mejor dentro —convino Michael.

—No puedo creer que hayas conseguido esto.

—En la página ponía «Grupo 4-B 32».

—Entiendo. ¿Qué significa?

—Ni idea. En la página también pone «drozitumab más cuatro activo». No sabía qué demonios es el drozitumab, pero anoche lo busqué en internet. Es un anticuerpo monoclonal humano que se utiliza para tratar el cáncer.

—A lo mejor es lo que están usando para su mieloma múltiple.

—Lo dudo. Según los artículos que leí, se desarrolló para un tipo de cáncer muscular.

—Entonces no sé a qué puede hacer referencia. —Le devolvió el teléfono—. Pero, dime, ¿a ese tal Vladimir no le preocupaba la confidencialidad del paciente?

—No. En mi opinión, no sabe nada de nuestras normas sobre transferencia y responsabilidad. Probablemente en Rusia no tengan nada parecido. Ni siquiera tiene un nombre de usuario ni una contraseña seguros; cualquiera que sepa cuatro cosas de él puede averiguarlos. Su nombre de usuario es su dirección de correo electrónico, y su contraseña es su número de móvil combinado con su apellido.

—Me dejas de piedra. ¿Seguro que no te ha entrenado la CIA?

—Tú podrías haber hecho lo mismo. Te lo aseguro: le daba igual la seguridad. Cuando estuve allí tuve bien a la vista lo que hacía mientras introducía el número de usuario y la contraseña. Le importaba un bledo.

—Entonces Ashanti sigue en coma.

—Por eso todavía sigue en el Instituto Shapiro —supuso Michael, situándose a su lado.

—¿No te enteraste de nada sobre su estado mirando el historial médico electrónico? Qué oportunidad desaprovechada.

—Ya te lo he dicho, no quería insistir ni tentar a la suerte a la primera de cambio.

—No te estoy criticando. Es increíble todo lo que has descubierto.

—Yo también me sorprendí —reconoció—. Y pienso volver a sacarle información.

A medida que se acercaban a la puerta del edificio de la clínica, Lynn preguntó:

—¿Has encontrado la foto del informe de anestesia de Ashanti?

—Sí. Estaba en la carpeta de fotos de mi escritorio. Como te dije, se parece mucho al de Carl, pero quiero imprimirlos los dos para poder compararlos.

—Me gustaría mucho verlos cuando los tengas.

—Me lo pensaré —bromeó.

Atravesaron la clínica casi desierta. Las únicas personas que vieron pertenecían al servicio de limpieza y estaban encerando el suelo y limpiando las sillas con productos antisépticos.

Cuando cruzaron el puente peatonal que conectaba los dos edificios y entraron en el hospital propiamente dicho, se vieron rodeados enseguida de una multitud. Aunque la clínica todavía estaba cerrada, el hospital bullía de actividad. Se avecinaba otro día ajetreado.

Mientras Michael iba a la cafetería, Lynn tomó la dirección contraria, hacia los ascensores. Cuando se dio cuenta de que sus objetivos eran distintos se volvió, la alcanzó y la detuvo en medio del pasillo principal del hospital, a merced de los empujones de la gente.

—Creía que íbamos a la cafetería.

Tuvo que hablar más alto de lo normal para hacerse oír por encima del barullo general.

—Primero tenemos que ver cómo está Carl —repuso ella—. Ahora es el mejor momento. Va a haber un cambio de turno y será menos probable que reparen en nuestra presencia.

—Bien pensado —concedió Michael—. ¿Y tu nivel de azúcar? ¿Seguro que puedes aguantar?

—Estoy bien —le aseguró—. ¡Vamos!

Se encaminaron hacia los ascensores. Resultaba difícil permanecer juntos. Lynn se dirigió a él por encima del hombro.

—A pesar del cambio de turno, alguien podría decirnos algo. Si lo hacen, usemos la explicación de la anestesia que se te ocurrió ayer. Me pareció estupenda. Para darle más credibilidad, deberíamos ponernos ropa quirúrgica y dar el pego.

—Muy ingenioso.

En lugar de mezclarse con la multitud que esperaba un ascensor, se dirigieron a la escalera. Se separaron en la sala de cirugía.

Faltaba un buen rato para las siete cuando Lynn entró en el vestuario de mujeres, pero ya estaba abarrotado. La mayoría de las que se estaban poniendo los trajes quirúrgicos eran enfermeras que empezaban su turno. Los cirujanos con operaciones programadas a las siete y media no llegarían hasta las siete y cuarto aproximadamente, después de visitar a sus pacientes en postoperatorio. Encontró una taquilla vacía para las visitas y empezó a desabotonarse la blusa. En ese momento, el interfono sonó ruidosamente a través de un altavoz fijado al techo. Desde que se habían generalizado los teléfonos móviles apenas se usaba. La voz correspondía a la enfermera jefe del mostrador principal.

—¡Doctora Sandra Wykoff! Soy Geraldine Montgomery. ¿Está en el vestuario?

—Aquí estoy —respondió la doctora Wykoff, hablando alto y dirigiendo la voz al techo.

Por respeto, el murmullo de voces disminuyó.

Lynn se dio la vuelta. Reconoció el nombre al instante. Sandra Wykoff había sido la anestesióloga presente en la operación de Carl. Miró fijamente a la mujer, que se encontraba a menos de dos metros de distancia. Era menuda, por lo menos quince centímetros más baja que ella, con unas facciones pequeñas y marcadas y el cabello castaño claro, pero proyectaba una intensa determinación. Tenía unos brazos finos y musculosos que le hicieron pensar que se esforzaba por mantenerse en forma, un detalle que compartían. Le dio la impresión de que Sandra Wykoff no era una mujer que se dejara intimidar fácilmente a pesar de su baja estatura.

—Doctora Wykoff —continuó Geraldine por el interfono—, debe de tener el móvil con el sonido desactivado. Tengo a Dorothy Wiggens, de admisiones de cirugía ambulatoria, por la otra línea. Han estado intentando ponerse en contacto con usted.

Wykoff sacó el teléfono de su bolsillo y lo consultó.

—Tiene razón. ¡Pídale disculpas de mi parte!

—No hay problema, pero querían avisarle de que su primera operación programada se ha cancelado. El paciente se ha olvidado de seguir las instrucciones preoperatorias y ha desayunado.

—De acuerdo, entendido. Gracias por avisarme.

—Avisaremos también al doctor Barker, el cirujano de su segunda operación. Está programada para última hora de la mañana. Tal vez pueda adelantarse. La mantendremos informada.

—Sería estupendo. Gracias.

El murmullo de las conversaciones se reanudó en el vestuario en el mismo instante en el que se cortó el intercomunicador.

La doctora Wykoff miró a Lynn, que la observaba con los ojos muy abiertos.

—Mejor enterarse en admisiones que aquí, en la zona de quirófanos —dijo la doctora por decir algo.

—Supongo —respondió.

Apartó la vista en cuanto se dio cuenta de que seguía mirándola fijamente. Qué hacer, esa era la pregunta. Le parecía una coincidencia demasiado grande como para desaprovechar ese encuentro fortuito. Esa noche se había pasado varias horas leyendo sobre el procedimiento de anestesia habitual, de modo que estaba segura de que podría mantener una conversación técnica sobre el caso de Carl. Aun así, ¿eran el momento y el lugar adecuados para sacar a colación un tema sin duda delicado, como Michael le había recordado? Lynn se puso la bata blanca por encima del traje quirúrgico y cerró la taquilla en la que había guardado su ropa. Decidió impulsivamente intentar entablar una conversación.

—Disculpe, doctora Wykoff —comenzó, sin saber aún lo que iba a decir, mientras se esforzaba por controlar sus emociones.

Después de cerrar su taquilla, la doctora dirigió sus ojos azules sorprendentemente brillantes hacia ella.

—Tengo entendido que usted fue la anestesióloga que atendió a Carl Vandermeer ayer —prosiguió.

Los ojos de la especialista se entornaron enseguida y se clavaron en los de la joven. Tardó en responder y la miró de arriba abajo, como si la estuviera evaluando. A continuación asintió con la cabeza a regañadientes y dijo:

—Yo lo atendí. Sí. ¿Por qué lo pregunta?

—Ayer leí su informe en la UCI de neurología. Necesito hablar con usted del caso.

—¿De verdad? —preguntó con un asomo de cauta incredulidad—. ¿Y quién es usted?

—Me llamo Lynn Peirce. Estoy en cuarto año de medicina.

Evitó específicamente cualquier referencia al motivo por el que había estado en la UCI de neurología y por el que había consultado la hoja clínica. Sabía que el pretexto de una rotación en anestesia no engañaría a una anestesista.

—¿Por qué quiere hablar exactamente de ese desafortunado caso?

—Me he enterado de que un millón de personas al año entran en el hospital con una dolencia y terminan con otro problema médico grave que no tenían antes de ingresar. Me parece un tema importante del que no nos informan a los estudiantes de medicina. El caso Vandermeer podría ser un ejemplo.

—Supongo que podríamos hablar. —La doctora Wykoff se relajó un poco—. Pero este no es el momento ni el lugar. Ya ha oído que la operación que tenía a las siete y media se ha cancelado. Si mi siguiente operación no se adelanta, podría hablar con usted esta mañana.

—Se lo agradecería. ¿Cómo puedo ponerme en contacto con usted?

—Pregúntele a Geraldine, del mostrador de la zona de quirófanos. Ella sabrá dónde estoy.

Acto seguido se marchó.

15

Martes, 7 de abril, 6.33 h

Michael se puso la bata blanca de estudiante de medicina por encima del traje quirúrgico. Cuando salió del vestuario de hombres, no quiso quedarse en la sala de cirugía por miedo a entablar conversación con alguien que pudiera preguntarle qué demonios hacía él allí, un alumno de cuarto, vestido con ropa quirúrgica. Decidió esperar en el pasillo del ascensor. No tuvo que aguardar mucho.

—Me he tropezado nada más y nada menos que con la infame doctora Sandra Wykoff. —Lynn habló en un susurro forzado cuando apareció. Como siempre, había otras personas esperando el ascensor—. Se estaba cambiando justo a mi lado.

—¿Y quién es la doctora Wykoff? —preguntó Michael, subiendo la voz para llamarle la atención.

—¡Venga ya! —se quejó malhumorada—. Fue la puta anestesista de Carl, la responsable de lo que ha pasado. ¿Cómo puedes haberte olvidado?

—Estoy intentando explicarme, querida. No sabes si ella ha sido la responsable. Esa clase de comentario te va a dar un montón de problemas.

—Técnicamente, tienes razón —le espetó—, pero ella estaba al mando cuando pasó lo que pasó. Eso no se puede negar. Si ella no lo provocó, podría haberlo evitado o haberlo impedido.

—Eso no lo sabes, muchacha. Te lo digo francamente. Te la vas a pegar.

Las puertas del ascensor se abrieron. La cabina estaba llena. Lynn, Michael y varias personas más tuvieron que apretujarse mientras los ocupantes hacían sitio a regañadientes. Los dos estudiantes permanecieron callados mientras el ascensor subía y se detenía en cada planta. Cuando salieron en el sexto piso, anduvieron despacio y dejaron que las otras personas que habían salido los adelantaran. La mayoría eran enfermeras y auxiliares de enfermería que entraban para el turno de mañana.

—La primera operación que Wykoff tenía programada para hoy se ha cancelado —le explicó cuando estuvo segura de que nadie la oía—. Ha accedido a hablar conmigo, siempre que su segunda operación no se adelante.

—Más vale que te acompañe para controlarte —respondió él—. Estás en plan autodestructivo.

—¿De veras quieres venir? —preguntó con desdén—. Pensaba que no ibas a ayudarme.

—Te he dicho que alguien tiene que protegerte de ti misma y asegurarse de que no te pasas con esa mujer. ¿Sabes a lo que me refiero?

A medida que se acercaban a la UCI de neurología, se le empezó a acelerar el pulso y su ansiedad se disparó. Si hubiera habido un cambio en el estado de Carl, no se habría enterado, ya que no formaba parte de su círculo familiar más cercano. Aunque no esperaba muchos cambios, sabía que existía una remota posibilidad de que mejorase o empeorase. Lamentablemente, con un diagnóstico provisional de necrosis cerebral, sus posibilidades de mejoría eran muy limitadas, lo que hacía que el desenlace negativo fuera mucho más probable.

Vaciló antes de cruzar la puerta de dos hojas; Temía lo que se encontraría al otro lado. Su amigo percibió su reticencia.

—¿Quieres que entre yo a ver qué tal está? —propuso—. Te puedo informar cuando salga.

—No. Quiero entrar y verlo. No me pasará nada.

Como esperaban, las enfermeras estaban ocupadas haciendo sus rondas. Cuando la puerta se cerró detrás de los estudiantes de medicina, vieron que el equipo de enfermería había terminado su turno y que todos los que acababan de entrar a trabajar estaban reunidos en el box número cinco examinando a un recién llegado. De momento, todos los demás pacientes, incluido Carl, estaban solos.

En la mesa central, el auxiliar administrativo, Peter Marshall, ya estaba en su puesto y supervisaba la información de los monitores. Ya había empezado la jornada, aunque técnicamente se suponía que no daba comienzo hasta las siete. Lynn recordaba que a Peter eso nunca le había molestado. Siempre llegaba pronto para adelantar el trabajo del día.

En el mostrador también había una médica con varias hojas clínicas amontonadas delante y una abierta. Supieron por su larga bata blanca que era una adjunta y no una residente, pero no la reconocieron.

Los estudiantes de medicina fueron directos al box ocho; Lynn iba un poco por detrás, temerosa de lo que iba a encontrarse. Carl no estaba sentado desayunando, pero tampoco estaba muerto. Parecía tan sereno como el día anterior, con los ojos cerrados, como si estuviera dormido. Seguía en la misma posición supina, con la máquina de movimiento pasivo continuo flexionando y estirando su pierna operada. La vía intravenosa seguía operativa, pero se la habían recolocado como un catéter venoso central y ahora estaba conectada a su cuello.

—En general, está igual que ayer —comentó Michael.

Ella asintió con la cabeza, conteniéndose para no alargar la mano y acariciarle la cara. Se fijó en que su barba se había oscurecido, y cuando recorrió su cuerpo con la vista, observó que los dos brazos estaban ahora relajados. Al parecer, la postura de decorticación había desaparecido. No sabía si eso era buena señal o todo lo contrario. Los espasmos mioclónicos de su pierna libre también habían cesado.

Para que diera la impresión de que estaba haciendo un reconocimiento legítimo, Michael sacó la linterna de bolsillo y examinó los reflejos pupilares de Carl. Mientras él estaba ocupado, Lynn echó un vistazo al monitor. No quería fijarse en aquellos ojos que la miraban sin ver; el día anterior se había sentido muy incómoda al hacerlo. Comprobó que la tensión arterial era normal, así como la saturación de oxígeno. El electrocardiograma también le pareció normal. Entonces se fijó en el gráfico de su temperatura. Tenía 39,4 grados de fiebre, ¡y había estado a 40,5! Sabía que eso no era bueno.

—Los reflejos pupilares son mejores que los de ayer —anunció Michael, enderezándose—. No sé si es una buena señal.

—Tiene una temperatura elevada —comentó ella con preocupación, señalando el monitor.

—Es verdad. Eso no puede ser bueno.

—No lo es —convino Lynn—. La neumonía es un gran peligro para los pacientes en coma. Lo aprendí anoche.

—Tienes razón. Parece que has aprendido mucho en una noche.

—Es increíble lo que puedes hacer si no comes ni duermes.

—Entonces vamos a la cafetería antes de que te dé un soponcio.

—Primero vamos a ver la hoja clínica. Quiero ver los resultados de la resonancia magnética que se supone que le han hecho.

Salieron del box y fueron derechos a la mesa central. Mientras atravesaban la sala, Lynn estableció momentáneamente contacto visual con Gwen Murphy, que había pasado al box seis con las demás enfermeras. Por fortuna, la expresión de Murphy no se alteró. Ser una intrusa era una experiencia angustiosa. Le impresionaba que su amigo pudiera tomárselo con tanta calma.

En la mesa circular, Michael sonrió a Peter, quien le devolvió la sonrisa. El auxiliar administrativo hablaba por teléfono con el laboratorio clínico, tratando de conseguir los resultados de los últimos análisis realizados antes de que estuvieran incluso en el ordenador. La médica adjunta no levantó la vista de sus papeles. El montón de gráficas seguía delante de ella.

Como había hecho el día anterior, Michael se acercó directamente a la rejilla circular de las hojas clínicas y la giró con decisión. La paró en el casillero del box ocho. No había ninguna hoja.

Dando unos golpecitos en el hombro a Peter, Michael esbozó silenciosamente con los labios: «Vandermeer», y señaló con un gesto a la médica adjunta. Comprendió. La adjunta tenía la hoja clínica de Carl, una nueva complicación que podía resultar problemática.

Michael se encogió de hombros y se dirigió a la médica, pero Lynn lo agarró por la manga de la bata y lo retuvo.

—¿Qué vas a decir? —preguntó en un susurro.

Volvió a encogerse de hombros.

—Voy a improvisar, como siempre.

—No puedes usar el cuento de la anestesia porque ella podría ser de ese departamento.

—Tienes toda la razón. —Michael asintió con la cabeza.

—Espera —le pidió su compañera.

Se acercó a Peter y garabateó en el bloc situado delante del auxiliar administrativo: «¿Quién es la médica adjunta y de qué departamento es?».

Sin interrumpir su conversación, Peter escribió: «Doctora Siri, hematología».

Lynn esbozó con los labios un «Gracias» y le llevó la nota a Michael.

—¿Hematología? —preguntó, susurrando aún—. ¿Qué quiere decir eso? ¿Que Carl tiene un problema en la sangre?

—¿Quién sabe? Espero que no. Quizá esté relacionado con la fiebre.

—Pensaba que un paciente comatoso con fiebre exigiría una consulta de enfermedades contagiosas, no de hematología.

—Estoy de acuerdo. En fin, vamos a ver lo amable que es con los estudiantes de medicina.

Los dos sabían perfectamente que algunos médicos adjuntos

disfrutaban de su papel docente, mientras que otros lo veían como una carga y actuaban en consecuencia.

—Lo bueno es que no es del departamento de anestesia —comentó Michael—, así que si se da el caso, no tendremos problemas con nuestra tapadera.

—Habla tú —le pidió—. Se te da mejor engañar que a mí.

—Voy a hacer como si no hubiera oído eso, chica.

—¡Estupendo, chico!

Michael abordó a la hematóloga. Se aclaró la garganta para anunciarse.

—Disculpe, doctora Erikson.

La mujer alzó la vista de sus papeles. Era atractiva, una mujer madura algo fornida de cuarenta y muchos o cincuenta y pocos años. Como su apellido hacía pensar, tenía aspecto nórdico, con el cabello rubio y la tez pálida. Sus ojos eran de un azul cerúleo claro.

—¿Sí?

—Mi compañera y yo nos preguntábamos si podríamos echar un vistazo a la hoja clínica de Vandermeer si no la está usando ahora mismo.

La doctora Erikson se volvió hacia el montón de hojas clínicas que tenía delante y sacó la de Carl. Se la dio a Michael, pero siguió sujetándola.

—Todavía no he terminado con ella —advirtió—. Así que necesito que me la devolváis.

—Desde luego. Solo será un momento.

—Supongo que sois estudiantes de medicina —añadió la doctora Erikson, mirando un momento a Lynn. Seguía sin soltar la gráfica—. ¿Qué relación tenéis con el caso?

—Me llamo Michael Pender y esta es Lynn Peirce. En el departamento de anestesia nos han pedido que sigamos este caso.

—Entiendo. —Finalmente soltó la hoja—. ¿Es porque se trata de un caso de recuperación retardada del conocimiento?

—Exacto —afirmó Michael. Sonrió diplomáticamente, le dio a Lynn la hoja clínica y empezó a alejarse, con la esperanza de poner fin a la conversación, pero la doctora Erikson volvió a hablar—. ¿Solo os interesa Vandermeer o también estáis siguiendo el caso de Scarlett Morrison?

—¿Deberíamos seguirlo? —preguntó el joven.

—No necesariamente, pero es un caso parecido.

—¿Quiere decir que es otro caso de recuperación retardada de la anestesia?

Lanzó una mirada a Lynn, cuyos ojos se habían abierto mucho a pesar del cansancio. Era evidente que estaba sorprendida.

—Así es —asintió la doctora Erikson—. La operaron el viernes. Un caso muy parecido. Me sorprende que en anestesia nadie os lo haya dicho.

—A mí también —afirmó—. Está claro que también deberíamos seguirla a ella.

Miró a su amiga, que tenía la misma cara que si le hubieran dado una bofetada.

—En este momento estoy utilizando la hoja clínica de Morrison —dijo la doctora Erikson—, Cuando terminéis con la de Vandermeer os la daré.

—Trato hecho.

Michael cogió a Lynn del brazo y se la llevó a la fuerza hasta un par de sillas vacías, donde se sentaron.

—Si de verdad hay otro caso parecido, es peor de lo que pensaba. —La joven habló en un susurro de horror y excitación—. Si la semana pasada ocurrió algo similar, la incidencia en el Centro Médico Mason-Dixon es de tres por cada cinco mil. ¡Eso significa que la media no es de ochenta casos, sino de ciento veinte!

—¡Tranquilízate! —le advirtió su amigo, tratando de no levantar la voz. Miró a la doctora Erikson con la esperanza de que no estuviera atendiendo. Afortunadamente estaba de nuevo absorta en su trabajo—. Vayamos paso a paso. Hemos venido a ver la hoja clínica de Carl. ¡Veámosla y larguémonos!

Haciendo un esfuerzo por seguir el consejo, Lynn abrió la hoja clínica. La última entrada era una nota sucinta del residente de neurología, Charles Stuart, a quien habían llamado por la noche cuando la fiebre de Carl alcanzó el punto máximo. Stuart había solicitado una radiografía portátil del tórax, que se veía despejado, de modo que descartó la neumonía. Escribió que la zona de la intervención no estaba roja ni hinchada, envió una muestra de orina para que se realizaran estudios bacteriológicos y extrajo sangre para se hiciera un hemograma y hemocultivos. Concluía su nota con la afirmación «Fiebre de origen desconocido. Realizar seguimiento. Se solicita consulta».

—Tal vez la doctora Erikson sea la médica consultada —comentó Lynn.

—Podría ser —convino Michael—. Pero ¿de hematología y no de enfermedades contagiosas? No cuadra.

La joven pasó rápidamente las páginas de la gráfica hasta llegar a los resultados de los estudios; encontró los de la resonancia magnética y descubrió que también se había hecho un TAC cerebral. Extendieron la hoja clínica y leyeron los informes. Michael tuvo que esperar a que Lynn acabase.

—Hay muchas palabras que no entiendo —reconoció el estudiante.

—A mí me pasa lo mismo, pero está bastante claro que no son buenas noticias, aunque no entendamos todos los detalles. En el resumen del TAC dice que se aprecia un edema cerebral difuso, mientras que el resumen de la resonancia magnética afirma que la señal cortical hiperintensa hace pensar en una necrosis laminar extensa. Es lo que el doctor Stuart esperaba. Todo eso se traduce en una muerte cerebral extensa...

Lynn se calló, incapaz de terminar la frase.

—Lo siento.

Su compañero intentó parecer sincero.

—Gracias.

Se le entrecortó la voz. Estaba esforzándose por no llorar ante unas noticias tan terribles. Se suponía que era una estudiante de medicina desapasionada.

—¿Quieres mirar algo más en la hoja clínica?

Lynn negó con la cabeza. No tenía sentido para ella. El veredicto ya se había emitido. No estaba segura de si Carl recobraría cierto grado de conciencia o no, pero aunque lo hiciera, nunca sería la persona que ella había conocido. Probablemente la hipótesis más optimista fuera que entrase en un estado vegetativo persistente, una situación terrible sobre la que había leído la noche anterior. Su bulbo raquídeo funcionaría sin la intervención de las zonas superiores o corticales. Eso significaría que podría tener ciclos de sueño y vigilia, pero no sería consciente de sí mismo ni de su entorno, y necesitaría asistencia total hasta su muerte. En resumen, padecería una existencia deshumanizada. Se estremeció por dentro, preguntándose si sería capaz de soportarlo.

Michael se levantó y le apretó el hombro, intentando tranquilizarla. Devolvió la hoja clínica de Carl a la doctora Erikson, quien le dio la de Scarlett Morrison. Regresó junto a su compañera y la colocó frente a ella. Lynn estaba en trance, con la mirada fija al frente.

—¿Estás bien? —le preguntó.

—Todo lo bien que cabe esperar —respondió.

Le temblaba la voz. Entonces, como si se estuviera despertando, sacudió la cabeza, se irguió en la silla y abrió la segunda hoja clínica.

16

Martes, 7 de abril, 6.52 h

Al principio no hablaron; leyeron en silencio, haciéndose un gesto con la cabeza cuando terminaban una página. Lo primero que Lynn quería saber era por qué el residente de neurología, Charles Stuart, no le había comentado que había habido un caso parecido hacía muy poco. La respuesta resultó sencilla: otra residente de neurología, llamada Mercedes Santiago, llevaba el caso. Con lo que los dos sabían sobre la comunicación entre departamentos, era posible que el de neurología no supiera que se habían producido dos casos parecidos hasta que celebraran sus sesiones clínicas.

A medida que avanzaban en la lectura, empezaron a aparecer significativas similitudes entre los casos. En primer lugar, Scarlett Morrison tenía casi la misma edad que Carl y estaba soltera. En segundo, era una mujer sana cuyo único problema habían sido unos cálculos biliares. Su intervención, como la de Carl, era optativa, lo que significaba que no se trataba de una urgencia. El procedimiento en cuestión había sido una colecistectomía laparoscópica, o la extracción de la vesícula mediante una pequeña incisión. Se había llevado a cabo sin complicaciones, según el informe operatorio, igual que la de Carl, y como la del joven abogado, se había realizado a las siete y media de la mañana, de modo que todo el mundo estaba descansado.

Conforme seguían leyendo descubrieron que no había ningún informe escrito a mano del anestesiólogo, el doctor Mark Pearlman, solo una sucinta mención del problema de la recuperación retardada de la conciencia, seguida de una lista de los medicamentos que se habían probado en vano para anular los agentes sedantes y paralizadores, por si se había producido una sobredosis de alguno de los dos. Tuvieron que recurrir al informe elaborado en tiempo real por la máquina para conseguir información sobre el proceso de la anestesia durante la operación.

Lo que descubrieron fue que, como en el caso de Carl, la anestesia se había desarrollado con normalidad hasta que se produjo una repentina e inexplicable disminución de la oxigenación de la sangre del paciente cuando se habían completado tres cuartos de la operación. Mirando el gráfico, pudieron ver que la oxigenación descendió precipitadamente de casi el cien por cien al noventa por ciento durante un par de minutos antes de volver al noventa y ocho por ciento. Como en el caso de Carl, había habido una breve irregularidad cardiaca debido a hipoxia justo en el momento en que descendió la saturación de oxígeno.

A medida que examinaban más a fondo el informe, se hicieron patentes algunas diferencias concretas respecto al caso de Carl, aparte del hecho de que había tenido lugar en el Q18 en lugar de en el Q12: primero, el agente anestésico volátil fue desflurano y no isoflurano; segundo, se usó un tubo endotraqueal en lugar de una mascarilla laríngea; y tercero, se utilizó un relajante muscular despolarizante, succinilcolina, para facilitar la cirugía intraabdominal. Por otra parte, el medicamento preoperatorio, midazolam, y el agente inductor, propofol, habían sido los mismos, y se habían administrado aproximadamente las mismas dosis de acuerdo con el peso.

Miró a Michael cuando terminó de leer el informe. Su amigo sostenía una cámara sin que Peter y la doctora Erikson lo vieran. Le pidió con un gesto que levantara la hoja clínica de Morrison para que pudiera hacer una foto del informe de anestesia sin tener que ponerse de pie. Ella lo obedeció, no sin cierta inquietud y sentimiento de culpabilidad. Michael tomó la foto y la cámara desapareció en un abrir y cerrar de ojos.

Suspiró aliviada cuando comprobó una vez más que nadie se había dado cuenta, pero Michael no parecía afectado.

—¿Qué opinas de las diferencias? —preguntó él.

—Por lo que leí anoche, sé que la recuperación del desflurano es más rápida que la del isoflurano, así que eso no es significativo. Un tubo endotraqueal es más seguro que una mascarilla laríngea, así que eso tampoco es un problema. Y el uso de un agente paralizador no debería serlo mientras el paciente respire. Las diferencias no me parecen importantes.

—Tía, está claro que anoche te pusiste al día.

—Fueron muchas horas.

Pasó entonces a la página de la hoja clínica en la que aparecía el gráfico de los signos vitales de Morrison, registrados desde que había sido llevada a la UCI de neurología. Lynn señaló el trazado de la temperatura corporal que mostraba que la de Scarlett Morrison había experimentado un aumento significativo la noche después de que la operasen, igual que Carl, y que había alcanzado el mismo punto máximo de 40,5 grados. Aunque la temperatura se había mantenido alta durante el domingo y el lunes, había descendido poco a poco y en ese momento era de 37,7 grados, un valor que la mayoría de la gente consideraría ligeramente elevado.

—Estoy asombrada —murmuró—. De momento, los casos de Morrison y Vandermeer parecen idénticos desde el punto de vista clínico. ¿Puede ser una casualidad?

Michael se encogió de hombros.

—Y que yo recuerde, los dos se parecen al de Ashanti. Estoy totalmente seguro de que ella también tuvo fiebre. ¿Crees que podría ser una nueva reacción desconocida a la anestesia que también provoca fiebre?

—Quién sabe —respondió, y pasó a la sección del análisis de sangre—. Parece que la fiebre estuvo acompañada de un aumento en el recuento de leucocitos, lo que hace pensar en una infección.

Michael asintió con la cabeza.

—Pero no hubo un aumento de los neutrófilos ni una desviación a la izquierda.

Ante una infección, el cuerpo normalmente respondía con un aumento inmediato de los neutrófilos, la defensa celular del organismo contra una infección bacteriana. Una desviación a la izquierda indicaba que las células recién movilizadas respondían a un intenso ataque microbiano.

—Pero, fíjate —insistió Lynn—, el aumento en el recuento de leucocitos es de linfocitos, no de neutrófilos. ¿El aumento de linfocitos no se suele dar más tarde en una infección, como respuesta inmune hormonal?

—Se supone que así es como funciona.

—Y mira, el recuento de linfocitos aumentó progresivamente cada día que pasaba. ¿Qué opinas de eso?

—Tengo que hacer trampa. —Michael sacó su tableta y buscó en Google «significado de aumento de linfocitos». Gracias a internet, obtuvo múltiples resultados en una milésima de segundo. Leyó las enfermedades en voz alta—: Leucemia, mononucleosis, VIH, CMV, otros virus, tuberculosis, mieloma múltiple, vasculitis y tos ferina.

La joven no reaccionó a la lista. Cuando la miró, Michael vio que estaba ocupada leyendo los resultados de la consulta de enfermedades infecciosas.

—No se encontró ninguna fuente de infección —afirmó—. En la radiografía, el pecho aparecía en buen estado, la orina era normal, no había infección de las incisiones quirúrgicas, nada.

—¿Has oído la lista de causas del aumento de linfocitos?

Negó con la cabeza.

—Perdona. ¡Dímela otra vez!

Michael repitió la lista. Esta vez, ella escuchó y reflexionó un momento.

—Bueno, podemos descartar la mayoría. Supongo que «otros virus» y vasculitis son los más probables.

—Sí —convino él—, pero ¿no te llama algo la atención?

—¿A qué te refieres?

—El mieloma múltiple provoca un aumento de los linfocitos. Me ha llamado la atención por lo que descubrí ayer: que Ashanti tiene mieloma múltiple. A lo mejor Morrison también lo tiene.

—Eso sería demasiada casualidad. No he visto ningún caso de mieloma múltiple y no sé mucho sobre el tema, aparte de que tiene que ver con un exceso de células plasmáticas. ¿No es bastante raro?

—Si mal no recuerdo, no es tan raro —repuso—. Claro que todo es relativo. Me acuerdo de la clase de patología en la que dimos el mieloma múltiple.

—¿Te acuerdas de la clase de patología en la que hablamos del mieloma múltiple? —preguntó Lynn con un punto de abatimiento en la voz.

—No recuerdo gran cosa, aparte de que tiene que ver con las células plasmáticas, como tú has dicho. Pero sí recuerdo que es una de las diez primeras causas de muerte por cáncer entre los hermanos. A lo mejor por eso lo he retenido en la memoria. El caso es que, de todas las enfermedades que acabo de leer, no he podido evitar fijarme en ella.

—Me pregunto si la doctora Erikson está viendo al paciente por el aumento de linfocitos —se planteó Lynn.

—Tiene sentido. ¿Crees que deberíamos arriesgarnos a preguntarle?

La médica adjunta seguía inclinada por encima de la hoja clínica, dictando un informe destinado muy probablemente al historial médico electrónico. Unos minutos antes, la había visto escribir. Hasta que en el hospital se adoptara definitivamente el formato de historial informático y se abandonara la hoja clínica física, los médicos tenían que rellenar los dos formatos, lo que constituía un motivo habitual de amargas quejas.

—No creo que debamos —comentó Lynn tras una pausa—. Si conseguimos entablar conversación con ella, seguro que nos pide más detalles de por qué estamos aquí. Como tú dijiste, la gente no querrá hablar de esos casos.

—¡De acuerdo, muchacha!

—Veamos si ha escrito un informe en esta hoja clínica. Eso podría responder a nuestra pregunta.

Volvió a dirigir su atención a la gráfica que tenía delante y pasó a los informes de seguimiento, donde se colocaban los documentos sobre la evolución del paciente. El último era de la doctora Erikson. Estaba escrito a mano, con mala letra.

> Gracias por pedirme que vuelva a ver a este paciente. Como señalé en mi [palabra ilegible] anterior, el paciente ha tenido una temperatura corporal constantemente elevada, aunque ha bajado poco a poco y es hoy de 37,7 grados. Su hemograma sigue mostrando una linfocitosis moderada y [palabra ilegible], actualmente con más de 6.300 linfocitos por mcl, lo que representa un 45 por ciento de su recuento de leucocitos. Me alegra ver que no se hallado fuente de infección. El nivel total de globulina es [palabra ilegible] elevado. La electroforesis de proteínas muestra un pequeño y limitado aumento de gammaglobulina, lo que indica el [palabra ilegible] de una gammapatía monoclonal en desarrollo (GMSI). Sin embargo, no considero esa posibilidad ni su fiebre constante como una contraindicación para su traslado programado al Instituto Shapiro. Creo que el traslado será una [palabra ilegible] beneficiosa para la paciente, y continuaré ocupándome de su seguimiento. Doctora Siri [palabra ilegible, probablemente Erikson].

—¿Qué coño es una gammapatía o GMSI? —preguntó Michael con desaliento—. No soporto cuando los especialistas sueltan esas puñeteras palabras y siglas esotéricas para que te sientas como un incompetente.

—Ahora me toca a mí hacer trampa.

Lynn sacó su tableta y buscó en Google «gammapatía».

Aunque no sabía exactamente lo que significaba, tenía una idea aproximada. Seleccionó la opción de la Wikipedia y colocó la tableta sobre la mesa para que los dos pudieran leer el artículo titulado «Gammapatía monoclonal de significado incierto».

Cuando terminó, Michael le preguntó:

—¿Qué opinas, aparte de que ya sabes lo que significa GMSI?

—Estoy tan cansada que me cuesta pensar —confesó ella.

—No me extraña. Estás agotada y hambrienta. ¡Venga! Vamos a bajar para que comas algo. Tienes el estómago vacío.

—Un momento. —Lynn trató de concentrarse—. Como mínimo, he entendido que la GMSI consiste en que un grupo de linfocitos producen un exceso del mismo anticuerpo. Lo que me sorprende es leer lo extendida que está cuando apenas recuerdo que nos la mencionaran en patología.

—Pero solo está extendida en personas de más de cincuenta años. Esta paciente tiene veintiocho.

—Cierto. Y supongo que no es tan grave.

—No es grave a menos que se convierta en un mieloma múltiple. Me pregunto si Ashanti empezó con una GMSI que desembocó en un mieloma múltiple.

—Supongo que es una posibilidad. Veamos la prueba que Erikson menciona en su informe: la electroforesis de proteínas. Sé algo del tema. El año pasado, cuando hicimos la rotación, la utilicé para hacer el seguimiento de un paciente con hepatitis aguda.

Lynn volvió a la sección de las pruebas de laboratorio. No tardó mucho en encontrar la página con los resultados de la electroforesis de proteínas. Los niveles de las distintas proteínas plasmáticas aparecían en una lista, donde también había un esquema gráfico al que dedicaron toda su atención. A la derecha del todo, donde debía haber un montículo llano que representara las gammaglobulinas, había un pico pequeño y estrecho en la cima del montículo.

—Es fácil de reconocer —dijo Michael—. El sistema inmunológico de la mujer está produciendo un anticuerpo concreto. ¿Qué crees que lo está provocando?

—Tiene que ser algún tipo de antígeno. Y puede que el antígeno que estimuló al primer linfocito a producir la globulina inmune concreta todavía esté en el cuerpo de Scarlett Morrison y siga estimulando más y más anticuerpos. ¿Qué opinas?

—Desde luego es una posibilidad, a menos que el primer linfocito se volviera un poco loco, ya sabes a lo que me refiero.

—Como una célula maligna.

—Algo por el estilo —convino Michael—. La maquinaria celular para producir un anticuerpo se puso en marcha, y alguien se olvidó de apagarla.

—Volviendo a tu pregunta sobre si la anestesia podría haber provocado la fiebre, ahora la pregunta es si la anestesia podría haber activado ese anticuerpo monoclonal.

Michael la miró fijamente; comprendía a la perfección su punto de vista. Ella necesitaba con urgencia una explicación que justificara el penoso estado de Carl, y estaba dispuesta a agarrarse a un clavo ardiendo.

—Me refiero a una reacción idiopática que todavía no ha sido detectada.

—¡No! —Fue una respuesta definitiva y firme—. No hay nada en la anestesia que pueda ser antigénico. Me gustaría decir que sí para que dejases de pensar que alguien ha metido la pata, pero los agentes anestésicos llevan utilizándose en demasiados pacientes durante demasiado tiempo como para que haya una reacción inmunológica no identificada que provoque fiebre y anticuerpos monoclonales. La gente entra en coma por mucho menos. Ni hablar. ¡Lo siento, chica!

—Sabía que ibas a decir eso.

—Lo digo porque es la verdad. Venga, vamos a la cafetería. Tenemos clase de dermatología a las nueve.

—Todavía no he terminado.

La joven apagó la tableta y la guardó. A continuación, pasó a la resonancia magnética de Morrison. Era parecida a la de Carl y mostraba una necrosis laminar extensa. Cerró la hoja clínica y miró a la doctora Erikson, que seguía escribiendo un informe y dictando con su teléfono al mismo tiempo.

—Quiero volver a ver la gráfica de Carl.

Se puso de pie con un fuerte impulso y guardó la hoja clínica de Scarlett Morrison.

—Pero ¿por qué? —se quejó Michael. La agarró por la manga de la chaqueta para detenerla—. ¿Por qué arriesgarse? No habrá cambiado nada.

—No hemos mirado su análisis de sangre. —Se soltó—. Puede que Erikson haya escrito algo en la hoja clínica. Si lo ha hecho, me gustaría verlo.

17

—Disculpe. —Lynn se acercó a la doctora Erikson y le tendió la hoja clínica de Morrison—. Gracias por recomendarnos este caso. Es muy parecido al de Vandermeer, y sin duda deberíamos seguirlo.

La hematóloga levantó la vista un momento.

—¿Vuelvo a poner la hoja de Morrison en la rejilla o quiere tenerla usted?

La doctora señaló la mesa.

—Aquí está bien —dijo distraídamente sin volver a mirar a la estudiante.

—Lamento molestarla —insistió la joven—, pero nos gustaría echar otro vistazo rápido a la hoja clínica de Vandermeer. Hemos pasado algo por alto.

La doctora Erikson levantó la cabeza y la observó con unos glaciales ojos azules mientras se ensanchaban los orificios de su nariz. Por un momento, pensó que la mujer iba a negarle airadamente el acceso a la hoja clínica, pero entonces su expresión se suavizó.

—Si es molestia, podemos volver más tarde —añadió Lynn al instante. Aunque no se había fijado antes, ahora que la cara de la mujer había vuelto a captar su atención, le pareció que la doctora no tenía buen aspecto. La palidez de su piel era llamativa, casi translúcida, y sus mejillas estaban demacradas. Debajo de los ojos lucía unas ojeras violáceas y oscuras—. Pensaba que tal vez ya habría terminado con ella.

—No es ninguna molestia —aseguró. Separó la hoja clínica de Carl de las que había delante y se la tendió a Lynn preguntando—: ¿De qué curso sois?

—De cuarto.

Se le aceleró el pulso por el temor de posibles problemas. Vista desde cerca, se fijó en que la mujer no estaba exactamente gorda, como había pensado antes. Más bien su abdomen se había hinchado, como si estuviera embarazada de cuatro o cinco meses, cosa que parecía impropia de su edad.

—¿Estáis haciendo rotación en el departamento de anestesia?

Lynn asintió con la cabeza.

—Las especialidades son nuestra última rotación antes de licenciarnos.

Esperaba que la doctora Erikson creyera que la anestesia se consideraba una especialidad en el Mason-Dixon, aunque no era así. Solo lo eran oftalmología, otorrinolaringología y dermatología.

—¿Habéis sacado alguna conclusión sobre el coma de esos pacientes?

—No, no hemos sacado ninguna —contestó. Estaba desconcertada y deseó no haberse enfrascado en una conversación—. ¿Tiene usted alguna idea?

—Por supuesto que no —le espetó la doctora—. Soy hematóloga, no anestesióloga.

Quería marcharse, pero se sentía atrapada porque la doctora Erikson seguía agarrando la hoja clínica de Carl y mirándola fijamente con una inquebrantable intensidad. Tras un instante de silencio tenso, la hematóloga le hizo otra pregunta:

—¿Tenéis alguna corazonada sobre lo que pudo haber pasado?

—De momento no —respondió.

—¡Si se os ocurre alguna idea, avisadme! —pidió la doctora Erikson.

Era más una orden que una petición. Finalmente, soltó la hoja clínica de Carl.

—Le avisaremos con mucho gusto si se nos ocurre algo —le aseguró, aliviada.

—Cuento con ello. —Sacó una tarjeta de visita de un bolsillo y se la dio—. Aquí están mis datos de contacto. Avisadme enseguida si llegáis a alguna conclusión.

—Gracias.

Lynn cogió la tarjeta y la miró.

Sonrió incómoda; estaba a punto de volver corriendo junto a Michael cuando la doctora Erikson añadió:

—¿Quieres hacerme alguna pregunta?

A pesar del cansancio, pensó alguna cuestión. Deseaba desesperadamente marcharse, pero le pareció más acertado interpretar el papel de estudiante y mantener la conversación en el plano académico en lugar de arriesgarse a que se desviara a lo que ella y Michael estaban haciendo: es decir, infringir normas y consultar hojas clínicas sin autorización.

—Bueno... —empezó a decir—, en su informe sobre Morrison planteó la posibilidad de una gammapatía monoclonal. ¿Cree que la provocó el hecho de que la anestesiaran?

—¡De ninguna manera! —replicó la doctora Erikson con una risita despectiva, como si fuera la idea más ridícula que hubiera oído en mucho tiempo—. Es imposible que la anestesia provoque una gammapatía. La paciente tenía que tener la enfermedad antes de la operación, solo que no la identificaron. La única forma de descubrir una gammapatía asintomática es con una electroforesis de proteínas séricas, una prueba que no le hicieron hasta que yo la solicité debido a su inexplicable fiebre.

—Entiendo. —Lynn trataba de pensar en otra pregunta—. ¿Está haciendo una consulta de hematología sobre Carl Vandermeer?

—¿Por qué quieres saberlo?

—Porque tiene su hoja clínica y ha hecho una consulta sobre Scarlett Morrison.

—La respuesta es no —contestó la doctora—. Solo estoy viendo a Vandermeer como un favor, porque el personal de enfermería me ha dicho que ha sufrido un aumento de temperatura, igual que Scarlett Morrison, sin signos aparentes de infección.

—¿Cree que la fiebre se debe a la gammapatía?

—Esa sí que es una buena pregunta.

Suspiro aliviada. Ahora sabía que podía poner fin a la conversación sin dejar de irritar a la médica adjunta, quien de lo contrario podía sentir la tentación de hacer preguntas y descubrir el pastel.

—Efectivamente, una respuesta inmune puede provocar un aumento de temperatura —explicó en un didáctico tono monocorde—. No hay forma de saberlo con seguridad, pero como se ha descartado la posibilidad de una infección, creo que podemos decir sin miedo a equivocarnos que la temperatura elevada se debe a la gammapatía.

—¿Algo está estimulando su sistema inmunológico y manteniendo la temperatura elevada?

—Yo diría que sí. Tal vez sea el estrés de lo que le ha ocurrido, pero la verdad es que no lo sé.

—¿Existe algún tratamiento para la gammapatía?

—No es necesario tratarla a menos que la proteína elevada interrumpa la función de los riñones o que la gammapatía evolucione a un cáncer de la sangre.

—¿Como el mieloma múltiple?

—Exacto. Un mieloma múltiple, un linfoma o una leucemia linfocítica crónica.

—Como Vandermeer tiene una temperatura elevada y no muestra señales inmediatas de infección, ¿cree que también tiene gammapatía?

La doctora Erikson tardó en contestar, y cuando sus ojos se entornaron y sus orificios nasales se ensancharon, temió que la voluble mujer se estuviera enfadando otra vez. La estudiante se regañó por no haberse marchado cuando había tenido la oportunidad.

—Las pruebas diagnósticas para averiguar si Vandermeer tiene una enfermedad infecciosa acaban de iniciarse —le informó finalmente—. Tendremos que esperar.

—Gracias por dedicarme su tiempo.

Lynn volvió rápidamente a su asiento.

Cuando puso la hoja clínica de Carl en la mesa, miró a los ojos a Michael y su cara de aburrimiento.

—Sí que le has dado al palique —le recriminó en voz baja.

—Perdona. No he podido escaparme.

—Sí, claro.

—Lo digo en serio. Primero ha agarrado la hoja clínica como te hizo a ti y me ha interrogado. Quería saber de qué curso éramos. Creí que dudaría de nuestra supuesta rotación en anestesia. Por suerte, no lo ha hecho. Una cosa es segura: es un poco rara.

—¿De verdad? Cuéntame.

—Es difícil de explicar. Por un momento me ha parecido que le molestase que estuviéramos aquí, mirando las gráficas, y eso me ha hecho temer lo peor. Pero luego su actitud ha cambiado, o al menos eso me ha parecido. En realidad, el cerebro no me funciona del todo bien por culpa del cansancio, así que a lo mejor me lo estoy inventando. Pero déjame preguntarte una cosa: ¿a ti te parece que tenga buena salud?

—No se me había pasado por la cabeza.

Empezó a volverse para mirar a la doctora Erikson, que estaba a solo tres metros y medio de distancia, pero Lynn lo detuvo.

—¡No mires! —le ordenó en un susurro forzado—. ¡Tranquilo! Te aseguro que es rara y que podría darnos problemas. ¡Confía en mí! No le demos más motivos para que dude de nosotros. Creía que iba a preguntarme qué hacemos aquí, mirando las hojas clínicas. Por suerte no lo ha hecho. Y dime otra cosa: ¿te has fijado en que tiene el abdomen hinchado, como si estuviera embarazada?

—¿De verdad?

Michael arqueó las cejas.

Empezó a volverse otra vez para mirar a la doctora, pero Lynn lo detuvo de nuevo.

—¡Hazme caso, no mires!

—No creo que esté embarazada. No es ninguna niña.

—Yo tampoco lo creo —convino ella—. Claro que con los avances en la fecundación en vitro, no se puede descartar. Yo creo que tiene algún tipo de enfermedad del hígado o los riñones.

—Es posible.

Se estaba aburriendo de aquella situación. Y también estaba muerto de hambre.

—Lo más raro es que quiere enterarse de si tú y yo llegamos a alguna conclusión que explique por qué Carl y Morrison no se despertaron de la anestesia.

—Espero que no le dijeras que crees que alguien la cagó.

—No se lo he dicho.

—Gracias a Dios.

—Le he dicho que no teníamos ni idea.

—Es la verdad. Estás aprendiendo, chica.

—Me ha hecho prometerle que la avisaríamos si se nos ocurría algo. Incluso me ha dado su tarjeta. —Se la enseñó; su amigo se limitó a encogerse de hombros—. ¿No te parece todo un poco raro?¿Por qué iba a interesarle lo que se le ocurra a un par de estudiantes de medicina? Es una médica adjunta; podría acudir a cualquiera del departamento de anestesia, desde el jefe al de más abajo.

—Vale, es extraño —reconoció él—. ¿Estás contenta?

Lynn cerró los ojos un momento, como si necesitara reiniciarse. Cuando volvió a abrirlos dijo:

—Lo último que le he preguntado es si Carl podría tener una gammapatía que explicara la fiebre. Me ha respondido con cara de enfadada.

—Eso sí que es raro. ¿Qué te ha dicho?

—Que las pruebas diagnósticas para saber si tiene una enfermedad infecciosa acaban de empezar, así que tendremos que esperar. Pero lo ha dicho como si le molestara que se lo hubiera preguntado.

—Vale, me has convencido. Es rara. Y ahora, ¿qué tal si nos vamos a la cafetería?

—Déjame echar un vistazo a la gráfica de Carl.

Abrió la hoja clínica por la sección de los informes sobre la evolución del paciente. No había nada de Erikson, aunque cuando pasó a la página de las prescripciones, encontró una petición de electroforesis de proteínas séricas solicitada por ella. Miró a lo lejos, como si estuviera pensando.

—Bueno, ¿hemos terminado? —preguntó Michael—. ¡Venga ya! Larguémonos de aquí.

—Déjame mirar el análisis de sangre de Carl. —Volvió a la sección de las pruebas de laboratorio—. Vale —añadió un momento más tarde—. Su recuento de leucocitos es de once mil. Puede que algunas personas no lo consideren elevado, pero a mí sí me lo parece. El dato clave es que sus linfocitos también son elevados, con un valor de casi cinco mil, lo que contradice la posibilidad de una infección.

—Estupendo. ¿Podemos irnos ya a desayunar?

—De acuerdo, pero déjame devolver la hoja clínica.

—No te pongas a hablar otra vez —le advirtió.

—Ni soñarlo. Voy a darle la hoja a Peter.

Se marcharon justo a tiempo. Las enfermeras ya habían terminado sus rondas y entraban en fila justo cuando ellos se alejaban de la mesa circular central. Gwen Murphy, la enfermera jefe, observó a los estudiantes pero no dijo nada, aunque se detuvo un instante a mirar. Durante su turno, muy pocas cosas de las que pasaban en la UCI de neurología le pasaban inadvertidas.

Lynn estaba a punto de cruzar la pesada puerta de dos hojas que daba al pasillo de la sexta planta, pero se detuvo y aventuró otra mirada a su novio. Una enfermera estaba a su lado, ajustando algo. Parecía tan tranquilo como antes. El único movimiento discernible era el de la flexión y el estiramiento de su pierna operada.

Se estremeció. Sabía que la tranquilidad de Carl contrastaba con el caos que se había desatado en su cerebro. La resonancia y el TAC cerebral habían confirmado sus peores temores, y la cruda realidad sobre su estado le infundió una energía y una determinación renovadas. En ese momento le daba igual que parte de su motivación pudiera haberse derivado de la culpabilidad que le despertaba identificar el futuro sombrío de él con la libertad académica para ella. Su intuición, que nunca le había fallado en el pasado, le estaba enviando señales de alarma que indicaban que algo no iba bien. Sospechaba que el hospital se iba a conformar con permitir que el asunto desapareciera de forma natural, pero ella no iba a consentirlo. Averiguaría lo que había pasado. Se lo debía a Carl y a sus futuros pacientes.

—¡Vamos! —la apremió Michael—. Necesito calorías tanto como tú, y la clase de dermatología no va a esperarnos.

—Ya voy.

Cuando enfilaron el pasillo, los altavoces se activaron ruidosamente y, como el resto de personas del hospital, se detuvieron a escuchar. En los viejos tiempos, los sistemas de megafonía de los hospitales emitían un murmullo continuo de mensajes dirigidos a los médicos, pero con la existencia de smartphones y tabletas informáticas, eso apenas ocurría. El Centro Médico Mason-Dixon tenía altavoces por todo el hospital, pero estaban reservados a las catástrofes. De modo que cuando se encendió, todo el mundo, incluso en los quirófanos, se detuvo a escuchar: «¡A todo el personal médico disponible! Se ha producido un grave choque frontal entre un autobús y un camión en la interestatal, cerca de nuestro campus. Como somos el centro médico más cercano, dentro de poco recibiremos a los heridos más graves. ¡Que todo el que pueda se dirija inmediatamente a urgencias! Personal de quirófanos, desocupen el mayor número de quirófanos posible. ¡Gracias!».

Lynn y Michael se cruzaron una mirada rápida.

—¿Qué opinas? —preguntó él—. ¿Eso nos incluye a los estudiantes de medicina?

—Somos casi médicos —replicó ella—. ¡Vamos!

Echaron a correr por el pasillo, esquivando a enfermeras, camilleros, pacientes ambulatorios y carritos de la comida hasta los ascensores, pero en lugar de esperar uno, bajaron por la escalera. Mientras descendían con estruendo por los escalones metálicos, se encontraron en medio de un grupo creciente de médicos y enfermeras que bajaban en estampida, al que se unía más personal en cada planta.

18

Martes, 7 de abril, 7.52 h

La sala de urgencias era una casa de locos. Los pacientes heridos, como una marea frenética y continua, llegaban en camillas que eran distribuidas en distintas salas de reconocimiento. Las de traumatología ya se habían llenado. Varios médicos de urgencias realizaban un triaje rápido en la entrada, mientras los pacientes eran descargados de las ambulancias. Los heridos más graves eran destinados de inmediato a grupos de médicos y enfermeras que los evaluaban y empezaban con el tratamiento antes incluso de que la camilla entrase en la sala de reconocimiento. Los pacientes con heridas relativamente menores eran apartados a un lado y tenían que esperar su turno.

Ni Lynn ni Michael tenían mucha experiencia en la medicina de urgencias, aparte de unas breves clases didácticas y una visita fugaz al departamento en clase de cirugía durante el tercer año, y no conocían a ningún miembro del personal de esa área. Aunque los internos con los que habían llegado tenían una idea general de lo que debían hacer, ellos no sabían ni por dónde empezar. A falta de un destino concreto, se acercaron corriendo a la recepción. Al principio nadie se fijó en ellos. Lo que no sabían era que con las batas blancas sobre la ropa quirúrgica, las enfermeras los tomaron por residentes, no por estudiantes de medicina.

—¿Podemos ayudar? —preguntó Lynn a una de las agobiadas enfermeras que parecían estar al mando, ya que dirigía el tráfico más que ninguna y gritaba órdenes a varias personas.

Estaba detrás del mostrador de ingresos con un ajetreado grupo de casi veinte personas. Todo el mundo parecía ocupado, bien con el teléfono o con el papeleo; algunos echaban a correr de repente hacia una de las salas mientras otros llegaban a la misma velocidad. Por encima de la baraúnda de voces se podía oír el sonido de las sirenas, a medida que paraban más ambulancias en el exterior.

Al principio, la enfermera a la que se había dirigido se limitó a mirarla sin responder. Tenía la vista enfocada a lo lejos, un detalle que le hizo pensar que su mente estaba procesando demasiadas cosas al mismo tiempo. Cuando repitió la pregunta, la mujer salió de su pequeño trance. Alargó la mano y cogió una de las carpetas sujetapapeles del montón que tenía delante y se la dio diciendo:

—¡Ocúpate de este caso! ¡Sala de reconocimiento veintidós! Varón con ligera dificultad respiratoria. Traumatismo en el pecho por golpe contundente.

Antes de que pudiera responder, la enfermera jefe gritó a una colega situada al otro lado de la sala que trajera más equipos de rayos X portátiles y los llevara a las salas de traumatología. A continuación se volvió hacia otra enfermera que había detrás de ella y le pidió que fuera a comprobar lo que pasaba en la sala de traumatología número uno y si el paciente estaba listo para ser enviado a cirugía.

Lynn leyó el nombre del paciente: Clark Weston. Estaba escrito a mano en el impreso de admisión de urgencias, junto con una dolencia principal: dificultad respiratoria, traumatismo contundente. Comprobó que la tensión arterial era normal, aunque la frecuencia cardiaca era un poco elevada, con cien latidos por minuto. Una nota garabateada rezaba: «Leve disnea pero buen color. Contusión en el esternón pero sin sensibilidad en costillas individuales. No hay laceraciones. Extremidades normales. No hay huesos rotos». Eso era todo. No había nada más. Después de un vistazo rápido para ver si podía volver a llamar la atención de la enfermera jefe —cosa poco probable, ya que había desaparecido—, miró a Michael, que había leído el contenido de la carpeta por encima de su hombro.

—¿Qué opinas? —preguntó—. ¿Podemos ocuparnos?

—Vamos allá.

Aunque los dos llevaban sus tarjetas de identificación sujetas con un cordón alrededor del cuello, había que fijarse atentamente para ver que al lado de sus nombres no ponía «doctor». Seguramente por eso la enfermera jefe no se había dado cuenta de que solo eran estudiantes.

A pesar del caos y de que no tenían a quién preguntarle dónde estaba la sala de reconocimiento veintidós, la encontraron sin gran dificultad. La puerta estaba cerrada. Lynn entró primero, Michael lo hizo inmediatamente después y cerró la puerta a sus espaldas. La sala era una isla de tranquilidad en medio de una tormenta.

Solo allí dentro, Clark Weston se hallaba en decúbito supino sobre la camilla, apoyado en los dos codos, esforzándose por respirar con bocanadas superficiales y rápidas. Era un hombre rubio de mediana edad, ligeramente obeso y vestido con una chaqueta, una camisa blanca, corbata y pantalones oscuros. Tenía el nudo de la corbata aflojado. La camisa, abierta a los lados, dejaba a la vista un pecho pálido y ancho con evidentes contusiones centrales. Advirtieron enseguida que el hombre no tenía buen color, en contra de lo que ponía en el impreso de admisión. Su piel tenía un tono azulado, al igual que sus labios. Su expresión era de desesperación. No podía hablar y respirar al mismo tiempo. Era evidente que creía que estaba a punto de morir.

Lynn corrió a un lado de la camilla mientras Michael se dirigía al otro. Los dos sintieron una oleada instantánea de terror al darse cuenta de que aquello no eran simples dificultades para respirar y de que, como neófitos en la materia, estaban totalmente superados por los acontecimientos y se enfrentaban a un paciente al borde de la muerte.

—Espero que tengas alguna idea de lo que hay que hacer —dijo Michael con voz ronca.

—Yo contaba con que tú lo supieras —respondió ella.

Al escuchar su conversación, el paciente puso los ojos en blanco antes de cerrarlos para concentrarse en intentar respirar.

—Será mejor que vaya a buscar a un residente.

Antes de que Lynn pudiera responder, Michael salió disparado de la sala, dejando la puerta entornada.

A solas con el paciente, se acercó corriendo a una fuente de oxígeno, encendió la bombona y regresó a toda prisa para colocar una cánula nasal alrededor de la cabeza del hombre. Situó la campana del estetoscopio en el lado derecho de su pecho y escuchó. El hombre respiraba de forma tan rápida y superficial que apenas podía oír algo. El alboroto que entraba por la puerta abierta tampoco favorecía la escucha.

Se percató entonces de lo hinchado que estaba el pecho del hombre. Parecía que fuera a explotar como un globo. ¿Qué significaba eso? Trató de pensar y de buscar en su memoria lo que le habían enseñado en diagnóstico clínico, pero el agotamiento, combinado con el terror fruto de su sensación de incompetencia, hacían que le resultara difícil. Recordaba vagamente que un pecho hinchado significaba algo importante, pero ¿qué? No lo sabía.

Movió la campana del estetoscopio al lado izquierdo del pecho y le sorprendió no oír casi nada. Al principio pensó que el problema era suyo, que estaba haciendo algo mal, pero luego comparó los dos lados. Estaba claro que podía oír sonidos de respiración en la derecha, aunque apenas discernibles, y nada, o casi nada, en la izquierda. Empezó a hacerse una idea de lo que estaba pasando. Se quitó el estetoscopio de los oídos y probó con la percusión, colocando el dedo corazón en el pecho del paciente y dando un golpecito con el dedo corazón de la mano derecha. Los sonidos resultantes de un lado y el otro eran distintos. El del lado izquierdo era hipertimpánico, como un tambor, comparado con el que oía en el lado derecho.

Michael entró corriendo en la sala, jadeando por el cansancio.

—No he encontrado a nadie disponible. La única persona que había es un médico de urgencias que estaba peleándose con un hombro dislocado dos salas más abajo. Me ha prometido que vendrá en cuanto recoloque el hombro. ¿Cómo está el paciente?

—Está recibiendo oxígeno, que ya es algo, pero corre peligro. Creo que sé lo que le pasa.

—¡Cuéntame!

—Escucha su pecho. A ver qué te parece. Pero hazlo rápido.

Michael se colocó con dificultad el estetoscopio en los oídos. Mientras escuchaba primero el lado izquierdo, luego el derecho, y a continuación otra vez el izquierdo, no apartó la vista de Lynn, quien le tomaba el pulso al hombre.

—No se oyen sonidos de respiración en el lado izquierdo.

—¡Prueba con la percusión! —le ordenó Lynn—. Pero hazlo rápido. Su frecuencia cardiaca es de ciento veinte. No puede ser bueno.

La joven notaba que el pulso le palpitaba en las sienes casi igual de rápido.

Michael hizo a toda velocidad lo que le habían dicho. Enseguida resultó evidente la hiperresonancia de la izquierda, y así lo comentó.

—¿Te suena de algo? —preguntó la estudiante—. Y más con las venas del cuello dilatadas. —Señaló con el dedo.

—¡Neumotórax a tensión!

—¡Yo he pensado lo mismo! Si es así, es una urgencia grave. Su pulmón izquierdo debe de estar colapsado, y el derecho se comprime cada vez que respira. Necesita una radiografía, pero no hay tiempo.

—¡Necesita una toracotomía en el izquierdo! —gritó Michael—. ¡Y la necesita ya!

Presas del pánico, los dos estudiantes se miraron por encima del cuerpo del paciente. Vacilaron un momento, a pesar de la desesperación. Ninguno de los dos había visto practicar una tora-cotomía, y mucho menos realizar una. Habían leído sobre el tema, pero de la teoría a la práctica había un paso demasiado grande.

—¿Cuándo crees que podrá venir el médico de urgencias? —preguntó inquieta.

—No lo sé.

Michael empezó a sudar.

—Señor Weston —gritó Lynn mientras lo sacudía por el hombro. El paciente no respondió. En lugar de contestar, se desplomó en posición supina sobre la camilla, sin el apoyo de los codos—. Señor Weston —gritó más alto, sacudiéndole el hombro de forma más elocuente. Nada. El paciente ya no respondía.

—No podemos esperar.

—Estoy de acuerdo —contestó Michael.

Corrieron hasta un carro de paradas equipado con toda clase de utensilios de urgencias. Cogieron una jeringa grande, una cánula intravenosa del calibre dieciséis, un puñado de apósitos antisépticos y volvieron a toda prisa con el paciente.

—Si mal no recuerdo, hay que hacerlo en el segundo espacio intercostal, entre la segunda y la tercera costilla.

—¡Hazlo tú! —Le puso la cánula a Michael en las manos—. ¿Cómo narices te acuerdas de esos detalles?

—No lo sé —replicó Michael mientras se ponía rápidamente un par de guantes esterilizados.

A continuación abrió el envoltorio estéril de la cánula. Tenía una aguja para facilitar la introducción.

—¿Y si es un hemotórax y hay sangre dentro en lugar de aire? —preguntó Lynn con ansiedad—. ¿Empeoraríamos la situación?

—No lo sé —reconoció Michael—. Estamos en territorio desconocido. Pero tenemos que hacer algo o la va a palmar.

La joven abrió varios apósitos empapados en alcohol y limpió rápidamente una zona amplia debajo de la clavícula izquierda del paciente. Michael colocó la punta de la cánula con su aguja sobre el punto que le pareció correcto. Lo había localizado palpando la zona y tocando las marcas huesudas. Aun así, titubeó. Clavar a ciegas una aguja en el pecho de alguien, sobre todo en el lado izquierdo, donde estaba el corazón, era algo muy serio.

—¡Hazlo! —le exhortó Lynn.

Sabía que eran como un ciego guiando a otro ciego, pero había que hacer la toracotomía de inmediato. El color del paciente había empeorado a pesar del oxígeno.

Michael apretó los dientes, empujó el catéter a través de la piel y lo introdujo hasta que notó que la punta de la aguja tocaba la costilla. A continuación, la inclinó ligeramente hacia arriba y volvió a empujar. Notó un pequeño estallido después de introducir la aguja otro centímetro más o menos.

—Creo que ya está dentro —anunció.

—Genial. ¡Saca la aguja!

Michael extrajo la aguja. ¡Nada!

—Supongo que tengo que meterla un poco más. Todavía no debo de haber llegado al espacio pleural.

—Eso, o nos hemos equivocado de diagnóstico.

—Vaya, qué positiva —añadió Michael con sarcasmo.

Volvió a introducir la aguja y empujó más a fondo en el pecho del paciente. Notó un segundo estallido. Esta vez, cuando sacó la aguja oyeron un susurro de aire saliendo, como el de un globo al desinflarse.

Se miraron a los ojos y dejaron escapar una tímida sonrisa. Durante los siguientes segundos sus sonrisas se ensancharon a medida que la respiración y la frecuencia cardiaca del paciente mejoraban, así como su color. El hombre también recobró la conciencia poco a poco. Tuvieron que agarrarle las manos para evitar que estirara los brazos y tocara la cánula que le sobresalía del pecho mientras esperaban.

—Tal vez deberíamos hacer la residencia juntos —comentó Michael—. Creo que formamos un buen equipo.

Lynn sonrió débilmente.

—Tal vez —convino, apartando su deseo de ir a Boston con Michael.

En ese momento, un médico de urgencias manchado de sangre que respondía al nombre de Hank Cotter y una enfermera entraron corriendo. Los apartaron sin contemplaciones y se dirigieron directos al paciente. Mientras la enfermera tomaba la tensión arterial de Clark, Hank le auscultó el pecho y descubrió la toracotomía.

—¿Habéis hecho esto vosotros? —preguntó.

—Sí —contestaron al unísono.

—Hemos decidido conjuntamente que se trataba de un neumotórax a tensión —explicó Lynn.

—Pensamos que teníamos que hacer algo, porque el paciente estaba empeorando rápidamente —añadió Michael—. Nos pareció que no podía esperar.

—¿Y sois estudiantes de medicina? —preguntó Hank—. Estoy impresionado. ¿Alguno de vosotros ha hecho la rotación en urgencias?

Negaron con la cabeza.

—Estoy todavía más impresionado. Bien hecho. —Se volvió hacia una enfermera que acababa de entrar y dijo—: Ve a buscar inmediatamente un equipo de radiografía portátil de tórax y trae el material para introducir una sonda pleural.

Se volvió de nuevo hacia ellos.

—Ahora vais a tener que introducir una sonda pleural, chicos. ¿Estáis dispuestos?

Libro segundo

19

Martes, 7 de abril, 9.38 h

Lynn fue la encargada de introducir la sonda pleural con anestesia local mientras Michael observaba. Fue mucho más fácil que realizar la toracotomía gracias a que Hank, un residente de urgencias que llevaba tres años en el puesto, hizo de instructor y estuvo con ellos durante toda la operación. Todo marchó sobre ruedas, y los estudiantes se sintieron razonablemente seguros de estar preparados para enfrentarse a la asistencia de traumatismos torácicos en el futuro.

Una vez que Clark Weston estuvo estabilizado, Lynn y Michael volvieron a urgencias por si podían echar una mano con otros pacientes. Descubrieron sorprendidos que la situación de emergencia prácticamente había terminado. Mientras atendían las necesidades de Clark, el resto de pacientes del accidente habían sido llevados al Centro Médico de la Universidad de Medicina de Carolina del Sur, y todos los que habían llegado al Mason-Dixon habían sido ya atendidos y estaban recibiendo tratamiento.

Mientras miraban en el mostrador de urgencias, comprobando si había algo más que pudieran hacer para ayudar, Lynn vio a la doctora Sandra Wykoff, que también había respondido a la llamada. Corrió impulsivamente hacia la mujer y la alcanzó cuando estaba a punto de marcharse. Controló sus emociones y volvió a presentarse, al tiempo que le preguntaba de nuevo si podían reunirse. La doctora aceptó educadamente, pero añadió:

—Tendrá que ser ahora, porque estoy a punto de empezar una intervención. ¿Te viene bien?

—Desde luego.

—Entonces ven al departamento de anestesia, en la segunda planta, al lado de patología quirúrgica. Te veré allí, pero no te demores.

—Enseguida voy —le aseguró.

Regresó junto a Michael y murmuró:

—¿Ves a la mujer con la que acabo de hablar? Es Wykoff, la anestesista que metió la pata con Carl.

Señaló con la cabeza en dirección a la doctora.

Michael observó cómo Wykoff desaparecía antes de volverse hacia Lynn.

—Vamos, hermana, ya hemos hablado de esto. ¡Tranquilízate! Por décima vez, no sabes si fue una metedura de pata.

La joven soltó una risita triste.

—Ya veremos. Lo importante es que está dispuesta a verme. ¿Te interesa?

—Considerando que nos hemos saltado la clase de dermatología, supongo que no tengo disculpa; además, alguien tiene que controlarte. Pero pasemos antes por la cafetería para ingerir unas cuantas calorías. Estoy prácticamente sin fuerzas, y tú llevas horas con el estómago vacío.

—Vale, pero tiene que ser algo rápido y para llevar —accedió—. Solo tengo una pequeña oportunidad. Está a punto de empezar una operación. Incluso me ha advertido que «no me demore». ¿Te lo puedes creer? Creo que es la primera vez que oigo a alguien usar la palabra «demorar».

—Estás buscando excusas para criticarla. «Demorar» es una palabra perfectamente válida. Entiendes lo que te quiero decir, ¿verdad?

—Supongo —convino a regañadientes.

Estaba dispuesta a arriesgarse a pasar por la cafetería porque sabía lo importante que era la comida para Michael. Ella solía bromear diciéndole que todavía estaba en edad de crecer. Detenerse ahora para que él comiera era una forma de mostrarle su agradecimiento por que estuviera dispuesto a acompañarla a hablar con Wykoff. Como persona realista que era, sabía que necesitaba protección, y él se la iba a proporcionar. No podía evitar sentir rabia hacia la mujer, pero era consciente de que expresarla sería sin duda contraproducente.

La visita a la cafetería fue breve, como la ocasión requería. Cogieron un par de bollos y algo de fruta en la caja registradora para comerlos por el camino. Había otro motivo por el que Lynn prefería que no se quedaran. En el delicado estado emocional en el que se encontraba, no quería correr el riesgo de tropezarse con alguien que le preguntase por la operación de Carl.

Cinco minutos más tarde, cuando llegaron a la puerta del departamento de anestesia, Michael la llevó aparte.

—Espera un momento —le pidió—. Tenemos que pensar lo que vamos a decir si Wykoff nos pregunta por qué estamos tan interesados en el caso de Carl y cómo es que hemos leído su informe. Seguro que nos lo pregunta, y no podemos utilizar el cuento de la anestesia.

—Es evidente.

El desvío a la cafetería, a pesar de que había sido breve, no había hecho más que aumentar su impaciencia. Quería entrar cuanto antes en el departamento de anestesia, ya que temía que llamasen a la doctora en cualquier momento e interrumpiesen la reunión.

—Lo único que se me ocurre —continuó Michael— es decir que estamos haciendo la rotación en neurología. Tiene gracia. Utilizamos la anestesia para la neurología y la neurología para la anestesia.

—No sé. —Lynn vaciló. No le gustaba la idea y pensó otra—. Estoy de acuerdo en que puede preguntarnos, como también puede negarse a hablar del incidente de Carl. El problema es que es demasiado fácil para una médica adjunta como Wykoff descubrir que mentimos. Con solo una llamada nos veríamos de mierda hasta el cuello, y todas las puertas se nos cerrarían de golpe. No, tenemos que pensar otra cosa que no nos obligue a mentir. ¿Por qué no decimos que estamos investigando la morbilidad hospitalaria? Al menos eso es verdad.

—No estoy seguro de que decir semejante cosa sea mucho mejor —repuso él—. A la administración, la idea de que sus estudiantes de medicina investiguen algo así le hará tanta gracia como un chiste malo de Ronald.

—Pues no se me ocurre otra cosa. Creo que nos vamos a quedar con la opción de la morbilidad. Eso, si ella saca el tema. Tal vez no lo haga. ¡Venga! ¡Tenemos que entrar!

—Está bien. —Levantó las manos—. Tú eres la jefa.

—Qué más quisiera.

Vaciló al enfrentarse a la puerta. Dudó si entrar directamente o no, así que decidió llamar primero: prefería pecar de prudente. En el letrero de la puerta solo ponía ANESTESIA. Una voz les gritó desde el interior que pasaran.

Era una oficina relativamente pequeña, sin ventanas. No había secretaria. En la estancia había cuatro mesas modernas sobre las que reposaban los ordenadores compartidos por todos los anestesiólogos para hacer el papeleo. Una gran estantería llena de textos y revistas de anestesia recorría la pared derecha. La doctora Sandra Wykoff estaba sola, sentada a una de las mesas. Cuando los estudiantes se aproximaron, les indicó con un gesto que acercasen un par de sillas.

—Bueno... —empezó una vez que estuvieron sentados—, ¿quién eres tú, si puedo preguntar?

Miraba directamente a Michael y, a diferencia de muchos otros médicos adjuntos, no apartó la vista.

—Otro estudiante de medicina de cuarto —respondió.

Le impresionó que ella siguiera mirándolo fijamente.

—¿Y estás investigando el caso Vandermeer con la señorita Peirce?

El tono de la doctora era muy directo, ni amistoso ni hostil.

—Sí.

No dio más detalles. Quería que Lynn llevara la voz cantante. Él solo estaba allí para evitar, con un poco de suerte, que se metiera en líos.

—¿Por qué estáis tan interesados en este caso en concreto?

Michael se fijó en que la mirada de la mujer se había desviado a la joven, como correspondía.

Los estudiantes se cruzaron una rápida mirada nerviosa. Fue Lynn quien habló:

—Nos hemos enterado del grave problema de la morbilidad hospitalaria. Creemos que este caso encaja perfectamente en esa categoría.

La doctora Wykoff asintió con la cabeza e hizo una pausa, como si estuviera pensando. Acto seguido dijo:

—¿Habéis leído mi informe en la hoja clínica de Vandermeer?

Asintieron con la cabeza temiendo lo que se avecinaba, es decir, que ella les preguntase por qué habían visto la hoja clínica y con qué autoridad. Pero, para su alivio, no fue eso lo que pasó. La doctora preguntó:

—¿De qué parte del caso queréis hablar?

—¿Qué demonios ha pasado? —dejó escapar Lynn; Michael se avergonzó para sus adentros—. O sea, ¿cómo un joven de veintinueve años, sano, sometido a una operación optativa de rodilla, termina sufriendo una muerte cerebral?

—Si habéis leído mi informe, sabréis que no pasó nada fuera de lo corriente. —En apariencia, la doctora no se había ofendido, lo que sorprendió y alivió a Michael—. La operación transcurrió con total normalidad. Revisé a fondo la máquina de anestesia antes y después de la intervención. Funcionaba a la perfección en todos los aspectos. Las fuentes de los gases y los gases han sido revisados y vueltos a revisar. Todos los medicamentos y las dosis han sido inspeccionados. He repasado la operación con lupa. Y también otros anestesiólogos. No ocurrió nada que pudiera haber contribuido al lamentable desenlace. Tuvo que ser un tipo de reacción idiosincrática.

—Tuvo que ser una metedura de pata —le espetó Lynn.

Esta vez el tono y las palabras de la chica hicieron que Michael se avergonzase de forma evidente. Intervino antes de que la doctora tuviera ocasión de responder:

—Hemos visto en su informe y en el informe de anestesia que el nivel de saturación de oxígeno en sangre disminuyó de repente. —Habló a propósito en un tono comedido, en contraste con el estallido de su compañera—. ¿Tiene usted u otra persona idea de qué lo provocó?

—En efecto, el nivel de oxígeno disminuyó —afirmó Wykoff—. Pero solo descendió al noventa y dos por ciento, que no es un nivel tan bajo y, además, empezó a subir de inmediato. A los pocos minutos había vuelto casi al cien por cien. Pero, respondiendo a tu pregunta, no tengo ni idea de por qué descendió. La concentración de oxígeno inspirado y el volumen corriente del paciente no habían variado.

Lynn empezó a hablar otra vez, pero Michael le agarró el brazo para hacerla callar y continuó:

—Nos imaginamos que debe de haber sido un caso muy duro para usted.

—No tenéis ni idea —reconoció, e hizo una pausa antes de añadir—: Nunca había tenido una complicación grave antes de este caso. Es la primera vez que me pasa.

—Mirando atrás, ¿habría hecho algo de manera distinta?

El estudiante deseaba mantener la conversación lejos del tono acusador.

La doctora Wykoff se tomó otro instante para contestar.

—Yo me he hecho esa misma pregunta. Pero no, no habría hecho nada de manera distinta. Llevé el caso del mismo modo que he llevado otros miles de casos más. ¡No hubo ninguna metedura de pata! Os lo puedo asegurar.

—Tuvo que haber algo —interpuso Lynn, a pesar de que Michael seguía agarrándole el brazo. Su voz ya no era tan estridente, pero seguía siendo más áspera de lo que a él le parecía adecuado—. Tuvo que haber algo fuera de lo normal, aunque no creyera que pudiese influir en la intervención.

Wykoff la miró fijamente en silencio, el tiempo suficiente como para que Michael pensara que su amiga por fin lo había conseguido. Se preparó para el arrebato de la doctora, pero no hubo ninguno. Para su sorpresa y alivio, la especialista añadió:

—Hubo algo, pero fue una insignificancia y no pudo tener ninguna consecuencia. No es algo que yo hiciera, sino algo en lo que me fijé. Me molestó cuando ocurrió.

—¿Qué fue? —inquirió Lynn, de nuevo con excesivo énfasis.

Michael pensó desesperadamente en algún comentario para disimular la insensibilidad de su compañera, creyendo que con su tono de reproche se la estaba buscando, no solo ella, sino también él. Lo cierto era que ya habían infringido gravemente la Ley de Responsabilidad y Transferibilidad de Seguros Médicos al curiosear las hojas clínicas de Carl y Scarlett, por no hablar de las fotografías de los informes de anestesia, y ahora Lynn ponía todo su empeño en enemistarse con una mujer que se mostraba inesperadamente servicial con un par de estudiantes de medicina a pesar de que ella también estaba pasando un mal trago emocional. Se daba cuenta de que la doctora estaba muy preocupada por lo que había ocurrido, y que a buen seguro el refrán «Desgracia compartida, menos sentida» resumía el motivo por el que estaba dispuesta a hablar con ellos.

—Tuvo que ver con el equipo técnico.

Para alivio de Michael, habló con tranquilidad; luego se interrumpió para mirar a lo lejos.

—¿Se refiere a la máquina de anestesia? —preguntó. Agarró más fuerte el brazo de Lynn para que se callara. Por el sonido de su respiración, intuyó que ella estaba a punto de decir algo.

—No a la máquina en sí —aclaró—. Sino al monitor. Lo vi por casualidad, porque estaba concentrada mirando el monitor en el momento que ocurrió. Fue cuando el cirujano empezó a perforar la tibia. Quería asegurarme de que la intensidad de los analgésicos era la adecuada. Como el periostio tiene muchas fibras del dolor, vigilaba con atención las constantes vitales.

—¿Y qué pasó?

—Voy a enseñároslo —se ofreció la doctora Wykoff—. En realidad aparece en el informe de anestesia.

La anestesista dirigió su atención a la pantalla del ordenador y empezó a introducir comandos.

Mientras ella estaba ocupada, Michael apretó otra vez el brazo de Lynn para llamar su atención.

—¡Tranquila, chica! —esbozó en silencio con los labios, y dibujó en su cara una expresión severa cuando ella lo miró. Estaba serio. Lynn respondió intentando liberarse, pero no le soltó el brazo. Añadió entre dientes—: ¡Déjame hablar a mí! ¡Vas a conseguir que nos metan en la cárcel si sigues así! ¡En serio!

—Aquí está —le interrumpió la doctora.

Giró la pantalla del ordenador hacia los estudiantes. Se trataba de la imagen del informe gráfico generado por la máquina de anestesia de los datos que habían aparecido en el monitor durante la operación, incluida la tensión arterial, el pulso, el electrocardiograma, la oxigenación de la sangre, el CO_2 al final de la espiración, el volumen corriente espirado y la temperatura corporal. Se levantaron para ver mejor, aunque ya lo habían visto en la hoja clínica de Carl.

—Fijaos —dijo Wykoff. Amplió la imagen y utilizó un bolígrafo como puntero—. Aquí fue cuando la oxigenación descendió de casi el cien por cien al noventa y dos por ciento. Fue a las 8.39, cuando la operación llevaba ya sesenta y un minutos en marcha. Entonces sonó la alarma. Como podéis ver, al mismo tiempo el electrocardiograma muestra una subida de las ondas T, indicio de que el corazón no estaba recibiendo suficiente oxígeno. Eso no tiene sentido. Una saturación de oxígeno del noventa y dos por ciento no debería provocar la aparición inmediata de ondas T en un corazón normal y sano. Además, no hay cambios en ninguno de los demás parámetros, cosa que sin duda ocurriría si el oxígeno fuera tan bajo como para provocar daños cerebrales.

—Lo vimos en la hoja clínica —reconoció Michael.

—Es difícil no verlo —declaró la doctora—. Llama la atención, porque el trazado de la oxigenación era básicamente una línea recta hasta ese instante. Pero el descenso no es lo que quiero enseñaros. —Utilizó el cursor para retroceder por el trazado de la oxigenación hasta el minuto cincuenta y dos de la operación, cuando había un pequeño salto vertical—. ¿Lo veis?

—Lo veo —contestó—. Es un repentino incremento, mientras que el trazado del O_2 se mantiene por lo demás como una onda sinusoidal plana, oscilando entre un noventa y siete y un cien por cien. ¿Qué significa?

—Probablemente nada —admitió la especialista—, pero fijaos en que el incremento tuvo lugar mientras el resto de trazados aparecían en el monitor: tensión arterial, saturación de oxígeno, todo. Cuando ocurrió me asusté, porque estaba siguiendo atentamente la frecuencia cardiaca. Si un paciente siente dolor cuando el cirujano perfora el periostio, la frecuencia cardiaca aumenta, y eso significa que la anestesia es demasiado suave. Pero la frecuencia cardiaca no aumentó. En cambio, cuando miraba, todo el monitor parpadeó en el preciso momento en el que apareció el pequeño salto vertical.

—¿Parpadeó? —repitió Michael—. ¿Ocurre eso a menudo?

—Según mi experiencia, no —respondió Wykoff—. Por otra parte, los anestesiólogos no pasamos mucho tiempo mirando el monitor. Ninguno de nosotros lo hace a menos que haya un motivo concreto. Cuando ocurrió, me asusté, y por eso me acuerdo.

—¿Por qué se asustó?

Le parecía ilógico.

—Lo que me asustó fue la posibilidad de perder los datos de todos mis sensores, es decir, de quedarme sin control electrónico. Me sentí aliviada cuando no volvió a parpadear.

—¿Nunca había visto algo parecido?

El estudiante se inclinó para mirar la imagen cuando la anestesista amplió la sección. Seguía pareciéndole un detalle trivial.

—No, nunca. Eso no quiere decir que no pase. Tal vez pasa a menudo. No lo sé. Es una variación muy pequeña. La electrónica no es lo mío. Pero no puede tener importancia porque todos los signos vitales, como podéis ver claramente, se mantuvieron normales hasta el momento en que sonó la alarma de oxigenación. Ya os he dicho que si me acuerdo es porque los anestesiólogos estamos acostumbrados a tener un control electrónico continuo. Anestesiar sin él sería como pilotar un avión a ciegas.

—¿Lo ves? —le preguntó a Lynn.

—Claro que lo veo.

Michael puso los ojos en blanco y volvió a apretar el brazo de la chica mientras la obligaba a apartarse del monitor. Se arrepintió de intentar hacerla partícipe de nuevo de la conversación por miedo a que destrozase la relación que había establecido con la doctora Wykoff y acabara metiéndolos en un lío. Era el momento de marcharse.

—Queremos darle las gracias, doctora, por...

No pudo terminar la frase. La puerta del pasillo se abrió de golpe y un hombre irrumpió en la sala.

El recién llegado se quitó precipitadamente una mascarilla quirúrgica y se dirigió a una terminal informática, pero se detuvo en seco al ver a los demás. Estaba claro que pensaba que la habitación estaba vacía. Era un hombre fuerte, caucásico, con un bronceado de jugador de golf vestido con un traje quirúrgico. Además de su elevada estatura, tenía unas manos grandes y unos musculosos antebrazos.

Su primera expresión fue de perplejidad, pero rápidamente dio paso a una de fastidio. Desplazó la vista de Michael a Lynn. Los dos sabían quién era por su rotación en cirugía de tercero. Se trataba del doctor Benton Rhodes, el voluble jefe de anestesia nacido en Nueva Zelanda, famoso por su escaso aprecio a los estudiantes de medicina.

—Ya nos íbamos —dijo Michael en el acto. Se volvió otra vez hacia la doctora Wykoff—. Gracias por concedernos su tiempo y por estar dispuesta a hablar con nosotros de un caso tan delicado. Se lo agradecemos.

—¿Qué caso? —preguntó Rhodes con su acento neozelandés.

—El de Carl Vandermeer —anunció Lynn en tono desafiante.

—¿Vandermeer? —repitió el médico, sorprendido—. ¿Quiénes sois vosotros dos?

—Somos alumnos de cuarto —le informó Michael mientras instaba a Lynn a dirigirse hacia la puerta.

Ella se resistió, lo que avivó el temor del joven a que el encuentro inesperado no terminase bien.

—¿Cómo os llamáis? —quiso saber Rhodes.

—Yo soy Lynn Peirce y este es Michael Pender.

El doctor se volvió hacia Wykoff y gritó airadamente, con manifiesta incredulidad:

—¿Estabas hablando del caso de Vandermeer con estos estudiantes de medicina? No lo entiendo. Ayer por la tarde el abogado del hospital nos advirtió que no hablásemos del caso con nadie.

—Están interesados en la morbilidad hospitalaria —explicó la doctora—. Es un tema importante y legítimo, y son nuestros estudiantes.

—Me importa un bledo quiénes sean —siguió gritando Rhodes—. ¡No hay que hablar con nadie del caso, punto! —A continuación, volviéndose hacia ellos, espetó—: Vosotros dos, largaos de aquí. ¡Estáis avisados! Voy a darle vuestros nombres al abogado del hospital. La orden de no hablar del caso con nadie os incluye ahora a vosotros. No habléis del tema con nadie: amigos, familia, compañeros, quienes sean. Si lo hacéis, pondréis en peligro vuestra situación de estudiantes. ¿Lo entendéis? Es tremendamente importante que os quede muy claro.

—Lo entendemos —dijo Michael, y arrastró a Lynn hacia la puerta.

Quería sacarla de la sala antes de que dijera algo más.

20

Martes, 7 de abril, 10.05 h

Cuando la puerta del departamento de anestesia se cerró detrás de ellos, Michael y Lynn oyeron que el doctor Rhodes continuaba con su diatriba. Era evidente que el hombre estaba muy furioso con Wykoff.

—Ahora sí que nos hemos cerrado puertas y nos hemos creado enemigos —comentó Michael mientras recorrían el pasillo central—. Ha resultado ser una cagada monumental.

—No ha sido culpa nuestra —respondió Lynn sin alzar la voz mientras se cruzaban con gente—. Hemos tenido la mala suerte de que Rhodes apareciera. Todo había ido bien hasta entonces.

—En cualquier caso, no podremos volver a acudir a la doctora Wykoff. Claro que podía haber pasado de todas formas, teniendo en cuenta la forma en que te dirigías a ella.

—¿Qué quiere decir eso?

Estaba ofendida.

—La has acusado de meter la pata, justo lo que te dije que no hicieras. Esa no es la forma de no descartar ninguna posibilidad, muchacha. Hazme caso. Si no me han disparado ni he acabado en la cárcel es porque aprendí bien pronto a no cabrear a la gente. Me sorprende que le hayamos sacado a la doctora Wykoff todo lo que le hemos sacado.

—Yo soy la que está cabreada. No me apetecía dejarle pasar ni una.

—Desde luego no lo has hecho.

—Sigo pensando que oculta algo. Tiene que haber hecho algo mal. Lo siento, pero así es como lo veo.

—Pues yo no —repuso Michael—. Creo que lo está pasando mal y que no tiene ni idea de lo que ocurrió. Si no, no habría mencionado ese parpadeo. El material electrónico sufre pequeños fallos como ese, sobre todo con los datos sensoriales y de vídeo. Se llaman desfases. Creo que está casi tan desesperada como tú por descubrir qué demonios pasó.

—Tendremos que aceptar nuestras diferencias —reconoció Lynn—. Y me revienta que no hayamos podido hablar de ninguno de los otros casos, con lo mucho que se parecen. También quería preguntarle su opinión sobre la posibilidad de que un anestésico provocara la anomalía de las proteínas de Morrison. Y la fiebre que tienen ella y Carl. Maldita sea, tengo un montón de preguntas sin respuesta. Creo que deberíamos intentar reunirnos con los otros anestesistas. ¿Te acuerdas de quién se encargó de la intervención de Ashanti?

Michael no aguantó más y la detuvo. Estaban al lado del departamento de patología quirúrgica. La miró con incredulidad.

—Estás de coña. ¡Dime que estás de coña!

—No, no estoy de coña. Creo que deberíamos hablar con los otros anestesiólogos. A lo mejor ellos cometieron el mismo error. Podría ser la única forma de averiguarlo. No estoy convencida de que lo comenten entre ellos cuando pasa algo así. En ese sentido, tienes razón: todos están a la defensiva.

—En primer lugar, no recuerdo quién fue el anestesista de Ashanti. Y aunque me acordase, no te lo diría. Ya has visto cómo se ha enfadado el doctor Rhodes cuando nos ha pillado hablando con Wykoff sobre Carl. Perderá los estribos si se entera de que estás planteándote abordar a los otros anestesiólogos. Podría expulsarnos de la facultad. ¿Te parecería bonito, ahora que estamos a punto de licenciarnos? Estoy seguro de que el motivo principal por el que se enfadó tanto es precisamente porque Carl representa el tercer caso.

—¿Has terminado?

—Sí, he terminado. Cambiémonos de ropa y larguémonos.

Reanudaron su camino.

—Hemos tenido suerte de escapar prácticamente intactos —reconoció él.

—No hay que dar eso por sentado —repuso Lynn—. ¿Crees que es posible que Wykoff o Rhodes les digan algo a las enfermeras de la UCI de neurología? Se les podría ocurrir preguntar cómo conseguimos ver la hoja clínica de Carl. Si lo hicieran, no sería bueno. No podríamos volver, y yo no podría seguir el estado de Carl y mucho menos averiguar cómo ocurrió todo.

—Es difícil adivinar sus intenciones. Si se plantean informar a las enfermeras, podrían hacerlo. Creo que dependerá de eso, pero contamos con una ventaja: tienen mucho de lo que preocuparse. Seguro que temen una demanda grave.

—No creo que los padres de Carl presenten una demanda.

—Yo no estaría tan seguro. El padre es abogado, nada menos que fiscal; personalmente creo que hay muchas posibilidades. Un especialista en negligencias profesionales los convencerá de que lo hagan para evitar que otras personas corran la misma suerte. Estoy seguro de que el abogado del hospital está tan preocupado por miedo a una demanda millonaria.

Llegaron a los ascensores principales y se detuvieron antes de entrar en la sala de cirugía. Michael consultó su reloj.

—Vamos a tener que irnos si queremos llegar a la clínica de dermatología. No les hará gracia que nos saltemos la clase. Menos mal que podemos usar la urgencia como excusa. Nos vemos aquí con la ropa de calle.

—No pienso ir a ninguna clínica —le anunció Lynn—. Y menos a una de dermatología. En mi estado no podría concentrarme en mirar granos y sarpullidos.

—¿Qué vas a hacer? No pensarás volver para hablar con los anestesistas, ¿verdad?

—¡No! Tengo que dormir al menos un par de horas. Soy consciente de que no pienso con claridad, y hay un montón de cosas que quiero estudiar. Necesito aprender más sobre las gammapatías monoclonales y los mielomas múltiples.

—Como quieras, pero yo me voy a la clínica. No me voy a arriesgar a tocar las narices a la administración ahora que estamos tan cerca de licenciarnos, y menos cuando puede que tengamos a Rhodes encima.

—¡Sé realista! ¿De veras crees que podrían impedir que nos licenciáramos por saltarnos unas miserables clases y unas prácticas?

—¿Quién sabe? Lo que sí sé es que no vale la pena arriesgarse. Si hay una lista de asistencia, firmaré por ti.

—Gracias, hermano. ¡Una cosa más! ¿Puedo ver la foto del informe de anestesia de Ashanti que tienes en el ordenador?

Michael la miró fijamente y titubeó, como si tuviera un debate interno.

—Tendría que darte la llave de mi habitación. Podrías hacer una copia, entrar y abusar de mí.

—Es una idea muy tentadora, pero te doy mi palabra de que me contendré. Y te prometo que no tocaré tu alijo de caballo.

—¡Más te vale! Está bien, te veré delante de los ascensores dentro de cinco minutos.

Mientras se cambiaba, Michael se preguntó qué habría pasado si no hubiera acompañado a Lynn a ver a Wykoff. Pese a lo mal que habían resultado las cosas, estaba seguro de que habrían ido mucho peor de haber estado sola. Al margen de lo que él había dicho, Lynn necesitaba que la vigilasen de cerca. Su actitud iba a meterla en un buen lío al que era posible que lo arrastrase a él. Y sin embargo, la entendía. Si lo que le había pasado a Carl le hubiera ocurrido a su novia, Kianna Young, él también habría perdido la cabeza.

Le sorprendió que Lynn ya estuviera junto a los ascensores cuando él llegó. Creía que se había cambiado rápido y que tendría que esperarla. Le entregó la llave de su habitación y dijo:

—¿Te importaría hacerme la cama y limpiar el cuarto de baño, ya que estás?

—Ni lo sueñes, machista —Lynn cogió la llave—. Enviaré la foto del informe de Ashanti a mi correo electrónico, y se acabó. ¡Otra petición! ¿Puedes enviarme las fotos que hiciste de los informes de Carl y de Morrison? Así tendré los tres. Comparándolos, tal vez encuentre algo inesperado.

—Creo que lo primero que tienes que hacer es dormir.

—Gracias, doctor. Mientras tanto envíame las fotos.

—Sí, señora.

Michael le dedicó un saludo militar.

21

Martes, 7 de abril, 10.15 h

Benthon Rhodes cerró con tal fuerza la puerta de su despacho privado que algunos de los diplomas enmarcados en las paredes se ladearon, y tuvo que acercarse a ponerlos derechos. Se imaginó que el estruendo habría sobresaltado a la secretaria del departamento de anestesia, que trabajaba sentada a su mesa al otro lado de la puerta. Cuando llegó, estaba tecleando al dictado en su ordenador y no lo había visto. Aun así, le daba exactamente igual haberla asustado. Cuando estaba furioso solía desquitarse con cualquier persona o cualquier cosa. De hecho, la idea de haber alarmado a la secretaria lo tranquilizó hasta cierto punto.

Seguía vestido con el traje quirúrgico, aunque había salido del área de los quirófanos y bajado a la zona de administración, donde la mayoría de los jefes de departamento tenían sus despachos oficiales. Antes de abandonar la planta entró en el vestuario para coger su teléfono. Sentado a la mesa, lo sacó de su bolsillo y accedió a los contactos. Entonces se detuvo. No sabía a quién llamar primero para contarle la última metedura de pata.

Por más que lo intentaba, no entendía por qué la gente podía ser tan lista para algunas cosas y tan tonta para otras, y por eso le había gritado a Sandra Wykoff. A pesar de ser una buena anestesista, no comprendía cómo podía haber entendido mal las instrucciones de Bob Hartley, el abogado del hospital, sobre la conveniencia de no hablar del caso de Vandermeer con nadie. El abogado no podía haber sido más claro. No hablar del tema con nadie significaba con ninguna persona, punto. Y menos con una pareja de estudiantes de medicina que husmeaban para hacerse famosos. «Morbilidad hospitalaria», y una mierda, pensó tristemente. Lo próximo que harían sería publicar en Twitter o en Facebook sus supuestas observaciones inteligentes sobre el caso. ¡Dios, sería un desastre!

Tamborileó con los dedos en la mesa mientras pensaba que dirigir el departamento de anestesia del Centro Médico Mason-Dixon estaba resultando más molesto de lo que había esperado. Cuando lo contrataron cinco años atrás, a los sesenta y cuatro, estaba al mando del departamento de anestesia de un centro mucho más grande, en una prestigiosa universidad que realizaba el doble de intervenciones quirúrgicas y que, además, tenía un programa de residencia en anestesiología. Aun así, todo era más fácil en Nueva Inglaterra y no sufría la ansiedad que estaba padeciendo en Charleston. Por el amor de Dios, aquello era el sur, donde se suponía que la gente hacía el vago y bebía julepes de menta. Su objetivo había sido una jubilación parcial para poder disfrutar de la vida. Lamentablemente, no estaba resultando de esa manera.

Tomó una decisión y buscó el número de teléfono de la oficina de Robert Hartley en su móvil, pero no lo usó para llamar. En lugar de ello, marcó el número con su teléfono fijo del hospital, sabiendo que recibiría mejor atención de la oficina del bufete de abogados. El Centro Médico Mason-Dixon era un cliente importante.

Se tranquilizó poco a poco mientras se establecía la conexión. No era la primera vez que había problemas en el departamento de anestesia, tal vez no tan graves como el actual, pero problemas al fin y al cabo. Aun así, los beneficios del puesto de trabajo habían sido muy suculentos, sobre todo las opciones de compra de acciones. Su valor había aumentado desde que se hablaba de la compra de Asistencia Médica Middleton por Productos Farmacéuticos Sidereal, propiedad del millonario ruso Boris Rusnak. Si eso ocurría, Benton podría jubilarse a lo grande.

Como esperaba, le pasaron directamente con Bob Hartley, y el abogado cogió el teléfono casi antes de que sonase.

—¿Qué puedo hacer por ti? —preguntó Bob.

Tenía una voz grave y tranquilizadora. A lo largo de los años habían llegado a conocerse lo bastante bien como para tutearse.

—Me temo que la doctora Wykoff ha infringido las directrices que nos diste. He pensado que debías saberlo de inmediato.

—Eso no es bueno. ¿Qué ha pasado exactamente?

—He sorprendido a la doctora charlando sobre el caso con una pareja de estudiantes de cuarto de medicina. Joder, después de lo que dijiste ayer, no podía creerlo.

—¿Han sido los estudiantes quienes la han buscado a ella?

—Sí. Una de los dos se tropezó con Wykoff en el vestuario de mujeres y le preguntó si podía hablar del caso Vandermeer. Y por algún motivo, Wykoff aceptó.

—¿Tienes idea de por qué hizo tal cosa?

—Ella dice que está muy disgustada por lo que ha pasado y que necesitaba hablar como forma de terapia. Y escucha esto: ha dicho que considera a los estudiantes como de la familia. ¡Santo Dios! Estudiantes de medicina. Joder, ¿te lo puedes creer?

—¿Cómo se enteraron los estudiantes del asunto? ¿Lo sabes?

—No tengo ni idea.

—¿Y por qué están interesados en el caso?

—Wykoff ha dicho que investigaban el tema de la morbilidad hospitalaria: la gente que entra al hospital por un motivo y contrae algo peor. En ese sentido, me temo que Vandermeer es un perfecto ejemplo. En realidad, es un problema real.

—¿Han hablado de los otros dos casos?

—No.

—¿Has conseguido sus nombres?

—Sí. Michael Pender y Lynn Peirce. Los he investigado brevemente. Los dos son muy buenos estudiantes, de los mejores de su clase.

—Así que podrían ser líderes; eso sería más problemático. ¿Tienen antecedentes como activistas?

—No tengo ni idea, pero en sus expedientes académicos no se indica nada parecido.

—¿Con quién has hablado de esto?

—Tú eres el primero.

—Creo que deberías contárselo al doctor Feinberg. El presidente del hospital tiene que estar al tanto, porque si los medios de comunicación se enteran, podría echar por tierra las negociaciones de la venta, y está claro que no nos interesa que eso ocurra.

—¡Por supuesto que no!

—Supongo que les dijiste a los estudiantes que no tienen que hablar del caso con nadie, ni amigos ni familiares. O sea, que se lo dijiste de verdad.

—Se lo dejé muy claro.

—¿Por qué la doctora Wykoff está dando más problemas que el doctor Pearlman o el doctor Roux? Esos dos se han mostrado muy colaboradores.

—Es difícil saberlo. Créeme. Podría ser porque ha sido su primera complicación grave. Algunos médicos se lo toman muy a pecho. Lo único que puedo decirte es que no le preocupa que la acusen de negligencia. Así de segura está de que no hizo nada mal.

—Se está comportando como una ingenua. Los casos de negligencia profesional pueden evolucionar de cualquier manera, sean cuales sean los detalles.

—Además, es una adicta al trabajo que no sale mucho y vive sola. Desde el punto de vista profesional, es muy responsable y meticulosa, pero un tanto rara, al menos en mi opinión.

—Los otros dos anestesiólogos también viven solos.

—¿Qué puedo decir? No sé por qué no está dispuesta a colaborar.

—¿Crees que habría que despedirla como precaución, con la excusa de haber infringido mi directriz?

—Creo que deberíamos esperar a ver cómo se comporta a partir de ahora —respondió Benton—. Es una anestesista muy buena y en general muy colaboradora. Habría muchas cosas en juego si se presentase una demanda. Pero dejaré esa decisión en manos de Josh Feinberg. Le pagan una fortuna para que se ocupe de asuntos como este.

—Me parece un buen plan —reconoció Bob—. Gracias por avisarme. Lo pensaré. Puede que haya que hacer algo con toda esa gente si no acatan la disciplina. Hablaré con Josh cuando le hayas puesto al tanto. Estaremos en contacto.

Suspiró aliviado y colgó el teléfono. Se sentía mucho mejor ahora que había dejado el asunto en las competentes manos de Bob Hartley. Sabía intuitivamente que se sentiría mucho mejor después de hablar con Josh, quien no tendría problemas en tomar decisiones con respecto a Wykoff. También sabía que el presidente podía hablar con la decana de los estudiantes y cortar el problema de raíz.

Se levantó de la mesa, salió del despacho y le pidió a su secretaria que comprobara si el doctor Josh Feinberg disponía de unos minutos para verlo de inmediato. Quería dejarlo resuelto antes de volver a los quirófanos. Con tantas intervenciones quirúrgicas como había en marcha, tenía que apagar las chispas antes de que se convirtieran en un incendio.

Un minuto más tarde su secretaria entró en el despacho.

—El doctor Feinberg no puede verlo hasta las tres de la tarde.

—Está bien, gracias.

Después de indignarse tanto, ahora se sentía decepcionado. Aun así, ¿qué podía hacer? Vería al presidente a las tres. Hasta entonces tenía otros asuntos de los que ocuparse.

22

A pesar del agotamiento, Lynn se desvió brevemente hacia la cafetería. Después de dejar a Michael, decidió a regañadientes que tenía más hambre que sueño. Había quemado rápidamente las calorías del plátano y el bollo que se había comido de camino a la reunión con Wykoff. Se sentía débil, un poco mareada, e incluso tenía unas ligeras náuseas.

Dejó a un lado el temor a tropezarse con uno de sus amigos y que le recriminaran el no haber acudido a la clínica de dermatología y se sentó a una mesa. Necesitaba proteínas, así que pidió huevos revueltos y se los zampó acompañados de una infusión. La comida le ayudó enormemente y le hizo creer que podía pensar de forma mucho más racional y menos emocional. También hizo que el mareo y las náuseas desaparecieran, algo que notó especialmente cuando se dirigió a la residencia, pasando en sentido tanto literal como figurado bajo la sombra del enorme Instituto Shapiro.

Como hizo el día anterior, se detuvo unos instantes para observar la construcción. Pensó en el traslado de Scarlett Morrisson al instituto, y la idea le recordó la posibilidad de que Carl también fuera enviado allí. Se preguntó qué haría si eso pasaba, ya que no era pariente suya. Se vería obligada a informarse a través de sus padres. Ellos se habían mostrado muy atentos con ella hasta ese momento, pero la situación podía cambiar cuando se acordasen de que Lynn había sido la que recomendó a Carl que se operara en el Mason-Dixon y no en el Hospital Roper de la Universidad de Medicina de Carolina del Sur. Podían dejarla al margen. Se encogió de hombros; se estaba adelantando a los acontecimientos. Resignada, siguió andando hacia la residencia.

Entrar en la habitación de Michael sin él era una sensación extraña. Cerró la puerta detrás de ella y se quedó quieta un momento, absorbiendo las imágenes y el aroma familiares. Su compañero era mucho más ordenado que ella, y todo estaba en su sitio. Incluso los libros estaban ordenados por materias en la estantería. A lo largo de los años, ella se había burlado de su meticuloso estilo de vida, del mismo modo que él le había dado la vara por su falta de orden.

Aunque resultaba un poco raro estar allí sin su amigo, también era reconfortante. Lynn había pasado un tiempo considerable en esa habitación, al igual que él en la suya. Habían estudiado mucho juntos, sobre todo durante los dos primeros años. Un buen número de estudiantes preferían la biblioteca o las salas de estudio, pero no era el caso de ellos dos. Estudiar juntos les resultaba tan gratificante porque se animaban mutuamente, en silencio, a esforzarse más de lo que lo habrían hecho si hubieran estudiado solos.

Se sentó delante del ordenador. Michael lo había montado a partir de distintas piezas para disfrutar al máximo de los videojuegos. Ella también practicó esa afición durante una época, pero ya se había cansado de ellos, al contrario que su compañero. Sabía que jugaba para aliviar la ansiedad y las complejas emociones que la facultad de Medicina generaba, sobre todo a un joven negro en un centro médico del sur cuyo personal estaba formado en su mayoría por blancos. Él le había confesado que solía jugar unos quince minutos a altas horas de la noche y le explicó que, cuando era adolescente, los videojuegos habían sido una vía de escape muy necesaria de las presiones del barrio, además de una forma de lidiar con la agresividad.

Accedió a las fotos en cuanto el sistema estuvo operativo.

Esperaba encontrar un sistema de clasificación de las fotos bien ordenado y elaborado, una nueva prueba de su obsesión, pero lo que descubrió era algo totalmente distinto. Las fotos estaban organizadas simplemente por fecha, es decir, por el orden cronológico en el que habían sido tomadas.

Recordó que Ashanti se había sometido a la operación varios meses atrás y empezó a mirar las imágenes correspondientes a enero. Le sorprendió encontrar una serie de fotografías tomadas un sábado por la tarde durante una excursión al espléndido Middleton Place, el centro homónimo de Asistencia Sanitaria Middleton, un jardín paisajista de veinticuatro hectáreas que fue originariamente una plantación de arroz en el siglo XVII y que ahora contaba con la distinción de Monumento Histórico Nacional.

Michael, su novia, Kianna, Carl y ella habían ido de visita. Se le cortó la respiración cuando se encontró mirando una foto de ella, Carl y Kianna en un carruaje tirado por caballos. Michael no aparecía en la foto porque él era quien la había hecho. Era un momento feliz, sublime.

Cerró los ojos un segundo y permitió que la realidad del estado comatoso de Carl inundara sus pensamientos. Hasta entonces se las había arreglado negando e intelectualizando los hechos, pero la conciencia de que la mente y los recuerdos de Carl habían desaparecido cayó ahora sobre ella como una avalancha. Por primera vez desde que se había producido la tragedia, se dejó embargar por la emoción pura. Empezó a llorar, y lloró con la estremecedora intensidad de una tormenta de verano.

Después de lo que le pareció una eternidad, las lágrimas remitieron. Consiguió levantarse y coger un trozo de papel higiénico para secarse las mejillas y enjugarse los párpados. El poco maquillaje que se había puesto era ahora una mancha oscura y sucia.

Recuperó una apariencia de control y volvió a rebuscar en la extensa colección de fotos, evitando en lo posible las imágenes de Carl y ella. Era difícil, porque había muchas. No recordaba que hubieran quedado en pareja con Michael y Kianna tan a menudo. Había fotos de toda clase de situaciones, incluyendo cientos de instantáneas de viviendas históricas de Charleston.

Al final encontró la que había estado buscando y la abrió. Era totalmente legible, sobre todo porque estaba poco comprimida, y pudo ampliar distintas secciones. Satisfecha, envió la imagen en gran formato a su correo electrónico. Quería preservar su capacidad de fijarse en los detalles, sobre todo de los signos vitales de Carl. Un momento más tarde, escuchó que su teléfono le anunciaba desde el bolso que había recibido el email.

Poco después estaba de vuelta en su habitación. Se quitó la bata blanca y la dejó sobre la butaca, donde también había un rebujo de ropa recién lavada. Siempre tardaba en clasificar el fardo cuando lo traía de la lavandería del sótano. A veces ni se molestaba en hacerlo. En esas ocasiones, simplemente iba sacando la ropa del montón a medida que la necesitaba.

Observó su cama, que solo hacía cuando cambiaba las sábanas, un hábito no muy frecuente en ella. Solía pensar que tenía cosas mejores que hacer con su tiempo. Consideró brevemente tumbarse unos momentos, pero luego cambió de opinión. Sabía que una vez que estuviera en posición horizontal, le costaría volver a levantarse.

Se sentó ante el ordenador portátil y accedió a la bandeja de entrada de su correo electrónico. Allí, arriba del todo, estaba el JPEG que acababa de enviarse a sí misma. Justo debajo había dos correos de Michael. Como le había prometido, eran los informes de anestesia de Scarlett Morrison y de Carl. Lynn los consultó para asegurarse. A continuación hizo una copia de los tres en una memoria USB que llevaría a la sala de estudiantes de la primera planta para utilizar la impresora común.

Antes de desconectar el pen drive buscó en Google «gammapatía», como había hecho en la UCI de neurología; enseguida encontró el mismo artículo: «Gammapatía monoclonal de significado incierto». Descargó una versión en pdf y la guardó en el USB. Descargó después unos artículos de Wikipedia sobre el mieloma múltiple y la electroforesis de proteínas séricas. El último artículo que le interesaba trataba de los anticuerpos monoclonales. Lo leyó entero antes de descargarlo y se dio cuenta de que necesitaba otro sobre la tecnología de los hibridomas. Recordaba de una clase de inmunología de segundo que los anticuerpos monoclonales estaban compuestos de estas células híbridas.

Provista de los documentos, se dirigió a la impresora. Tuvo que pasar la banda magnética de su tarjeta de estudiante para que la máquina funcionara. Mientras la impresora trabajaba, se sentó en uno de los sillones de cuero y prácticamente se quedó dormida.

Regresó a su habitación con las impresiones en mano y se tumbó en la cama. Durante unos minutos dudó de qué página debía leer primero. Se planteó consultar los informes de anestesia, pero decidió que necesitaba tener la cabeza completamente despejada para ello. De modo que pasó a los artículos. Escogió uno sobre la gammapatía; como lo había leído en la UCI de neurología, solo tendría que repasarlo. Decidió que después leería el que trataba sobre el mieloma múltiple. Solo consiguió leer cuatro o cinco frases del primer artículo antes de dormirse profundamente.

23

Martes, 7 de abril, 13.52 h

Sandra Wykoff salió de la unidad de cuidados postanestésicos con una sensación de alivio después de asegurarse de que su segundo y último paciente estaba completamente despierto y se comportaba con normalidad. Le habían colocado una prótesis de cadera y estaba segura de que volvería a la quinta planta muy pronto. No pudo evitar sentir cierta inquietud al despertar a los pacientes de las dos intervenciones, pero ambos habían salido de la anestesia según lo esperado, al igual que el resto de las personas de las que se había ocupado a lo largo de su carrera, excepto Carl Vandermeer.

Una vez en el pasillo principal, consultó la tabla para asegurarse de que no le habían programado otra operación después de que la primera se cancelase. Tenía la certeza de que Geraldine Montgomery, la supervisora de quirófano, le habría avisado, pero quería asegurarse. Después de la reprimenda que le había echado Benton Rhodes esa mañana, quería estar totalmente segura de no volver a provocar a ese hombre. Conocía la fama de su mal carácter, pero nunca lo había experimentado en carne propia hasta esa mañana.

Cuanto más pensaba en el caso de Vandermeer, menos severa era consigo misma. Estaba totalmente segura de que no había hecho nada mal durante la operación. No había tomado ni un solo atajo, una práctica en la que otras personas del departamento incurrían de vez en cuando, sobre todo al omitir la comprobación manual de la máquina de anestesia antes de cada uso. La mayoría confiaba ciegamente en la comprobación automática, algo que ella consideraba un error.

Sandra solo necesitó algo más de una hora después de que Rhodes saliera del departamento de anestesia hecho una furia para volver a estar totalmente convencida de que lo que había pasado durante la operación de Vandermeer no había sido culpa suya. Lo estaba porque, como les había dicho a los estudiantes, había repasado el caso detenidamente, poniendo en tela de juicio cada paso y consultando con otros anestesiólogos cuya opinión admiraba y respetaba.

Incluso había intentado mantener una conversación con Mark Pearlman, quien había tenido un caso sorprendentemente parecido el viernes de la semana anterior, pero se había negado a hablar con ella de cualquiera de los dos casos. Pearlman había decidido seguir las órdenes de Rhodes y Hartley al pie de la letra, hasta el punto de no querer hablar ni siquiera con una colega. Sandra pensaba que era un error, a pesar de lo que dijera el abogado del hospital. Sabía que en medicina, a menudo las complicaciones traían consigo nuevos avances.

En resumidas cuentas, estaba convencida de que si había un pleito, nadie podría culparla a ella ni al hospital. Y en contra de lo que Benton Rhodes había dicho, estaba segura de que los dos estudiantes eran de la familia del Mason-Dixon y se podía confiar en ellos. Había hecho el esfuerzo de llamar a la decana de los estudiantes para preguntar por Lynn Peirce antes de recibirla y se había enterado de que la joven iba a licenciarse la primera de su clase, como Sandra había hecho en la Universidad de Medicina de Carolina del Sur casi siete años antes. No veía motivo para no hablar con ella y con su compañero de clase; con suerte, algo se salvaría del desastre. Los estudiantes tenían que aprender que la medicina no era todopoderosa ni predecible del todo.

Además, la conversación con los alumnos había tenido un aspecto positivo. Hablar del caso en detalle la había ayudado a aliviar el sentimiento de culpa que había estado obsesionándola desde que sobrevino la tragedia y a estimular la confianza en su capacidad profesional, algo muy importante si quería seguir siendo anestesióloga.

La charla con los jóvenes también le recordó el parpadeo que había visto en el monitor. Fue una cosa insignificante, pero considerando que era lo único fuera de lo normal en el caso, ahora pensaba que merecía la pena investigarlo. El problema era que para ello tenía que llamar al departamento de ingeniería clínica, algo a lo que se resistía porque implicaba tener que tratar con Misha Zotov.

Se armó de valor para enfrentarse a esa posibilidad y recorrió otra vez el pasillo principal de los quirófanos por el que había venido, hasta llegar a la habitación donde se guardaban las máquinas de anestesia de reserva. Esperaba acorralar a uno de los técnicos de ingeniería clínica y preguntarle por el parpadeo que había visto en el monitor. No le entusiasmaba la idea de ir al departamento de ingeniería clínica, situado en el sótano del hospital, donde había coincidido por primera vez con el irritante ruso.

La buena noticia era que Misha Zotov no estaba en la sala. La mala era que tampoco había nadie más. Dio la vuelta y volvió sobre sus pasos hasta la mesa principal. Parecía que, al final, si quería preguntar por la incidencia no le iba a quedar más remedio que acudir a la oficina de ingeniería clínica.

En la concurrida mesa principal, Sandra llamó la atención de Geraldine y le avisó de que se iba, pero que podían enviarle un mensaje si la necesitaban para algo. La supervisora le hizo un gesto de asentimiento levantando el pulgar para indicarle que tomaba nota del recado.

Ya había cogido una larga bata de laboratorio en su taquilla del vestuario cuando decidió aplazar la visita al sótano, al menos de momento. Pensar en Carl Vandermeer había provocado en ella la necesidad de comprobar el estado del joven. La tarde anterior había ido a la UCI de neurología para hacer una visita rápida antes de ir al hospital, e hizo lo mismo esa mañana temprano al entrar a trabajar. Aunque estaba al tanto de los resultados de la resonancia magnética y el TAC cerebral y había leído los informes de los residentes de neurología, no podía evitar abrigar la esperanza de que hubiera experimentado un cambio a mejor, consciente de que el grado de hipoxia que había sufrido era bajo.

Una vez en la UCI de neurología, se dirigió directamente al box ocho. Supo en cuanto lo vio que su estado no había variado. Una enfermera lo había puesto sobre el costado izquierdo para poder lavarlo y empolvarle la espalda. Se estremeció ante la gravedad de una situación de la que, en cierta manera, era responsable. Sabía que un paciente comatoso exigía asistencia y atención casi constantes. También sabía que probablemente Carl necesitase una sonda gástrica percutánea, para lo que se requería una nueva operación. Tembló de nuevo, preguntándose cómo se sentiría si le tocase a ella encargarse de la anestesia.

—¿Alguna mejora? —preguntó, aunque ya sabía la respuesta.

—Oh, sí —respondió la enfermera en tono optimista—. Evoluciona bien. Hace unos minutos ha estornudado.

«Por Dios», pensó Sandra, pero no lo dijo. Que el paciente estornudase era un indicio patético de que Carl evolucionaba bien. Al mismo tiempo, comprendía que un estornudo era una señal positiva, pues significaba que al menos el bulbo raquídeo estaba funcionando. Observó el monitor. La temperatura era elevada, como lo era esa mañana, pero todo lo demás parecía normal. Salió del box y se acercó a la mesa central. Por el camino se fijó en que Scarlett Morrison, la paciente comatosa de Mark, ya no estaba, porque su lugar lo ocupaba un hombre llamado Charles Humphries.

La tarde anterior había mantenido una breve conversación sobre Carl con la enfermera jefe, Gwen Murphy, y volvió a buscarla.

—¿Algún cambio en el estado de Vandermeer? —preguntó, manteniendo ligeramente la esperanza.

—No —contestó Gwen—. Lo bueno es que se mantiene muy

estable. En la consulta de enfermedades infecciosas no se ha detectado ninguna infección que explique su temperatura alta. Y la fiebre ha bajado un poco.

Sandra miró al box donde había estado el paciente de Mark Pearlman.

—Veo que Scarlett Morrison ya no está. ¿Se ha ido a la planta de neurología?

—No —repitió la enfermera—. Se la han llevado directamente al Instituto Shapiro. Para ser sincera, en la planta de neurología no tienen el equipo ni el personal necesarios para ocuparse de un paciente con un coma prolongado. En el Shapiro están preparados específicamente para encargarse.

—Me parece muy rápido. Ha estado aquí solo tres días.

—Con lo estable que se encontraba, ya no necesitaba estar en la UCI. Es mejor para todos, la paciente incluida, y los contables del hospital también lo prefieren. Mantener a alguien aquí es diez veces más caro que allí.

—¡Diez veces! ¡Caramba! Sabía que había diferencia, pero no tanta. Es todo un incentivo.

—Ya lo creo. Esperamos que Vandermeer también se vaya.

—¿De verdad? —Estaba consternada—. Pero si acaba de llegar. Tal vez mejore.

Para ella, enviar a un paciente al Instituto Shapiro equivalía a tirar la toalla, aunque la esperanza fuera poco realista.

Gwen se encogió de hombros.

—Según los residentes de neurología, no. Ellos consideran que lo más indicado es llevarlo al Instituto Shapiro lo antes posible, y desde luego la cama nos vendría bien.

Volvió a los ascensores principales más deprimida que al llegar. Se apretujó en el siguiente que bajaba, ya sin excusas para posponer la visita al departamento de ingeniería clínica. Aunque el ascensor estaba lleno cuando entró, al bajar del primer piso al sótano ella era la única persona que quedaba. Se detuvo un momento cuando se abrieron las puertas y sacudió la cabeza, avergonzada de su timidez. Si se tropezaba con Zotov, simplemente no le haría caso. Pensó que se estaba comportando como una adolescente.

Pasó primero por el departamento de patología y el depósito de cadáveres, y luego por el departamento de informática, donde se podían ver los servidores del hospital en su aislamiento climatizado. Al lado del departamento de informática estaba la oficina de seguridad central, y Sandra vislumbró las hileras de monitores que recibían imágenes de las cámaras repartidas por todo el centro médico.

Mientras caminaba, Sandra reflexionó sobre por qué Misha Zotov le fastidiaba tanto. Le recordaba a su ex marido, Adam Radic, tanto en su aspecto como en sus gestos. Los dos eran de piel morena, altos, musculosos pero esbeltos, con ojos intensos de párpados gruesos y barbas pobladas. Ambos eran también aduladores hasta la exageración. En el caso de Adam, el tiempo había demostrado que lo suyo había sido una farsa planeada. De algún modo, estaba segura de que con Misha pasaría lo mismo.

Al principio, cuando conoció a Adam al comienzo de su residencia, sus halagos y atenciones la habían cautivado por completo. Además, le había parecido que tenía un atractivo exótico y era mucho más sofisticado que ella, ya que había viajado y estudiado en Europa. Se había trasladado de Serbia a Estados Unidos al recibir una beca de investigación en cirugía. Creyó que su declaración de amor era sincera y se enamoró de él. Para una doctora tan motivada como ella, el hecho de que fuera un cirujano reconocido y de talento fue un elemento de peso.

Cruzó la puerta y entró en el departamento de ingeniería clínica. Era una sala grande, con varias mesas de trabajo en las que se amontonaban toda clase de aparatos del hospital, desde máquinas de anestesia a respiradores. Todo estaba limpio y ordenado, con las herramientas sujetas en tableros de clavijas. El nivel de ruido era moderado, y se oían diversas herramientas eléctricas que competían con un fondo de música clásica. Dos hombres jugaban al ajedrez en una mesa situada contra la pared del fondo.

Recorrió la sala con la vista y calculó que había unas quince personas trabajando, todas vestidas con monos blancos. Aunque unos cuantos alzaron la vista, casi todos siguieron con lo que estaban haciendo. La mayoría de ellos se parecían a Misha Zotov. Había unos cuantos hombres rubios, pero eran una clara minoría. No había mujeres. Para su disgusto, Zotov, que trabajaba con una máquina de anestesia ante la mesa más cercana, fue uno de los que levantaron la vista. Ella detectó una expresión de reconocimiento en su rostro y, consternada, observó cómo el hombre dejaba en el acto la herramienta con la que estaba trabajando, se levantaba y se dirigía a ella.

Escudriñó otra vez la sala, esta vez buscando a Fyodor Rozovski, el supervisor del departamento, al que conoció en su anterior visita. Él había sido el que respondió a su pregunta sobre el mantenimiento de las máquinas de anestesia. Lamentablemente, no estaba a la vista.

—Ah, doctora Wykoff. —Misha se acercó mucho a ella. Parecía que su inglés había mejorado, pero seguía hablando con un característico acento ruso—. Está usted preciosa. ¿En qué puedo ayudarla?

—¿Dónde está Fyodor Rozovski? —preguntó.

Dio un paso atrás, evitando mirarlo a los ojos. Por la inadecuada y posiblemente falsa referencia a su aspecto, advirtió que no se había enmendado. No quería tener nada que ver con ese hombre. Echó un vistazo por la sala una vez más.

—Está en su despacho —contestó él—. Puedo ir a buscarlo. ¡Por favor! No es ninguna molestia.

—Gracias, pero ya lo buscaré yo —respondió secamente, y se marchó.

El despacho estaba al fondo. Lamentablemente, Misha no se dio por aludido y la siguió, intentando entablar conversación con ella. Daba igual si le contestaba o no, él no paraba de hablar del tiempo y de lo bonito que estaba Charleston con todas las flores y del mal tiempo que hacía en su ciudad rusa natal en esa época del año. Sin duda, su vocabulario había aumentado.

Sandra no le contestó. Era increíble lo mucho que ese hombre le recordaba a Adam Radic, y el recuerdo le puso los pelos de punta. Cuando llegó a la puerta del despacho, Misha seguía a sus espaldas. El hecho de que no le estuviera haciendo caso no le afectaba en absoluto. Le propuso otra vez que tomasen una copa en su bar favorito en la azotea del Vendue Inn, asegurándole que era un lugar estupendo para contemplar la puesta de sol en el horizonte de Charleston. Conocía el bar. Era uno de los garitos que Adam frecuentaba, pero sin ella.

Entró en el despacho de Rozovski. Misha la acompañó sin reducir el paso. Dentro del despacho había un banco de trabajo y varias mesas, todas vacías a excepción de la ocupada por el supervisor del departamento de ingeniería clínica.

Antes de que pudiera decir algo, Zotov pasó por su lado dándole un empujón y entabló una animada conversación en ruso con Fyodor. Este se asomó por detrás de Misha mientras él hablaba. Sandra se preguntó qué demonios estaría diciendo, considerando que ella prácticamente no le había dirigido la palabra. Finalmente, Misha terminó y se hizo a un lado. Fyodor se levantó y señaló la silla de respaldo recto que su inoportuno guía le acercó.

—Por favor, siéntese, doctora Wykoff. —En contraste con Misha, él tenía muy poco acento y su inglés era muy bueno—. Me acuerdo de usted. Vino a preguntarme con qué frecuencia hacíamos el mantenimiento rutinario de las máquinas de anestesia.

Sandra se sentó y miró a Zotov, esperando que se marchase, pero no lo hizo. El ruso se quedó allí con una especie de sonrisa de satisfacción en el rostro, como si esperara un favor de ella a cambio de haberla acompañado al despacho de Fyodor. Con lo prepotente que era ese hombre, se alegró de no haberse encontrado con él a solas arriba.

—Tengo otra consulta. —Centró su atención a Fyodor.

—Estamos a su servicio, doctora.

A sus ojos, él también rezumaba una sombra de hipocresía que le incomodaba.

—Ayer se produjo un incidente muy lamentable relacionado con la anestesia... —empezó a decir, pero acto seguido vaciló.

Consideraba que tenía que ponerle en antecedentes, pero la prohibición de hablar del caso hacía que se resistiera a entrar en detalles. Aun así, estaba hablando con las personas responsables del rendimiento de la máquina de anestesia que había utilizado, y necesitaba que la tranquilizasen.

Como intuyendo su dilema, Fyodor dijo:

—Nos hemos enterado del suceso por el doctor Rhodes. En primer lugar, queremos asegurarle que la máquina que usted estaba usando había sido revisada debidamente y con prontitud. Toda su documentación estaba en regla. En cuanto nos enteramos de lo que ocurrió, y obedeciendo órdenes del doctor Rhodes, trajimos la máquina al centro de mantenimiento. La examinamos a fondo, y puedo asegurarle que funcionaba perfectamente. Está otra vez en servicio. Ni la máquina ni sus monitores tenían el menor problema, y el doctor Rhodes ha sido informado de ello.

Sandra asintió con la cabeza. La perorata de Fyodor había superado sus expectativas. No sabía que Rhodes había solicitado que el departamento de ingeniería clínica revisara la máquina, pero tenía sentido. Tal vez debería haberlo solicitado ella misma, pero eso ya no importaba porque se había hecho de todas formas.

—¿Tiene alguna pregunta más?

—Creo que con eso basta —contestó Sandra, y empezó a levantarse. Titubeó, volvió a sentarse en la silla y añadió—: En realidad, sí hay otra cosa.

—Por favor.

Fyodor la invitó en tono afable, incluso esbozó una sonrisa afectada.

Como hizo con los dos estudiantes de medicina, describió el salto, o el parpadeo, o la irregularidad —en realidad no sabía cuál era la mejor forma de describírselo a los expertos— que vio en el monitor cuando el cirujano empezó a perforar la tibia. A medida que hablaba, notó por la expresión de Fyodor que no creía que algo así pudiera ocurrir. En respuesta, Sandra comentó que se podía ver en el informe de anestesia generado por la máquina.

—Es una variación muy pequeña, pero es visible. Si abre el informe de anestesia de Vandermeer en su terminal, se lo mostraré.

Misha cruzó una rápida mirada con Fyodor, quien asintió con la cabeza, y se acercó al monitor del ordenador que había sobre la mesa, abrió el archivo y se apartó. La doctora se lo mostró. Como en la anterior ocasión, hizo zoom sobre el trazado de los signos vitales y señaló el minuto cincuenta y dos de la operación, donde el gráfico ascendía.

—Aquí —señaló con el dedo—. ¿Ven el aumento vertical? Cuando ocurrió, el monitor parpadeó; me llamó la atención porque temí que estuviera a punto de perder la señal.

—Interesante. —Fyodor se acercó al monitor—. Ya veo a lo que se refiere. ¿De qué cree que se trata?

—¿Me lo pregunta a mí? No lo sé. Ustedes son los expertos. Para ser sincera, no entiendo de electrónica. He venido a preguntarle a usted.

Fyodor se recostó y miró a Misha un instante.

—No sé de qué puede tratarse, pero no creo que sea nada importante. —A continuación centró otra vez su atención en el monitor—. El trazado parece totalmente normal antes y después. ¿Qué opinas tú, Misha? —Se inclinó hacia atrás, vio la expresión de sorpresa de Sandra y explicó—: Yo soy el supervisor del departamento, pero Misha es nuestro técnico de máquinas de anestesia principal. Lo trajimos de Rusia específicamente para trabajar con estos aparatos. Él se encargó de gran parte de la programación original del modelo que tenemos en el Mason-Dixon. Él es lo que ustedes llaman la persona de referencia.

Le impresionó la noticia, ya que tenía muy buena opinión de la máquina de anestesia, pero eso no afectó a su reacción visceral negativa hacia el hombre.

Misha se inclinó y estudió la imagen del monitor.

—Ya sé que es una variación pequeña —explicó ella—, pero nunca lo había visto antes, y como la intervención acabó teniendo un desenlace tan terrible, quería asegurarme de que no tiene importancia. Si el paciente se hubiera despertado después de la operación, puede que ni siquiera me hubiera acordado de lo que había ocurrido. Bueno, tal vez no sea del todo cierto, porque tuve miedo de perder el control electrónico.

—No es importante —aseguró Misha.

Volvió a levantarse.

—Pero ¿qué es? —insistió la doctora.

—No es más que un desfase. No es nada. Podría haberse debido a varias cosas, como...

Hizo un gesto con las manos en el aire, como si le costase expresarse en un idioma que no era el suyo.

—¿Como qué?

—Debe tener presente que el ordenador de la máquina está comprimiendo datos continuamente. —Fyodor acudió en ayuda de su compatriota—. No tiene ni idea de la cantidad de datos que genera constantemente, así que no es de extrañar que se aprecien pequeños cambios en un monitor. Puede haber irregularidades debido al mal funcionamiento del hardware, como que uno de los cientos de condensadores se descargue antes de tiempo, o a un problema del software al sufrir una sobrecarga de datos momentánea, o incluso a un exceso de aplicaciones funcionando al mismo tiempo.

Asintió con la cabeza como si lo entendiera. No era así, pero estaba claro que no pensaban que un desfase tuviera verdadera importancia. Iba a darles las gracias y marcharse cuando los dos hombres se enfrascaron en una animada y enérgica conversación en ruso. Para ella, fue como contemplar por un momento un partido de ping-pong de cerca, desplazando rápidamente la vista de un hombre al otro. La acalorada discusión se interrumpió con la brusquedad con la se había iniciado.

Fyodor sonrió.

—Disculpe, es de mala educación que hablemos en ruso. Discrepamos sobre un pequeño detalle. Da igual. Lo importante es que lo que provocó el desfase que usted apreció sin duda no afectó al funcionamiento de la máquina de anestesia. —Sonrió otra vez—. ¿Hay algo más en lo que podamos ayudarla, doctora?

—Eso es todo por el momento. —Se puso en pie—. Gracias por su tiempo.

—Estamos a su servicio —aseguró Fyodor—. Cuando tenga otra duda, venga a vernos o llámenos, por favor. Como ya sabe, tenemos técnicos disponibles las veinticuatro horas del día, los siete días de la semana.

Estaba convencida de que Misha la seguiría cuando salió del despacho del supervisor. Le preocupaba un poco cómo escapar de él, considerando el interés que había mostrado por ella cuando había llegado, pero para su sorpresa y alivio, el ruso se quedó en el despacho con Fyodor.

Mientras volvía a los ascensores, Sandra pensó en regresar a la planta de los quirófanos y ver los casos que le habían asignado para la mañana siguiente. Si alguno era un paciente hospitalizado, podía ir a verlo. Buscaría en el incipiente historial médico electrónico los que iban a ser sometidos a operaciones de cirugía ambulatoria para hacerse una idea de cómo sería el día. El episodio de Carl la estaba volviendo más obsesiva que nunca. Cuando terminara de hacer todo eso, podría irse a casa.

24

Martes, 7 de abril, 14.41 h

El silencio reinó en el despacho del supervisor de ingeniería clínica durante unos minutos después de que la doctora Sandra Wykoff se marchase. El único ruido que se oía procedía del área de mantenimiento y era el chirrido amortiguado de distintas herramientas eléctricas mezclado con el leve susurro de la música clásica. Los dos inmigrantes rusos se observaron mientras permanecían absortos en sus pensamientos. Ambos estaban descontentos, pero por motivos ligeramente distintos.

Fyodor Rozovski llevaba varios años en Charleston antes de contratar a Misha Zotov. Se conocían desde niños: ambos se habían criado en San Petersburgo y habían estudiado en el Instituto de Física y Tecnología de Moscú. Fyodor fue enviado a Estados Unidos casi una década antes, cuando Productos Farmacéuticos Sidereal accedió a financiar el Instituto Shapiro. Con sus conocimientos en programación informática y robótica, el ruso había sido decisivo para el éxito del proyecto. Sus contribuciones fueron tales que cuando el Instituto Shapiro empezó a tener éxito, Asistencia Médica Middleton le ofreció gustosamente la oportunidad de dirigir el departamento de ingeniería clínica de todo el centro médico. La empresa consideraba que la automatización progresiva era crucial para la medicina hospitalaria.

—Esto no me gusta —murmuró Fyodor. Hablaba en ruso y

su irritación era manifiesta—. Sergei Polushin se va a poner hecho una fiera si ese incidente se convierte en la comidilla del departamento de anestesia.

Se decía que Sergei Polushin, un genio de las finanzas, era el confidente de Boris Rusnak, el oligarca ruso multimillonario que había creado Productos Farmacéuticos Sidereal. Rusnak, que vivía en Ginebra, había fusionado agresivamente varias pequeñas empresas farmacéuticas con la ayuda de Sergei gracias a una serie de rápidas y hostiles adquisiciones con el objetivo de crear una de las compañías más grandes del mundo. Y lo más importante, la empresa estaba lista para dominar la más reciente mina de oro farmacéutica: la creación y comercialización de fármacos biológicos, o medicamentos fabricados a partir de organismos vivos en lugar de con formulaciones químicas. Sergei Polushin había sido la fuerza impulsora del Instituto Shapiro, y seguía tratándolo como su feudo privado.

—Tengo que hablar sinceramente con mi equipo de programadores —comentó Misha. En su actitud ya no había ningún asomo de la fachada obsequiosa que había mostrado ante Sandra. Era evidente que estaba enfadado con Fyodor—. Un desfase como ese es señal de una programación descuidada. El problema es que yo tampoco lo vi.

—No hace falta que te lo diga, pero Sergei sin duda te hará responsable si esto da problemas.

—Lo sé —replicó—. Me ocuparé de que se elimine de inmediato. ¿Para cuándo está programado el próximo caso?

—Hasta la próxima semana no hay ninguno, así que tienes tiempo de sobra. Pero es importante arreglarlo. En todos los hospitales de Asistencia Sanitaria Middleton hay programado un caso a la semana. No puede haber ninguna traba. ¿Es posible que se haya dado el mismo fenómeno en alguno de los dos casos de prueba anteriores?

—No lo sé —reconoció—. ¡Revisemos el caso piloto!

Cogió una silla, se sentó y utilizó la terminal de la mesa de Fyodor para abrir el informe de anestesia de Ashanti Davis.

Cuando apareció en el monitor, amplió la parte central, tal como Sandra había hecho con el de Vandermeer.

—Ahí está —señaló Fyodor—. Esto no pinta bien. Miremos el de Morrison.

Misha hizo rápidamente lo mismo con el informe de anestesia de Morrison.

—¡Mierda! Aquí también aparece. ¡Lo siento!

—¡Arréglalo! —ordenó Fyodor con brusquedad.

Salió de la pantalla.

—Por suerte, nadie se ha fijado en el desfase en ninguno de los dos casos de prueba anteriores.

—¿Estás insinuando que no se arregle?

—Me ocuparé de que se arregle hoy mismo. Lo que me pregunto es si deberíamos volver atrás e intentar eliminar el desfase en los tres documentos.

—¿Puedes hacerlo?

Se encogió de hombros.

—La verdad es que no lo sé. Probablemente, pero podríamos empeorar las cosas, es decir, dejar un rastro de la alteración a posteriori. Podría hacer que alguien lo intentara antes de llevarlo a cabo y enseñarte cómo quedaría dentro de una hora más o menos.

—Está bien. Pero lo más importante es que arregles el fallo.

—Desde luego. Eso nos deja el problema de la doctora Wykoff y la posibilidad de que consiga la ayuda de alguien para explicar el desfase.

—Ya lo he pensado. Sabemos que tanto el jefe de anestesia como el abogado del hospital han recomendado a los interesados que sean discretos. Está claro que hablar de una pequeña irregularidad en el trazado de los signos vitales se consideraría indiscreción.

—Eso es cierto, pero ¿merece la pena? Me temo que ella se ha convertido en un gran estorbo. Me parece que esta circunstancia exige los servicios de Darko y Leonid lo antes posible.

Fyodor y Misha ya conocían a Darko Lebedev y Leonid

Shubin. Sabían que habían sido miembros de las Fuerzas Especiales Soviéticas y que habían servido varios años en Chechenia, localizando y eliminando a personas consideradas terroristas por el gobierno de Moscú. Boris Rusnak los había contratado al principio de su meteórico ascenso en el agresivo mundo de los negocios de la Rusia posterior al régimen soviético, donde las personas con las habilidades y la actitud de Darko y Leonid eran necesarias. Fyodor y Misha sabían perfectamente que los dos asesinos tenían mucha experiencia, y que Sergei Polushin los había enviado a Charleston como un posible recurso para salvaguardar la considerable inversión de Productos Farmacéuticos Sidereal en Estados Unidos.

Reclinándose en su silla, Fyodor alzó la vista hasta el techo y dejó que su mente vagara. Misha tenía razón, y mucha. La doctora representaba un eslabón muy débil en una cadena por lo demás fuerte. Ella podía retrasar el programa, e incluso interrumpirlo por un tiempo. Sería una irresponsabilidad por su parte permitir que semejante riesgo siguiera existiendo, sobre todo cuando se podía eliminar con facilidad.

Wykoff había sido elegida como parte de uno de los diez casos de prueba porque era una solitaria, al igual que los otros dos anestesiólogos que habían sido seleccionados antes que ella. Misha recibió el encargo de intentar acercarse a ella, aunque la táctica había fracasado estrepitosamente. Habían utilizado a chicas rusas con los otros dos anestesistas para seguirlos de cerca, y el método había dado buen resultado. Pero con Sandra Wykoff había sido distinto, y ahora suponía un auténtico problema. No había forma de saber lo que pensaba esa mujer.

Fyodor inclinó su silla hacia delante. Había tomado una decisión.

—No me gusta esa mujer.

—Es una zorra arrogante —convino Misha—. He intentado ser amable con ella. ¡Créeme! Se cree especial. Nos dará problemas.

—De acuerdo. Hay que ocuparse de ella. ¿Quieres hablar tú

con Darko y Leonid, o lo hago yo? Sé que están deseando ser útiles.

—Será un placer —contestó, poniéndose en pie—. Llamaré a Darko en cuanto ponga a trabajar a mi equipo de programadores.

—Mantenme informado.

—Lo haré —prometió.

25

Martes, 7 de abril, 15.04 h

Uno de los asistentes del presidente hizo pasar a Benton a los lujosos aposentos de Josh. Se trataba de un despacho ejecutivo con vistas a los cuidados jardines del hospital. Era tan grande y estaba tan bien amueblado como el del director general de cualquiera de las quinientas empresas más importantes del país, en consonancia con los cargos de presidente del Centro Médico Mason-Dixon y de presidente de la junta de Asistencia Médica Middleton que Josh ocupaba. Benton no pudo evitar sentir cierta envidia. Josh era un nuevo tipo de médico, con un máster en administración de empresas obtenido al mismo tiempo que el título de doctor en medicina para aprovechar que la asistencia médica era el negocio más lucrativo en Estados Unidos, con unos ingresos en aumento de cuatro billones al año.

Benton también sabía que Josh cobraba un sueldo de cuatro millones de dólares al año, además de disfrutar de jugosas opciones de compra de acciones. Durante su presidencia, Asistencia Médica Middleton había pasado de tener veinticuatro hospitales en el sudeste a tener treinta y dos repartidos por todo el país. Y no menos impresionante era la lucrativa alianza que había fraguado con Productos Farmacéuticos Sidereal. Como jefe de departamento, Benton sabía que cada mes, importantes inyecciones de capital de Sidereal entraban en las arcas de Middleton para reforzar la infraestructura de la empresa.

Desde su punto de vista, Josh Feinberg no daba la imagen de un perfecto director general, pero tampoco la de un médico. Era un hombre menudo con un rostro serio y demacrado y una mirada furtiva que recordaba más a un deshonesto vendedor de coches de segunda mano que a un experto administrador de hospital. Aunque sus trajes debían de ser caros, colgaban de su cuerpo huesudo como la ropa en una percha. Pero a pesar de carecer de una apariencia imponente, Benton sabía que Josh era un magnífico hombre de negocios, con su máster en administración de empresas de la prestigiosa universidad en la que él mismo había estudiado.

Antes de que lo contrataran para hacerse cargo de Asistencia Médica Middleton, Josh Feinberg poseía un destacado expediente como fundador y director de una exitosa empresa de consultoría médica llamada Feinberg Asociados. Aunque operaba bajo cuerda, la empresa había sido responsable de un montón de productos y tratamientos médicos que iban desde software médico hasta las tiras blanqueadoras para dientes. El secreto de su éxito residía en que su personal estaba compuesto por cientos de científicos doctorados de origen ruso que se quedaron en paro después de la disolución de la Unión Soviética.

Una vez al mando de Asistencia Médica Middleton, Feinberg no solo amplió la compañía, sino que también había encabezado la lucrativa unión con Productos Farmacéuticos Sidereal. Gracias a ello, había forjado una relación personal con el por lo demás huraño multimillonario Boris Rusnak. A juzgar por la reputación del ruso, la conexión de Josh con ese hombre podía haber sido su mayor éxito.

El presidente le ofreció uno de los sillones situados enfrente de su enorme escritorio, pero Benton declinó la oferta aduciendo que prefería quedarse de pie porque tenía que volver a los quirófanos y que lo que tenía que decirle no iba a robarle mucho tiempo.

—¿Ha hablado con Bob Hartley? —preguntó Benton para entrar en materia.

—No. ¿Debería haberlo hecho?

—No importa. Yo le pondré al tanto.

Acto seguido tuvo con él la misma conversación que había tenido con Hartley, y al igual que el abogado, Josh se tomó la historia en serio, anotando los nombres de los estudiantes de medicina mientras Benton hablaba. La parte más larga de la conversación giró en torno a la doctora Sandra Wykoff y las medidas a tomar con ella. Rhodes había dicho que era una buena anestesióloga y que estaba consagrada a su trabajo, pero que era un tanto solitaria y no siempre estaba dispuesta a colaborar. Reconoció que no estaba del todo de acuerdo con ella.

—¿Y dice que Hartley se pondrá en contacto conmigo? —preguntó Josh.

—Eso ha dicho.

—Bien. En cuanto a los dos estudiantes de medicina que investigan sobre la morbilidad hospitalaria, seguro que el asunto se puede cortar de raíz. Hablaré con la decana para asegurarme de que acaten las normas. Pero en el supuesto de que uno o los dos se nieguen y sigan con sus averiguaciones, quiero que me avise de inmediato personalmente.

—¿Se refiere a si vuelven a ponerse en contacto con la doctora Wykoff?

—Exacto. Si contactan con Wykoff o con uno de los otros anestesistas implicados, infórmeme. Podrían suponer un problema grave, sobre todo en el contexto de una investigación sobre la morbilidad hospitalaria. No nos conviene fomentar ninguna inspección inesperada de la Comisión Conjunta, con lo que nos están tocando las pelotas por el acceso al Instituto Shapiro.

—¿Cómo me pondré en contacto con usted fuera de las horas de trabajo?

—¡Mándeme un mensaje! —propuso el presidente—. Uno de mis asistentes le dará mi número de móvil particular.

—Entendido.

Le halagaba que estuviera dispuesto a darle su número de

móvil, pero no le sorprendía del todo. Josh lo había contratado expresamente hacía cinco años, y mantenían cierta relación social.

—Yo me ocuparé del resto. Gracias, doctor.

Como por arte de magia, la puerta del despacho se abrió. En el umbral se encontraba la mano derecha de Josh, Fletcher Jefferson. El presidente señaló al hombre para anunciar que la reunión había terminado.

—De nada —añadió, un poco sorprendido de que lo echasen de forma tan sumaria.

De no haber estado satisfecho por el curso de la reunión, se habría sentido desairado. Cuando salió de la habitación, el señor Jefferson le dio un trozo de papel. Tenía escrito el número de móvil de Josh.

Una vez que el doctor Rhodes se hubo marchado, Feinberg jugó distraídamente con el ratón de su ordenador durante varios minutos, describiendo pequeños círculos para observar cómo el cursor danzaba en el monitor. Detestaba las molestias insignificantes que exigían su atención en medio de acontecimientos importantes y cruciales. Ese asunto referente a una anestesióloga solterona y un par de estudiantes de medicina novatos era un ejemplo perfecto.

Josh y Boris Rusnak estaban orquestando una completa revolución en la industria farmacéutica, modernizando y mejorando de forma significativa la fabricación de medicamentos biológicos, y necesitaba estar en plena forma. Los medicamentos biológicos eran el futuro de la industria, gracias a los precios a los que se estaban vendiendo y a la alianza de Asistencia Médica Middleton con Productos Farmacéuticos Sidereal. Como habían sido él y su equipo quienes habían forjado ese matrimonio, se encontraba en pleno torbellino del cambio y tenía la posibilidad de conseguir más dinero del que jamás había soñado.

En una hora tenía prevista una video conferencia con Boris

organizada por su asistente jefe, Sergei Polushin, y ya sabía cuál sería el tema de conversación. Iban a proponer que Sidereal doblara la producción de anticuerpos prevista utilizando los treinta y tantos hospitales de Asistencia Médica Middleton en lugar de los cinco que se habían propuesto en un principio. Una situación como esa sería de enorme importancia y garantizaría una fusión entre Sidereal y Middleton. Con esa clase de dependencia, era imposible que Sidereal permitiera a Asistencia Médica Middleton operar por su cuenta, ya que sin duda sería cortejada por farmacéuticas multinacionales.

Josh presionó un botón debajo del borde de su escritorio, el mismo que había pulsado al final de la reunión con Benton Rhodes, y esperó a que Fletcher volviera a aparecer. Segundos más tarde le dio a su asistente el papel en el que había escrito los nombres de los dos estudiantes de medicina.

—Quiero un informe rápido sobre estos chicos —exigió—. Quiero saber dónde viven, de dónde son, la situación de sus familias y sus parejas. Más adelante le pediré detalles, pero de momento me interesa lo básico. ¡Vamos!

Mientras esperaba, Josh volvió a juguetear con el cursor. Sabía que la inminente llamada desde Ginebra podía ser el acontecimiento decisivo de su vida. Aun así, no estaba nervioso porque se sentía preparado. Aunque creía saber cuáles iban a ser los asuntos a tratar, estaba listo para enfrentarse a una amplia variedad de imprevistos. Contaba con que Sidereal necesitaba a Middleton, y no al contrario.

Después de solo cinco minutos, unos golpes amortiguados en la puerta precedieron a la reaparición de Fletcher. El asistente fue directo a la parte delantera del escritorio y dejó una hoja de papel. En ella había un párrafo sobre cada estudiante. Josh cogió el papel y lo leyó rápidamente.

—Bien —comentó tras echarle un vistazo—. Perfecto. Los dos viven en la residencia: eso es bueno. Los dos son buenos estudiantes: eso es bueno, porque los dos tienen mucho que perder. Los dos tienen becas que les cubren todos los gastos: eso también es útil, porque probablemente estén agradecidos. Y son buenos amigos, lo que hace que sea más fácil tratar con ellos: si convencemos a uno, seguro que convence al otro.

Alzó la vista.

—Bien hecho. ¡Ahora consigue los detalles!

Mientras Fletcher se volvía para marcharse, Josh alargó la mano para coger el teléfono. Los mejores administradores eran los que sabían delegar, y eso era exactamente lo que iba a hacer. Gracias a Sergei Polushin, disponían de un recurso para manejar problemas provocados por personas como Robert Hurley y ahora Sandra Wykoff y una pareja de estudiantes de medicina. Con solo pulsar un botón, tuvo línea directa con Fyodor Rozovski.

—Tenemos un par de problemas más —anunció sin preámbulos, y sin ni siquiera identificarse. No hacían falta nombres; conocían sus respectivas voces porque el «proyecto» exigía un contacto frecuente, y hablaban en lugar de enviarse correos electrónicos o mensajes de texto para eliminar cualquier rastro de papel—. La anestesióloga, Sandra Wykoff, se ha convertido en un auténtico peligro.

—Lo sabemos —respondió Fyodor—. Acaba de hacernos una visita en el centro de mantenimiento para sondearnos. Ya está decidido, y ya se ha hecho la llamada pertinente. El problema se resolverá esta noche.

Le sorprendió que se le hubieran adelantado, pero se sintió complacido.

—Su eficiencia es digna de elogio.

—Nuestros empleados son los mejores y los más expertos. —Había orgullo en su voz.

—Supongo que me corresponde elogiarlos por la forma en que solucionaron la amenaza representada por Hurley.

—Gracias. No hubo contratiempos.

—Una cosa más, aprovechando que lo tengo al teléfono. Hay otro problema sin importancia del que su personal experto podría ocuparse. Lamento que todo ocurra al mismo tiempo.

—Estamos aquí para ocuparnos de esas cosas. No hay por qué disculparse. ¿A qué se refiere?

—Ahora también hay una pareja de estudiantes de medicina, un chico y una chica, que son amigos íntimos. Se han puesto pesados hablando con Sandra Wykoff del caso de Vandermeer. Les mueve un inapropiado interés por la morbilidad hospitalaria. ¡Hay que ponerle fin! Intentaré abordar el asunto a través de la decana de la universidad, pero he pensado que usted debía saberlo. Tal vez sería indicado advertir a uno de ellos, aunque lo dejaré a su criterio. Le enviaré los nombres y los detalles.

—Estaremos esperándolos. Mientras tanto, tenga la seguridad de que nos ocuparemos de la anestesista. En cuanto a los estudiantes, haremos que alguien hable de forma convincente con la chica. En Rusia descubrimos que era la mejor medida con las parejas.

—Confío en su juicio —añadió simplemente antes de cortar la comunicación.

Estaba contento y aliviado de haber dejado atrás el asunto de la anestesióloga renegada. Era fácil delegar cuando se contaba con la gente adecuada. Solucionada la parte más importante del nuevo problema, llamó a la decana de la facultad de Medicina, la doctora Janet English, para hablar sobre los estudiantes rebeldes. Esa conversación fue todavía más breve y directa.

—Hable con ellos en cuanto pueda —le ordenó.

Su mente ya estaba aguardando de nuevo la inminente conferencia desde Ginebra.

—Me pondré en contacto con ellos de inmediato —contestó la doctora English—. Delo por hecho.

26

Martes, 7 de abril, 15.21 h

El tono del mensaje de texto no sonó alto, pero sobresaltó a Lynn en medio del silencio absoluto que reinaba en su habitación. Llevaba varias horas sumamente concentrada cuando entró el sms. Había empezado examinando los artículos de internet que había imprimido, y luego había pasado a estudiar las copias de los informes de anestesia correspondientes a Carl, Scarlett y Ashanti.

Descubrió algo bastante sorprendente en las copias de los informes, lo que le hizo volver a las imágenes de los mismos documentos en la pantalla de su ordenador para poder ampliarlas. Lo que había descubierto y confirmado era que en los tres informes aparecía el pequeño desfase que había preocupado a la doctora Wykoff en el caso de Carl y, todavía más sorprendente, que el desfase había tenido lugar en el mismo momento: ¡exactamente a los cincuenta y dos minutos de operación!

Lynn no creía que una sincronización tan exacta fuera casual. Resultaba demasiado newtoniana en un mundo cuántico. Centró de nuevo su atención en las copias de los informes, que había colocado unas al lado de otras, y encontró algo en lo que no había reparado antes, al comparar los casos. El nuevo hallazgo era otra semejanza, pero una que podría habérsele pasado por alto de no haber estudiado los tres casos juntos, y era igual de sorprendente y perturbadora que el momento correspondiente de los desfases. Tampoco en ese caso sabía lo que significaba, pero estaba segura de que era igual de importante. Estaba deseando contárselo a Michael y conocer su opinión sobre las dos cuestiones. El tono del mensaje de texto había sonado en el momento del segundo descubrimiento.

Recuperada de la sorpresa inicial, cogió su smartphone. Miró la pantalla con el corazón palpitándole en el pecho. Esperaba ver un mensaje de Michael, tal vez diciéndole que más le valía ir a la clínica. Un día cualquiera, era él quien le enviaba mensajes más a menudo. Pero este no era de Michael, sino de la doctora Janet English, ¡la decana de la facultad de Medicina! Leyó con inquietud. No era largo: «Señorita Lynn Peirce, quiero verla en mi despacho a las 17.00 horas, justo después de las prácticas de oftalmología. Atentamente, doctora Janet English, decana, Universidad de Medicina Mason-Dixon».

Lynn dejó el teléfono despacio. Le invadió una sensación de terror. Se inclinó hacia delante y releyó el mensaje. Su frecuencia cardiaca, que había empezado a disminuir después del sobresalto inicial, se aceleró de nuevo. La pregunta era: ¿por qué la decana de la universidad quería verla? Lo primero que pensó fue que podía estar relacionado con su ausencia en unas cuantas clases de oftalmología y dermatología, pero luego se dio cuenta de que no podía tratarse de algo tan inofensivo. En el mensaje ponía que fuera a verla al salir de la clínica de oftalmología, lo que significaba que la decana pensaba que Lynn estaba allí, como le correspondía.

Nunca había coincidido cara a cara con la decana, a pesar de llevar en la universidad casi cuatro años. Solo la había visto de lejos en varios actos de la facultad de Medicina, como su primer día de clase, cuando era una novata y la doctora English pronunció el discurso de bienvenida en lo que se publicitaba como la ceremonia de la «bata blanca». Tenía fama de ser una persona especialmente sociable, aunque era bien sabido que prefería el trabajo de administración y su interés por la investigación al contacto directo con los estudiantes, que delegaba en la decana estudiantil.

Pronto empezó a temer que Rhodes y/o Wykoff hubieran comprobado si ella y Michael estaban autorizados a consultar la hoja clínica de Carl en la UCI de neurología. Si la decana había sido informada, estaría furiosa y ahora debía de estar llamándolos para acusarlos de una seria infracción de la normativa médica. Casi podía oír a Michael recordándole que se trataba de un delito de clase cinco. ¿Los sancionaría la universidad? No tenía ni idea. Lo dudaba, ya que sería un primer delito, pero quién sabía. Y si los sancionaban, ¿sería el fin de sus carreras en la medicina? Tampoco tenía ni idea, pero reconoció que existía esa posibilidad. Se estremeció, sintiéndose muy culpable por haber mezclado a Michael en aquel asunto.

Al pensar en él, se preguntó si habría recibido un mensaje parecido. Le envió al momento un sms y se lo preguntó. Sabía que lo más probable era que estuviera en la clínica de oftalmología, pero pensó que podría responder el mensaje. Estaba en lo cierto. La respuesta de Michael apareció en su pantalla en unos minutos:

MICHAEL: Afirmativo. ¿Qué pasa?

Lynn contestó con rapidez.

LYNN: Ojalá lo supiera. Puede que Rhodes y Wykoff hayan descubierto la mentira que contamos para ver la hoja de Carl.
MICHAEL: Es posible, pero lo dudo. Es más probable que se haya cabreado porque hemos hablado con Wykoff.
LYNN: Espero que tengas razón. Te veo en la clínica justo antes de las cinco. Podemos ir juntos.
MICHAEL: *¡Trato hecho, chica☺!*

Volvió a colocar el teléfono sobre la mesa, sorprendida de que Michael se tomase el mensaje de la decana con tanta calma como para usar un emoticono. Dadas las circunstancias, parecía inadecuado y fuera de lugar. Él nunca había usado un emoticono en ninguno de los mensajes que le había enviado. Aun así, le hizo sentirse mejor. Desde luego, daba a entender que a él no le intranquilizaba la reunión con la decana, y si era así, tal vez ella debería hacer lo mismo.

Sin embargo, incluso en el mejor de los casos, que la doctora English quisiera verlos solo para reprenderlos por hablar con Wykoff, Lynn era lo bastante realista como para saber que después de su encuentro existían muchas posibilidades de que la hoja clínica de Carl, e incluso el derecho de visita, le fuesen prohibidos. El personal de la UCI de neurología podía estar avisado, y eso sería un grave problema para ella.

Claro que no estaba segura de nada. Ni siquiera sabía si ese pensamiento paranoide no era más que una forma de negación para evitar enfrentarse a la realidad del coma de Carl y su diagnóstico pesimista, así como a su sentimiento de culpabilidad, o si estaba sacando conclusiones injustificadas. Le vino otro pensamiento a la cabeza. Tal vez debía llevar la investigación por su cuenta. Ahora era consciente de más cosas que antes de que existiera un coste personal. Si alguien iba a verse perjudicado, debía ser ella y solo ella, no Michael.

Consultó la hora. Eran casi las tres y media. Eso significaba que el turno de día de la UCI de neurología habría cambiado al de tarde. Habría nuevo personal. Podía ir allí y regresar con tiempo de sobra para llegar al despacho de la decana a las cinco. Si quería volver a ver la hoja clínica de Carl, cosa que efectivamente deseaba, ahora era el momento de intentarlo. Lo único que podía hacer era confiar en que el motivo por el que la decana quería verlos a ella y a Michael no tuviera nada que ver con sus flagrantes infracciones del reglamento.

27

Martes, 7 de abril, 15.40 h

Renunciando a la ducha y al cambio de ropa con los que había contado, Lynn se dirigió a toda prisa al hospital. En el estado de paranoia en que se encontraba, temía que la decana hubiera avisado al personal de la UCI de neurología de sus actividades antes incluso del encuentro programado en su despacho. Lamentablemente, no habría forma de saberlo antes de entrar e intentarlo.

Decidió que seguiría con la farsa de la rotación en el departamento de anestesia si le preguntaban qué hacía en la UCI de neurología y se detuvo en el vestuario de mujeres para ponerse la ropa quirúrgica. Vestida de esa manera no parecía una estudiante de medicina.

Como en las visitas anteriores, se detuvo ante la UCI de neurología, sin llegar a entrar, solo que esta vez no lo hizo porque temiese lo que iba a ver al encontrarse cara a cara con Carl, sino porque le preocupaba cómo sería recibida. Armándose de valor, cruzó el umbral.

Cuando la puerta se cerró detrás de ella, vaciló mientras recorría la sala rápidamente con la vista. Aparentemente, la UCI seguía igual que por la mañana, con los mismos sonidos y olores. Como siempre, los pacientes estaban en su mayor parte inmóviles. La única actividad de la sala era la de las enfermeras y asistentes que se ocupaban de sus tareas. Unas cuantas miraron en dirección a Lynn, pero ninguna mostró una reacción inadecuada ni dio señales de reconocerla, y ninguna la abordó. Se sintió alentada y pudo tranquilizarse un poco.

Echó un vistazo al box de Carl desde donde ella se encontraba. Salvo la pierna que tenía colocada en la máquina de movimiento pasivo continuo, estaba tan inmóvil como por la mañana. Una enfermera le ajustaba la vía intravenosa. Consideró acercarse a la cabecera de la cama, pero decidió no hacerlo porque no haría más que llevarse un disgusto, y era lo que menos necesitaba en ese momento. Al mirar al box de Scarlett Morrison, descubrió que la joven había sido trasladada. El nuevo paciente que ocupaba su lugar estaba siendo atendido por un residente de neurología. Afortunadamente, no era Charles Stuart, quien podría suponer un problema.

Estudió la mesa central y eligió a la mujer que tenía más probabilidades de ser la equivalente de Gwen Murphy en el turno de tarde. Estaba sentada en el asiento de la enfermera jefe y no alzó la vista cuando Lynn se acercó. Peter Marshall, el auxiliar administrativo, se había marchado. Una médica adjunta estaba sentada de espaldas a ella, inclinada sobre una hoja clínica, dictando sus notas. Tuvo que mirar dos veces para comprobar que se trataba de la doctora Siri Erikson!

Por un momento, pensó en salir pitando y volver más tarde, cuando la hematóloga se hubiera marchado. Después del encuentro un tanto incómodo que había tenido esa mañana, no estaba segura de querer arriesgarse a tener otra conversación con ella, pero como no sabía qué iba a pasar en el despacho de la decana en menos de una hora, esa podía ser su única oportunidad. Tenía que arriesgarse.

Tomó aire para tranquilizarse y se acercó a la mesa circular. Sonrió cordial a la enfermera jefe, quien levantó la vista frunciendo inquisitivamente el ceño. Lynn confiaba que su disfraz fuera válido, porque en la UCI de neurología no solían verse estudiantes de medicina a última hora del día y sin tutor. Vio su nombre. Se llamaba Charlotte Hinson. Era una rubia fornida que rondaba los cuarenta, pero las pecas de su nariz le daban un aire especialmente juvenil.

—¿Puedo ayudarte? —preguntó.

Por suerte, su tono era afable y nada agresivo.

—He venido a ver al paciente del doctor Stuart, Carl Vandermeer. —Habló sin alzar la voz—. Quería ver el resultado de la electroforesis de proteínas séricas.

—Podrías haber consultado el historial médico electrónico —propuso Charlotte alegremente—. Aparece ahí. Se incluyó en el parte. Te habrías ahorrado un viaje.

—Estaba cerca —respondió con una sonrisa forzada.

Si hubiera podido ver el historial electrónico, sin duda lo habría hecho. Desde el principio de esa pesadilla, sabía que no le convenía acceder al historial de Carl. Podría haberlo visto una vez, pero habría quedado marcada de inmediato, y los encargados de seguridad del departamento de historiales médicos se habrían puesto en contacto con ella. Los historiales médicos electrónicos se protegían más celosamente que las hojas clínicas.

Para ayudarle, Charlotte hizo girar la rejilla de las hojas clínicas, pero el casillero ocho estaba vacío.

—Yo tengo la hoja clínica de Vandermeer —anunció la doctora Erikson, al tanto de la conversación. Se había vuelto para mirarla—. Señorita Peirce, me alegro de volver a verla.

—Gracias —respondió. Parecía que la conversación era inevitable—. Lamento molestarla de nuevo.

—¡No es molestia! ¡Siéntese, por favor! Me gustó la conversación que tuvimos esta mañana. Me han pedido que haga una consulta formal sobre el señor Vandermeer.

Para su sorpresa, la doctora parecía amigable, a diferencia de como se había mostrado esa mañana. Vaciló un momento antes de acercar una silla y sentarse. Pensó que no tenía muchas opciones si no quería ofender a la voluble hematóloga. Erikson le acercó enseguida la hoja clínica de Carl. Estaba abierta por la página con los resultados de la electroforesis de proteínas séricas, justo lo que ella deseaba ver.

Estudió el gráfico de las proteínas séricas, separadas por tamaño y carga eléctrica, un tema sobre el que ahora sabía mucho más, después de haber leído hacía poco el artículo correspondiente de Wikipedia. Le recordó una cadena montañosa garabateada por un niño. Un pico estrecho y definido en el registro de gammaglobulinas interrumpía un contorno por lo demás liso. El pico no era ni de lejos tan alto como el de Morrison, pero por lo demás se hallaba en una posición parecida.

—¿Qué opina? —preguntó la doctora Erikson.

—Supongo que no es normal —contestó. Los estudiantes de medicina aprendían a minimizar riesgos—. Lo que no sé es si se puede considerar una gammapatía.

También había releído el artículo sobre la gammapatía y se sentía razonablemente capaz de mantener una conversación al respecto.

—¿Le sorprende?

—Supongo que sí —respondió Lynn—. Si se trata de una gammapatía, parece demasiado joven para padecerla. He leído que esas patologías no son comunes hasta pasados los cincuenta, y él solo tiene veintinueve, la misma edad que Scarlett Morrison.

—Pero esto no es una gammapatía, se trata simplemente de la advertencia de que podría desarrollar una. Necesitará seguimiento. Si vemos que el pico se incrementa, tendremos que hacer una biopsia de médula ósea para acceder a la población de plasmocitos.

—¿Qué significa si aumenta?

—Depende de lo alto que llegue. Un pico como ese significa que está produciendo una proteína determinada. En alguien tan joven como él, se consideraría una «anomalía de la paraproteína de significado indeterminado». Pero por otra parte, el pico podría ser el precursor de algo más grave, como un mieloma múltiple o un linfoma.

—Interesante. —Estaba tentada de mencionar a Ashanti Davis y su diagnóstico de mieloma múltiple, pero se contuvo por miedo a que la doctora Erikson le preguntase cómo conocía la existencia de esa mujer. En lugar de eso, dijo—: Todo esto me desborda un poco. Pero ¿por qué cree que ha desarrollado esa paraproteína? Esta mañana dijo que no tenía nada que ver con la anestesia.

—¡De ninguna manera! —repuso la doctora Erikson con el mismo tono irritado que había mostrado unas horas antes; Lynn se acobardó—. Estoy totalmente segura de que no ha tenido nada que ver con la anestesia. —A continuación, moderándose, continuó más tranquila—: Estoy segura de que tenía esa anomalía de las proteínas séricas, o como mínimo una tendencia a ella, antes de la operación. Nadie lo sabía porque no había ningún motivo para realizar una electroforesis. Una paraproteína anormal de bajo nivel como esa sería totalmente asintomática. Me sorprende que vuelva a sacar a colación el tema de la anestesia. ¿Ha planteado esa idea alguien de ese departamento?

—No que yo sepa.

Se puso tensa. No quería hablar del departamento de anestesia y arriesgarse a revelar que no estaba cursando ninguna asignatura optativa de esa materia.

—Es una asociación absurda —añadió la doctora Erikson—, pero si se entera de alguna referencia a la gammapatía en el departamento de anestesia, me gustaría saberlo, como también me gustaría saber si usted u otra persona saca alguna conclusión con respecto al motivo del coma de esos dos pacientes.

—Por supuesto.

De nuevo estuvo tentada de mencionar que había un tercer caso, y no dos, pero se contuvo por la misma razón que lo había hecho antes.

—A cambio, yo la mantendré al tanto de cualquier alteración que se produzca en este caso. Ahora que se ha solicitado una consulta formal, haré el seguimiento de Vandermeer, incluso cuando lo trasladen al Instituto Shapiro.

—¿Qué?

Su brusquedad sobresaltó a la doctora Erikson. Pese a que

no había levantado tanto la voz, el entorno apagado de la UCI amplificó su tono. Era un lugar donde todo el mundo estaba en tensión. Cuando las cosas iban mal, y a veces ocurría, iban muy mal.

Era consciente de que existía una posibilidad de que Carl fuera enviado al Instituto Shapiro en algún momento, pero la idea de un traslado inminente la apenó. Aunque sabía que su pronóstico de recuperación no era nada halagüeño, también sabía que su traslado al Instituto Shapiro significaba que el equipo de neurología estaba tirando la toalla, y que tendría que abandonar el atisbo de esperanza al que había estado aferrándose en vano. Haciendo un esfuerzo por modular la voz, preguntó:

—¿Cuándo se supone que va a llegar ese momento?

—Parece disgustada —comentó la doctora Erikson. Clavó los ojos en los de la joven.

—No tenía ni idea de que se estaba considerando el traslado —añadió Lynn, tratando de recobrar la compostura y reprimir sus emociones—. El doctor Stuart, el residente, no lo mencionó.

—No sé me ocurre por qué. El equipo de neurología ha propuesto el traslado, y ellos son los que mandan. Como no se ha encontrado ninguna enfermedad infecciosa, ese momento llegará pronto. Yo diría que podrían trasladarlo esta misma tarde o esta noche. Mañana por la mañana como muy tarde. Todavía no le han practicado una gastrostomía para alimentarlo, pero a los pacientes del Shapiro los envían aquí rutinariamente cuando se precisa una intervención quirúrgica.

—Me parece muy pronto.

—Allí recibirá mejores cuidados. De eso se trata.

—¿Han sido informados sus padres?

—¡Por supuesto! —Erikson la miró de reojo, con aire inquisitivo—. Los padres están muy implicados. Los he visto aquí en varias ocasiones. Todo el mundo sabe que el ingreso en el Instituto Shapiro es voluntario. La familia tiene que estar de acuerdo. La mayoría acepta cuando se entera de lo mucho que puede beneficiar al paciente.

—¿Y el hemograma? —preguntó para cambiar de tema—. ¿Han seguido aumentando los linfocitos? ¿Y si el problema de la paraproteína continúa?

La hematóloga tardó en contestar. La observaba con tal intensidad que se temió lo peor. Le preocupaba haberse delatado y que la próxima pregunta fuese cuál era su relación con el paciente. Para su alivio, cuando la doctora Erikson habló fue para responder a su pregunta.

—El recuento de leucocitos ha aumentado a catorce mil, la mayoría linfocitos.

—Interesante.

De repente, lo único que quería era escapar. A pesar de lo mucho que le disgustaba la posibilidad de que Carl fuera enviado al Instituto Shapiro, temía que si la conversación seguía, acabaría descubriéndose como parte interesada. Pero se quedó donde estaba. Hablaron brevemente sobre la función de la médula ósea y el origen de las distintas proteínas de la sangre, pero Lynn no podía concentrarse. En cuanto tuvo ocasión, dijo que tenía que volver a los quirófanos y se excusó.

—Acuérdese de ponerse en contacto conmigo si llega a alguna conclusión —gritó la doctora Erikson detrás de ella—. Yo la mantendré informada sobre Vandermeer y Morrison. Me ocuparé del seguimiento de los dos pacientes en el Instituto Shapiro.

Lynn asintió con la cabeza para indicarle que la había oído y salió rápidamente de la UCI. Trató de calmarse mientras recorría a toda prisa el pasillo central. Tenía pánico de que la separaran físicamente de Carl. Eso implicaba que no podría seguir su evolución ni comprobar cómo lo atendían. Primero le habían arrebatado la mente y los recuerdos, y ahora iban a quitarle el cuerpo.

Gracias a la breve presentación del Instituto Shapiro que les habían hecho a los alumnos de su clase, sabía que solo la familia directa podía visitar a los pacientes, y solo durante breves periodos de tiempo programados de antemano. Además, las visitas no eran gran cosa. Los familiares solo podían observar a sus seres queridos a través de una ventana de cristal para proteger al enfermo de la contaminación externa. Algunas familias se quejaban, pero al final comprendían que era en beneficio de todos los pacientes.

Se estremeció al imaginarse a su novio encerrado en un sitio tan deshumanizado, recordando la visita que había hecho dos años antes como si fuera ayer. El recorrido que les ofrecieron a los estudiantes se limitó a una sala de conferencias y a una de las áreas de visita donde acudían los familiares, ambas situadas pasado el puente que conectaba el instituto con el hospital principal. La zona situada al otro lado de la ventana de la sala de visitas parecía un decorado en el que el paciente inconsciente se hallaba colocado en lo que parecía una cama de hospital corriente, pero no lo era, pues su singular estructura estaba camuflada por la ropa de cama. El transporte del paciente estaba totalmente automatizado, y a Lynn le recordaba una cadena de montaje de una fábrica de automóviles.

Recordaba que habían utilizado un maniquí, no un paciente de verdad. La demostración les había impresionado mucho, como era de esperar, sobre todo porque no había intervenido ninguna persona real. La pared del fondo del decorado se había abierto, y el maniquí llegó automáticamente en cuestión de segundos mediante el equipo robótico situado en el sucedáneo de cama y lo cubrió hasta el cuello con una sábana. Después, todo el mecanismo se replegó en la pared y desapareció. A los estudiantes les habían dicho que los familiares directos no veían esa operación; no les hacían pasar hasta que el paciente ya estaba colocado.

Especularon sobre cómo debía de ser el resto del Instituto Shapiro para poder atender a unos mil pacientes vegetativos, que era la ocupación media prevista. No les habían dado más detalles y se limitaron a decirles que la automatización y la informatización lo hacían todo posible.

Después de la demostración con el maniquí, hubo una breve sesión de preguntas y respuestas dirigida por el responsable de la visita de los estudiantes. Lynn preguntó por qué las familias decidían tener a sus seres queridos en el Instituto Shapiro, en vista del régimen de visitas tan limitado que tenía el centro. La respuesta había sido sencilla: se debía a que la mortalidad de los pacientes en el instituto era mucho menor que en cualquier otro hospital o clínica. El guía les explicó que en la mayoría de los centros, hasta un cuarenta por ciento de los pacientes comatosos morían el primer año debido a distintas causas, mientras que el Shapiro no había perdido a ningún paciente en su primer año de actividad y solo habían fallecido veintidós pacientes en los seis años que llevaban en funcionamiento.

Recordó que Michael había planteado otra pregunta, ya que el maniquí utilizado en la demostración estaba provisto de algo que se parecía mucho a un casco de fútbol americano, lo que despertó su curiosidad. El empleado le respondió que el casco era en realidad un dispositivo de tecnología avanzada desarrollado específicamente para el Instituto Shapiro y que todos sus pacientes llevaban uno como ese. Lo describió como una unidad inalámbrica que controlaba la actividad cerebral en tiempo real y, lo más importante, también era capaz de estimular partes del cerebro.

A medida que se acercaba a los ascensores del hospital, su nivel de pánico alcanzó el punto máximo mientras todos esos pensamientos daban vueltas en su cabeza. Tenía que hacer algo. No podía permitir que Carl fuera encerrado en un lugar tan atroz sin contacto con ella. Decidió impulsivamente que, pasara lo que pasase, iría a visitarlo, y no a la sala de visitas restringidas, donde tendría que mirarlo a través de una ventana de cristal. Si trasladaban a Carl, daría con una forma de verlo cara a cara. Necesitaría saber qué le pasaba y cómo lo estaban cuidando exactamente. No sabía cómo lo conseguiría, pero lo lograría.

28

Martes, 7 de abril, 16.45 h

—¡Caray! —se quejó Michael—. Me has dado un susto de muerte.

Lynn se había acercado a él por detrás en la sala de espera de la clínica de oftalmología y, sin avisar, se lo había llevado de un tirón fuera del alcance del oído de los pacientes que aguardaban. Cuando lo sorprendió él estaba de pie a un lado, enviándole un mensaje de texto para averiguar dónde quería que se encontrasen.

—Van a trasladar a Carl al Instituto Shapiro —soltó en un susurro forzado.

En su mente, la posibilidad se había convertido en una realidad.

—Está bien, está bien —respondió Michael en tono tranquilizador.

Advirtió de inmediato el pánico de su amiga.

—Ya sabes cómo es ese sitio —continuó ella.

Ahora que estaba hablando con Michael, la emoción que había contenido con la doctora Erikson amenazaba con desbordarse.

Un vistazo rápido le reveló que varios pacientes, que seguían esperando a que los atendiesen, estaban fijándose en el joven negro que hablaba con una angustiada joven blanca. Varias cejas sureñas se arquearon en caras tanto blancas como negras.

—¡Ven conmigo! —ordenó en un tono que no admitía discusión.

La cogió del brazo y la llevó rápidamente a una sala de reconocimiento vacía, lejos de miradas curiosas. Como el horario de la clínica casi había terminado, había muchas salas como esa disponibles. Cerró la puerta.

—Tienes que tranquilizarte, chica —la instó. Puso las manos en sus hombros y la miró a los ojos—. ¿Entiendes lo que digo? No puedes perder los papeles. Tenemos que ir a una reunión y necesitamos estar en forma. No sé por qué quiere vernos la decana, pero seguro que no es para darnos palmaditas en la espalda.

—Pero... —empezó a decir.

—¡No hay pero que valga! Cálmate. Después de la reunión trataremos el asunto del Instituto Shapiro, pero ahora tenemos que organizarnos y estar tranquilos.

—Tienes razón. —Se enjugó las lágrimas con el nudillo—. Siempre tienes razón, desgraciado.

—Vaya, ya suenas como la Lynn que conozco. Escucha, necesitamos un plan.

—¿Qué crees que va a decirnos?

—Vete a saber. Lo más probable es que haya recibido noticias de nuestro nuevo coleguita, Benton Rhodes, y se haya enterado de que hemos hablado con Sandra Wykoff del caso Vandermeer. Eso como mínimo. Considerando el margen de tiempo, parece lógico.

—¿Crees que va a acusarnos de infringir las normas?

—Espero que no, al menos todavía. Por eso necesitamos una forma de explicar cómo nos enteramos de los detalles del incidente de Carl con la anestesia.

Lynn asintió con la cabeza. Sabía que su amigo tenía razón y agradecía que fuera sensato, aunque ella no siguiera su ejemplo. Tenía que haber una forma de justificar que se hubieran enterado de los detalles del caso sin infringir la normativa. Evidentemente, la farsa de la anestesia haría aguas a los ojos de la decana.

Por el mensaje de texto que los dos habían recibido, estaba claro que sabía que estaban haciendo la rotación en especialidades de cuarto y que no cursaban ninguna optativa de anestesia.

—¿Sabe la decana que tú y Carl erais pareja?

—No tengo ni la más remota idea —reconoció—. Supongo que es posible, porque la decana estudiantil lo sabía.

—Sí, pero son muy distintas. La decana estudiantil es muy agradable, y la decana de la facultad es fría y distante. Son como la noche y el día.

—Tengo una idea. Podría decir que un residente de neurología me habló del caso para mostrarme el reflejo de los ojos de muñeca. No es una mentira, simplemente no es la versión completa. Pero parece verdad. O sea, esto es un hospital clínico.

—Es poco convincente —repuso Michael—. Sobre todo si ella sabe que tú y Carl estabais muy unidos. Además, plantea la pregunta de qué hacías hablando con un residente de neurología. Pero da igual. Al menos es un plan que la decana podría creerse. —Consultó su reloj—. La realidad es que se nos acaba el tiempo. No deberíamos llegar tarde a la reunión. ¿Estás preparada?

—Creo que sí —respondió. Cogió un pañuelo de papel de un dispensador que había en la sala de reconocimiento y se sonó la nariz—. Acabemos de una vez.

Se dirigieron rápidamente al puente para llegar al edificio del hospital principal. Las oficinas de administración, incluidas las de la decana, estaban en la primera planta. Recorrieron el atestado pasillo principal lo más rápido que pudieron y entraron en la zona de administración por una puerta con una ventana de cristal tallado. La atmósfera cambió bruscamente. En el lugar se respiraba un ambiente sereno, con el suelo alfombrado y óleos originales enmarcados en las paredes. Dejaron atrás las oficinas y llegaron a la zona académica. Allí los muebles no eran tan opulentos.

Dieron sus nombres a una seria secretaria y se sentaron. Eran las cinco menos tres minutos.

—Hemos llegado a tiempo —susurró Lynn.

Tuvieron que esperar un cuarto de hora. No hablaron después de sentarse. El ambiente, convenientemente fúnebre, avivó sus temores. Los dos conocían bien a la decana estudiantil, pero no a la decana de la facultad de Medicina, con quien no habían coincidido nunca.

Trató de estar tan tranquila como Michael aparentaba, pero no pudo por varios motivos, casi todos relacionados con la perturbadora idea de que trasladasen a Carl al Instituto Shapiro y la incertidumbre del encuentro con la doctora English.

—La decana os verá ahora —anunció por fin la secretaria, señalando la puerta cerrada que daba a su despacho.

Se acercaron a la puerta; Lynn iba ligeramente por delante. Se cruzaron una mirada y se encogieron de hombros. Michael cerró el puño y fingió que llamaba a una puerta imaginaria. Lynn lo hizo de verdad. Una voz les invitó a pasar.

En sintonía con la decoración general de la zona exterior inmediata, el despacho de la doctora Janet English era atractivo, pero no tan exagerado como el del presidente del hospital. No había paneles de caoba y los cuadros eran grabados enmarcados, no óleos. Había una mesa y una zona con asientos para reuniones informales. Los estudiantes se acercaron a la mesa. Había varias sillas, pero como no les indicaron lo contrario, permanecieron de pie. La decana estaba terminando de firmar un montón de papeles. Un momento más tarde, alzó la vista. Por su expresión, era evidente que estaba molesta. No les ofreció asiento.

Lynn calculó que la decana tenía entre cincuenta y sesenta años. Era de piel morena y su cabello era del color de la antracita. A través de las gafas sin montura, sus ojos parecían canicas negras. Si hubiera tenido que adivinar de dónde eran sus antepasados, habría dicho que una parte procedía de la India.

—He recibido una queja grave de vosotros —les espetó la doctora English—. Como comprenderéis, me he llevado una gran decepción al enterarme de que dos de nuestros mejores estudiantes están causando problemas; estudiantes con becas completas, por cierto. Y, para colmo de males, el problema ha sido tan grave que ha afectado al doctor Feinberg, el presidente del hospital y de Asistencia Médica Middleton. Se ha llevado tal disgusto que me ha llamado personalmente para quejarse.

Hubo una pausa. Lynn sintió un deseo casi irresistible de disculparse. Sabía perfectamente que la ayuda económica que la universidad le había ofrecido había sido clave para que pudiera asistir a la facultad de Medicina. Michael dependía económicamente de la institución tanto como ella, pero no decía nada.

—Me han dicho que habéis decidido interrogar a una de nuestras anestesistas sobre un caso reciente muy delicado. ¿Es eso cierto?

Los dos empezaron a hablar al mismo tiempo y acto seguido se interrumpieron. Lynn indicó a Michael con la mano que hablase. Sabía que a él se le daba mucho mejor la diplomacia que a ella, incluso cuando no estaba tan devastada a nivel emocional ni tan privada de sueño como ahora.

—Efectivamente, hemos hablado con la doctora Sandra Wykoff —explicó—. Pero no estábamos, como usted ha dicho, interrogándola. Fuimos a preguntarle por un caso de recuperación retardada del conocimiento. A pesar de lo trágico del caso, pensamos que tenía que haber algo que pudiéramos aprender como estudiantes.

—¿No pensasteis en los aspectos legales? —preguntó la doctora English.

Lynn notó que se relajaba un poco. La decana no parecía saber que Carl y ella tenían una relación romántica, y probablemente eso fuese bueno. Además, su tono se había moderado. La crispación había desaparecido. Recordó una vez más que Michael era muy astuto en ese tipo de enfrentamientos. También advirtió que su amigo estaba usando un lenguaje impecable, sin el menor rastro del «barrio».

—Como futuros médicos, pensamos más desde la perspectiva del paciente —añadió el joven.

—Supongo que es loable desde el punto de vista de un estudiante —reconoció la doctora—, pero por desgracia hay que tener en consideración otro aspecto. Las posibles consecuencias de una negligencia profesional son tremendas cuando un joven sano se queda comatoso después de una operación sencilla, incluso cuando no ha habido tal negligencia. Una demanda de ese tipo podría perjudicar al hospital y afectar a su capacidad para atender a miles de pacientes. En el litigioso mundo actual, evitar una demanda, o controlarla si finalmente se interpone en un caso como este, tiene que ser la principal consideración.

—Lo entendemos.

—Nuestro departamento legal había emitido una directriz estricta según la cual nadie podía hablar de este caso.

—No lo sabíamos —explicó Michael—. Pero ahora que lo sabemos, lo entendemos y estamos dispuestos a colaborar.

—¿Cómo os habíais enterado exactamente de los detalles de este caso? —preguntó la doctora English.

Los estudiantes se cruzaron una mirada rápida. De momento la conversación iba mejor de lo que habían previsto, sobre todo considerando que la Ley de Responsabilidad y Transferibilidad de Seguros Médicos ni siquiera se había mencionado. Pero la pregunta que temían acababa de aparecer. Michael hizo un gesto con la cabeza a Lynn para que tomase el testigo y probase suerte con su idea.

—Hablé con el residente de neurología sobre el caso —empezó a decir la joven—. Me había ofrecido enseñarme el reflejo de los ojos de muñeca, que no había visto antes. Entonces fue cuando me enteré de los detalles.

La doctora no respondió, pero asintió con la cabeza de forma casi imperceptible. Después de una pausa preguntó:

—¿Viste el reflejo por lo menos? ¿Fue visible?

—Sí que lo vi. Fue impresionante.

—Está bien. Ahora empiezo a entenderlo todo mejor. Pero, decidme: ¿habéis hablado del caso con alguien más, como compañeros de clase o alguien aparte de la doctora Wykoff?

Volvieron a mirarse, negaron con la cabeza y dijeron que no al unísono.

—Bien. Como ya he dicho, este caso es extraordinariamente delicado desde el punto de vista legal. ¡No habléis de él con nadie! —La decana señaló con el dedo a cada estudiante para remachar el punto—. Si no tenéis en cuenta mi advertencia y habláis con alguien, cualquiera, me encargaré de que seáis expulsados. No hace falta decir que la expulsión sería una tragedia para vosotros dos, sobre todo estando tan cerca de la graduación. No sé cómo dejarlo más claro. ¿Puedo confiar en que entendéis la gravedad del asunto?

—Desde luego —contestaron a coro, como si hubieran ensayado la respuesta.

—Está bien. Pasemos a otro asunto.

Se tensaron al instante. Pensaban que el peligro había pasado, pero ahora ya no estaban seguros. Ninguno de los dos tenía ni idea de lo que les esperaba.

—Cuando he hablado con el presidente me ha comentado otra cosa. Para explicar vuestro comportamiento, me ha dicho que estabais investigando la morbilidad hospitalaria. ¿Es eso cierto? Y si lo es, ¿por qué, y por qué ahora?

Volvieron a mirarse. Un leve gesto de cabeza por parte de Michael animó a Lynn a responder.

—Hace poco encontré un artículo en *Scientific American* en el que aparecían unas estadísticas preocupantes. Según los datos, cuatrocientas cuarenta mil personas mueren al año en hospitales a causa de errores médicos, y un millón salen del hospital con un problema médico importante que no tenían antes de ser ingresados.

»Nos quedamos francamente atónitos. Habíamos oído hablar del problema durante el tercer curso de medicina, pero no teníamos ni idea de las cifras. Cuando nos enteramos de este caso, nos pareció otro ejemplo flagrante y quisimos entender cómo había ocurrido.

Una vez más, la decana tardó en contestar. Se quitó las gafas y se frotó los ojos. A continuación volvió a ponérselas y dijo:

—Las estadísticas que citas dan que pensar. Las infecciones

intrahospitalarias o nosocomiales son el principal problema. ¿Ponía eso en el artículo?

—No explícitamente —continuó—. Las estadísticas no especificaban causas concretas.

—Pues os aseguro que el quid de la cuestión está en las infecciones intrahospitalarias. A escala nacional, la tasa de ese tipo de infecciones supone entre el cinco y el diez por ciento de ingresos en los mejores centros. En los hospitales causantes, la tasa puede aumentar mucho. ¿Sabéis cuál es la tasa de enfermedades nosocomiales de los hospitales de Asistencia Médica Middleton, incluido este centro médico?

Negaron con la cabeza.

—Os lo voy a decir —anunció la doctora English orgullosamente—. Nuestra tasa combinada es de menos del dos por ciento.

—Impresionante. —Lynn no mentía.

Ambos sabían que el centro médico hacía un gran esfuerzo por controlar las infecciones de múltiples formas, incluida una campaña activa para fomentar el lavado de manos y el uso de desinfectante para manos, además de un control estricto de las vías intravenosas, las máquinas respiratorias y los catéteres, pero desconocían su verdadero grado de éxito.

—Si os interesa la morbilidad hospitalaria, debéis investigar el control de infecciones nosocomiales. Ahí es donde vosotros y vuestros compañeros de clase podéis cambiar las cosas, no estudiando un caso aislado de recuperación retardada del conocimiento. ¿Me explico?

—Desde luego —respondieron al mismo tiempo.

Su alivio era palpable.

—De hecho, os lo voy a poner fácil —añadió la doctora English—. Voy a contactar con el departamento de informática y a arreglarlo para que los dos tengáis acceso a las estadísticas de altas en el sistema de nuestro centro médico, siempre y cuando cumpláis una condición imprescindible: si pensáis hablar con alguien de fuera de nuestra comunidad, sobre todo con los medios de comunicación, quiero que me informéis de lo que sea a mí primero. ¿Está claro?

—Desde luego —repitieron los estudiantes.

—Estamos orgullosos de nuestro éxito en el control de infecciones, y con razón —prosiguió la decana—. Pero parte de las estadísticas no son para uso general. Espero que lo entendáis.

Los dos estudiantes asintieron con la cabeza, en silencio

—¡Bien! —dijo la doctora—. Avisaré al presidente de que entendéis lo que supone el lamentable incidente de la anestesia y la necesidad de no hablar del tema. Puedo aseguraros que el departamento lo está investigando detenidamente. Si os interesa estar al tanto de la investigación y de lo que se descubra, me imagino que podré conseguir que el jefe de cirugía os invite a la sesión sobre morbilidad y mortalidad cuando se trate el asunto. ¿Os interesaría?

—Desde luego —contestó Lynn.

Michael asintió con la cabeza.

—De acuerdo. —La doctora English miró su mesa y apartó el montón de papeles que había firmado—. Eso es todo.

Y sin volver a levantar la vista, alargó la mano para coger el teléfono y le dijo a su secretaria que llamase al doctor Feinberg.

Ligeramente sorprendidos por el repentino final de la reunión, pero sin esperar a que ella se lo repitiera, salieron a toda velocidad. No redujeron el paso para poder hablar hasta que regresaron al ajetreo del hospital. Primero chocaron sus puños. Tuvieron que hablar alto para hacerse oír.

—Ha estado chupado —se congratuló Lynn.

—¡Sí, señor! —asintió Michael—. Pero podría haber pasado cualquier cosa. Menos mal que pensamos qué decir si nos preguntaba cómo nos hemos enterado de lo de Carl. Eso ha sido decisivo. Ha sido como ganar un partido marcando un triple desde medio campo en el último segundo. ¡Bien hecho, chica!

—Qué raro que no haya mencionado el nombre de Carl.

La ligera euforia que Lynn había sentido al sobrevivir a la reunión empezaba a esfumarse.

—Yo también me he dado cuenta. Pero me ha parecido todavía más raro que al entrar pensábamos que nos iban a trincar, y hemos salido teniendo acceso al banco de datos del hospital. Podríamos aprovecharlo. Las infecciones intrahospitalarias son un asunto serio.

—Tal vez. —Lynn suspiró—. Pero ahora mismo no me interesan. Quiero hablar del traslado de Carl al Instituto Shapiro.

De pronto se le entrecortó la voz.

—Para el carro, mujer. Espera a que volvamos a la residencia. Si te vas a poner a berrear, no quiero que la gente se nos quede mirando. ¿Me pillas?

Lynn captó el mensaje alto y claro y le agradeció su forma de expresarlo. El hecho de que alguien con su inteligencia y expediente académico pudiera pasar tan fácilmente del lenguaje ortodoxo a la jerga del «barrio» le asombraba. Siempre le sorprendía, y él lo sabía, motivo por el que lo hacía, aunque solo con ella. Lynn lo consideraba una muestra de su estrecha relación. Con el resto de gente, incluidos los pacientes, él siempre hablaba con la dicción de un profesor inglés de universidad.

Sabía que Michael estaba en lo cierto con respecto a la posibilidad de que perdiera los papeles. De momento había mantenido el tipo, pero sabía que la situación podía cambiar cuando empezara a hablar del limitado y negrísimo futuro que le esperaba a Carl.

Atajaron por la clínica casi desierta, como hacían normalmente. Solo unos cuantos rezagados seguían esperando para que los atendiesen. Afuera era media tarde y hacía un día precioso en Charleston. El sol todavía pegaba razonablemente fuerte, y quedaban otras dos horas de luz, como siempre a principios de la primavera. Después de recorrer varios cientos de metros por el patio interior ajardinado con flores asomando de sus parterres, Lynn redujo el paso. Una vez más, no pudo evitar contemplar la enorme silueta de granito del Instituto Shapiro. Su sola imagen desató la oleada de emoción que había estado reprimiendo.

—No puedo creer que Carl pueda acabar encerrado allí. —Perdió la batalla contra las lágrimas—. Puede que incluso lo trasladen esta tarde.

Al darse cuenta de que le temblaba la voz, Michael la desvió del sendero principal y la condujo hasta un banco vacío, medio oculto entre los arbustos del considerable tráfico de transeúntes. Estaban lo bastante apartados del camino como para que los estudiantes que regresaban a la residencia no los vieran, y si por casualidad miraban en su dirección no les prestarían atención, lo que era bueno porque, una vez sentados, Lynn se dejó llevar casi al momento y sufrió un prolongado acceso de llanto. Él no dijo nada, pensando que lo mejor era que se desahogara.

Cuando por fin recuperó el control y pudo hablar, él le preguntó cómo se había enterado de que Carl podía ser trasladado al Instituto Shapiro.

—Por la doctora Erikson —logró decir.

Todavía se le entrecortaba la voz, pero ya estaba más tranquila.

—¿Te ha llamado?

—No. Me he tropezado con ella. —Encontró un pañuelo de papel en un bolsillo de su chaqueta y se enjugó las lágrimas con cuidado—. He vuelto a la UCI de neurología antes de la reunión con la decana porque tenía miedo de que después no me dejasen. Pensé que podría ser la última vez que pudiera verlo durante mucho tiempo. También quería comprobar el resultado de la electroforesis de proteínas séricas.

—¿Era anormal?

—Sí, por eso Erikson estaba allí haciendo una consulta formal.

—¿Cómo de anormal?

—De momento solo un poco. Un pequeño pico en la curva de la gammaglobulina, pero creo que la doctora espera que empeore. Esta vez ha sido muy simpática conmigo, pero confieso que me resulta rara e impredecible.

—¿Cómo te ha dicho que Carl podía ser trasladado?

—Simplemente ha salido en la conversación. Es una mujer extraña. No la entiendo. Parece amable y al momento se cabrea. A lo mejor no se siente bien porque, sinceramente, no tiene buen aspecto. En fin, ¿te acuerdas de que te dije que me pidió que le avisara si llegábamos a alguna conclusión sobre la causa del coma de Carl o de Morrison? Pues hoy ha añadido otra cosa a la lista. Quiere que le informe si me entero de que alguien en el departamento de anestesia habla de la gammapatía. Me parece muy raro. ¿Por qué me lo pide a mí, una estudiante de medicina? Como médica adjunta, podría preguntárselo a quien quisiera del departamento, incluido Rhodes.

—Seguro que es porque se ha tragado el cuento de la anestesia —repuso Michael—. Pero tiene que saber que nadie del departamento de anestesia va a hablar de gammapatías. Es imposible que la anestesia y las anomalías de las proteínas séricas estén relacionadas.

—Yo no estoy tan segura. —Terminó de secarse los ojos—. Hay algo en todo esto que huele mal.

—¡Venga ya, chica! No hay antígenos en la anestesia. Se ha usado en millones y millones de casos sin alterar el sistema inmunológico de nadie. No hay ninguna conexión.

—Digámoslo así —continuó Lynn—. Yo no estoy segura. Tenemos tres casos en los que parece que ha jugado un papel clave.

—Solo uno que sepamos con seguridad: Morrison.

—Carl podría estar desarrollando una gammapatía, y Ashanti también debe de haber contraído una si tiene mieloma múltiple. No puede ser casualidad. Algo no va bien en todo esto. Y te diré otra cosa: si Carl va a ese sitio, pienso entrar a visitarlo aunque me cueste la vida.

—No te van a dejar visitarlo —advirtió Michael—. Han sido muy claros al respecto. Solo admiten a los familiares cercanos, y tú, amiga mía, no lo eres.

—Aunque me dejaran entrar, no me quedaría satisfecha con esa visita. —La embargaba una oleada de rechazo—. Quiero entrar en ese sitio y ver cómo tratan a Carl, no mirarlo a través de una ventana.

—¡Venga ya, chica! No lo dirás en serio. No van a dejarte hacerlo.

—Estoy hablando de forzar la entrada. Me contaste que cruzaste esa puerta y que llevaba al centro de operaciones en red. —Señaló la única entrada—. Yo haré lo mismo y empezaré por allí.

—No hablas en serio, ¿verdad? ¡Dime que no!

—Si trasladan a Carl, voy a entrar. Está decidido. Creo que podría conseguirlo. Por lo que me contaste de tu visita, creo que la seguridad es bastante laxa. Tú mismo lo dijiste. Probablemente no han tenido ningún problema de seguridad en los ocho años que el instituto lleva en funcionamiento. Por el amor de Dios, ¿quién querría colarse en un centro de acogida para personas con muerte cerebral?

—Puede que se hayan vuelto laxos, pero...

—Es razonable.

—El problema es que el riesgo es enorme. Para ser sincero, no creo que debamos hacerlo. —Michael estaba muy serio.

—¿Cómo que «los dos», hombre blanco? —Lynn se rio cínicamente, en referencia al chiste de Ron Metzner sobre el Llanero Solitario que le había recordado el día anterior—. Voy a hacerlo sola. Cuando recibimos los mensajes de la decana, me di cuenta de que tú no debías pagar el pato si al final las cosas se tuercen. Esta es mi lucha porque Carl era mi novio. Si hay consecuencias, debo sufrirlas yo.

—Como gemelo tuyo, mi misión es evitar que te metas en líos. Déjame decidir cuánto quiero arriesgarme. Pero ¿sabes qué? Cuanto más lo pienso, más creo que he exagerado los peligros de entrar allí. Tal vez lo peor que pueda pasarnos es que nos den un manotazo en la muñeca por entrar sin autorización. El instituto forma parte de este centro, y nosotros somos estudiantes de medicina legítimos. Joder, es más grave cómo hemos infringido la normativa hasta ahora que entrar en una zona del hospital a la que se supone que tenemos prohibido el acceso.

—Si lo envían allí, pienso entrar. Está decidido.

—Vale, lo has decidido. Pero dime cómo piensas conseguirlo.

—Necesitaré tu ayuda —reconoció—. Porque tu nuevo amigo, Vladimir Cómo-se-llame, va a servirme de llave.

—¡Vladimir Malaklov, mi colega programador ruso! ¿Qué puede hacer él?

—Conseguirme un traje como los que hemos visto que llevan los trabajadores del instituto. No quiero llamar la atención si me tropiezo con alguien, lo que probablemente ocurra. Como él trabaja allí, seguramente tenga uno, aunque prefiera no llevarlo. Los deben guardar en algún sitio, como pasa con la ropa quirúrgica en el hospital principal.

—¿Cómo coño voy a explicarle que necesito un traje del Instituto Shapiro?

Michael movió la cabeza con gesto de incredulidad.

—¡Se creativo! Dile que lo quieres para una fiesta de disfraces. Me da igual. Pero dile que lo necesitas de mi talla.

—¡Joder, chica! —se quejó—. ¿Algo más?

—Sí. Quiero que me des el nombre de usuario de Vladimir y su contraseña.

Michael gruñó en voz alta y acto seguido lanzó una risa sarcástica.

—Si hago eso, creo que mi amistad con mi colega ruso durará poco. ¿Para qué necesitas eso?

—¿Te acuerdas de cuando visitamos el Instituto Shapiro y alardearon de que solo habían tenido veintidós muertes en seis años? Me gustaría averiguar cuáles fueron las causas de esas muertes. Y cuántas personas han muerto desde nuestra visita. Y de paso, me gustaría averiguar cuántas personas han despertado de su estado vegetativo y han recibido el alta. En uno de los artículos que leí anoche pone que hasta un diez por ciento de los pacientes en estado vegetativo por traumatismo craneal consigue recobrar el conocimiento lo suficiente como para volver a casa. Unos pocos incluso se recuperan. Me pregunto cuáles son las cifras del Instituto Shapiro.

—¡Por favor, no me digas que piensas hackear el sistema del instituto desde tu portátil con la clave de acceso de Vladimir! Si lo haces, te pillarán en cuestión de horas, y tendrás que cumplir condena en Bennettsville.

—No te preocupes, no soy tan tonta. Utilizaré una terminal del hospital, a ser posible una del departamento de informática. Si Vladimir tiene realmente categoría de administrador, y debe tenerla para hacer lo que hace, no saltará ninguna alarma. También quiero averiguar más sobre Ashanti Davis y hasta qué punto su caso coincide con el de Morrison y el de Carl.

—Tal vez podamos descubrirlo utilizando el acceso que la doctora English ha prometido proporcionarnos.

—¡Por favor! —dijo Lynn con sorna—. No va a darnos acceso a los datos del instituto. De hecho, probablemente solo nos permita consultar los datos sobre infecciones y exclusivamente en el hospital principal. Para averiguar lo que quiero descubrir, necesitaré la clave de acceso de Vladimir. Necesito acceso total.

—Estás que te sales, muchacha, pero lo entiendo. Tienes que mantenerte ocupada, así que no diré gran cosa. Pero respóndeme a esto: aunque lleves uno de los trajes del instituto, ¿cómo piensas entrar?

—También vas a ayudarme con eso.

Michael puso los ojos en blanco.

—¿Por qué me molesto en preguntar?

—Me dijiste que la puerta por la que entraste solo tiene una pantalla táctil de identificación con huella dactilar de hace diez años. No debería suponer un gran obstáculo. Vas a conseguirme la huella del pulgar de Vladimir. Hazlo cuando lo invites a compartir con él tu colección de discos de Jay-Z. He averiguado cómo engañar a un sensor de huellas digitales genérico con un poco de látex y cola de carpintero. Es increíble lo que se puede conseguir en internet. Ya tengo todo lo que necesito.

—¡Dios mío! —exclamó Michael asombrado, sacudiendo la cabeza. Se recostó contra el banco y, siguiendo la línea de visión de Lynn, contempló el Instituto Shapiro—. ¡Está bien! Supongamos que funciona. ¿Cuál es el plan cuando estés dentro? ¿Deambular a ciegas y perderte? ¡Ese sitio es enorme!

—Estoy trabajando en ese aspecto.

—¡Cuéntame, chica!

—Luego. Ahora mismo quiero enseñarte otras cosas que he descubierto cuando estaba comparando los informes de anestesia de los tres casos. Hay varios puntos en común inquietantes que me están empujando a esforzarme más.

—¿Como qué?

—Prefiero enseñártelo. Tengo las copias en mi habitación. ¡Vamos!

Agarró a su amigo del brazo y lo obligó a levantarse.

29

Martes, 7 de abril, 17.37 h

A pesar de haber sufrido un acceso de llanto agotador desde el punto de vista emocional, a lo que había que sumar el cansancio resultante de haber dormido solo cuatro horas en las últimas treinta y cuatro, Lynn estaba ahora, según Michael, «de subidón». Sabía lo suficiente de psicología para deducir que se trataba de otra forma de negación, pero le daba igual. Tenía la sensación de estar haciendo algo, de permanecer activa en lugar de torturarse emocionalmente de forma pasiva.

Antes incluso de su conversación sobre la forma de entrar en el Instituto Shapiro, el plan ya había cobrado forma vagamente en su mente. Ahora tenía una idea aproximada de lo que había que hacer y estaba deseando ponerse en marcha. Pero antes, quería mostrarle a Michael lo que había provocado su creciente inquietud con respecto a aquella situación. Pensó que le serviría de motivación para ayudarla a conseguir lo que necesitaba de Vladimir. Desde luego, a ella la había motivado.

Abrió la puerta con su llave y entró. Michael la siguió, pero se detuvo en el umbral.

—A lo mejor debería conseguir un traje protector —comentó, mirando el desbarajuste.

Estaba acostumbrado a la actitud despreocupada de Lynn hacia el orden doméstico. Era imposible caminar sin pisar las hojas impresas esparcidas por el suelo, junto con varios libros de texto. Las superficies horizontales estaban atestadas de más hojas impresas, además de una mezcla de ropa sucia y limpia imposible de distinguir a primera vista. En la cama no había restos, aunque estaba sin hacer.

—Muy gracioso —respondió Lynn. Tiró de él para hacerle entrar en la habitación y cerró la puerta de una patada—. ¡Ya sé que esto está hecho una leonera, pero haz como si no lo vieras!

Lo guió hasta la silla de escritorio, que estaba despejada como la cama, y lo hizo sentarse. Apartó los papeles para hacer sitio en la mesa y puso las copias de los tres informes de anestesia en fila para que se vieran al mismo tiempo.

—Vale. ¿Qué se supone que tengo que mirar?

—¿Te acuerdas del parpadeo al que Wykoff hizo referencia en el informe de Carl? —preguntó Lynn, señalándolo con el dedo.

—Yo lo llamo desfase. ¿Qué pasa con él?

Empleando el dedo índice, la joven señaló el mismo salto en los signos vitales de las otras dos hojas impresas.

—En los tres casos aparece la misma distorsión o lo que sea, y exactamente en el mismo momento: el minuto cincuenta y dos de la operación.

—¿Cómo? —Michael, asombrado, desplazó la vista de una impresión a otra—. Esto sí que es fuerte. —Miró a su amiga—. Es muy raro. ¿A qué crees que se debe?

—No tengo ni la más remota idea —reconoció—, pero tiene que ser importante. Ojalá pudiera preguntarle su opinión a la doctora Wykoff.

—Eso no va a ser posible.

—Lo sé. No podemos acudir a nadie del departamento de anestesia, al menos de momento. Vamos a tener que averiguar lo que significa por nuestra cuenta. Pero eso no es todo. Hay otra sorpresa.

—¿Qué? ¿La alarma de oxigenación baja también saltó en el mismo momento?

—No. Casi, pero fue ligeramente distinto en cada caso.

Lynn no se movió por un momento y se limitó a mirar fijamente a Michael.

—¿Y bien?¿Vas a decírmelo o qué?

—¿No lo ves?

—Tú tienes el balón, hermana. ¡O driblas, o pasas, o lanzas!

Señaló otra vez con el dedo índice una casilla muy pequeña en la esquina derecha de cada informe. Aparecía la palabra MÁQUINA y, en cada caso, la acompañaba el mismo número: Treinta y siete.

Michael la miró a los ojos en silencio, hasta que se decidió a hablar:

—¡En los tres casos se usó la misma máquina de anestesia! —exclamó—. Eso también tiene que querer decir algo.

—Es la misma máquina de anestesia y experimenta la misma irregularidad en el mismo momento exacto en los tres casos. Estadísticamente, es imposible que eso pase por casualidad. En dos casos, tal vez, pero en tres, ni hablar.

Michael volvió a mirar los informes de anestesia.

—Yo pienso lo mismo, pero ¿qué hacemos al respecto? ¿Se lo decimos a alguien? ¿A quién?

—Tiene que ser importante. Esto significa que está pasando algo raro, pero no se me ocurre ninguna explicación ni remotamente verosímil. Y no hay nadie a quien podamos contárselo sin incriminarnos hasta las cejas. Lo único que se me ocurre es conseguir más información del Instituto Shapiro.

—Lo que me sorprende es la coincidencia en el tiempo —comentó Michael, mirando otra vez los informes.

—A mí no solo me sorprende —respondió ella con repentina ferocidad—. Mi intuición me está poniendo alerta, sobre todo si mezclo el asunto de la coincidencia temporal con lo que he descubierto en estos otros papeles. —Señaló violentamente los artículos tirados por el suelo—. Y luego con el traslado de Carl...

—¡Para el carro, chica! ¡Cálmate! Tienes que aflojar el ritmo. Recuerda que a Carl todavía no lo han enviado a ningún sitio.

—A Morrison sí, y el caso de Carl es idéntico.

—Es cierto, pero te estás precipitando, amiga mía. Mira, no quiero parecer condescendiente, pero estás sometida a mucho estrés. Creo que necesitas comer y dormir bien, y luego podrás empezar otra vez. Volvamos al hospital a cenar.

—Pues claro que estoy estresada —le espetó—. Y ya sé que estoy agotada, pero no creo que pudiera dormirme aunque lo intentara. A ver, ¿por qué tienen tanta prisa por trasladar a Carl y a Morrison? En mi opinión, ha sido demasiado rápido. Tal vez con Ashanti pasó lo mismo. Pero ¿por qué? ¿A qué viene esa urgencia? No puede ser por el dinero. Tal vez sea para que reciban mejor atención, pero no lo sé. —Señaló otra vez todas las hojas impresas esparcidas por su habitación—. Según estos artículos, siempre hay unos pocos pacientes que desafían las predicciones y despiertan. No han pasado ni treinta y seis horas del incidente de Carl. ¿Por qué quieren trasladarlo tan pronto? ¿Y si se despierta en el Instituto Shapiro? Con lo automatizado que está todo allí, ¿se enteraría alguien? No sé si entrando en el instituto encontraré respuesta a esas preguntas, pero creo que existe una posibilidad. ¡Tengo que hacerlo!

Michael asintió con la cabeza. Lo último que quería era disgustarla más de lo que ya estaba. En lugar de discutir con ella, miró al suelo y recogió el artículo más cercano. Era el que habían leído en la UCI de neurología después de ver la hoja clínica de Morrison, el titulado «Gammapatía monoclonal de significado incierto».

—A ver si lo adivino —dijo Michael finalmente, mientras hojeaba el artículo para hacer una segunda lectura rápida—. Piensas que el tema de la paraproteína es importante

—¡Sí! —respondió ella—. No tengo ni idea de en qué sentido ni por qué, pero parece que una paraproteína intervino en los tres casos. Bueno, no sabemos con seguridad si una paraproteína intervino en el caso de Ashanti, pero el hecho de que tenga mieloma múltiple como mínimo parece indicarlo. Es el peor caso posible para una gammapatía monoclonal.

—Perdona que te lo diga, pero se te está yendo la pinza.

Sacudió la cabeza al tiempo que alargaba el brazo para coger otro artículo. Ese se titulaba *Anticuerpos monoclonales*. Empezó a leerlo a toda velocidad.

—Puede que tengas razón —reconoció la estudiante—. Pero recuerda lo que dijiste que ponía en la página principal del historial médico electrónico de Ashanti Shapiro: drozitumab. ¿Te acuerdas?

—Claro que me acuerdo.

—¿Te acuerdas de lo que es el drozitumab?

—Claro —repitió Michael. La miró malhumorado. Estaba perdiendo la paciencia. Ella necesitaba comer y dormir. Y de paso, él también tenía hambre—. ¿Qué es esto, un examen?

—El drozitumab es un anticuerpo monoclonal, como dijiste esta mañana. —Hizo caso omiso del ligero mal humor de su amigo—. Se utiliza para tratar un tipo de cáncer muscular, no el mieloma múltiple.

—Te he dicho que me acuerdo —repitió.

—Si a Ashanti le han dado drozitumab y le han hecho un análisis de las proteínas plasmáticas, aparecería como una paraproteína.

—Supongo que tienes razón. ¿Adónde quieres ir a parar?

—No lo sé. Estoy pensando en voz alta y te pido que tú hagas lo mismo.

Michael sacudió la cabeza.

—Es un misterio. Hay demasiadas piezas sueltas.

Volvió a leer el artículo sobre los anticuerpos monoclonales.

—¿Por qué han puesto el drozitumab al principio del historial de Ashanti? —preguntó Lynn.

—Como te dije esta mañana, no tengo ni idea. ¿Y tú?

Michael no levantó la vista del artículo.

—No, yo tampoco —admitió—. Pero si me preguntasen, diría que tal vez lo están probando como tratamiento para el mieloma múltiple.

El joven alzó la vista y la miró.

—¿Quieres decir que lo están probando para ver si funciona

sin ninguna base científica, al azar? Eso es discutible, amiga mía.

—Ya sé que no tiene sentido. ¡Vale, descarta esa idea! A lo mejor es más sencillo. Después de leer esos artículos sobre los anticuerpos monoclonales que son la base de los medicamentos biológicos, sé que han tenido problemas. Tal vez estén dándole a Ashanti varias formas de drozitumab para ver cuáles provocan menos reacción.

—Eso parece mucho más probable que la idea del tratamiento al azar. Claro que implica que están usándola como conejillo de Indias. ¿De veras crees que algo así podría estar pasando?

—De repente me parece una posibilidad.

—Pero no explica el problema de la paraproteína.

—Lo sé. Pero quizá quieren estimular sus sistemas inmunológicos por algún motivo. Y los sistemas inmunológicos de Carl y Morrison están funcionando mal, produciendo la paraproteína y la fiebre. Sus sistemas inmunológicos están actuando como si los estuvieran estimulando.

—Todo eso es pura teoría.

—Lo sé, pero estoy convencida de que está pasando algo raro. Tal vez Productos Farmacéuticos Sidereal creó el Instituto Shapiro para utilizar a los pacientes con el fin de hacer pruebas ilegales de medicamentos. Desde luego, es un público que no se quejaría. Reconoce que tiene una lógica diabólica. Y si es lo que está pasando, es un motivo más por el que no quiero que trasladen a Carl allí. No quiero que se lo lleven para experimentar con él. ¡Ni soñarlo!

—¡Dios! Qué idea más espeluznante —admitió Michael. Se le erizó el pelo de la nuca al pensar en la idea y en sus implicaciones—. ¿De verdad crees que podría estar pasando eso?

Lynn se encogió de hombros.

—No lo sé, pero es una idea. Ahorraría tiempo y dinero en el desarrollo de medicamentos. Desde luego el drozitumab es un producto biológico, es decir, que está hecho de células vivas, y los medicamentos biológicos son la gran novedad de la industria farmacéutica. Se ha iniciado una carrera para perfeccionarlos y someterlos a prueba. ¡Y, de hecho, los medicamentos biológicos son la principal línea de productos de Sidereal!

—No jodas.

—¡Toma, lee esto!

Cogió un artículo del escritorio y se lo dio a Michael. Se titulaba *Biofarmacéutica*.

Michael empezó a leerlo rápidamente. Mientras él leía, Lynn preguntó:

—¿Te acuerdas de cómo se fabrican los anticuerpos monoclonales o los medicamentos biológicos que venden las empresas farmacéuticas?

—¡Sí! Están hechos de hibridomas de ratón. Acabo de leerlo en el artículo anterior. Además, nos dieron una clase sobre el tema el segundo año en la facultad. ¿Por qué lo preguntas?

—Porque es el principal motivo de que se necesiten muchas pruebas —explicó Lynn—. Como los medicamentos biológicos están hechos de células de ratón, las empresas farmacéuticas tienen que humanizarlas para hacerlas menos alergénicas para los humanos. Eso requiere muchas pruebas. Las personas en estado vegetativo serían unos sujetos perfectos, sobre todo si se les estimula el sistema inmunológico.

—¡Vaya! —exclamó Michael al terminar el último artículo—. No tenía ni idea de que los medicamentos biológicos fueran una industria valorada en cincuenta mil millones de dólares al año, y la cifra va en aumento. La verdad es que no tenía ni idea.

—Va a ser un sector muy poderoso. Dentro de poco superará los cien mil millones.

—¿De veras lo crees?

—Sí, lo creo, por dos motivos. Primero, porque los medicamentos biológicos son muy prometedores en lo que respecta a proporcionar curas, como dicen estos artículos. Y segundo, porque en Estados Unidos las empresas farmacéuticas pueden cobrar lo que les salga de las narices. No es como en el resto del mundo industrializado o, mejor dicho, el mundo «civilizado».

Michael asintió con la cabeza.

—Que es lo que ya están haciendo con los medicamentos tradicionales.

El joven cogió otro artículo, que trataba específicamente de los hibridomas.

—¡Exacto! Y por desgracia, la situación no va a cambiar en el caso de los medicamentos biológicos, con el dinero que derrochan con los grupos de presión.

—Tienes razón —convino él—. Controlando el Congreso, las empresas farmacéuticas están disfrutando de un atraco legalizado al público estadounidense.

—Si Productos Farmacéuticos Sidereal se situase a la cabeza del sector de los medicamentos biológicos resolviendo el problema de las alergias, podría dominarlo y ganar un auténtico dineral.

Michael terminó el cuarto artículo y lo apartó bruscamente.

—Vale, ya me he hecho una idea de adónde quieres ir a parar con todo esto. Tal vez un médico recomendase una rápida visita de incógnito al Instituto Shapiro para ver si están utilizando a los pacientes como conejillos de Indias, pero que conste que no lo aconsejo. Sigo pensando que es una idea disparatada y absurda. Mientras tanto, tenemos un problema más urgente. ¿Qué hacemos con la máquina de anestesia treinta y siete? El departamento de anestesia debería saberlo, si no lo sabe ya. De hecho, cuanto más lo pienso, más seguro estoy de que ya lo sabe. Es demasiado evidente para pasarlo por alto.

—Yo pienso lo mismo. Tienen que saberlo. Y a la máquina tampoco puede pasarle nada. —Señaló otra vez los informes de anestesia que reposaban sobre su mesa—. Fíjate en que los signos vitales de los pacientes se mantuvieron totalmente normales en los tres casos después del desfase hasta que el nivel de oxígeno descendió. Y lo mismo pasó con las otras variables que la máquina controlaba. Está claro que el grado de anestesia de los pacientes no varió. Wykoff dijo específicamente que había revisado la máquina antes y después de la operación de Carl.

Durante unos minutos, los dos amigos miraron los informes

sin decir nada. Cada uno intentaba decidir lo que significaba todo aquello.

—Si hablamos de esto con Rhodes, lo sacaremos otra vez de sus casillas —reflexionó Lynn—. Y querrá saber cómo lo hemos descubierto. ¿Qué podríamos decir sin implicarnos? Después de cómo reaccionó ante nuestra conversación con la doctora Wykoff, creo que se pondría como un energúmeno si supiera que tenemos los informes de anestesia. No podemos ir a verlo hasta que sepamos más.

—Entiendo.

—Escucha —propuso—. ¿Qué tal si le envías a tu colega Vladimir un mensaje para ver si puede venir esta tarde? Quiero avanzar.

—¿Vas en serio con todo esto?

—Muy en serio. Pensar que es posible que trasladen a Carl sin saber lo que podría pasarle me está volviendo loca. Necesito un traje del instituto y su huella del pulgar.

—Espero no arrepentirme de esto —masculló Michael mientras sacaba el móvil.

Envió rápidamente una invitación a Vladimir para que se pasase por su habitación a disfrutar de una fiesta improvisada con música de Jay-Z y cerveza. Hizo un ademán ostentoso al enviar el mensaje.

—Y ahora veamos su nombre de usuario y su contraseña.

Lynn sacó su teléfono y se preparó para añadir a Vladimir a sus contactos.

Michael le dedicó un saludo militar antes de darle obedientemente su teléfono con la información en pantalla. Mientras estaba ocupada añadiendo los datos a su teléfono, el móvil de Michael sonó al recibir un mensaje de texto de Vladimir en el que aceptaba la invitación y decía que le llevaría el recuerdo ruso que le había prometido.

—¿Contenta? —preguntó.

—No —contestó ella—. Mándale otro mensaje y pregúntale por el traje del Instituto Shapiro.

—¡Joder, chica! —se quejó, pero hizo lo que le pedía.

Para explicar la petición se valió de la propuesta de Lynn, aduciendo que su novia iba a ir a una fiesta de disfraces. Pulsó el botón de ENVIAR, y a continuación sostuvo el teléfono de forma que Lynn pudiera verlo.

Transcurrieron unos minutos. Entonces apareció un segundo mensaje de texto en la pantalla: «Paro y cojo trajes. Tal vez yo un poco tarde. No hay problema».

—Parece que mi colega ruso va a cumplir. Y ahora vamos a cenar.

—Me parece un buen plan, pero antes tengo que darme una ducha rápida.

Y sin esperar una respuesta, entró en el cuarto de baño y cerró la puerta.

—Podemos aprovechar que vamos allí para subir a los quirófanos a ver si encontramos la máquina número treinta y siete —gritó Michael a través de la puerta.

—Puede que encontrarla no sea tan fácil. Con veinticuatro quirófanos, debe de haber cincuenta máquinas o más.

—Probablemente más, pero no importa. Sabemos que la número treinta y siete se usó el lunes en el quirófano doce. Tal vez siga allí. Normalmente, a esta hora el quirófano está tranquilo. Si no está en el doce, podemos mirar en el trastero que utilizan para guardar las máquinas de sobra.

—Y si la encontramos, ¿qué hacemos con ella?

—Buena pregunta. —Michael se encogió de hombros—. Me gustaría averiguar si ha sido utilizada desde la operación de Carl. Si es así y no ha habido ningún problema, dormiré mejor.

—Entiendo —gritó la joven—. Te acompañaré al quirófano si tú me acompañas a la UCI de neurología y al departamento de informática.

—Trato hecho. Pero primero voy a pasar por mi habitación para lavarme yo también.

—Buena idea. Nos vemos abajo.

30

Martes, 7 de abril, 18.31 h

Sandra Wykoff cerró la sesión. Llevaba más de una hora trabajando en una de las terminales informáticas del departamento de anestesia en la planta de quirófanos. Estaba perpleja. No sabía qué pensar de lo que acababa de descubrir. Tenía que significar algo... pero ¿qué?

Geraldine Montgomery la había llamado después de salir del departamento de ingeniería clínica para preguntarle si podía ocuparse de una intervención de urgencia: una reducción abierta de una fractura expuesta en el antebrazo de un adolescente. Ella agradeció la distracción, y el caso había ido bien.

En medio de la breve intervención, cuando estaba con el piloto automático, había seguido pensando en Vandermeer, Morrison y Davis. Después de la operación se dirigió al departamento de anestesia y se conectó al ordenador para revisar los informes de Morrison y Davis con la misma atención a los detalles que había dedicado al de Vandermeer, esperando encontrar alguna similitud aparte del hecho de haber utilizado la misma máquina de anestesia. Durante más de una hora nada le había llamado la atención. Entonces, de repente, lo había visto: en los tres casos se había producido el parpadeo, o el desfase, y lo que era más preocupante, ¡todos lo habían experimentado en el mismo momento después de la inducción!

Con la mirada perdida, se preguntó si ese hallazgo podía ser importante. No podía evitar pensar que tenía que serlo de alguna forma. ¿Por qué hacía eso una máquina de anestesia que era revisada después de cada episodio? ¿Podía tratarse de un error del programa a pesar de lo que le habían dicho en el departamento de ingeniería clínica? Lo dudaba, ya que ninguna de las otras máquinas había manifestado ese problema. Lo había consultado examinando los informes impresos de las otras intervenciones en las que había participado usando distintas máquinas. No había habido ningún desfase en ninguno de los casos que investigó. Incluso había encontrado unos cuantos informes de la máquina treinta y siete. Ninguno mostraba problemas. Los desfases se habían producido solo en los tres casos de recuperación retardada del conocimiento.

Embargada de una súbita determinación, se levantó de la mesa y volvió a toda prisa al vestuario para quitarse el atuendo quirúrgico. Cuando se hubo puesto su ropa, bajó a la zona de administración del hospital. Tenía intención de comprobar si Benton Rhodes se había marchado a casa. Si no se había ido, quería mostrarle su nuevo hallazgo. Pero su despacho estaba vacío.

Por un momento, se planteó pedirle a la operadora del hospital que contactase con el doctor Rhodes, pero se lo pensó mejor, considerando la arenga que había aguantado antes. Lo que ella no sabía era si su jefe estaba al tanto de esa coincidencia temporal. Era perfectamente posible, y si lo estaba, el hecho de que lo molestase fuera del horario de trabajo no sería buena idea. Todo el mundo sabía que al jefe no le gustaba que lo incordiasen en casa a menos que fuera absolutamente necesario.

—Mañana habrá tiempo —murmuró.

Volvió sobre sus pasos hacia el hospital y se dirigió al garaje. Estaba deseando llegar a casa para relajarse tomando una copa de vino. Todavía se sentía inquieta, hasta cierto punto culpable y decaída en general por el incidente del día anterior. ¿Lo superaría del todo algún día? El roce con el doctor Rhodes no había sido de ayuda, ni el coma prolongado de Vandermeer. Ella siempre había pensado que la meticulosidad, es decir, la especial atención a los detalles y la negativa a tomar atajos, la protegería de una experiencia como esa. Era evidente que se había equivocado.

Salió de la bulliciosa primera planta del centro médico al tranquilo aparcamiento. Durante el cambio de turno del hospital, en torno a las tres de la tarde, el garaje era un hervidero. Luego, de cinco a seis, había otro arranque repentino de actividad, aunque no tan intenso. A las seis, el trabajo descendía vertiginosamente para volver a empezar a eso de las ocho, cuando terminaba el horario de visita y luego otra vez en torno a las once, cuando el personal nocturno venía a sustituir a los empleados del turno de tarde.

El brusco taconeo de sus zapatos resonando en el hormigón era el único sonido que la acompañó mientras se dirigía a su coche, en medio del garaje desierto. Era un perturbador recordatorio de que estaba sola. Miró a su alrededor sin dejar de andar con la esperanza de ver a alguien, pero no había nadie. Los garajes a horas intempestivas siempre le habían resultado intimidantes. Para dominar su imaginación, se obligó a pensar en el baño caliente que se daría cuando llegara a casa. Mientras apretaba el mando a distancia para abrir las puertas de su BMW, se preguntó cuál sería la mejor forma de comunicarle a Rhodes su nuevo hallazgo sin irritarlo. Como jefe del departamento cuyo trabajo consistía en revisar los tres casos, era algo que él debería haber visto. Si no lo había hecho, a Sandra le preocupaba ligeramente que con su irascibilidad se tomara el descuido a pecho y culpara al mensajero.

Se sentó en el asiento del conductor, cerró la puerta y alargó la mano por encima del hombro para coger el cinturón de seguridad. Al mismo tiempo, pisó con el pie derecho el pedal del freno, lista para arrancar el motor. Eran gestos automáticos. Lo había hecho un millón de veces. Pero no llegó a coger el cinturón de seguridad. En lugar de eso, el corazón le subió a la garganta cuando la puerta del lado del pasajero y la trasera detrás de ella se abrieron de golpe. Una milésima de segundo más tarde, dos hombres corpulentos con trajes oscuros de oficina subieron al coche de un salto con gran revuelo.

Quiso gritar, presa del terror y de la sorpresa, pero el grito no llegó a salir de su boca. Una mano enguantada la rodeó por detrás, le tapó la parte inferior de la cara y sofocó lo que habría sido un alarido penetrante. Lo que le salió fue un chillido ahogado. Al mismo tiempo, y con la misma mano, su cabeza se vio bruscamente presionada hacia atrás contra el reposacabezas. Entonces, el hombre del asiento del pasajero le clavó una aguja en el muslo y le inyectó el contenido de una jeringuilla. Todo terminó en un segundo.

Incapaz de respirar, Sandra levantó el brazo y trató desesperadamente de apartar la mano de su cara. No pudo. El hombre era demasiado fuerte. Un instante después, el hombre sentado a su lado le arrebató la llave electrónica de la mano y arrancó el coche. La imagen del aparcamiento a través del parabrisas se desdibujó y se volvió borrosa. En un momento, las fuerzas la abandonaron por completo.

Para gran regocijo de Darko Lebedev, poco antes de las tres de la tarde había recibido la llamada de Misha Zotov con las órdenes que Leonid Shubin y él debían obedecer. Después de un periodo de ocio sin ninguna actividad, tenían dos nuevos encargos que cumplir. Uno era el segundo golpe en muchos días. El segundo consistía simplemente en advertir enérgicamente a una estudiante de medicina que dejara las malas costumbres, o al menos esas habían sido las palabras de Misha. Darko lo entendió, y no pudo alegrarse más de recibir los dos encargos. Sabía que Leonid se sentiría igual que él.

En el caso del golpe, las órdenes habían sido sencillas. La mujer tenía que desaparecer, y su coche trasladado por un conductor que Misha les proporcionaría a un hospital de Colorado, donde trabajaba el ex marido de la víctima. Allí lo abandonarían. Como le habían explicado, la idea consistía en concentrar las sospechas sobre la desaparición de la mujer en el ex marido y en llevar la investigación fuera del estado. La única condición era que Misha quería que le llevaran a la mujer drogada pero viva y que la dejaran con él unas horas. Dijo que tenía que ajustar cuentas con aquella zorra engreída.

Las órdenes habían llegado acompañadas de la información que necesitaba para planear los dos trabajos. Eso incluía el domicilio de Sandra Wykoff, la marca y modelo de su coche, y el número y la ubicación de su plaza de aparcamiento en el garaje. También había sido informado de que vivía sola, que rara vez tenía invitados y que casi nunca salía de noche. Misha le explicó que había mucha información disponible sobre la mujer porque había sido investigada minuciosamente por el departamento de seguridad antes de ser seleccionada como una de las primeras anestesiólogas del programa.

A Darko le había dado la impresión de que el golpe sería relativamente sencillo, aunque, al igual que el encargo de la intimidación, tenía que llevarse a cabo de inmediato, ese mismo día. Eso significaba que tenían que trabajar rápido y sin la ventaja de una investigación y observación prolongadas, que era la forma en que a él le gustaba hacer las cosas. También significaba que el golpe tenía prioridad.

Para el segundo trabajo, intimidar a Lynn Peirce, Darko había pedido ayuda a uno de los rusos que trabajaban en el departamento de seguridad del hospital, un tal Timur Kortev. Envió al hombre a la residencia de la universidad con la foto de Lynn para que la vigilase, de manera que cuando Darko terminase con Wykoff, supiera dónde encontrar a la estudiante. Contaba con que ella estuviera en su habitación, pero prefería estar seguro. No quería perder tiempo y arriesgarse a entrar en el cuarto si ella no estaba.

Para el golpe, lo primero que hicieron fue inspeccionar la casa de Wykoff. Fueron en coche a su urbanización en North Charleston y descubrieron que su vivienda no era adecuada para sus fines. Vivía en una casa adosada bastante estrecha, que compartía muros con otras dos viviendas. Esa situación aumentaba las posibilidades de que hubiera testigos. Para que ella desapareciera, supuestamente por propia voluntad, nadie podía ver que ellos se la llevaban. Lo único positivo era que había una puerta corredera de cristal que daba a una terraza cubierta en la parte trasera. Sabían por experiencia que esas puertas eran fáciles de forzar. Habían decidido que si se veían obligados a entrar en la casa, lo harían por allí, pero la idea no les entusiasmaba.

A su regreso al hospital, examinaron el vehículo de Sandra. La idea era que si salía rodeada de gente, la seguirían con la esperanza de que hiciera una parada o dos camino de su casa y ellos improvisarían sobre la marcha. Pero habían tenido suerte. Ella salió después del ajetreo y sin compañía.

—Pongámosla en el asiento trasero —urgió Darko en ruso—. ¿Ves a alguien?

Sandra se había desplomado contra él.

—Nadie —contestó Leonid, mirando por el espejo retrovisor.

—¡Vamos!

Los dos hombres salieron del coche, sacaron rápidamente la figura flácida de la anestesista del asiento delantero y la metieron en el trasero. Darko la tapó con una pequeña manta que había en el coche y ambos volvieron a subir al vehículo. Darko se puso al volante y salieron del garaje cuando la puerta automática se abrió. Un momento más tarde, pararon detrás de una furgoneta blanca corriente. Leonid se bajó del coche.

—Nos vemos en casa de Misha —anunció, antes de adelantarse y subir a la furgoneta.

Un instante después salió a la calle en dirección al norte. Darko lo siguió en el coche de Sandra, con ella inconsciente en el asiento trasero.

Misha y muchos de los otros rusos que trabajaban en los departamentos de ingeniería clínica, informática y de seguridad del Centro Médico Mason-Dixon vivían en una urbanización residencial propiedad de Productos Farmacéuticos Sidereal. Estaba situada en una zona apartada al este de un pueblecito llamado Goose Creek. Unos pocos, como Misha y Fyodor, tenían casas independientes. Los demás, como Darko y Leonid, ocupaban un complejo de pisos. Salvo a Fyodor, a todos les habían ordenado que dejaran a sus esposas y novias en Rusia, al menos de momento.

31

Martes, 7 de abril, 19.15 h

—Espera un momento.

Michael detuvo a Lynn.

Venían de la cafetería, después de tomar una cena rápida, y acababan de salir de la escalera en el segundo piso del hospital. Su misión consistía en encontrar la máquina treinta y siete, principalmente por el bien de Michael. Ante ellos estaba la puerta abierta de la sala de cirugía, ocupada por lo que parecía una parte considerable del personal de quirófanos del turno de tarde. Desde donde ellos se encontraban podían ver que la televisión estaba emitiendo un concurso.

—Detesto tener que sacar el tema constantemente, pero necesitamos una excusa para explicar qué hacemos aquí si alguien nos pregunta. Este no es precisamente un sitio frecuentado por estudiantes de medicina. ¿Alguna idea?

Lynn pensó un momento.

—Tienes razón. Y no tienes por qué disculparte. Me alegro de que pienses en esos detalles. Digamos que acabamos de hablar con la decana sobre infecciones nosocomiales, cosa que es cierta, y que estamos investigando el tema. No tenemos por qué concretar.

—¡Perfecto! —respondió Michael con admiración—. Es increíble cómo puedes tergiversar la verdad.

—He aprendido de un maestro.

Michael se rio del ambiguo cumplido.

Provistos de una idea de lo que dirían si se encaraban con ellos, los dos estudiantes entraron en la sala de cirugía. Solo un camillero de la media docena de personas que había allí dentro alzó la vista. Nadie hizo el menor intento de hablar con ellos. Todos los presentes en la sala estaban pegados a un avance informativo que había interrumpido repentinamente la programación habitual. En lugar del concurso, una pareja de presentadores del noticiario local había aparecido en antena para informar de que la policía de Mount Pleasant estaba investigando un horrible allanamiento de morada que había tenido lugar la noche anterior pero que acababa de ser denunciado.

Lynn y Michael se detuvieron. Los detalles escabrosos atrajeron de inmediato su atención. Como el resto de presentes, escucharon con atención.

La imagen de la televisión pasó del plató del noticiario nocturno a una joven corresponsal que empuñaba un micrófono delante de una casa residencial en un terreno arbolado. Al fondo, numerosos coches de policía y otros vehículos de urgencias se hallaban aparcados desordenadamente con las luces de emergencia encendidas.

—Me encuentro enfrente del 1440 de Bay View Drive, en Mount Pleasant —explicó la reportera—. Detrás de mí pueden ver la casa donde residía la familia Hurley. Lo único que sabemos es que anoche los Hurley fueron víctimas de un devastador asalto que acabó en robo, agresión, violación y asesinato. Toda la familia, incluidos los dos niños, han muerto. Desconocemos en este momento los detalles de la tragedia, pero el jefe de policía de Mount Pleasant ha prometido que hará una declaración en breve. Los asesinatos fueron descubiertos por el ayudante del señor Hurley, que vino a investigar al ver que su jefe no aparecía en el trabajo. El señor Hurley es un abogado de éxito de Mount Pleasant. La falta de la señora Hurley, profesora de tercero de la Escuela Primaria Charles Pinckney, también había sido detectada, pero en el colegio todo el mundo pensaba que su ausencia se debía a una reciente enfermedad. La señora Hurley había sido hospitalizada durante unos días en el Centro Médico Mason-Dixon por una intoxicación alimenticia hace poco más de una semana. La directiva de la escuela sabía que durante su hospitalización le habían diagnosticado un tipo de trastorno sanguíneo y que después de recibir el alta no se había sentido del todo bien. Al no presentarse a trabajar, supusieron que se debía a su nueva enfermedad. Devuelvo la conexión, Gail y Ron.

Cuando los dos presentadores retomaron la noticia y empezaron a hablar de los posibles parecidos con el caso descrito en *A sangre fría*, de Truman Capote, y un caso más reciente ocurrido en Connecticut, la sala de cirugía estalló en múltiples conversaciones de asombro.

—¡Santo Dios! —exclamó Lynn —. ¿Dónde vamos a ir a parar?

—Si eso ocurre en Kansas y en Connecticut, también puede pasar aquí —comentó Michael—. Por lo menos es un buen momento para buscar la máquina número treinta y siete, ahora que todo el mundo está enganchado viendo la tele.

—Supongo que sí —asintió la joven—. Pero ¿qué opinas de que la mujer hubiera sido diagnosticada de un trastorno sanguíneo en nuestro hospital? ¿Crees que es posible que tuviera una gammapatía como Morrison y quizá Carl?

—Supongo que es posible. ¡Una gammapatía contagiosa! ¡Sería un nuevo tipo!

—Intento hablar en serio.

—Y yo intento animarte —replicó él—. Cambiémonos de ropa y acabemos con esto. Nos vemos dentro de cinco minutos.

—¡De acuerdo!

Lynn se quitó la ropa y se puso rápidamente la bata quirúrgica. No podía dejar de pensar en la tragedia de Mount Pleasant. Le incomodaba que le recordasen que los seres humanos albergaban la capacidad de hacer cosas tan terribles. En medio de esos inquietantes pensamientos, se preguntó qué tipo de trastorno sanguíneo padecería la madre asesinada. ¿Podía estar relacionado con una paraproteína? Cuando volvió a la sala de cirugía, Michael ya estaba allí, viendo el avance informativo como los demás.

—Lo irónico es que el tipo era abogado especializado en accidentes y lesiones personales —susurró Michael cuando Lynn se reunió con él.

—¿Qué más has descubierto?

—No mucho. Solo llevo aquí un par de minutos.

—¿Algún dato más sobre la anomalía de las proteínas que tenía la mujer?

—Nada.

—¡Vamos! Quitémonos de encima nuestro encargo.

Se pusieron unas calzas de plástico en los pies y entraron en la zona de quirófanos. Las luces estaban encendidas, pero el lugar estaba desierto, incluso la mesa principal. Todo el mundo parecía estar en la sala de cirugía. No había intervenciones en curso. Cuando pasaron por delante de la UCPA oyeron música procedente del pasillo, pero evitaron mirar hacia allí. Aunque tenían pensada una explicación sobre lo que estaban haciendo, preferían no tropezarse con nadie.

—¿Cómo lo hacemos? —preguntó Lynn—. ¿Miramos en todos los quirófanos? ¿Por ejemplo, tú a la derecha y yo a la izquierda?

—Miremos primero en el doce y sigamos a partir de allí.

—Me pregunto cuántos pacientes salen del hospital con un diagnóstico de anomalía de las proteínas de la sangre —comentó la estudiante mientras andaban.

—Yo también me lo pregunto —reconoció Michael.

Llegaron al quirófano doce y encendieron las luces. La máquina de anestesia estaba a un lado. Lynn experimentó una reacción emocional que no esperaba, preguntándose si tenía delante la máquina responsable hasta cierto punto de la tragedia de Carl. Michael fue directo al aparato.

—Es la número treinta y siete —anunció el joven, que se había inclinado para leer la hoja de mantenimiento.

Por unos instantes, los dos estudiantes se quedaron mirando la máquina y su profusión de diales, indicadores, caudalímetros, inhaladores y monitores. Tres cilindros de gas comprimido colgaban de la parte trasera.

—Vale. Ahora que la hemos encontrado, ¿qué quieres hacer?

Michael se encogió de hombros.

—Supongo que me gustaría asegurarme de que la han utilizado.

—Eso es fácil. Podemos volver a la mesa principal y ver si hoy ha habido alguna operación en este quirófano. Estoy seguro de que así será, pero vamos.

Sin nadie que les dijera lo contrario, los dos estudiantes consultaron el registro quirúrgico. El Q12 había estado concurrido. Había habido una hernia, una fusión lumbar y una mastectomía. Aparentemente no había habido problemas. Todos los pacientes habían vuelto a sus respectivas habitaciones después de breves estancias en la sala de recuperación.

—¿Contento? —preguntó Lynn.

—Qué remedio. ¿Qué quieres hacer ahora?

—Vamos a la UCI de neurología aprovechando que todavía llevamos los trajes. Quiero informarme sobre el posible traslado de Carl, pero si no quieres venir, lo entenderé.

—¡Estoy contigo hasta el final, colega!

Mientras esperaban el ascensor vieron que la televisión de la sala de cirugía emitía otra vez el concurso original. Subieron a la sexta planta en un ascensor casi vacío. Cuando salieron, la única persona que se quedó dentro era un miembro uniformado del personal del hospital.

Como el resto del hospital, la planta de neurología estaba relativamente tranquila. El horario de visita estaba a punto de terminar, a las ocho, de modo que los visitantes que se quedaban hasta el último momento estaban ya despidiéndose. Unos pocos pacientes deambulaban para estirar las piernas, empujando soportes de suero.

No hablaron hasta que llegaron a las puertas de la UCI.

—¿Qué te parece si te lo pongo más fácil? —propuso Michael—. Puedo entrar y ver si sigue ahí.

—Tal vez sea buena idea.

Cuanto más se acercaban, él percibía el nerviosismo y la delicada sensibilidad de su amiga.

—Enseguida vuelvo —prometió—. Trata de calmarte.

Lo único que Lynn pudo hacer fue poner los ojos en blanco, porque de ninguna manera iba a tranquilizarse. Cuando las puertas se cerraron detrás de Michael, intentó apartar el estado de Carl de su mente pensando en lo que iba a hacer el resto de la noche. Le había dicho a Frank Giordano que no se preocupase por la gata, así que tenía que volver a casa de su novio. No le costaría llegar, porque esa mañana había ido al hospital en el Cherokee de Carl.

Consultó la hora. También quería llamar a un arquitecto de Washington amigo suyo, Tim Cooper, para ver si se le ocurría alguna idea brillante que le ayudase a orientarse por el interior del Instituto Shapiro, ya que su empresa se dedicaba al diseño de edificios comerciales, incluidos centros sanitarios. Estaba casado y tenía dos hijos, así que lo mejor sería no llamarlo demasiado tarde. Lo conoció en la universidad, donde tuvieron una breve aventura que terminó de forma amistosa. Habían permanecido en contacto a lo largo de los años.

Pensaba que Michael volvería enseguida de la UCI, y no sabía cómo interpretar su retraso. O Carl seguía allí o no. Supuso que se habría enfrascado en una conversación. ¿Era eso una buena o una mala noticia? No lo sabía. Para evitar pensar en lo peor, sacó el teléfono móvil. Tenía el número de Tim en sus contactos y le pareció un buen momento para llamarlo, porque podía ir directa al grano. También resultó un buen momento para Tim, que contestó al primer tono.

En cuanto intercambiaron los cumplidos de rigor, ella desvió la conversación al motivo de su llamada. Empezó preguntándole si había oído hablar del Instituto Shapiro.

—Desde luego —reconoció el arquitecto—. Menudo proyecto. Lo hizo una empresa de diseño de Chicago llamada Mc-Calister, Weiss y Peabody que está especializada en la automatización. Por lo general diseñan plantas de montaje de automóviles, aunque han hecho varios laboratorios médicos. Para ellos fue un logro diseñar un centro médico.

—¿Conoces a alguien en esa empresa?

—Claro. ¿Por qué lo preguntas?

Lynn le explicó que iba a visitar el Instituto Shapiro y que quería hacerse una idea de su distribución por adelantado, y le preguntó si estaría dispuesto a llamar a su conocido e intentar conseguirle un plano.

—Lo haría con mucho gusto —contestó sin vacilar—. Pero tengo una idea mejor. Si mal no recuerdo, el Instituto Shapiro está dentro de los límites de la ciudad de Charleston. ¿Me equivoco?

—Efectivamente, está dentro de los límites.

—Si quieres planos, vete a la comisión de urbanismo de Charleston. Ellos los tendrán. Todos los edificios públicos, como los hospitales, tienen que tener sus proyectos archivados, incluidos los planos conforme a obra. Hay que presentarlos para conseguir la cédula de habitabilidad, y es información pública.

—No lo sabía —reconoció.

—La mayoría de la gente no lo sabe.

Satisfecha con el descubrimiento que había hecho, y convencida de que Michael aparecería pronto, puso fin a su conversación. No le resultó difícil. Le dijo que estaba en el hospital, a punto de entrar en la unidad de cuidados intensivos. Antes de colgar, acordaron que volverían a hablar pronto.

Lynn se guardó el teléfono en el bolsillo de la chaqueta y miró la puerta de la UCI. Sacudió la cabeza. Se le había agotado la paciencia. Dio un paso adelante con intención de entrar cuando la puerta se abrió. Era Michael, que salía.

32

Martes, 7 de abril, 19.58 h

Con solo ver la expresión de Michael, Lynn supo en el acto que Carl ya no estaba allí. Una oleada de emoción se removió en su interior.

—Lo siento —murmuró Michael—. La culpa es mía.

—Tú no tienes la culpa —consiguió decir, conteniendo las lágrimas.

—La culpa es mía por tardar tanto y encima tener que darte la mala noticia. Carl ha sido trasladado hace una hora. Me he entretenido porque me he encontrado con nuestro tutor de neurología de tercero. Estaba entusiasmado con mis planes de residencia. Por lo visto él hizo la suya en neurología en el Hospital General de Massachusetts y ha insistido en darme toda clase de consejos. No he podido escaparme. ¡Lo siento!

Lynn asintió con la cabeza numerosas veces, como si estuviera de acuerdo con lo que su amigo estaba diciendo, aunque en realidad no lo estaba escuchando. Ahora que sabía con seguridad que Carl había sido enviado al Instituto Shapiro, no le sorprendía en absoluto. Aunque había intentado pensar de forma más positiva antes de recibir la noticia, en el fondo sabía que iba a pasar eso. Tenía la inquietante aura de lo inevitable. Y al pensar de esa forma, su respuesta emocional pasó de la tristeza a una furiosa determinación.

—¡Vamos!

Había una súbita resolución en su voz. Michael dejó a medias una frase mientras hablaba de lo que le habían contado sobre el alojamiento en Boston.

Sin previo aviso, Lynn se volvió y se marchó dando grandes zancadas. Su amigo tuvo que hacer un esfuerzo para alcanzarla.

—¿Cuál es el plan? —preguntó.

El hecho de tener que sortear a pacientes en el pasillo le dificultaba permanecer a su lado.

—Voy al departamento de informática a ver si puedo conectarme a uno de los ordenadores —explicó—. ¡Es la guerra! Tengo que averiguar más sobre el Instituto Shapiro y lo que se cuece allí. Si llevan a cabo ensayos de medicamentos poco éticos, pienso sacar a Carl de allí lo antes posible. No sé cómo lo haré, pero dejaré que lo conviertan en un conejillo de Indias cuando las ranas críen pelo.

Había varios visitantes y un miembro de seguridad del hospital esperando en los ascensores, ya que el horario de visita había terminado. A Michael le habría gustado hacer que Lynn siguiera hablando, conseguir que se tranquilizara y evitar que se buscase problemas, pero era imposible sin que la gente le oyese. Lynn no le hacía caso, tenía la mirada perdida y estaba claro que su mente funcionaba a toda marcha.

Pensaba que se bajarían en la segunda planta para cambiarse de ropa, lo que le daría la oportunidad de hablar con ella, pero no lo hizo. La ocasión no se presentó hasta que todo el mundo se apeó del ascensor en la planta principal.

—Creo que deberíamos volver a la residencia y tranquilizarnos —propuso en cuanto las puertas del ascensor se cerraron y se quedaron solos—. Tienes que aflojar un poco antes de que hagas algo que nos meta en un buen lío. Ya les hemos tocado las narices a la decana de la facultad y al jefe del departamento de anestesia. ¡Escúchame! Siempre podemos volver y visitar el departamento de informática más tarde, si insistes. De verdad creo que primero deberías calmarte.

—Tú puedes volver a la residencia —le espetó Lynn.

El ascensor llegó abajo del todo y las puertas se abrieron. Salió con Michael pisándole los talones.

—No voy a volver a la residencia hasta que tú lo hagas —aseguró él en tono desafiante.

—Como quieras —replicó ella mientras dejaban atrás el departamento de patología y el depósito de cadáveres. Se detuvo de pronto—. ¿Por qué estás tan decidido a ayudarme ahora? Me has contado que creciste aprendiendo a evitar los riesgos. Los dos sabemos que lo que me he propuesto hacer es muy arriesgado, de hecho es una seria infracción de la normativa médica, agravada por el uso fraudulento del acceso de otra persona. Es mucho peor que mirar la hoja clínica de Carl, que como tú bien recordaste es un delito de clase cinco. Esto es mucho más serio. ¿Por qué lo haces?

—Te ayudo porque nos hemos ayudado el uno al otro durante casi cuatro años.

—No cuela, colega —respondió—. Ninguno de nosotros ha infringido la ley por el otro. Nunca nos hemos pedido eso. Legalmente, un delito de clase cinco implica una condena de cárcel.

—Está bien, amiga mía. Lo hago porque lo siento mucho por ti. Comparto tu dolor por la pérdida de Carl. Lo hago porque creo que si los papeles se hubieran invertido y Kianna estuviera en peligro, tú lo harías por mí.

Se miraron unos minutos, mientras les daba vueltas la cabeza.

—No sabes si yo lo haría por ti o no.

Lynn trató de ser sincera.

—Como decía mi madre: «Me trae sin cuidado». Yo tampoco habría pensado que lo haría, pero lo estoy haciendo. Y digas lo que digas, estoy convencido de que tú lo harías por mí. Se llama confianza. Nosotros tenemos esa clase de relación.

Hubo otro breve intervalo de silencio en el que los dos siguieron mirándose fijamente.

—Está bien —claudicó finalmente—. Puede que tengas razón. Puede que yo lo hiciera. ¿Quién sabe? Mientras tanto, ¡vamos al tajo!

Justo entonces, un guarda de seguridad apareció por detrás de ellos. Contuvieron el aliento, pero el hombre no les hizo caso y desapareció en la oficina situada quince metros más adelante. Solo entonces reanudaron la marcha.

Detrás de la oficina de seguridad estaba la puerta del departamento de informática. Allí trabajaban las veinticuatro horas del día, aunque fuera del horario laboral solo quedaba un equipo mínimo. Lynn intentó abrir la puerta. Como esperaba, no estaba cerrada con llave.

Aunque no había nadie en la gran oficina, todas las luces estaban encendidas, igual que en los quirófanos. En la sala había media docena de puestos de trabajo dotados con ordenadores supuestamente para los programadores. En uno de los puestos había una taza de café y unos manuales abiertos. En contraste con el resto de monitores, que lucían el salvapantallas del hospital, ese tenía algo parecido a una hoja de cálculo. Desde donde se encontraban pudieron ver que todavía salía un poco de vapor de la taza.

—Alguien está trabajando.

—Muy observadora, Sherlock —comentó Michael con un toque de sarcasmo.

A lo largo de una pared había unas ventanas fijas que daban a la sala del otro lado, llena de servidores informáticos verticales. Contra la pared del fondo descubrieron una hilera de despachos privados. Lynn fue directa al último despacho. En la puerta, una pequeña placa a la altura de los ojos rezaba: ALEXANDER TUPOLEV, JEFE DE DEPARTAMENTO. Sin titubear, abrió la puerta y entró, manteniéndola entreabierta para que Michael pasara. Cuando estuvieron dentro, la cerró y echó el pestillo.

—¿Qué coño estamos haciendo, chica?

Michael estaba nervioso.

Horrorizado, como si lo hubieran embaucado para que atracara un banco, echó un vistazo al moderno despacho y a su decoración minimalista. Había una gran mesa independiente totalmente desordenada, y una encimera de la misma altura a lo largo de una de las paredes. Sobre ella había varias terminales informáticas, cada una con una impresora y una silla de oficina ergonómica delante.

—No pueden pillarnos aquí dentro.

—Este es el sitio más seguro en el que podemos estar —respondió Lynn mientras iba directa a uno de los ordenadores y se acomodaba. Sacó el móvil y buscó el nombre de usuario y la contraseña de Vladimir que Michael le había proporcionado. Colocó el teléfono en la encimera de manera que pudiera ver la pantalla—. Teniendo en cuenta que son las ocho de la noche, estaba segura en un noventa y nueve por ciento de que el señor Tupolev no estaría aquí. En serio, dudo que alguien venga, siempre que no hagamos ruido. Pero si quieres darte el piro, supongo que todo seguirá despejado. Nos veremos en la residencia.

—Me quedo —afirmó el joven.

Cogió una silla y la acercó mientras ella introducía el nombre de usuario: vm123@zmail.ru, y la contraseña: 74952632237malaklov.

—El momento de la verdad.

Pulsó la tecla.

Para su satisfacción, se conectó sin ningún problema. Estaba en el sistema del hospital con la categoría de administrador.

—Pan comido —se alegró Michael—. ¡Bueno, no sé lo que buscas, pero búscalo rápido! Sería estupendo salir de aquí antes de que vuelva quien está trabajando en la oficina de fuera.

Asintió con la cabeza. Sabía lo que necesitaba a grandes rasgos, pero con las prisas no había pensado en los detalles.

—Veamos, para empezar, deberíamos averiguar cuántos pacientes del Instituto Shapiro tienen gammapatía como Morrison.

—También deberíamos indagar más sobre Ashanti Davis —propuso Michael—. Por ejemplo, por qué le están dando el drozitumab. Así sabríamos si la están utilizando como conejillo de Indias.

—¡Exacto!

Como de costumbre, la observación de su amigo era de lo más oportuna.

—También deberíamos conseguir las estadísticas de muertes del instituto —añadió.

—Desde luego —aceptó ella—. Sería muy interesante si pudiéramos enterarnos de la causa de la muerte de cada paciente fallecido durante los ocho años que el instituto ha estado en funcionamiento. Y cuántos pacientes han sido dados de alta. A nadie se le ocurrió preguntarlo cuando estuvimos de visita.

—Empieza por Ashanti. Nos permitirá hacernos una idea de a lo que nos enfrentamos. A lo mejor incluso no tenemos que entrar en el Instituto Shapiro si podemos demostrar que están haciendo pruebas poco éticas con medicamentos.

Lynn asintió con la cabeza e introdujo rápidamente «Ashanti Davis» en la ventana del buscador. Los dos estudiantes eran optimistas y se llevaron una decepción cuando apareció un mensaje anunciando que no había ningún expediente con ese nombre.

Impertérrita, Lynn volvió a teclear el nombre y añadió «Instituto Shapiro». Enseguida apareció una ventana, pero no el expediente que ella esperaba, sino con el texto: ¡ACCESO DENEGADO! CONSULTE A ADMINISTRACIÓN IN-FORMÁTICA.

—¡Mierda! —exclamó—. Supongo que solo se puede acceder a los archivos del Shapiro en las terminales del propio instituto.

—¡Hijos de puta!

—Estaba tan emocionada... —confesó, cerrando los dos puños.

—Bueno, se acabó. —Michael devolvió la silla a su sitio y se dirigió a la puerta. La entreabrió con cuidado, se asomó un poco y la abrió más para ver mejor—. Sigue sin haber moros en la costa —anunció—. Larguémonos pitando mientras todavía estamos a tiempo.

—De acuerdo —accedió—. Pero espera un segundo.

Estaba ocupada tecleando. Un momento más tarde, la impresora que tenía al lado se encendió y expulsó varias páginas. Lynn cerró la sesión, cogió los papeles y se reunió con Michael en la puerta.

—Vámonos corriendo.

Minutos más tarde, cuando ya estaban junto al departamento de patología, se cruzaron con un hombre corpulento que había salido del ascensor con una bolsa de comida para llevar de la cafetería.

—Ese tío parecía el gemelo de Vladimir —comentó Michael cuando entraron en la cabina—. Debe de ser el que está de guardia en el departamento de informática. Los puñeteros rusos lo están dominando todo.

—Eso me recuerda una cosa. —Lynn consultó su reloj—. Alguien te espera.

—No hay problema. He estado controlando la hora. ¿Qué has imprimido?

—No quería que la visita fuera una pérdida de tiempo total. He conseguido el porcentaje de pacientes dados de alta en el Centro Médico Mason-Dixon con un diagnóstico de gammapatía que fue descubierto mientras estaban en el hospital.

—¿Eso es todo?

—¡No! También he indagado sobre la incidencia del mieloma múltiple.

—¿Qué has descubierto?

—Un uno por ciento de la gente dada de alta tiene una anomalía de la paraproteína que fue descubierta durante su estancia.

—Parece una cantidad muy elevada.

—A mí también me lo parece, pero voy a tener que averiguar cuál es la incidencia en Estados Unidos en general. Creo que aparece en el artículo que leímos sobre la gammapatía, pero no recuerdo la cifra.

—¿Y el mieloma múltiple? ¿Qué porcentaje de los pacientes dados de alta tienen mieloma múltiple?

—Un 0,1 por ciento.

—¿Un 0,1 por ciento de las personas dadas de alta tienen mieloma múltiple? —preguntó sorprendido—. También parece una cantidad muy elevada.

—Lo sé. Tiene que haber algún problema. Como con la gammapatía, tendré que buscar la incidencia en el país. No es un cáncer común; al menos yo no lo creo.

Tomaron la escalera para subir a la primera planta y cruzaron el puente peatonal hasta el desierto edificio de la clínica.

—Por cierto, he descubierto algo interesante mientras tú estabas en la UCI de neurología —anunció.

Le relató la llamada a Tim Cooper y le dijo que podía conseguir los planos detallados del instituto en la comisión de urbanismo de Charleston.

—Genial —reconoció Michael.

Estaba impresionado con su iniciativa, pero no quería animarla. Todavía esperaba que cambiara de opinión.

—Me pasaré por allí mañana de camino al hospital —le explicó mientras salían a los jardines del patio.

Hacía una agradable noche de primavera.

—¿Vas a volver ahora a casa de Carl?

Estaba un poco sorprendido. Eran casi las nueve de la noche y podía imaginarse lo cansada que debía estar su compañera.

—No tengo otra opción —respondió—. Me he comprometido a dar de comer a la gata. Le dije a Frank Giordano que yo me ocuparía de la pobrecilla.

—Con lo tarde que es, ¿por qué no llamas a Frank y le pides que vaya él? Vive en South of Broad. Seguro que no le importa. No son horas de que andes montando en bici.

—No voy a ir en bici. Ni siquiera la tengo aquí. La dejé en casa de Carl y cogí su Cherokee esta mañana.

—Entonces, ¿tengo que irme de fiesta solo con nuestro colega ruso?

—Puedo quedarme si quieres —propuso—. Y luego me voy.

—No hace falta —respondió—. Si vas a ir a su casa, deberías

irte lo antes posible. ¿Seguro que quieres quedarte otra vez sola en esa casa tan grande?

—Me sentiré más cerca de él. —Se detuvo y miró el Instituto Shapiro—. ¡Dios! No te imaginas lo que me duele pensar que está allí.

Se le entrecortó la voz.

Michael la rodeó con el brazo y la atrajo hacia sí para darle un abrazo tranquilizador.

—Procura no pensar en eso ahora. Ya lo resolveremos. Nos aseguraremos de que lo atienden como es debido y de que no lo utilizan para hacer pruebas. ¡Te lo prometo!

—Gracias, hermano —consiguió decir.

33

Martes, 7 de abril, 21.52 h

Darko y Leonid lanzaron las palas y el pico a la parte trasera de la furgoneta. Se quitaron los guantes y los monos y los arrojaron al vehículo, encima de las herramientas. Estaban en una zona boscosa donde el musgo colgaba como guirnaldas de todos los árboles. Estaban cansados y sudaban copiosamente por culpa del trabajo rápido y continuo. No habían hablado ni una palabra para no retrasarse. Cerca había un pantano lúgubre y podían oír a los animales nocturnos. Los mosquitos habían dificultado mucho su tarea.

Hacía seis meses que habían elegido el lugar para esa clase de trabajo. Buscaban un sitio deshabitado para no llamar la atención y con tierra firme, aunque lo bastante blanda como para cavar una tumba. También tenía que ser accesible a través de un camino de tierra. Lo habían encontrado a unos cuarenta kilómetros al oeste del Aeropuerto Internacional de Charleston, en los terrenos de una granja abandonada, parte de los cuales estaban rodeados de extensos pantanos. Aunque solo se encontraba a una hora de Charleston, podría haber estado en la cara oculta de la luna.

Trabajaron con calculada rapidez, utilizando los faros del vehículo para no cometer errores. Cuando terminaron, la parcela parecía intacta. Incluso sembraron algunas semillas de plantas autóctonas. Considerando cómo crecían los vegetales en esa época del año, estaban seguros de que cualquier rastro de su actividad desaparecería muy pronto. Satisfechos, subieron a la furgoneta y regresaron a casa de Misha, en cuyo garaje aguardaba el coche de Wykoff, listo para emprender viaje al oeste.

Al cabo de un cuarto de hora, con el aire acondicionado de la furgoneta a toda potencia y después de fumarse varios Marlboros, los hombres recobraron la suficiente normalidad como para iniciar una conversación en su idioma natal.

—La tumba ha quedado bien cavada —comentó Darko mientras conducía.

—No ha sido difícil —reconoció Leonid—. Quitando la humedad y los mosquitos.

—Recuerda que yo tengo otro trabajo esta noche.

—Lo sé, pero no me has dado más detalles.

—Tengo que amenazar a una estudiante de medicina para que se meta en sus asuntos. Ella y un amigo suyo han estado haciendo demasiadas preguntas sobre la anestesia. Será un placer. Por la foto que Misha me ha conseguido, está como un tren.

Leonid se rio entre dientes.

—Parece un encargo de primera. ¿Por qué no compartimos el botín?

—Tú tienes que terminar el trabajo de Wykoff, llevar el coche a su casa en la ciudad y preparar una maleta que parezca hecha con prisas.

—Ya sé lo que tengo que hacer.

—Cuando vuelvas a casa de Misha con el equipaje, el conductor estará allí para llevar el coche a Denver.

—¿Dónde estarás tú?

—No lo sé a ciencia cierta. —Darko se encogió de hombros—, pero supongo que en el dormitorio de la estudiante. O puede que ya haya terminado. Si es así, podemos quedar en el Rooftop para tomar un vodka. ¡Mira el móvil a ver si ya hay cobertura!

Leonid sacó el teléfono móvil y lo encendió.

—Hay cobertura. No es para tirar cohetes: una barra. ¡Espera! Ahora hay dos. ¿A quién quieres que llame?

—A Timur Kortev. Pon el manos libres.

Guardaron silencio mientras se establecía la conexión. Escucharon el sonido lejano de los tonos. Cuatro tonos, luego cinco. Leonid estaba a punto de colgar cuando Timur contestó. Parecía que le faltaba un poco el aliento. Él también habló en ruso.

—Perdón —se excusó—. He tenido que cambiar de sitio antes de contestar.

—¿Has establecido contacto visual con la chica?

—Sí. He estado siguiéndolos a ella y a su amigo toda la tarde. No ha sido fácil.

—¿Por qué? ¿Adónde ha ido?

—Primero, los dos fueron a la cafetería del hospital, pero luego subieron a los quirófanos. No tengo ni idea de lo que hicieron allí. Después, fueron a la UCI de neurología. Ella no entró, pero su amigo sí.

—¿Y luego volvió a la residencia?

—No. Pasaron por el centro informático.

A Darko le dio la clara impresión de que la advertencia que tenía que hacer a Lynn Peirce se estaba volviendo más urgente.

—¿Sabes lo que hicieron en la oficina?

—No. No había nadie. La persona de servicio estaba en la cafetería en ese momento.

—¿Y luego volvieron a la residencia?

—Sí, pero solo un momento.

—Entonces, ¿ella no está allí ahora?

—No. A eso de las ocho y media volvió a marcharse. Se metió en el garaje y se fue en un jeep. Tuve que darme prisa para birlar un coche de seguridad con el que seguirla.

—¿Estaba con su amigo entonces?

—No, estaba sola.

—¿Adónde ha ido?

Darko miró a Leonid. No le gustaban las sorpresas, y todo aquello era una continua sorpresa.

—Ha ido a una casa unifamiliar en el 591 de Church Street,

en el sur de Charleston. Estaba intentando mirar por las ventanas de la parte delantera cuando me has llamado.

—¿Está sola?

—Creo que sí. La casa estaba a oscuras cuando ella ha llegado, y no ha venido nadie de visita. Al principio ha encendido muchas luces, pero ahora están casi todas apagadas.

—Está bien. —Darko sonrió. Le preocupó enterarse de que Lynn Peirce había estado moviéndose por el centro médico, pero ahora, sola en una casa particular, parecía que quería facilitarle el trabajo—. ¿Tienes idea de quién es la casa?

—Sí. Es propiedad de Carl Vandermeer, uno de los sujetos de prueba del programa.

Se sobresaltó. Al igual que unos cuantos allegados a Sergei Polushin, tenía un poco de información acerca del programa. Él también podía beneficiarse enormemente de las acciones de Sidereal que le habían dado a lo largo de los años. Sabía por qué le habían encargado matar a Sandra Wykoff. Aquella mujer estaba haciendo demasiadas preguntas sobre su paciente, Carl Vandermeer. ¡Y ahora esa tal Lynn Peirce estaba alojándose en la casa de ese hombre!

Sin darse cuenta de lo que estaba haciendo, Darko pisó el acelerador. Intuitivamente comprendió que el segundo trabajo de la noche podía ser tan importante como el primero. También esperaba que fuera mucho más divertido que ser devorado por los mosquitos en la orilla de un pantano.

34

Martes, 7 de abril, 23.11 h

Lynn no podía creer lo que acababa de descubrir. Muda de asombro, inclinó hacia atrás la silla de oficina de Carl para mirar al techo y pensar en sus implicaciones. Parecía que cada vez que estudiaba los informes de anestesia, tropezaba con algo nuevo. En esta ocasión estaba todavía más atónita que esa misma tarde, y se preguntó si los fenómenos que acababa de descubrir podían ser resultado de un fallo intermitente del software de la máquina de anestesia. Pero casi tan pronto como se le ocurrió la idea, negó con la cabeza.

La máquina de anestesia había sido utilizada en innumerables intervenciones, incluidas unas cuantas ese mismo día. ¿Por qué ocurriría solo en tres si se trataba de un problema de software? No creía que fuese un fallo técnico. En todo caso, dedujo que podía ser una modificación del sistema. ¿Era eso posible? Lo ignoraba, de modo que tendría que preguntárselo a Michael, él podía saberlo. Pero, de una forma u otra, lo que había encontrado era una escalofriante señal más de que lo que les había pasado a Carl, Scarlett Morrison y Ashanti Davis podía no haber sido un accidente ni una metedura de pata. El hallazgo entraba en la misma inquietante categoría que el inexplicable desfase casual que se había producido exactamente en el mismo momento en los tres casos. De hecho, era más perturbador y parecía indicar lo impensable: ¡que toda esa pesadilla podía ser intencionada!

Había llegado a casa de Carl sobre las nueve menos cuarto. Pep se había puesto contentísima al verla y ronroneó con tal intensidad que Lynn lo dejó todo y le dio de comer en el acto. Una vez que se hubo ocupado de la gata, deambuló por la casa, yendo de habitación en habitación, pensando en Carl.

Recordar el pasado probablemente no fuera buena idea. Lo mismo pasaba con la idea de volver a esa casa. Debería haber llamado a Frank para que se encargara de la gata, como Michael le había propuesto, porque estar allí hacía insoportable la sensación de pérdida. Todo allí le recordaba a su malogrado amante y su personalidad única, su aguda inteligencia, su pasión por la vida e incluso su orden obsesivo, que superaba incluso el de su amigo. Un poco avergonzada, recordó algunas de las insignificantes peleas que habían tenido por la forma en que ella colgaba su toalla de baño y a veces olvidaba su ropa interior en el cuarto de baño.

Con la mente ocupada por esos pensamientos, la gravedad de su pérdida la abrumó y deprimió. Había llegado al punto de preguntarse quién estaba peor, si ella o Carl. La comprensión repentina de que no podía deambular compadeciéndose de sí misma evitó que cayera en el círculo vicioso de los recuerdos. Tenía que concentrar sus esfuerzos en ocupar su mente, como había hecho la noche anterior. Con ese propósito, primero fue al cuarto de baño y se dio una larga ducha caliente. Permaneció bajo el chorro el tiempo suficiente para atenuar las emociones del día. Se puso después uno de los enormes albornoces de Carl y entró en su estudio. Se sentó a su escritorio, encendió el ordenador y se conectó a internet.

Lo primero que hizo fue averiguar cuántas personas de la población general padecían anomalías de las proteínas séricas o gammapatías. El asunto le había estado atormentando desde que había leído la hoja clínica de Morrison y se había enterado de que, aparentemente, Carl también estaba desarrollando esa anomalía. A su curiosidad había que añadir el descubrimiento, fruto de la visita por lo demás decepcionante al departamento de informática, de cuántas personas dadas de alta en el Centro Médico Mason-Dixon habían sido diagnosticadas con ese problema mientras habían estado ingresadas.

El descubrimiento la sorprendió. Aunque el Mason-Dixon contaba con muchos menos episodios de infecciones intrahospitalarias, como había señalado la decana English, la incidencia de anomalías en el suero sanguíneo superaba la media. Se encontró con la misma situación cuando buscó información sobre el mieloma múltiple. Los pacientes que salían del Mason-Dixon superaban en cinco veces la tasa nacional correspondiente a esos dos problemas. Era incapaz de explicar esas discrepancias. ¿Podía tener algo que ver con el hospital o el laboratorio? No tenía ni idea, pero había decidido que debía plantearle el tema a Michael para que le diera su opinión.

Quería evitar obsesionarse con Carl y compadecerse de sí misma, así que volvió a centrar su atención en los informes de anestesia que había cogido de su habitación. Fue al estudiar las copias impresas desde una perspectiva nueva y única cuando hizo un descubrimiento sobrecogedor.

Volvió a inclinarse hacia delante, apartando la vista del techo. La sola idea de que el desastroso estado de Carl podría no haber sido un accidente hizo que se le helase la sangre. Era una idea tan perturbadora que se preguntó si no estaría delirando. ¿Se estaba convirtiendo en una conspiracionista a causa de su frágil estado emocional?

Empeñada en demostrar que se equivocaba, siguió con lo que estaba haciendo. Desplegó ante ella, sobre el escritorio, secciones de los trazados de los signos vitales de cada uno de los tres pacientes. Empleó unas tijeras que encontró en el cajón superior del escritorio —momento que aprovechó para echar un rápido vistazo a la alianza de compromiso—, para recortar los informes de anestesia. Los segmentos que había elegido mostraban la tensión arterial, el pulso, la saturación de oxígeno y el electrocardiograma de cada paciente desde el momento del desfase al repentino descenso del oxígeno en sangre. Su intención era buscar ligeras alteraciones de los signos vitales en los tres casos para ver si había similitudes. Al aislar esas porciones y fijarse en una antes de comparar las tres, pudo ver algo que aparentemente a todos los demás se les había pasado por alto, incluida ella misma.

Para confirmar lo que creía haber detectado, cogió el segmento recortado del informe de Carl y pasó a cortarlo en trozos más pequeños; cada uno representaba un minuto del tiempo de la anestesia. Una vez que hubo terminado, cogió todos los trozos y los dispuso en una columna vertical, de forma que pudiera comparar unos con otros. Cuando lo hizo, lo que creía haber visto antes se hizo más patente. Había una clara periodicidad: el trazado se repetía. Cada minuto, el registro de los signos vitales se había reanudado en bucle, lo que significaba que el mismo segmento de un minuto se reproducía una y otra vez, desde el momento del desfase hasta que la saturación de oxígeno descendía súbitamente.

Cuando imprimió otra copia del informe de anestesia de Carl y cogió uno de los segmentos que había recortado, localizó el segmento que se repetía. Correspondía al periodo de tiempo inmediatamente anterior al desfase.

Se quedó pasmada. Por un momento, ni se movió ni respiró mientras la cabeza le daba vueltas. Lo que había descubierto era sin duda real, y sus implicaciones eran más que inquietantes. Una cosa tenía clara: desde el momento del desfase hasta el descenso del oxígeno en sangre, la máquina de anestesia no había estado controlando los signos vitales de Carl, sino que había reproducido continuamente el mismo fragmento normal, enmascarando lo que realmente le pasaba a su amado mientras los monitores indicaban que todo era normal.

—¡Dios mío! —dijo en voz alta.

Con las copias de los informes de Scarlett Morrison y Ashanti Davis, no tardó en determinar que ocurría lo mismo.

Cogió el teléfono móvil y marcó a toda velocidad el número de Michael. Esperó con el pulso acelerado mientras la conexión tardaba en establecerse. Consultó el reloj. Eran casi las once y media. Era tarde, pero su amigo solía quedarse levantado hasta medianoche. Descolgó al quinto tono.

—¡Eh! —saludó sin preámbulos, sabiendo que se trataba de Lynn—. Vlad está a punto de largarse. ¿Puedo llamarte dentro de un momento?

—Necesito hablar —respondió con una urgencia inequívoca.

—¿Estás bien?

—No estoy segura.

—¿Corres peligro de muerte en este instante?

Había un toque de sarcasmo en su tono de voz, cosa nada rara en él.

—No en sentido literal, pero acabo de descubrir algo que me ha sacado de mis casillas y que te va a dejar alucinado.

—Vale, pero dame cinco minutos. Enseguida te llamo.

Y colgó.

Ella también dejó el teléfono, un poco asustada después de que su cuerda de salvamento metafórica se cortase. Se movía despacio, aunque la mente le iba a mil por hora. Pese a las graves implicaciones de que las catástrofes anestésicas de Carl, Morrison y Davis no fueran accidentes ni episodios de negligencia profesional, le vino otra vez a la cabeza el problema añadido de la anomalía de las proteínas séricas.

¿Podían estar relacionadas la gammapatía y la repetición en bucle del informe de anestesia? No parecía posible, pero si había algo que Lynn había aprendido sobre el diagnóstico médico durante los cuatro años en la facultad de Medicina era que, aunque te enfrentases a un paciente con síntomas dispares y aparentemente no relacionados, la mayoría de las veces el problema de fondo era una sola enfermedad.

Escuchó un ruido repentino, no demasiado alto pero de algún modo extraño. Venía de la planta de abajo, de la sala de estar o del vestíbulo. Parecía más una vibración de toda la estructura de la casa que un simple sonido transportado por el aire. Intentó averiguar su origen y contuvo el aliento, escuchando atentamente. Lo primero que pensó fue que se había caído un libro.

Lo segundo que le vino a la cabeza fue que tal vez Pep había saltado al suelo desde un mueble, pero descartó a la gata como culpable cuando la vio profundamente dormida en la butaca junto a la chimenea. Le tranquilizó un poco ver que los agudos sentidos del animal no se habían alterado, pero su alegría no duró demasiado.

Sola en la casa grande y vieja, se había asegurado de cerrar bien y de echar el pestillo de la puerta principal cuando había llegado. Aunque había encendido varias luces durante sus tristes paseos, las había apagado todas. Que ella supiera, las únicas luces activas de toda la casa eran las dos lámparas de latón que reposaban sobre el escritorio delante de ella. Incluso los rincones del estudio estaban sumidos en las sombras.

Entonces hubo otro ruido, un tenue crujido. ¿Era producto de su imaginación debido a la sensibilidad exacerbada por no haber identificado el primer ruido? Casi al instante oyó una rápida serie de crujidos en el antiguo suelo de madera del vestíbulo, seguida de otra rápida serie de ruidos en la escalera. El miedo le provocó un estremecimiento al comprender que no estaba sola. ¡Alguien subía por la escalera!

Presa del pánico, cogió el teléfono móvil. Marcó rápidamente el número de emergencias, pero dudó si hacer la llamada. De repente se le ocurrió que ella era la intrusa, y que las personas que venían podían ser los padres de Carl o un vecino con la llave que sabía lo que le había pasado y había visto las luces encendidas del estudio.

Para su desgracia, esos pensamientos respondían más a la esperanza que a la realidad, y su indecisión le costó la oportunidad de pedir ayuda. Un momento después, una figura corpulenta vestida de negro, con un pasamontañas del mismo color, emergió del oscuro pasillo empuñando una pistola automática con silenciador. A Lynn le dio un vuelco el corazón.

Libro tercero

35

Martes, 7 de abril, 23.31 h

Darko había llegado a la parte meridional de la península de Charleston veinte minutos antes y había aparcado la furgoneta en South Battery. Ataviado con un largo abrigo Burberry y portando una pequeña cartera, se reunió con Timur, que había estado vigilando debajo de un gran árbol en Church Street, enfrente de la casa de Vandermeer.

Los dos inmigrantes rusos hablaban inglés con fluidez gracias a los cinco años que llevaban viviendo en Charleston, como Leonid, y a sus esfuerzos por aprender el idioma. Aun así, cuando estaban juntos preferían hablar en su lengua materna.

—¿Estaba la casa a oscuras cuando has llegado? —preguntó Darko mientras observaba el edificio.

Le gustaba que en el lado de la casa donde se encontraba la galería hubiera un solar vacío, los restos de lo que antaño había sido un jardín de diseño formal. Eso significaba que solo había un vecino cerca por uno de los lados, en lugar de por los dos.

—Sí —asintió Timur—. Pero entonces estaba en el coche y no podía ver todas las ventanas.

—¿Ha venido alguien de visita?

—No. Está sola. Al principio se movió mucho, encendió y apagó las luces de varias habitaciones, pero durante la última hora la única luz encendida ha sido la de la ventana del segundo piso.

Señaló con el dedo para asegurarse de que Darko veía la luz a través de las gruesas cortinas.

—Buen trabajo. Lamento el esfuerzo que has tenido que hacer. Yo me ocupo ahora. Puedes volver.

—¿No quieres que te ayude? —preguntó, incapaz de disimular su decepción porque su papel hubiera terminado.

Darko era una leyenda entre los numerosos empleados de vigilancia y seguridad de Productos Farmacéuticos Sidereal. Trabajar con él en un encargo que no se redujera a la simple vigilancia le habría permitido alardear.

—No hace falta —respondió—. Quiero hacerlo solo. Pienso pasármelo bien.

Timur se rio y asintió con la cabeza.

—¡Ya entiendo! La chica es un bombón.

Cogió lo que necesitaba de la bolsa y la dejó junto con el abrigo en un lugar seguro y accesible para recogerlos más tarde. Teniendo en cuenta la proximidad de los vecinos, ya que las casas estaban construidas unas al lado de otras, evitó la técnica de entrada normal con explosivos, de la que era partidario en general, y utilizó una barra Halligan, una herramienta con la que se había familiarizado en Estados Unidos y que solían usar los bomberos para abrir puertas cerradas. Él sabía que, utilizada correctamente, era casi silenciosa comparada con una carga explosiva.

Una vez franqueada la puerta, el cálculo del tiempo era primordial. Se movió silenciosa pero rápidamente, subió la escalera principal y se dirigió a toda velocidad a la habitación iluminada. Lynn estaba sentada al escritorio, sujetando un teléfono móvil.

Darko reaccionó automáticamente. Recorrió la distancia entre el pasillo y el escritorio en un abrir y cerrar de ojos y le arrebató el teléfono con la mano libre antes de que la chica tuviera ocasión de reaccionar. Lo lanzó a un lado, y el aparato rebotó en la alfombra y se deslizó a través del suelo hasta el rincón opuesto de la habitación.

Lynn empezó a chillar de terror, pero el grito apenas salió de su boca. Darko le asestó un brutal golpe de revés en cuanto se deshizo del teléfono. El golpe le dio de lleno en un lado de la cara, le hizo estallar las pequeñas venas del labio superior y de la nariz, y la derribó de bruces al suelo. La actividad y el ruido repentinos impulsaron a la gata a retirarse precipitadamente a otras zonas más seguras de la oscura casa.

Trató de levantarse para seguir a la gata y evitar el ataque relámpago que la había sorprendido en plena noche, pero sus piernas se negaron a colaborar. Cuando quiso darse cuenta, tenía un pie presionándole la región lumbar contra el suelo. Forcejeó para liberarse para poder respirar.

—¡Estate quieta! —susurró el hombre—. ¡O disparo!

Lynn relajó el cuerpo. El pie redujo la presión sobre ella.

—¡Date la vuelta! —le ordenó.

Hizo lo que le mandó, mirando a su agresor. Los únicos detalles que podía ver de él eran sus ojos oscuros y sus dientes amarillentos. Tras el pánico inicial que le había provocado la agresión, empezó a pensar cómo sobrevivir. ¿La oirían los vecinos si se ponía a gritar como una loca?

—Si chillas, disparo —gruñó Darko, como si le hubiera leído el pensamiento.

A continuación, sin previo aviso, alargó la mano y tiró del cinturón para aflojar el nudo del albornoz. La prenda quedó medio abierta y dejó al descubierto uno de sus pechos.

Lynn se tapó con un movimiento rápido de muñeca. Al mismo tiempo, se llevó la otra mano a la cara y se tocó el labio, hinchado y dolorido. Se miró los dedos, manchados de sangre. Sabía que también le sangraba la nariz.

Como si quisiera provocarla, Darko bajó el brazo con el que empuñaba la pistola y utilizó la punta del silenciador para descubrir otra vez el pecho. Esta vez no intentó volver a taparse. Tenía la impresión de que el hombre sonreía debajo del pasamontañas; es posible que la estuviera mirando con lascivia. ¿Quería violarla? Lo primero que pensó fue que tal vez el hombre que se alzaba por encima de ella se había enterado del estado de Carl, había entrado a robar en la casa y se había sorprendido al encontrarla a ella. Exceptuando a Michael, nadie sabía que estaba allí.

Controló el terror que sentía lo mejor que pudo, hasta tener la presencia de ánimo suficiente para comprender que su supervivencia podía depender de su astucia. Tal vez debía intentar hacer hablar al hombre. Tal vez debía fingir que colaboraba, que podía serle útil. Había notado su acento, pero su mente asustada todavía no lo había identificado, aunque le resultaba familiar.

—¡Quítate el albornoz! —ordenó Darko.

Dio un paso atrás y bajó la pistola a un lado.

Adoptando una falsa sonrisa, Lynn se incorporó y volvió a taparse.

—¿Por qué tan rápido? —preguntó.

Observó la pistola. Su objetivo era conseguir que el hombre dejara la pistola. Si lo hacía, tal vez pudiese huir. Con un poco de ventaja, podría escapar, porque conocía a fondo la casa, a diferencia del intruso.

—¡No juegues conmigo! —le espetó él.

—¿Por qué no? —preguntó arqueando las cejas.

Se levantó con paso tembloroso y se ciñó otra vez el albornoz, arrepintiéndose de no haberse vestido después de ducharse. Su desnudez era una desventaja en muchos aspectos y aumentaba su vulnerabilidad.

Se armó de valor para enfrentarse a lo que el hombre podía hacerle y se dirigió a la puerta. Se movió despacio a propósito, ganando estabilidad a cada paso. Todavía le resonaba el oído del golpe.

—¡Alto!

—Voy a buscar un paño húmedo para la cara —explicó ella, haciendo un esfuerzo supremo por hablar con normalidad—. Me sangra el labio, y eso no es agradable para ninguno de los dos. ¡Ven conmigo si quieres!

Ante su silencio, Lynn siguió avanzando y salió del estudio

al oscuro pasillo. Tenía una vaga idea para pillarlo desprevenido. Como esperaba, Darko la siguió de cerca.

—¿Dónde están las luces? —preguntó.

—No hacen falta. El cuarto de baño está aquí al lado.

Entró y encendió los apliques situados a cada lado del espejo. Se acercó al lavabo y observó su reflejo. Para proyectar una despreocupación que no sentía, evitó mirar a su asaltante, que se había detenido en el umbral. Examinó minuciosamente su labio partido con el dedo índice. La mayor parte de la herida estaba en el lado interior, causada por uno de sus dientes. La nariz había dejado de sangrar por sí sola.

—No es tan grave como pensaba —comentó mientras abría el agua fría—. ¿Necesitas usar el servicio?

No podía creer que estuviera haciendo esa pregunta. Darko no se molestó en contestar, pero a ella le dio la impresión de que estaba confundido.

Con una toallita empapada en agua fría pegada a la boca, pasó junto a él dándole un empujón y apagó la luz al salir al pasillo. En todo momento mantuvo una indiferencia que no sentía. El hombre desprendía un hedor a sudor y tabaco que le resultaba repulsivo. Darko no intentó detenerla y pareció ponerse nervioso cuando ella volvió al estudio. Se situaron cara a cara en medio de la habitación.

—¿Dónde quieres sentarte? —preguntó Lynn, como si el asesino hubiera venido de visita.

Con una brusquedad que la dejó sin habla, Darko agarró las solapas del albornoz, tiró de ellas hasta acercar la cara de la chica a escasos centímetros de la suya y prácticamente la levantó del suelo. Podía oler ahora su aliento caliente con olor a tabaco y su hedor corporal.

—Basta de gilipolleces —soltó con una ira indisimulada.

A continuación, le propinó un impresionante empujón que la lanzó hacia atrás contra el sofá situado enfrente de la chimenea. Lynn se golpeó la cabeza con fuerza contra el respaldo del sofá. De no haber sido por eso, habría sufrido un traumatismo cervical.

—¡Se acabó! —gruñó—. No más juegos.

—Lo que tú digas.

Se encogió de miedo, sorprendida por lo fuerte y despiadado que era el hombre. Su confianza cada vez mayor en su capacidad para controlar la situación y poder escapar se desvaneció en el acto y fue sustituida por una nueva sensación de terror absoluto.

—¡Escúchame, zorra! —le espetó.

Seguía empuñando la pistola, que ahora utilizaba para hacer gestos en el aire de una forma que le resultaba especialmente inquietante, con el dedo en el gatillo. El hombre se inclinó hacia delante e invadió su espacio. Pudo oler y notar otra vez su aliento caliente y fétido.

En un vano intento por protegerse, Lynn empujó hacia atrás el sofá, se tapó con el albornoz y se rodeó el torso con los brazos, abrazándose.

—Tú y tu amiguito habéis cabreado a mucha gente importante —gruñó Darko—. Esto tiene que acabar, del todo, o tendremos que mataros a los dos.

Hubo una pausa, pero él no se retiró. Permaneció con la cara enmascarada a escasos centímetros de ella, mirándola fijamente con sus ojos oscuros como si la desafiase a llevarle la contraria o a moverse y darle un motivo para dispararle. Lynn contuvo el aliento, paralizada.

—¿Entiendes lo que te digo? —siguió él, con algo menos de intensidad. Tras una breve pausa, añadió con renovada malicia—: ¡Dime!

Le propinó una bofetada que hizo que le resonaran los oídos.

Lynn se enderezó y asintió con la cabeza, incapaz de hablar. No podía apartar los ojos de los dientes amarillos del hombre, amontonados desordenadamente en su mandíbula inferior. Le aterraba que volviera a pegarle y que le golpeara con la pistola que seguía empuñando.

—Ya no te crees tan gallita —gruñó—. ¡Habla o te disparo!

Se retiró un poco y levantó despacio la pistola hasta que Lynn pudo mirar directamente el cañón del silenciador.

—¿Qué quieres que diga? —chilló.

—Quiero que digas que lo entiendes.

—Sí —consiguió decir—. Lo entiendo.

—¿Qué haces en esta casa?

—El señor Vandermeer y yo éramos amigos —explicó con voz temblorosa—. Me dio una llave. Tengo aquí cosas mías.

En ese momento Pep volvió a aparecer. Darko se sobresaltó y apuntó por un momento al animal con la pistola. La gata se dirigió despreocupadamente al sillón en el que había estado antes y se subió de un salto.

—¿Así que tú y el señor Vandermeer erais amantes? —Volvió a centrar su atención en la joven.

Bajó la pistola.

—Sí.

Le tranquilizó no tener delante el cañón de la pistola.

—Está bien. Me importa un carajo si erais amantes o no, pero de ahora en adelante dejarás la investigación del problema de la anestesia a las autoridades del hospital. Déjalo. ¿Entendido?

—Sí.

El asaltante se enderezó y se acercó al escritorio, dándole un respiro momentáneo. Utilizó el dedo índice de la mano derecha para mover unos fragmentos de los gráficos de la anestesia.

—¿Qué es esto? —preguntó—. ¿Estaba en el informe de anestesia de Vandermeer?

Lynn asintió otra vez con la cabeza. Se apoderó de ella un nuevo temor que le provocó un escalofrío en la columna. ¿Y si ese intruso se enteraba de lo que había descubierto hacía poco? Con lo importante que le parecía, sobre todo ahora que ese matón la estaba amenazando para que dejara de investigar, ¿la mataría en lugar de advertirla?

—¡Ven aquí! —ordenó.

Se puso en pie a regañadientes. Se sintió un poco mareada, pero se acercó al escritorio.

—¿Qué coño hacías cortándolo en trozos?

Vaciló, con la mente funcionando a toda velocidad. Sabía que tenía que hablar o el hombre la atacaría de nuevo, pero no quería decir la verdad. En lugar de ello, empezó a explicar que la máquina de anestesia controlaba los signos vitales del paciente y entró en detalles que conocía o se inventaba sobre la marcha. Durante más de cinco minutos, soltó un galimatías que habría enorgullecido a un auténtico esquizofrénico, sin revelar en ningún momento por qué había recurrido a las tijeras.

—¡Vale, vale! —gritó Darko—. ¡Cállate de una puta vez!

Le propinó un enérgico empujón que la lanzó dando traspiés contra el sofá. Se sentó, volvió a abrazarse y cruzó las piernas en un vano intento por sentirse protegida. Vio que él consultaba su reloj. Miró el de la repisa de la chimenea, preguntándose el motivo. Era más de media noche. ¿Esperaba a alguien más?

—Está bien, repasemos. Tú y tu amiguito vais a volver a dedicar todo vuestro tiempo a estudiar medicina. ¿Me explico?

Lynn asintió con la cabeza, aunque no sabía cómo iba a reaccionar Michael a las violentas amenazas de ese delincuente.

—Te advierto que si no obedecéis, os mataremos a los dos. Díselo a tu amigo.

Asintió de nuevo. Desde luego que se lo diría.

—¡Dilo!

—¡Sí!

—Ahora quiero comentarte otra consecuencia en caso de que desobedezcáis.

En ese momento reconoció el acento del hombre. Era ruso. Supuso que el miedo no le había permitido identificarlo antes. No tenía un acento muy marcado y hablaba inglés con mucha fluidez.

—Lo sé todo de tu familia. Sé dónde vive tu madre, Naomi, y en qué universidad estudian tus dos hermanas, Brynn y Jill. También lo sé todo de la familia de tu amigo. Si no obedecéis mis órdenes, los mataremos a todos. He matado a muchas personas en mi vida, y unas cuantas más no significan nada para mí. ¿Tenemos un trato?

Lynn palideció. Le creía a pies juntillas. Hasta entonces no le había pasado por la cabeza la idea de que sus actos pudieran poner en peligro a su familia y a la de Michael. Ahora, de repente, sabía que las cosas no eran así, y lo veía todo en un contexto mucho más peligroso.

—No hace falta que diga que las consecuencias serán las mismas si le dices algo a la policía. De hecho, si hablas con alguien que no sea tu amigo sobre nuestro encuentro, tú y todas las personas que he nombrado moriréis. ¿Ha quedado totalmente claro?

Asintió con la cabeza. No sabía si podría hablar.

—Y una cosa más —añadió—. Cuando hayamos terminado, quiero que te marches de esta casa y que no vuelvas.

—¿Por qué? —preguntó, recuperando el habla.

—No estás en situación de preguntar. Simplemente hazlo.

—Pero tengo que darle de comer a la gata.

Señaló con el dedo a la mascota dormida.

Lanzó una mirada de reojo, levantó la pistola, apuntó y disparó. Se oyó un susurro de impacto, y el cuerpo de Pep se sacudió. La gata levantó ligeramente la cabeza antes de desplomarse.

—Ya no hace falta dar de comer a la gata.

Lynn se quedó boquiabierta. No podía creer que ese matón acabara de disparar al animal.

—¡Ya está bien! —exclamó—. Es hora de divertirse.

Dejó confiadamente la pistola sobre el escritorio antes de volver al sofá. Se detuvo a un metro de distancia.

—Ahora quiero que te quites el albornoz.

Una sacudida recorrió el cuerpo de la joven. El espantoso episodio todavía no había terminado. Temía que volviera a pegarle si no obedecía, así que se desató lentamente el cinturón, sacó los brazos de la prenda y lo dejó caer alrededor de su cintura, de manera que siguiera cubriéndole la mitad inferior del cuerpo. Lo hizo sin despegar la vista de los ojos lascivos del intruso. El hombre era impredecible, con unos reflejos rapidísimos y una fuerza arrolladora, y tenía miedo de que explotase en cualquier momento si percibía la más mínima resistencia. Se sentía indefensa, una sensación nueva para ella. En el pasado, cuando en alguna ocasión había pensado en lo que haría en caso de sufrir una agresión sexual como a la que se enfrentaba ahora, creyó que su propia fuerza, su condición física y sus años de clases de kickboxing le serían útiles. Sin embargo, ya no abrigaba esa ilusión. El hombre la había intimidado por completo, y estaba claro que lo sabía, porque se sentía lo bastante seguro como para haber dejado la pistola.

—¡Del todo! —ordenó con los brazos en jarras.

Abrió el albornoz a regañadientes a través de su regazo y lo separó. Ahora estaba totalmente desnuda. A pesar del pasamontañas, sabía que ese hombre despreciable estaba sonriendo.

—Bien. ¡Ahora quiero que me la chupes!

36

Miércoles, 8 de abril, 00.07 h

Invadida de una sensación de repugnancia incontenible, Lynn tensó los músculos para levantarse del sofá y arrodillarse. Un torbellino de ideas se agolpó en su mente, como precipitarse a por la pistola, propinarle un cabezazo en la entrepierna o arrancarle el glande de un mordisco, pero el miedo a morir le impediría hacer nada.

De pronto, un grito agudo y desgarrador rompió el silencio, y pensó que se le iba a salir el corazón por la boca. Parpadeó y levantó los brazos para desviar un golpe que no llegó. El intruso salió disparado hacia delante, chocó con ella y la aplastó contra el respaldo del sofá. El hombre, que había estirado rápidamente los brazos a los lados de Lynn para parar la caída, dejó escapar un gruñido.

Durante unos segundos, la chica no pudo moverse ni respirar por el peso de la masa que se retorcía encima de ella. Un momento después se dio cuenta de que eran dos los hombres que la oprimían contra el respaldo del sofá, no uno solo, y que sobre ella se desarrollaba una pelea desenfrenada por el control. Alguien había entrado corriendo en la habitación y se había enfrentado al intruso.

A Darko también le había pillado por sorpresa el ataque desde atrás. Con su vasta formación y su experiencia en combate, sabía que se enfrentaba a alguien de su tamaño o más grande.

Empleó sus conocimientos en artes marciales para zafarse del agresor que lo había agarrado por el pecho y los dos cayeron al suelo. Un segundo más tarde estaba de nuevo en pie, pero también el agresor, que se precipitó otra vez sobre él. Estaba vez se enfrentaron cara a cara y lo estrujó con fuerza entre sus brazos. El recién llegado tomó impulso con las piernas y empujó a Darko hacia atrás, contra la pared de la habitación. El asesino pudo comprobar que estaba en lo cierto. El hombre era más corpulento y más musculoso. Y negro. Pero había una parte positiva: era evidente que ese hombre no había recibido entrenamiento en artes marciales y que contaba solo con su masa corporal y su fuerza.

¡Era Michael! Ignoró su desnudez, la estudiante saltó del sofá y corrió hacia el escritorio. Nunca había manejado un arma, pero le daba igual. Cuando llegó a la mesa, cogió la pistola con las dos manos e introdujo el dedo índice en el guardamonte. Se dio la vuelta, apuntó con la pistola a los dos hombres enzarzados en la pelea y corrió hasta situarse a unos pasos de distancia.

—¡Alto! —gritó.

No le hicieron caso. Estaban fundidos en un violento abrazo y forcejeaban el uno con el otro. Michael tenía los brazos de Darko sujetos a los costados.

—¡Alto! —volvió a gritar.

Disparó, para captar su atención, y el retroceso la pilló desprevenida. Había apuntado a un grabado enmarcado en la pared y dio en el blanco. La combinación del sonido amortiguado de la pistola y el tintineo del cristal hecho añicos hizo que los hombres se detuvieran. Michael soltó a Darko, que reaccionó como el profesional que era. Asestó un fuerte golpe de karate a Michael y, un momento después, desarmó a Lynn propinándole una terrible patada. Golpeó la pistola con el pie con tal fuerza que salió disparada y rebotó en el techo. El arma acabó cerca de la chimenea con gran estrépito, y el silenciador se rompió. Un momento después, Darko había desaparecido.

Todo había ocurrido tan rápido que por un momento los dos

amigos se quedaron estupefactos, sin poder moverse ni hablar. Solo se miraron. Michael se recuperó primero y salió volando de la habitación detrás del intruso. Lynn se quedó paralizada por un momento, sujetándose la mano entumecida.

Su salvador regresó a los pocos segundos.

—Se ha ido —dijo con voz entrecortada.

Lynn se le echó encima, sollozando aliviada y sin darse cuenta de que estaba desnuda.

—¡Espera, chica!

Apartó los brazos de su cuello y fue a por la pistola. Mientras tanto, Lynn recogió el albornoz amontonado en el sofá.

Inspeccionó el cargador de la pistola. Todavía quedaban balas de sobra. Desenroscó la parte rota del silenciador y la tiró a un lado. Sabía que la pistola estaba operativa.

Lynn se le acercó corriendo y lo abrazó de nuevo. Durante un minuto largo, simplemente se aferró a él y lloró. Después de lo que había pasado, Michael parecía caído del cielo. Un milagro.

—Tranquila.

El corazón le latía con fuerza en el pecho mientras su respiración recuperaba una apariencia de normalidad.

Por fin, se inclinó hacia atrás para poder mirar a Michael a los ojos.

—¡Gracias! ¡Gracias! Gracias —repitió—. ¿Cómo sabías que estaba en apuros?

—No lo sabía —reconoció él—. Pero no estaba dispuesto a que te quedaras sola. Parecías muy tensa por teléfono. Te he llamado en cuanto me he librado de Vlad, pero enseguida ha saltado el buzón de voz. Con lo tensa que parecías, he pensado lo peor, que te ibas a hacer algo. No sé. No le he dado más vueltas. He ido corriendo al hospital y he cogido un taxi.

—Menos mal que lo has hecho. Pero ¿cómo has sabido que tenías que entrar de golpe?

—No ha sido difícil. Cuando he llegado a la puerta principal, he visto que habían forzado la cerradura.

—¡Ese gilipollas estaba a punto de violarme! —dijo airadamente, conteniendo las lágrimas—. Has llegado justo a tiempo.

—¿Tienes idea de quién es?

—¡No! No he podido verle la cara con el pasamontañas. Pero puedo decirte una cosa que tal vez no te sorprenda. Tenía acento ruso.

—¿Por qué no iba a sorprenderme?

Estaba confundido.

—Ya verás cuando te cuente por qué ha entrado. Pero primero larguémonos de aquí cagando leches por si acaso él o uno de sus colegas vuelve. Me imagino que el muy capullo estará bastante cabreado contigo por interrumpir su fantasía. Iba a obligarme a que le hiciera una mamada.

—¿No llamamos a la policía?

—¡Ni hablar! —repuso—. Esto es mucho más importante que un allanamiento de morada o una violación. Tengo muchas cosas que contarte, pero primero déjame coger mi ropa. ¡Ven conmigo! No quiero estar sola. Y trae la pistola.

Volvió a toda prisa al cuarto de baño principal, donde había dejado sus cosas, y se vistió rápidamente.

Michael la siguió de cerca, con la pistola colgando a un lado.

—Si no lo denunciamos, podrían considerarnos cómplices —reflexionó—. Lo digo solo para que lo sepas. Y esta pistola podría ser comprometedora.

—A estas alturas me trae sin cuidado —respondió. Acto seguido, mientras se calzaba los zapatos, añadió—: ¿Has visto a la pobre gata de Carl en el sillón?

—No, ¿por qué?

—Ese cabrón le ha disparado sin ningún motivo. ¡Ha matado a la pobrecilla!

—Seguramente para intimidarte.

—Pues ha dado resultado. Ese tío es un sociópata narcisista, con todas las letras, eso sí puedo decírtelo. Ha presumido de todas las personas a las que ha matado.

—¿Llamo a un taxi?

—¡No! No quiero quedarme esperando a un taxi. Cogeremos el Cherokee de Carl. Volveré a traerlo dentro de un par de días. Pero antes de que nos vayamos, quiero recoger el estudio y sacar a la pobre gata de casa. No debe quedar ninguna prueba de lo que ha ocurrido. ¿Y la puerta principal?

—¿A qué te refieres?

—¿Está muy mal? ¿Se cerrará?

—La han sacado de una bisagra, y la jamba está rota cerca de la cerradura —explicó—, pero creo que puedo hacer que cierre.

—Solo tiene que parecer que no le pasa nada.

—Un momento —añadió. Se fijó por primera vez en la herida del labio de Lynn y en el verdugón de su pómulo—. Ese cabrón te ha hecho daño. ¡Déjame ver!

Ella lo disuadió con un gesto de la mano.

—No es nada. ¡Limpiemos este sitio y larguémonos de aquí!

37

Miércoles, 8 de abril, 00.37 h

Michael y Lynn no tardaron en salir de la casa. Ordenar el estudio fue fácil. Recogieron los cristales rotos, disimularon el orificio de bala del grabado para que solo fuera visible de cerca y enderezaron el marco en la pared. Después de una breve discusión, metieron a Pep en una bolsa de basura doble con la intención de buscar un cubo o un contenedor para deshacerse de ella. A Lynn le daba aprensión elegir, pero no se le ocurrió otra opción ante la presión del tiempo. La puerta principal supuso un reto mayor, pero entre los dos, ella tirando desde dentro y Michael empujando desde fuera, volvieron a fijarla en la jamba y la dejaron bien sujeta. La encajaron en sentido literal. Lynn tuvo que usar la puerta trasera para salir y reunirse con su amigo en el garaje.

La joven todavía temblaba por el calvario que había padecido, así que aceptó encantada el ofrecimiento de su amigo de conducir el coche. A varias manzanas de distancia, en una obra, encontraron un contenedor adecuado. En el último minuto, la pistola y el silenciador roto acabaron en la misma bolsa de basura que la gata. Se sintieron aliviados al deshacerse de todo.

En cuanto pusieron rumbo al norte, Lynn le contó lo que había pasado.

—El matón amenazó con matarme —empezó. Intentó no perder la calma, pero solo con pensar en el incidente se le aceleró otra vez el corazón. Se giró en el asiento para poder mirar directamente a su amigo. Los faros del tráfico que venía en el sentido opuesto brillaban a través del parabrisas y rielaban sobre su cara—. En realidad, amenazó con matarnos a los dos.

Michael le lanzó una mirada de sorpresa.

—¿Dijo mi nombre?

—No dijo tu nombre. Para ser exacta, dijo: «Tú y tu amiguito habéis cabreado a mucha gente importante».

—¿De verdad dijo «gente importante»?

—Fueron sus palabras exactas. Y añadió: «Os mataremos a ti y a tu amiguito si no dejáis la investigación del caso de Carl a las autoridades del hospital y volvéis a dedicar todo vuestro tiempo a estudiar medicina». Bueno, puede que esas no fuesen sus palabras exactas, pero se parecían bastante.

—¿Y habló en plural cuando amenazó con matarnos?

—Desde luego.

—Las expresiones como «gente importante» y el uso del plural hacen que esto parezca cada vez más una puta conspiración a gran escala.

—No podría estar más de acuerdo —convino ella—. Nos hemos tropezado con un avispero. Luego la conversación empeoró. Amenazó con matar a mi madre y mis hermanas si íbamos a la policía. Incluso sabía sus nombres y dónde viven. Para eso se necesitan recursos y contactos.

—¿Me incluyó en la amenaza?

—¡Sí! ¡A tu familia también!

Lynn movió la cabeza, incapaz de creer que todo eso estuviera pasando. Se dio la vuelta y miró hacia adelante. Se acercaban al centro comercial del Charleston histórico. Observó a los juerguistas, sorprendida de cuántos había a pesar de la hora. Ojalá su vida fuera tan sencilla.

—¿Por eso no querías llamar a la policía?

—En parte. El otro motivo es que es mucho más importante descubrir de qué va esta conspiración que pescar solo a ese psicópata de mierda. La idea de que «gente importante» esté implicada me deja de piedra. Se está cociendo algo gordo, y creo que tiene que ver con Productos Farmacéuticos Sidereal y su conexión rusa. Y ya sabes lo que opino de las empresas farmacéuticas.

—Ya sé que no eres una defensora del sector.

—Es una forma suave de decirlo, considerando que en realidad las odio.

Habló con la suficiente maldad como para que su amigo se volviese a mirarla.

—¡Venga ya, tía! La has tomado con la industria farmacéutica. ¿Qué pasa?

—¿Por dónde empiezo? —Suspiró y miró otra vez a Michael—. Sé que estamos de acuerdo en lo importante por las conversaciones que hemos tenido en el pasado, como la hipocresía de la industria farmacéutica. Quieren que la gente crea que su motivación es el bienestar público cuando, en realidad, son el máximo exponente del capitalismo desenfrenado.

—¿Te refieres a que justifican sus precios astronómicos alegando el dinero que supuestamente tienen que invertir en investigación?

—¡Eso es! —aseveró, indignada—. La realidad es que gastan más dinero en anunciar medicamentos que en investigación. Y eso sin contar el dinero que dedican a grupos de presión y políticos.

—Estamos de acuerdo en todo eso. Pero percibo mucha más inquina por tu parte.

—¿Te he contado alguna vez que mi padre murió porque no podía permitirse el medicamento que lo habría mantenido con vida?

—No, no me lo habías contado —respondió, sorprendido.

Sabía que Lynn no le había contado todo sobre su infancia. Como él, se guardaba cosas, pero después de todas las conversaciones que habían mantenido sobre la asistencia médica, le sorprendió que no hubiera compartido ese detalle sobre la muerte de su padre.

—¡Así es! Para seguir vivo tenía que tomar el medicamento

el resto de su vida, y cuesta casi medio millón de dólares al año. Es obsceno.

—¿De verdad?¿Hay un medicamento que cuesta quinientos mil dólares al año?

—Es un anticuerpo monoclonal, un tratamiento biológico, como el drozitumab que viste en el expediente de Ashanti. Mi padre perdió su trabajo en la crisis de 2008 y, a la larga, también perdió el seguro médico. Murió porque no podía permitirse pagar el medicamento.

—Qué putada —exclamó Michael—. ¡Qué putada más grande!

—¡Qué me vas a contar! El caso es que creo que Sidereal está haciendo algo execrable utilizando a pacientes del Instituto Shapiro para las pruebas clínicas. Aun así, me parece excesivo que recibamos amenazas de muerte por eso, a menos que estén de alguna manera detrás de los accidentes de anestesia.

—¿Para crear más sujetos, quieres decir? —Le horrorizaba la idea.

—Ya sé que parece demasiado ruin pensar algo así, pero ¿quién sabe? La única forma que se me ocurre de averiguarlo es entrar en el Instituto Shapiro. Por lo menos, cuando estemos allí, podré utilizar una de las terminales del centro de operaciones en red que visitaste y consultar sus datos. Por cierto, ¿qué tal te fue anoche con tu colega Vladimir?

Michael se rio entre dientes.

—Nos lo pasamos en grande. En serio, ese tío me da buen rollo y tiene buen corazón. Hasta me trajo un recuerdo, como había prometido. Tengo que enseñártelo. Es una muñeca matrioska. Hay unas quince, una dentro de otra, y la última es diminuta.

—¿Conseguiste el traje del Instituto Shapiro? —Lynn no tenía el más mínimo interés por la muñeca.

—No hubo problema. Tenemos dos, como querías, incluidos gorros y mascarillas.

—Con uno bastará. Creo que debería entrar sola. Todo esto es cada vez más serio y más arriesgado. Es mi batalla, por Carl.

—Ya hemos hablado del tema —le recordó Michael—. ¡Asunto zanjado! O vamos los dos o no va ninguno.

—Ya veremos. ¿Y la huella digital?

—Estoy seguro de que también la tengo. Se tomó un par de cervezas, y tuve cuidado con las botellas. Debería haber muchas huellas.

—Estupendo.

Pasaron por la rampa que llevaba al puente de Arthur J. Ravenel Jr., que conectaba con Mount Pleasant. Estaba señalizado con un gran letrero en lo alto. El nombre del pueblo le recordó el espantoso asalto del que se había enterado por la televisión en la sala de cirugía. La madre había sido paciente del Centro Médico Mason-Dixon y le habían diagnosticado una anomalía de las proteínas de la sangre. De repente, el confuso asunto de la gammapatía volvió a su saturada mente.

—Hay otro aspecto que me preocupa —comentó, tratando de ordenar sus pensamientos. Todavía estaba desconcertada y no se sentía del todo bien después de su suplicio con el matón ruso—. La gammapatía aparece continuamente. Antes de que ese cabrón entrara en la casa, me había enterado de algo curioso que no me explico. ¿Te acuerdas de las estadísticas sobre los diagnósticos de personas con gammapatía y mieloma múltiple del Centro Médico Mason-Dixon que conseguí en la oficina de informática?

—Sí, pero no de las cifras exactas.

—Las cifras exactas no importan. Lo importante es que el número de personas dadas de alta con esos dos diagnósticos es cinco veces mayor que la media nacional. ¡Cinco veces!

Michael asintió con la cabeza como si estuviera pensando en lo que Lynn acababa de decirle, pero no dijo nada.

—¿No te sorprende? —preguntó ella.

No podía creerse que él se tomase con calma esa información.

—Claro que me sorprende —reconoció—. A ver si me aclaro. ¿Estás diciendo que el número de personas que entró en nuestro hospital con una enfermedad no relacionada y salió con un diagnóstico de anomalía del suero sanguíneo es cinco veces superior a la media nacional?

—Es exactamente lo que estoy diciendo. Y, para colmo, la mayoría de esos pacientes son relativamente jóvenes, de treinta y tantos o cuarenta y tantos años, cuando la gammapatía suele aparecer en la población mayor, a partir de los sesenta años.

—Y los pacientes dados de alta con un diagnóstico de mieloma múltiple son cinco veces más comunes en nuestro hospital.

—Eso mismo te estoy diciendo.

—Vale, ¿cómo lo explicas?

—No me lo explico —le espetó—. Por eso te lo comento, joder.

—Vale, no te sulfures, chica. Estamos en el mismo barco.

—Perdona —se excusó.

Respiró hondo para calmarse.

—¿Estabas tan alterada cuando me llamaste por lo que has descubierto sobre la gammapatía y el mieloma múltiple?

—¡No, Dios! —soltó. Volvió a girarse para mirarlo y se golpeó la frente con los nudillos como si se castigara—. No puedo creer que me haya olvidado de contarte el descubrimiento más importante que he hecho. Los informes de anestesia muestran que el trazado se reprodujo en bucle en los tres casos.

Michael le echó un vistazo para asegurarse de que no le estaba tomando el pelo.

—¿Que se reprodujo? ¿Quieres decir que se repitió una y otra vez?

—Exacto. —Su voz reflejaba un súbito entusiasmo—. Desde el momento del desfase, en cada informe, el trazado se sustituyó en bucle por el minuto anterior a ese punto, cuando todo era normal. Eso significa que desde el desfase hasta que sonó la alarma de oxígeno bajo, la máquina de anestesia no estaba registrando los signos vitales del paciente en tiempo real. Los signos se interrumpieron, y el bucle creó la falsa impresión de que todo era normal.

—Estás hablando de algo muy serio.

—La pregunta es si pudo ser un fallo del software.

—No creo. Tienen que haberlo manipulado, y si es así, ¿quién lo hizo y por qué? ¡Hostia puta!

—Tiene que estar todo relacionado.

—¿A qué te refieres? —preguntó el joven.

Entró en los jardines del hospital y se dirigió al garaje de varios niveles.

—Lo que está pasando en el departamento de anestesia tiene que estar conectado de alguna forma con las anomalías de las proteínas.

—Me parece un poco cogido por los pelos —reflexionó.

—Al principio pensé lo mismo, pero recuerda lo que hemos aprendido el último año sobre los diagnósticos: aunque parezca que los síntomas no tienen ninguna relación, casi siempre corresponden a la misma enfermedad de fondo. Mi intuición me dice que nos vamos a encontrar lo mismo con las proteínas anormales y las catástrofes anestésicas.

—Si están relacionadas, no sé me ocurre cómo.

—A mí tampoco —reconoció Lynn—. Puede que esté delirando, pero no dejo de pensar que tengo que entrar en el Instituto Shapiro, aunque solo sea para acceder a los archivos.

—Los dos, hombre blanco —puntualizó Michael, haciendo otra vez referencia al chiste de Ron Metzner sobre el Llanero Solitario—. Somos un equipo, muchacha. No pienso dejarte entrar en el instituto sola. Si esto es una conspiración a gran escala, el riesgo aumenta.

—Si llegamos a ese punto, será decisión tuya. Todavía tenemos que superar el sensor de huella digital.

Dejaron el Cherokee de Carl en una plaza de aparcamiento para visitantes y atravesaron el campus del hospital hacia la residencia médica, un poco abrumados por lo que habían experimentado y los temas de los que habían estado hablando. Ninguno dijo nada, sobre todo cuando pasaron por delante del Instituto Shapiro, oscuro y casi sin ventanas. Los dos pensaban en Carl, encerrado en su interior. Se había convertido en algo personal.

Esos pensamientos eran los más duros para Lynn, ya que evocaban de inmediato una combinación de culpabilidad, ira paralizante y pérdida devastadora que amenazaban su vida en muchos sentidos. Tuvo que apartar la vista del enorme edificio de aspecto siniestro y obligarse a pensar en otra cosa.

—Supongo que voy a tener que hacer un esfuerzo para que parezca que vuelvo a ser una estudiante de medicina.

—¡Aleluya, tía! —exclamó—. Si nos enfrentamos a una súper conspiración y hemos puesto nerviosos a los implicados haciendo preguntas sobre Carl, tenemos que hacernos a la idea de que van a seguir vigilándonos.

—Parece orwelliano —masculló Lynn.

—Espero que eso signifique que piensas ir a la clase de oftalmología por la mañana.

—Supongo que no tengo elección.

Mientras subían en el ascensor, se apoyaron en lados opuestos, observándose.

—¿Estás bien? —preguntó Michael.

—Estoy para el arrastre —admitió ella—. Estoy destrozada y todavía no me encuentro del todo bien. Creo que nunca he estado tan cansada ni tan consumida. Me siento como si me hubiera atropellado un camión.

—¿Podrás dormir?

—Eso espero.

—Si te apetece, puedo buscar un somnífero extraviado.

—Te lo acepto. Y tengo otra cosa que pedirte.

—Tú dirás.

—¿Te importa si llevo mi colchón a tu habitación? No quiero estar sola esta noche.

—No hay problema, mientras no te aproveches de mí.

—Dadas las circunstancias, no le veo ninguna gracia.

—Perdón.

38

Miércoles, 8 de abril, 9.22 h

Lynn dejó el bolígrafo encima de la libreta de espiral. Había intentado tomar apuntes, pero no podía concentrarse. La horrorosa experiencia de la noche anterior y lo que había descubierto en los informes de anestesia distraían su atención. Para colmo de males, el profesor hablaba en el típico tono monocorde de la facultad de Medicina. Y por si eso fuera poco, el tema le parecía un auténtico peñazo. Con lo bonito que era el ojo en su estructura general, esos detalles tan minuciosos sobre la circulación retinal resultaban excesivos en relación con lo que ella tendría que saber cuando fuera una cirujana ortopédica. Aunque la cirugía ocular tenía la ventaja de ser breve y poco sangrienta, no entendía por qué su amiga Karen Washington quería estudiar oftalmología como especialidad. Después de pasar cuatro años aprendiendo sobre el cuerpo entero, le parecía que su ámbito de aplicación era demasiado limitado.

Además de su incapacidad para concentrarse, las seis horas de sueño no habían servido para sacudirle el aturdimiento. Seis horas eran lo habitual para ella, pero el sueño de la noche anterior no había sido del todo normal. Se tomó el comprimido de zolpidem que Michael le proporcionó. La falta de costumbre de tomar somníferos la hacían muy sensible a ellos, y siempre que tomaba uno le quedaba una especie de resaca residual.

Cuando se despertó esa mañana, poco antes de las ocho, en

su colchón tirado en el suelo de la habitación de Michael, él ya estaba en la ducha. El sonido del agua corriendo la había sacado de su sopor narcótico. No se levantó enseguida porque necesitó unos minutos en desenmarañar su cerebro e intentar poner en perspectiva lo que había ocurrido la noche anterior.

Durante su primer año de universidad el alcohol propició que se encontrara en un par de situaciones ligeramente problemáticas en las que sobrevoló la amenaza del abuso sexual, pero nunca había sufrido un incidente real. De hecho, no había vivido nada parecido hasta unas horas antes. La sola idea de lo cerca que había estado le provocaba náuseas. Nunca había agradecido ni valorado tanto la amistad, el tamaño y la fuerza de Michael. Si él no hubiera abandonado la prudencia la noche anterior al no poder ponerse en contacto con ella por móvil ni hubiera atacado al intruso, sabía que en ese momento se sentiría de forma muy distinta.

Asomó la cabeza en el cuarto de baño lleno de vapor de su amigo para gritarle que estaría lista para ir al hospital en media hora, recogió con cuidado las botellas de cerveza que había manipulado Vladimir y volvió a su habitación. Se aseguró de no tocar las botellas para evitar echar a perder las huellas digitales del ruso y las dejó en su mesa antes de meterse en la ducha.

En el trayecto de la residencia al hospital, Lynn y Michael comentaron la paranoia que producía el temor a estar siendo vigilados. A sus ojos, todo aquel que los miraba parecía sospechoso, incluso una pareja de jardineros que trabajaban en los parterres y que casualmente alzaron la vista cuando ellos pasaban.

Durante los primeros veinte minutos de la clase de oftalmología hizo todo lo posible por prestar atención, pero no le estaba dando resultado, así que cuando el profesor volvió a apagar las luces para mostrar otra serie de diapositivas, en esta ocasión sobre unos estudios angiográficos con fluoresceína del fondo del ojo, se inclinó hacia Michael, que ocupaba un asiento a su lado, cerca de la puerta.

—Me largo —susurró.

—Creía que el trato era que ibas a aparentar que volvías a ser una estudiante de medicina.

—La cabeza me va a mil por hora. No puedo estarme quieta y no me concentro. Tengo que hacer un par de recados.

—Lo que me preocupa es lo que puedas hacer. ¡No intentes entrar en el instituto sin mí o se me llevarán los demonios!

—No se me ocurriría. ¡Tómame bien los apuntes!

—¡Que te den! Quédate y tómalos tú. Yo tampoco me lo estoy pasando bien. Este tío quiere dormirnos.

No pudo por menos de sonreír. Echó un vistazo al profesor, que estaba de espaldas a los alumnos utilizando un puntero láser para señalar un detalle sutil, se levantó y se dirigió a la salida más próxima. Dejó la libreta de espiral sobre el brazo de la silla para que pareciera que iba a volver. Michael se la devolvería sin necesidad de que ella se lo pidiera.

Una vez fuera del aula, fue directa a los servicios. De ese modo, si alguien la estaba vigilando, el hecho de ir al baño no despertaría sospechas. Intentó descubrir por el camino si alguien se fijaba en ella. Nadie lo hizo.

Usó el lavabo y después se miró al espejo. Estaba muy demacrada. Tenía unas ojeras oscuras debajo de los ojos, y en el labio partido se le había formado una pequeña costra. También tenía unos cuantos capilares rotos en el pómulo que había intentado disimular con un poco de maquillaje. Utilizó una toallita de papel húmeda para quitarse la costra del labio.

A continuación se desenredó el pelo y volvió a sujetárselo con el pasador, en un intento por estar lo más presentable posible. Cuando salió de los servicios se dirigió hacia la zona general, buscando en la concurrida clínica a cualquiera que le prestara la más mínima atención. Salvo unos pocos pacientes que estaban esperando y reaccionaron al ver su bata blanca con la esperanza de que los fuera a recibir en la clínica de oftalmología, nadie pareció mirarla.

Decidió que no corría peligro y se dirigió al hospital. Desde que se había despertado solo podía pensar en los bucles que había descubierto en los informes de anestesia. Sabía que tenían que ser algo muy importante y que tenía que contárselo a alguien, cuanto antes mejor. Al principio pensó en el doctor Rhodes, pero descartó rápidamente la idea al recordar su sermón del día anterior. También le pasó por la cabeza que si había una conspiración a gran escala, existía una posibilidad de que Rhodes, como jefe del departamento de anestesia, estuviera involucrado de alguna forma. Creía que había pocas posibilidades, pero en cualquier caso las había. Al final decidió hablar con la doctora Wykoff. Después de pensarlo mucho, estaba de acuerdo con Michael en que la mujer estaba afectada por lo que le había pasado a Carl, y si eso era cierto, las posibilidades de que formara parte de la conspiración parecían nulas.

Cuando estuvo en medio del tumulto del hospital, Lynn se preocupó menos por si la vigilaban. Había demasiadas personas. Se dirigió al puesto de información que había cerca de la puerta principal, cogió un papel de carta y escribió una breve explicación sobre el bucle repetido que había descubierto en los tres casos. En la breve nota no figuraba nada más, ni siquiera una firma. Dobló el papel, lo metió en un sobre del hospital y lo cerró. En el exterior simplemente escribió: doctora Wykoff.

Volvió a los ascensores principales con el sobre en la mano. En la cabina abarrotada sintió un asomo de paranoia y se preguntó por qué narices no había subido por la escalera. Uno de los pasajeros era un guarda de seguridad uniformado que parecía mirarla fijamente. No estaba segura, pero le incomodó. El silencio tenso de los ascensores atestados siempre le había parecido un poco inquietante. Ese día en concreto se lo parecía todavía más. Se alegró de que el hombre no se bajase en la segunda planta con ella.

Su plan era sencillo. Averiguaría en qué quirófano estaba la doctora Wykoff y buscaría a una enfermera de rotación para que le llevara el mensaje. Llegó al extremo de quitarse la chapa de identificación de su bata blanca para mantener el anonimato.

Estudió el monitor de la sala de cirugía en el que figuraban todas las intervenciones de la mañana y buscó el nombre de la doctora Wykoff. Al no verlo, empezó otra vez desde arriba, hasta que se convenció de que no aparecía. Por lo visto, la doctora Wykoff no tenía programada ninguna operación esa mañana.

Maldijo su suerte entre dientes. Tenía entendido que los anestesiólogos más jóvenes, como la doctora Wykoff, tenían programadas intervenciones todos los días. No entendía por qué ese día era distinto. Se dirigió al departamento de anestesia, donde la habían conocido el día anterior. Como nadie respondió cuando llamó a la puerta, simplemente la abrió y miró dentro. La habitación estaba vacía, pero vio un casillero con una casilla para la doctora Wykoff.

Se planteó qué hacer. Prefería asegurarse de que alguien le entregaba la nota en mano a la doctora en lugar de dejarla allí con la esperanza de que la recibiera, pero finalmente aceptó lo inevitable, volvió al vestuario de mujeres y se puso un traje quirúrgico.

Aunque casi nadie se ponía la mascarilla hasta que estaba en el quirófano y comenzaba la intervención, Lynn se colocó una en el vestuario para ocultar su identidad, como había hecho el lunes mientras buscaba a Carl. No sabía si estaba siendo demasiado paranoica, pero le daba igual. Con la nota en la mano, entró en la zona de quirófanos y se dirigió a la mesa principal, donde reinaba una actividad frenética. A esa hora de la mañana, varios quirófanos se hallaban en la transición de los primeros casos del día y los segundos. Todo el mundo estaba ocupado.

Geraldine Montgomery, la enfermera jefe de quirófanos, sería la persona más indicada a la que preguntar por la doctora Wykoff, pero estaba siendo asediada por varias personas. Mientras esperaba, Lynn consultó la pizarra blanca por si había habido algún cambio. El nombre de la anestesista seguía sin aparecer. Cuando por fin se le presentó una oportunidad, dijo que estaba buscando a la doctora Wykoff.

—Tú y el resto de gente —respondió Geraldine entre risas—. ¡Ha desaparecido!

—¿Qué quiere decir?

No recibió una respuesta inmediata, sino que tuvo que esperar a que la enfermera le gritase a alguien a través del pasillo que dejase de perder el tiempo y llevase enseguida al paciente a la cuarta planta.

—Lo siento, cielo —se excusó, de nuevo con la mirada fija en ella—. ¿Qué has dicho?

Tuvo que repetir la pregunta.

—Por primera vez en no sé cuántos años, la doctora Wykoff no se ha presentado esta mañana. Ha sido tan extraño que el doctor Rhodes ha llamado a la policía. Al parecer, la doctora ha tenido una urgencia familiar. Ha hecho la maleta y está en paradero desconocido. Al menos eso nos han dicho.

Anonadada, Lynn estrujó el sobre, le dio las gracias a Geraldine, quien no contestó porque ya la habían requerido para otro asunto, y volvió al vestuario para quitarse la ropa quirúrgica. La información sobre Wykoff era totalmente inesperada y preocupante. Quería entregarle la nota para aliviar su culpabilidad por no revelar a nadie su extraordinario descubrimiento, pero el hecho de no poder hacerlo debido a la inusitada desaparición de la anestesióloga le disgustó todavía más, sobre todo porque no se le ocurría nadie más a quien contárselo.

39

Miércoles, 8 de abril, 11.02 h

Obligada a aceptar el enigma de la inesperada desaparición de la doctora Wykoff, Lynn sabía que soportar las prácticas en la clínica de oftalmología le resultaría tan duro como la clase, de modo que había decidido aprovechar el tiempo para conseguir el plano del Instituto Shapiro.

Volvió a sacar el Jeep de Carl del garaje y se dirigió al centro.

Le pareció un buen augurio encontrar una plaza de aparcamiento en Calhoun Street, justo enfrente de la Biblioteca Pública del Condado de Charleston, con tiempo de sobra en el parquímetro. Lo que la hacía tan propicia era que la biblioteca se encontraba al otro lado de la calle, enfrente del 75 de Calhoun, el imponente y relativamente nuevo edificio municipal que albergaba la comisión de urbanismo de Charleston.

Entró a toda prisa. Quería encontrar la oficina adecuada antes de la hora del almuerzo. Sabía por su experiencia con la burocracia de Atlanta, donde se había criado, que el mediodía era una hora que convenía evitar, ya que los funcionarios se mostraban cada vez más distraídos y menos serviciales. No tardó en descubrir que no tenía por qué preocuparse. La comisión de urbanismo no solo era fácil de encontrar, sino que las personas situadas detrás del mostrador enseguida le dieron la impresión de estar allí para ayudarle, sobre todo un tipo calvo, jovial y pintoresco llamado George Murray. El hombre llevaba unos tirantes de vivo color rojo para que no se le cayeran los pantalones a pesar de tener un abdomen especialmente abultado. Cuando vio la bata blanca de Lynn y dedujo acertadamente que era estudiante de medicina, la animó a que le diera el sermón de rigor sobre las posibles consecuencias perniciosas de su barriga cervecera.

—Me gusta la cerveza —confesó—. En fin, ¿en qué puedo ayudarte?

—Un arquitecto amigo mío me ha dicho que tienen planos de edificios públicos, como los hospitales.

—Siempre que el hospital esté en Charleston —puntualizó George entre risas—. Los planos tienen que haberse presentado y aprobado para conseguir la licencia de obra. Todo es de dominio público. ¿Qué hospital te interesa?

Lynn hizo una pausa para decidir cuánta información quería revelar. Lo que menos le interesaba era que llegara a oídos de la decana o de alguien de la facultad o el hospital que estaba en la comisión de urbanismo pidiendo esos planos en concreto, pero no veía ninguna forma de evitar el asunto.

—El Instituto Shapiro —mencionó. Esperaba no tener que arrepentirse.

El problema era que, sin planos, dudaba que pudiera rentabilizar el esfuerzo que le iba a costar entrar en el instituto, aparte de acceder a los historiales médicos electrónicos. Quería aprovechar al máximo las posibilidades de encontrar a Carl, cosa que podía no ser fácil entre unos mil pacientes a menos que tuviera una idea bastante aproximada de la distribución del lugar.

—Eso forma parte del Centro Médico Mason-Dixon —respondió el funcionario sin vacilar—. ¿Qué clase de planos te interesan?

—La verdad es que no lo sé —reconoció—. ¿Qué clase de planos tienen?

—Hay planos de planta, eléctricos, del sistema de climatización, planos de la instalación de agua... Lo que pidas, lo tenemos.

—Supongo que sobre todo me interesan los planos de planta.

—Veamos lo que hay disponible en el archivo.

Se ausentó solo unos minutos antes de volver con una carpeta muy grande de color borgoña atada con una cuerda.

George dejó la carpeta sobre el mostrador, la abrió y extrajo el contenido.

—Estamos digitalizando poco a poco nuestro fondo, pero tenemos mucho trabajo pendiente. —Rebuscó entre el material y al final localizó los planos de planta. Estaban grapados en un lado—. Aquí tienes. Sírvete tú misma.

Lynn hojeó algunas páginas. Había visto planos arquitectónicos antes y sabía algo sobre cómo interpretarlos. Enseguida le sorprendió que, aunque el edificio ofrecía una silueta relativamente baja, que hacía pensar que tenía de dos a tres plantas en comparación con el edificio del hospital contiguo, en realidad tenía seis plantas, cuatro de las cuales eran subterráneas.

—¿Cuál es la planta baja? —preguntó.

George dio la vuelta a los planos para poder leer la letra pequeña.

—Al parecer es este en el que pone quinta planta —explicó, comparando los planos de planta con sus correspondientes alzados. Pasó las páginas de los planos hasta el piso quinto—. No parece que tenga muchas puertas que den al exterior. Es extraño, pero seguro que el departamento de bomberos le dio el visto bueno. Debe de tener un sistema contra incendios muy bueno. ¿Qué clase de hospital es?

—Para personas en estado vegetativo.

Dio la vuelta a los planos y estudió la quinta planta, localizó la conexión con el hospital y encontró la sala de conferencias en la que había estado en segundo curso. También distinguió las tres salas de visitas y localizó la puerta por la que Michael había entrado en el edificio con Vladimir. Al fondo de un breve pasillo al otro lado de la puerta había una habitación con el rótulo CENTRO DE OPERACIONES EN RED. Supuso que era lo que Michael había llamado COR. Justo al lado había una sala para los servidores informáticos y, al otro lado del pasillo, un cuarto con el rótulo VESTUARIO. De momento, todo iba bien.

—¿Qué es el estado vegetativo? ¿Te refieres a personas en coma?

—Sí, pero no todas están en coma. Algunas tienen ciclos de sueño y vigilia, y por desgracia las familias suelen abrigar la esperanza de que despierten del todo. En fin, el hospital es para personas con daños cerebrales que no pueden ocuparse de sus cuidados más básicos. Todas necesitan mucha atención. Se requiere mucho esfuerzo por parte del personal de enfermería.

—Parece terrible.

—Lo es —convino Lynn.

Se fijó en que más allá del COR había un pasillo que daba a un gran número de salas. Algunas tenían rótulos como CUARTO DE SUMINISTROS. En muchas ponía SALA DE AUTOMATIZACIÓN. Una rezaba CONTROL DE AUTOMATIZACIÓN. Unas cuantas no tenían rótulo. Dos de las salas más grandes se llamaban GRUPO A y GRUPO B, y se podía acceder a ellas por el mismo pasillo. Recordaba que Michael había dicho que en la página principal del expediente de Ashanti ponía «Grupo 4-B 32». Dedujo que eran los espacios donde alojaban a los pacientes. Al parecer Ashanti estaba en la cuarta planta, o la primera planta subterránea del grupo B.

—¿A qué cree que hacen referencia el Grupo A y el Grupo B? —preguntó Lynn, simplemente para ver qué decía George.

—Ni idea —respondió él—. Pero te aseguro una cosa: son habitaciones de buen tamaño y parece que necesitan mucha electricidad.

—Son estrechas en comparación con este espacio abierto del medio.

La zona que estaba señalando era un gran rectángulo que ocupaba el centro del edificio. Alrededor de su periferia había un pasillo al que se podía acceder desde las agrupaciones.

George miró el espacio en el plano, pero parecía confundido. Dio la vuelta a los planos otra vez, pero no había nada que leer. Simplemente era un espacio en blanco. A continuación, sacudió la cabeza y dijo:

—No sé qué es a ciencia cierta. Tal vez sea un espacio abierto por arriba y por abajo. Miremos la cuarta planta. —El funcionario pasó la página—. Tenía razón. Sin duda en la cuarta planta hay una sala abierta por arriba, aparentemente hasta el techo. Es una sala enorme. Tiene un techo con una altura de tres pisos.

Lynn examinó el espacio con el rótulo RECREO y una puerta en cada extremo. Por lo demás, la cuarta planta se parecía a la quinta.

—¿Qué cree usted que es?

George se rascó la calva, con aspecto más confundido que nunca.

—Si tuviera que apostar, diría que un gimnasio. Si tuviera que ser más concreto, diría que una cancha de baloncesto. Ya sé que parece ridículo, pero las dimensiones son correctas. Sin embargo, no sé que son todos los cables del suelo.

—No puede haber una cancha de baloncesto en un hospital para pacientes comatosos —reflexionó la joven.

—Tal vez sea para los empleados. Ya sabes, para que se desahoguen un poco. Has dicho que es difícil cuidar de los pacientes vegetativos.

—Es posible. Veamos lo que hay en las otras plantas. —Retrocedió una página para ver el tercer piso. Era idéntico al quinto, con el espacio central abierto. Lo mismo ocurría en la segunda planta. La primera era exacta a la cuarta, con el espacio central con el rótulo RECREO y los mismos cables en el suelo.

—¿Dos canchas? —comentó Lynn con incredulidad.

—Una para hombres y otra para mujeres —propuso George con una risa que hacía pensar que no hablaba en serio—. ¿Por qué miras los planos? ¿Vas a visitarlo?

—Ya lo he hecho —Le explicó la visita restringida que les habían ofrecido a ella y a su clase—. Por desgracia, solo vimos una parte muy pequeña de la quinta planta. Obviamente, desde entonces hemos tenido curiosidad. Por eso quería ver los planos.

—¿Quieres ver algo más de esta carpeta? —preguntó, y señaló con un gesto el montón de papeles.

—¿Cree que alguno de los otros planos podría darnos una pista sobre lo que es realmente la cancha de baloncesto?

—¡No lo sé! —respondió. Sacó los planos eléctricos y los hojeó rápidamente—. No se me ocurre ninguna idea mejor sobre la cancha, pero te aseguro que todo ese sitio debe de estar muy automatizado. Me parece que hay suficiente electricidad como para hacer funcionar una fábrica. —Apartó los planos eléctricos y sacó los de la instalación de agua. Después de examinarlos, comentó—: ¡Vaya! Ese sitio también consume mucha agua. Las tuberías de entrada son enormes. Tal vez esas grandes salas no sean canchas de baloncesto, sino piscinas. ¡Es broma! —A continuación estudió los detalles del sistema de climatización. Volvió a quedarse impresionado—. Este hospital es muy interesante, jovencita. ¡Fíjate en esto!

Dio la vuelta a los planos para que Lynn pudiera leer las etiquetas.

—¿Qué estoy mirando?

A primera vista, los planos se parecían a los de planta, pero estaban cubiertos de toda clase de líneas de puntos, símbolos y rótulos parecidos a los de los planos eléctricos. Tuvo que inclinarse para leer algunos rótulos, que tenían escritas cosas como RETORNO DE LA PLANTA BAJA o INDUCCIÓN PRINCIPAL.

—Este sistema de climatización es impresionante. Incluye la calefacción, la ventilación y el aire acondicionado —explicó George—. Fíjate en el tamaño de estas tuberías, sobre todo las de las canchas.

Señaló con un dedo índice pequeño y regordete. Lynn no estaba segura de qué señalaba y le daba igual, pero no quería parecer indiferente considerando lo amable que estaba siendo aquel hombre. Agradecía que no se hubiera limitado a darle la carpeta y dejado que se las arreglara sola.

—Seguramente pueden cambiar el aire de las canchas cuando les da la gana —añadió—. Trabajé en una empresa de aire acondicionado antes de conseguir este trabajo. Tiene muchas más ventajas. No tienes ni idea.

—¿Por qué querrían cambiar el aire de las canchas tan rápido? —preguntó.

George se encogió de hombros.

—Es bastante habitual en las canchas bien diseñadas.

—Entonces, ¿está diciendo que en vista de estos planos del sistema de climatización, cree que esas grandes salas son realmente canchas de baloncesto?

—No sé lo que digo —confesó el funcionario—. Pero sí que veo que el sistema de climatización está conectado al sistema del hospital propiamente dicho. Allí es donde están las torres de refrigeración y todos los complejos sistemas de filtrado que los hospitales tienen que tener. Apuesto a que eso les ha ahorrado un montón de dinero.

—Muchas gracias. —Creía que había conseguido lo que necesitaba—. Ha sido usted muy amable.

—No todos los días tengo ocasión de ayudar a una estudiante de medicina tan guapa.

George le guiñó el ojo.

«¡Por el amor de Dios!», pensó Lynn, pero no lo dijo. Estaba echándolo todo a perder con su actitud condescendiente. Esperaba que no la invitase a una copa.

—¿Quieres copias de algún plano? —añadió, totalmente ajeno a su paso en falso.

—¿Es posible?

No se le había ocurrido la idea.

—Por supuesto. Hay que pagar una pequeña cantidad por usar la fotocopiadora, pero podría hacértelas ahora mismo, antes del almuerzo.

—Sería estupendo.

—¿Qué planos te interesan, aparte de los de planta?

Echó otro rápido vistazo a los planos eléctricos, los de la instalación de agua y los del sistema de climatización. Separó estos últimos del resto.

—Quizá estos.

De repente se le ocurrió un plan de contingencia. No sabía si podría entrar en el Instituto Shapiro, ni qué encontraría exactamente, pero era lo bastante realista para conocer los riesgos, y le gustaba la idea de contar con un plan alternativo.

—Enseguida vuelvo —anunció George con un nuevo guiño de ojo.

Esta vez no le importó.

40

Miércoles, 8 de abril, 12.00 h

Misha Zotov alzó la vista cuando la puerta del departamento de ingeniería clínica se abrió. Siempre insistía en ponerse en la mesa de trabajo más cercana a la entrada, le permitía controlar quién entraba y quién salía. Aunque Fyodor Rozovski era nominalmente el jefe del departamento, Misha era el responsable de las operaciones diarias y tenía que asegurarse de que todo el instrumental del hospital controlado por ordenador funcionaba perfectamente. Sabía que a menudo la atención de Fyodor estaba en otra parte, ya que también era el coordinador en la sombra de la seguridad del hospital.

Dejó el soldador cuando vio quién había entrado. Era Darko Lebedev, con los ojos enrojecidos y la apariencia de sentirse ligeramente indispuesto. Iba vestido como siempre, con un uniforme de la seguridad del hospital, tal como le habían recomendado que hiciese en las contadas ocasiones que acudía de visita. Misha miró el reloj antes de hablar en ruso:

—¿Dónde coño has estado? Llevo toda la puta mañana intentando ponerme en contacto contigo.

Darko se sentó en un taburete en la mesa al lado de Misha e hizo una mueca, como si tuviera jaqueca o le doliera la espalda. Él también habló en ruso.

—Anoche me acosté muy tarde y bebí mucho vodka en el Vendue. Leonid y yo habíamos quedado con las nenas rusas que trajisteis para vigilar a los dos anestesistas. Estuvieron quejándose de esos tíos. Dijeron que son unos idiotas aburridos, así que Leonid y yo consideramos que nuestro deber patriótico era hacerles pasar un buen rato, y eso hicimos.

—Según Sergei Polushin, tenéis que estar disponibles las veinticuatro horas del día. No es que os hagamos trabajar mucho.

—Aquí estoy —respondió Darko sardónicamente.

Seguro de su reputación y de la calidad de sus servicios, no estaba dispuesto a dejarse intimidar por gente de la calaña de Misha, a quien consideraba un simple *apparatchik*, un programador que le lamía el culo a Fyodor.

—¿Qué tal fue anoche? —quiso saber Misha—. Obviamente, necesitamos saberlo.

—Eliminar a la anestesióloga fue pan comido. Ningún problema en absoluto.

—Ya sé lo de la doctora —le espetó—. Me refiero a los puñeteros estudiantes de medicina. He hablado con Timur Kortev y me ha contado sus extrañas actividades de anoche y que ella terminó en casa de Vandermeer. Quiero saber si crees que con lo que hiciste bastará; tengo que decírselo a Fyodor. Quiere informar al director general del hospital.

—Diría que no fue muy mal —contestó Darko.

—«No fue muy mal» no me parece suficiente, amigo mío, sobre todo viniendo de ti. ¿Recibió el mensaje?

—Le advertí. Incluso le zurré un poco, pero no llegué a asustarla tanto como había previsto.

—¿Por qué no?

—Su amigo apareció en pleno fregado y se me adelantó. Para colmo, ella se hizo con la pistola, y tuve que largarme antes de que pudiera ocuparme de ella.

Misha lo miró fijamente con la boca abierta.

—No tuve opción. Si me hubiera quedado, habría tenido que matar al menos a uno de ellos, si no a los dos. Me fui por el bien del programa.

—Tal vez hubiera sido mejor que los hubieras matado.

—No iba a hacerlo sin saber qué era lo que Sergei o Fyodor habrían querido. El caso es que sabemos que recibió el mensaje.

—¿Cómo lo sabemos?

—Porque no han llamado a la policía. Le dije que me cargaría a sus hermanas y a su madre si lo hacía, y obviamente no lo ha hecho. Nos habríamos enterado.

—¿Tienes idea de qué hacía en casa de Vandermeer?

—Ella y Vandermeer eran amantes.

—¡Mierda! —exclamó—. Los de seguridad deberían haberlo averiguado antes de elegirlo como sujeto de prueba. Implicar a una estudiante es una cagada de tres pares de cojones. Ahora puede que haya que eliminarlos a ella y a su amigo igual que a Wykoff para arreglar esto.

—No hay problema, si es lo que tú y Fyodor queréis.

—El problema es que eliminar a una pareja de estudiantes de medicina relacionados socialmente dará lugar a toda una investigación, y eso es algo que ni necesitamos, ni nos interesa.

—Por eso no los maté anoche —insistió.

—Lo hablaré con Fyodor. —Misha estaba de mal humor—. De momento tendremos que vigilarlos de cerca. Lo dejo en tus manos. Cuenta con Timur. Ella no te reconocerá, ¿verdad?

—¿Qué crees que soy, un puto aficionado?

Miércoles, 8 de abril, 12.38 h

—Hay un montón de mesas libres contra la pared del fondo. Michael señaló con la cabeza en dirección al lugar.

Acababa de reunirse con Lynn en la cafetería después de que ella le enviara un mensaje de texto para citarlo allí. Ella venía de aparcar el Cherokee de Carl en el garaje y él llegaba de la clínica de oftalmología. Una vez más, notó el subidón de su amiga.

—Las veo —respondió Lynn—. ¡Vamos a sentarnos! Allí tendremos intimidad.

Llevaba un sobre de manila grande debajo del brazo y agarraba la bandeja con las dos manos. La cafetería estaba llena de actividad, con la clientela habitual de la hora del almuerzo. Solo hacer cola les había llevado casi un cuarto de hora. Rodeados de personas, algunas de las cuales eran conocidos suyos, no habían podido hablar de nada serio. Ella tuvo que morderse la lengua para no contarle lo que había hecho.

Justo cuando estaban a punto de sentarse, Ronald Metzner apareció de repente; los había divisado desde la caja.

—Hola, chicos. —Saludó y colocó su bandeja sobre la mesa, que era para cuatro—. Estáis de suerte. Ya veréis cuando escuchéis el chiste del día. ¿Sabéis el del...?

—Ronald —lo interrumpió Lynn—. Sé que esto te va a sorprender, pero ¿podemos dejar el chiste para más tarde? Michael y yo tenemos que hablar de algo en privado. ¿Te importa?

—Es cortito. —Ronald casi suplicaba—. Es muy gracioso.

—Por favor —insistió ella.

—Vale, vale. —Levantó la bandeja y buscó un público más receptivo en la sala—. Nos vemos luego —añadió, y se marchó.

—No me gusta nada hacer eso —confesó mientras su amigo se dirigía a la zona con sillas del exterior—. Ron tiene un punto triste.

—Sé a lo que te refieres —reconoció Michael.

—En fin, quiero enseñarte lo que he conseguido. —Sacó las fotocopias de los planos del edificio del sobre de manila. Habían sido reducidos al tamaño de un folio de 21,5 por 28 centímetros—. He ido a la comisión de urbanismo de Charleston para ver si encontraba los planos del Instituto Shapiro. Y he encontrado un filón.

Michael cogió el fajo de impresiones grapadas en la esquina superior izquierda y echó un vistazo a la primera página.

—Madre mía, hace falta una puñetera lupa.

—Es pequeño, pero legible. Tienes que acercártelo a los ojos. No se podían fotocopiar sin reducirlos.

Hizo lo que Lynn le aconsejó.

—Vale, ¿qué estoy mirando?

—Las primeras seis páginas son los planos de planta del Instituto Shapiro. Desde fuera, parece que el edificio tenga poco más de dos alturas, pero en realidad tiene seis. Hay cuatro bajo tierra. El piso en el que estuviste y que está conectado con el hospital es en realidad el quinto.

—Qué raro. ¿Por qué?

—Supongo que los diseñadores pensaron que a los pacientes no les interesaban las vistas. —Intentó poner una nota de humor—. Me imagino que es mucho más eficiente desde el punto de vista de la calefacción y la refrigeración. A lo mejor tampoco querían que el instituto destacase mucho. Tal como es ya parece bastante grande, sobre todo con tan pocas ventanas, pero nadie se imagina lo enorme que es realmente.

—Aquí hay más de seis páginas.

Hojeó todo el fajo antes de volver a la primera página para estudiarla más detenidamente.

—Hay doce. Las seis últimas son los planos del sistema de climatización.

—¿Los planos del sistema de climatización? —preguntó el joven con una sonrisa torcida y una exagerada expresión burlona—. Vaya, nos van a venir muy bien.

—No te hagas el listillo —le espetó Lynn. Le quitó los planos y los dejó sobre la mesa—. Puedes ponerte todo lo sarcástico que quieras, pero acuérdate bien de lo que te digo: este pequeño tesoro nos va a ser muy útil cuando entremos allí.

—Si es que entramos —la corrigió Michael—. Todavía tenemos que superar el obstáculo del sensor de huella digital.

—Me ocuparé de eso justo después del almuerzo.

—¡Y un cuerno! Hoy tenías asignados pacientes en la clínica de oftalmología. Esta mañana he tenido que atender a los míos y a los tuyos. No pienso cubrirte esta tarde en dermatología. Hemos tenido suerte de que no te echasen en falta esta mañana.

—Vale —aceptó en tono tranquilizador—. Podemos hablarlo.

—¡Ni de coña! —replicó él—. Decidimos que volverías a hacer vida de estudiante de medicina. Eso significa asistir a las clases y a las prácticas clínicas. ¿Entiendes lo que te digo?

—¡Vale! Está bien. —Posó la mano en el antebrazo de su amigo para tranquilizarlo—. No te enfades tanto.

—No me enfadaría tanto si tú cumplieras tu parte del trato. Tenemos a mucha gente poderosa encima de nosotros.

—Vale, vale, basta ya. —Señaló con un gesto los planos de planta y destacó las dos grandes salas denominadas GRUPO A y GRUPO B—. Aquí es donde creo que tienen a los pacientes en cada planta.

—¿Cómo lo sabes?

—Tú me dijiste que en el expediente médico electrónico de Ashanti ponía «Grupo 4-B 32». Creo que es su dirección como paciente, en vista del tamaño de estas salas. Creo que está en la cuarta planta, Grupo B, cama treinta y dos.

—Es posible —admitió.

Volvió a coger los planos y los sostuvo casi contra la nariz. Examinaba el plano de la primera planta.

—¿Te has fijado en la enorme sala del centro en la que pone «Recreo»?

—Es difícil no verla, incluso a esta escala. ¿Qué narices es? Nadie hace actividades de recreo en el Instituto Shapiro.

—El funcionario del departamento de urbanismo y yo hemos intentando averiguarlo.

—¿Está en todas las plantas?

—No, solo en dos, la primera y la cuarta, pero los techos tienen una altura de tres pisos. El funcionario cree que podrían ser gimnasios para el personal. Ha dicho que son del tamaño de canchas de baloncesto, quizá una para hombres y otra para mujeres. —Soltó una risita triste—. No hablaba en serio. Sean lo que sean, tendremos que ver lo que hay en ellas.

Michael asintió con la cabeza.

—¿Podemos comer ya? Me muero de hambre.

Comieron en silencio durante unos minutos. Lynn también estaba hambrienta, pero después de engullir su sándwich dijo:

—Cuando salí de la comisión de urbanismo me di cuenta de que estaba en el barrio del bufete de abogados donde trabaja el padre de Carl. Decidí pasar a ver si estaba disponible.

Michael dejó su sándwich y miró fijamente a Lynn con incredulidad.

—¿Lo has visto?

—Unos minutos. Tenía que irse a una comida de negocios, cosa que agradecí, porque así no me fue difícil despedirme.

—¿Qué coño le has dicho? Sabes de sobra que podríamos buscarnos un montón de problemas por no denunciar el allanamiento de morada en casa de Carl y alterar las pruebas.

—Lo sé, lo sé. No soy idiota. Le dije que tú y yo fuimos a casa de Carl a medianoche para dar de comer a la gata, que no se la veía por ninguna parte y que la puerta principal estaba hecha polvo, pero que no faltaba nada más aparte de la gata. Eso es todo. Bueno, también le avisé de que he estado usando el coche de Carl. Me pareció que debía saber lo de la puerta para que la hiciera arreglar.

—Eso no justifica el riesgo de hablar con él y decirle que estuvimos allí. ¿Y si denuncia a la policía lo que le ha pasado a la puerta y la policía quiere interrogarnos? Podría ser un problema. Podría ser más que un problema, porque tendremos que mentir.

—Le quité importancia a los daños e incluso insinué que probablemente haya sido un amigo de Carl preocupado por la gata que no sabía que yo le estaba dando de comer. Dudo seriamente que vaya a llamar a la policía. Tiene demasiadas preocupaciones, considerando el estado médico de su hijo.

—¿Por qué te arriesgaste?

—Porque había otras dos cosas de las que quería hablar con él. Primero, de Carl. Quería saber si les han informado de que tenía una anomalía temprana de las proteínas séricas.

—¿Se lo habían dicho?

—No, no se lo habían mencionado, cosa que me parece rara, porque una hematóloga ha hecho una consulta formal para investigarlo. Evidentemente, esa consulta figura ahora en el expediente médico electrónico. También quería preguntarle si él y su mujer iban a visitarlo. Le dije que si había alguna forma de que yo también pudiese ir, me gustaría acompañarles.

—¿Cuál es el segundo motivo por el que querías hablar con él?

—Preguntarle qué debíamos hacer si descubríamos que Productos Farmacéuticos Sidereal está haciendo ensayos de medicamentos poco éticos con pacientes sin que ellos lo sepan. No le comenté nada del Instituto Shapiro por motivos obvios, ni del bucle de los informes de anestesia y todo eso. Pero pensé que él sería la persona indicada para hacerle esa pregunta, porque fue fiscal del distrito al principio de su carrera y está bien relacionado con las autoridades, aparte de con la policía local. Pensé que él sabría lo que teníamos que hacer. Si esta es la clase de conspiración que sospechamos, tendrán muchos planes alternativos preparados si una pareja de tocapelotas como tú y yo interferimos.

—Ojalá me hubieras preguntado primero qué me parecía que hablases con él. Creo que ha sido precipitado y arriesgado, sobre todo después de lo de anoche.

—Vale, perdona. Estaba en la zona y pensé que debíamos estar preparados.

—Te creo, pero estamos juntos en esto. No te olvides. ¿Y qué te dijo?

—Que si descubrimos algo grave vayamos a decírselo. Como Sidereal es una multinacional con sede en Ginebra y hace negocios por todo Estados Unidos, él preferiría acudir al FBI y a la CIA.

42

Miércoles, 8 de abril, 23.38 h

—¿Qué opinas? —le preguntó a Michael.

Estaban sentados en el mismo banco un poco apartado del jardín interior que habían ocupado la tarde anterior, cuando Lynn lloró a lágrima viva al enterarse de que iban a trasladar a Carl. Esta vez, el cerco formado por árboles y arbustos había sumido al banco en las sombras. Había farolas de estilo victoriano repartidas a grandes intervalos a lo largo del sendero que iba del hospital a la residencia, pero ninguna lo bastante cerca como para iluminar demasiado el banco. Desde donde estaban sentados, podían ver la puerta del Instituto Shapiro por la que había entrado Vladimir cuando llevó a Michael a hacer una breve visita.

Consultó la hora en el teléfono. La luz del aparato iluminó brevemente su cara antes de que lo apagase con rapidez.

—Llevamos aquí más de cuarenta y cinco minutos —se quejó el joven—. Ya está. No creo que vaya a salir ni a entrar más gente.

—No ha habido mucho movimiento en el cambio de turno —reconoció Lynn.

Poco antes de las once de la noche habían visto entrar a seis personas. Un cuarto de hora más tarde habían salido otras seis. Todas llevaban monos del Instituto Shapiro. Oyeron una conversación, pero no distinguieron ninguna palabra aislada. Ni siquiera sabían si hablaban en su idioma.

—Me sorprende que no hubiera más gente —convino Michael.

—Me pregunto si hay empleados del instituto que vienen y van por el puente que conecta con el hospital principal. Cuesta creer que solo haya seis personas trabajando en los turnos de tarde y de noche. Eso significaría que solo hay una persona por planta.

—Algunos deben de usar el hospital. Es imposible que seis personas puedan cuidar de todos los pacientes en estado vegetativo, por muy automatizado que esté el centro. Es absurdo.

—No sé si es absurdo o no, pero no pueden estar bien atendidos. Más motivo para que no me guste la idea de que metan aquí a Carl, dejando de lado la posibilidad de que lo estén utilizando como conejillo de Indias en pruebas de medicamentos.

—El único aspecto positivo es que si solo hay media docena de personas en el turno de noche, podríamos entrar sin que nos pillen. Creo que, con un solo trabajador por planta, probablemente esté encargándose de la automatización y no se preocupe por los posibles intrusos. Así que si sigues decidida a intentarlo, este es el momento.

—Te está entrando miedo, ¿verdad?

—No más del que he tenido desde el primer día. Vamos a por lo que hemos venido y acabemos de una vez.

Se levantaron y se estiraron. Habían estado sentados casi una hora. Los dos observaron por un momento el Instituto Shapiro mientras enfilaban el sendero principal pavimentado. El oscuro y enorme edificio era incluso más intimidante de noche. Podría haber sido una tumba o un mausoleo. Lo que no veían era que otra figura había salido de las sombras y los seguía a considerable distancia mientras volvían a la residencia.

La tarde había sido difícil, casi dolorosa, para ella. Si la clase de oftalmología le había parecido aburrida, la charla de dermatología fue todavía peor. Aun así, perseveró. En un momento determinado, pensó seriamente en largarse, pero Michael lo intuyó y susurró:

—¡Ni se te ocurra!

De modo que había aguantado, y lo mismo con la clínica después de la clase.

Más tarde, en la cena, comieron con un grupo de amigos para aparentar que se comportaban con normalidad. En la mesa, Lynn expresó su reacción negativa a la oftalmología y la dermatología. Unas cuantas personas, incluido el propio Michael, pensaban como ella. Otros tenían ideas distintas. Dos de sus compañeros de cena comentaron que dentro de poco iban a hacer residencias en dermatología, de modo que no insistió.

Después de cenar, se excusaron y regresaron a la residencia, donde pasaron más de tres horas siguiendo las instrucciones que Lynn se había descargado de internet para engañar a sensores de huellas digitales en general, y sensores de huellas digitales de pulgar en concreto. Ya había conseguido el material necesario, que incluía una cámara digital de alta resolución que había pedido prestada, cola de contacto, cola de carpintero, una buena impresora láser y película transparente.

Experimentaron haciendo reproducciones de sus propias huellas y usando el portátil HP de Michael, que tenía sensor de huella digital, para ver si funcionaban. Habían sido necesarios varios intentos, pero al final lo lograron. El paso más complicado había sido pasar del negativo de la huella impresa en tinta negra sobre la lámina transparente a la positiva hecha con cola de carpintero. Pero habían perseverado hasta perfeccionarlo. Finalmente, sintiéndose relativamente seguros, se enfrentaron a las huellas de Vladimir e hicieron varias copias.

Cuando terminaron, pensaron ir corriendo a ver si las huellas de pulgar falsas abrían la puerta del Instituto Shapiro, pero decidieron esperar; en ese momento, las posibilidades de que los viesen eran demasiado elevadas. Intentarían entrar en el instituto después del cambio de turno de las once, cuando creían que habría menos gente circulando por el patio interior del centro médico.

Ahora, a medida que se acercaba la medianoche, Lynn y Michael se sentían cada vez más nerviosos mientras entraban en el ascensor de la residencia para subir a la habitación de ella y recoger toda la parafernalia que necesitaban para forzar la entrada. Para su desgracia, justo cuando la puerta del ascensor estaba a punto de cerrarse, entraron varios estudiantes que volvían de estudiar en la biblioteca. Reacios a hablar delante de otras personas, se mordieron la lengua y permanecieron callados. No estuvieron solos hasta que salieron del ascensor en su piso; entonces se abrieron las compuertas emocionales y repasaron entusiasmados el plan general que habían acordado llevar a cabo cuando entrasen en el instituto.

La prioridad era ir directamente al COR, intentar acceder al banco de datos del Instituto Shapiro y averiguar lo que pudiesen, incluido el paradero de Carl. Luego visitarían el grupo correspondiente. Después, tenían pensado ver el supuesto espacio de recreo en la primera planta o en la cuarta, la que les resultase más conveniente, ya que solo se podía acceder desde esos pisos.

—En mi opinión, la visita debería ser lo más breve posible —comentó Michael a medida que se acercaban a la habitación de Lynn, donde habían dejado el material—. Tenemos que ser rápidos. ¡Nada de retrasos! Cuanto más tiempo estemos allí dentro, mayor será el riesgo. ¿Entiendes lo que digo?

—Por supuesto. Es evidente, pero estoy decidida a sacar lo que necesitamos del ordenador del instituto con la clave de acceso de Vladimir. Puede que nos lleve unos minutos, y no quiero que me estés pinchando. Tenemos que descubrir cuántas muertes ha habido en el Shapiro desde que se abrió, y el motivo. También quiero saber cuántas personas se han recuperado lo suficiente como para recibir el alta. Es importante, porque gracias a todo lo que he leído sé cuáles deberían ser las estadísticas.

—Y queremos averiguar el paradero de Carl —añadió su amigo.

—Evidentemente. Eso determinará a qué grupo iremos. ¿Querrás visitar a Ashanti?

—No necesariamente —respondió.

Lynn abrió con llave la puerta de su habitación y entró. Michael la siguió y cerró la puerta.

—Bueno, creo que es hora de que nos vistamos para la ocasión.

Intentó añadir un toque de humor para aliviar su creciente inquietud.

Su intuición le decía que iban a descubrir algo perturbador si conseguían entrar, pero también le recordaba que si los pillaban, se iba a liar una buena. No estaba de acuerdo con Michael, quien confiaba en que solo recibirían un manotazo en la muñeca por ser estudiantes de medicina.

Sin más discusión, se quitaron la ropa y se pusieron los monos del Instituto Shapiro que Vladimir les había proporcionado. Se miraron al acabar. Lynn se rio la primera, pero Michael no tardó en hacer otro tanto.

—El tuyo es demasiado pequeño —comentó Lynn—. Perdona por reírme.

—Y el tuyo demasiado grande —replicó él—. Puedes estar tranquila: nadie va a acusarnos de ir disfrazados.

—Bueno —dijo Michael—. Vamos a dar caña.

Los dos se pusieron unos chubasqueros largos sobre sus peculiares uniformes. No querían que ningún compañero los viese y les preguntase por sus trajes. Cogieron un sobre con una de las huellas de pulgar falsas. Lynn se metió los planos de planta grapados en uno de los muchos bolsillos que tenía el mono.

Casi habían salido por la puerta cuando Lynn se acordó de otra cosa.

—¡Un momento!

Un instante después volvió blandiendo un destornillador.

—¿Para qué es eso? —preguntó Michael.

—Si te lo digo, te burlarás de mí.

Cerró la puerta y se aseguró de que había echado el cerrojo. Normalmente le daba igual, pero con la cámara digital de alta resolución de otra persona encima de la mesa, no quería que nadie entrase.

Se dirigieron a los ascensores.

—¿No vas a decirme para qué es el destornillador?

—No —replicó—. Te conozco perfectamente. Te lo diré luego, cuando volvamos a la residencia.

—Como quieras —claudicó.

Bajaron solos en el ascensor.

—Me estoy poniendo un poco nerviosa, hermano.

—No estás sola, hermana.

En la planta baja había unos cuantos estudiantes comprando en las máquinas expendedoras y charlando en pequeños grupos. Hicieron como si no los viesen y salieron. No era raro que los estudiantes de medicina de tercero o cuarto salieran de la residencia a esas horas, a menudo porque los requerían en el hospital, y nadie les preguntó adónde iban. En una relativa oscuridad, entraron en el patio interior del centro médico y siguieron el sinuoso sendero que llevaba hasta el edificio de la clínica y el hospital principal situado detrás. La luz procedente de las ventanas del centro médico impedía ver las estrellas. A la izquierda, el Instituto Shapiro surgió de la oscuridad.

Entrando y saliendo con paso rápido de los charcos de luz arrojados por las farolas victorianas, se acercaron al desvío hacia el Instituto, aproximadamente a medio camino entre la residencia y el edificio de la clínica. Estaba a su izquierda. Enfrente, a la derecha, un breve tramo del sendero se desviaba hacia el banco en el que habían estado sentados hacía poco para observar el cambio de turno. No podían ver el banco, totalmente oculto por las sombras.

Los estudiantes se detuvieron, miraron delante y luego detrás. Los dos se quedaron decepcionados al ver una figura que venía en dirección a ellos, aparentemente desde la residencia. Un momento después, el individuo penetró el cono de luz de una de las farolas. Advirtieron que era un miembro uniformado del personal de seguridad.

—¿Qué hacemos? —preguntó Lynn con ligera inquietud.

No querían llamar la atención, y es posible que lo hicieran quedándose allí.

Michael señaló a la derecha.

—Volvamos al banco. Le dejaremos pasar. ¡A lo mejor cree que hemos venido a enrollarnos!

Lynn no pudo evitar sonreír a su pesar.

Tardaron veinte segundos en llegar al banco. Se sentaron. Rodeados de arbustos por los dos lados, al principio no podían ver al guarda de seguridad, pero al cabo de menos de un minuto apareció y se detuvo un momento, mirando en dirección a ellos.

—Podría vernos —susurró Lynn—. ¡Bésame! ¡Que parezca de verdad!

Michael obedeció, rodeando con sus grandes brazos los hombros relativamente estrechos de Lynn. Fue un beso ininterrumpido. Los dos cerraron los ojos.

Después de casi un minuto, se aventuraron a mirar atrás, hacia el sendero principal. El guarda de seguridad había desaparecido. Dejaron de abrazarse.

—Ha funcionado —susurró Michael.

—¡Qué sacrificio! —bromeó ella.

—Prometamos que no volveremos a hacerlo —respondió él siguiendo con la broma—, pero debe de haber sido convincente porque ha decidido no molestarnos.

Lynn asintió con la cabeza, pero no contestó de forma audible. Estaba absorta mirando la silueta del edificio del Instituto Shapiro recortada contra el cielo negro. Su intimidante aspecto le estaba haciendo debatirse con su intuición, que ahora le decía algo muy distinto de lo que le había dicho en la seguridad de su habitación. Ahora insistía en que no debían entrar. Pero esa no era la única voz interior que reclamaba su atención. Al mismo tiempo, otra parte de su cerebro le gritaba que tenía que ver cómo estaba Carl; tenía que averiguar de una vez por todas cómo lo estaban atendiendo y si estaba siendo utilizado como sujeto de experimentos. Era un tira y afloja alimentado por la ambivalencia.

—¡Está bien! —exclamó Michael con excitación, ajeno a la repentina indecisión de su amiga—. Hagámoslo rápido y bien.

—Se levantó de un salto, pero se fijó en que Lynn no se movía—. ¿Qué pasa, chica? ¿Lista para avanzar?

Ella se puso en pie. Su vacilación disminuyó frente al entusiasmo de Michael

—Estoy lista, creo.

—¡Vamos allá!

Se movió rápido. Lynn casi tuvo que correr para alcanzarle. Cuando llegaron a la puerta, Michael levantó la tapa protectora del sensor de huella digital con la falsa huella dactilar del ruso ya colocada en su propio pulgar. Presionó con ella contra la pantalla táctil, pero no pasó nada.

—Joder. No funciona.

—Déjame probar con la mía.

Cambiaron rápidamente de lugar. Lynn se puso la falsa huella en el dedo y presionó con ella contra el sensor. ¡Nada, otra vez!

—¡Me cago en la puta! —espetó Michael.

Volvió la vista hacia el sendero con inquietud, temiendo que pudieran observarlos mientras vacilaban en la puerta. Estaban a plena vista desde el sendero.

—¡Espera! —exclamó la joven—. Recuerdo haber leído que a veces hay que calentarla.

Abrió mucho la boca y se introdujo el pulgar, teniendo cuidado de no tocar la capa de cola de carpintero flexible y gomosa con los dientes ni la lengua. Espiró por la boca y tomó aire varias veces. A continuación intentó presionar otra vez con él en el sensor.

Se oyó un clic. Empujó la pesada y sólida puerta con el hombro, y esta se abrió.

—¡Aleluya! —celebró Michael.

Un momento después, los dos estudiantes estaban dentro, parpadeando contra el resplandor del blanquísimo vestíbulo, iluminado de forma uniforme por unas luces led que atravesaban el techo translúcido. Lynn cerró la puerta de inmediato. Se oyó otro clic cuando la palanca de desbloqueo encajó. En ese momento ambos se pusieron los gorros y las mascarillas del instituto.

Cuando Michael miró arriba vio sujeto al techo, a unos seis metros al fondo del pasillo, lo que en su primera visita le había parecido una cámara de vídeo. Se la señaló a Lynn y susurró:

—¡Será mejor que nos quitemos los chubasqueros!

Su amiga ya estaba buscando el quinto piso en el plano.

—No hace falta plano. El COR está todo recto, a la derecha. ¡Date prisa!

—Hay un vestuario a la izquierda —anunció ella, sin dejar de estudiar el plano mientras empezaban a avanzar—. Tal vez deberíamos dejar los chubasqueros allí, y no aquí, en el vestíbulo.

—Yo voto por dejarlos estar. Nos arriesgamos demasiado a encontrarnos con algún empleado en el vestuario, donde terminaríamos teniendo que entablar una conversación y nos delataríamos como intrusos antes de empezar. Esperemos llegar muy lejos con estos trajes.

—Puede que tengas razón —aceptó.

Miró la cámara de vídeo al pasar por debajo, preguntándose si los estarían vigilando. Confiaba en que no, porque eso significaría que su visita sería breve.

Caminaron a buen paso hasta llegar a la puerta corredera que llevaba al COR.

43

Jueves, 9 de abril, 00.22 h

Misha Zotov tenía fama de disfrutar de un sueño profundo, sobre todo después de haber dormido muy poco la noche anterior, y el tono de llamada de su móvil era demasiado melodioso como para arrancarlo de los brazos de Morfeo. Para colmo, se había pasado la tarde bebiendo bastante más vodka de lo acostumbrado. Beber en exceso era su método para lidiar con el estrés, que en los últimos días estaba siendo superior a lo habitual debido a las amenazas que estaban poniendo en peligro el programa de los medicamentos biológicos. Todo iba sobre ruedas hasta hacía más o menos un mes. Lamentablemente, la situación había cambiado drásticamente, sobre todo durante la última semana. Su más reciente quebradero de cabeza, y posiblemente el peor, se debía a la metedura de pata de Darko con los dos estudiantes de medicina.

Después del cuarto tono, Misha consiguió espabilarse lo suficiente como para reconocer el sonido. Le costó un gran esfuerzo coger el teléfono de la mesilla de noche. Al hacerlo, le echó un vistazo al reloj y soltó un juramento en voz alta. Parpadeó rápidamente para enfocar la vista y poder ver quién lo llamaba. Cuando comprobó que se trataba de Darko Lebedev, empezó a soltar juramentos otra vez.

Se llevó con brusquedad el teléfono al oído y se dejó caer sobre la almohada.

—Más vale que sea una buena noticia —gruñó en ruso.

—Lo es —le aseguró Darko, que parecía extrañamente alegre—. Muy inesperada pero buena: los estudiantes de medicina se han encargado de sí mismos.

—¿Qué narices estás diciendo?

—Timur y yo hemos estado vigilándolos desde que hablamos esta tarde. Al principio parecía que se comportaban con normalidad y aparentemente no han hablado con nadie de mi visita de anoche. Pero por la noche han salido al jardín del hospital a eso de las diez y media y han estado sentados una hora a oscuras en un banco apartado desde el que se ve la puerta del Instituto Shapiro.

—¿Crees que estaban observándola?

—Nos ha dado esa impresión, porque ha sido durante el cambio de turno.

—¿Y a qué viene eso de que se han encargado de sí mismos?

—La cosa mejora. Cuando dejaron su punto de observación, pensamos que ya habían terminado. Entonces, para nuestra sorpresa, Timur me llamó para que regresara porque volvieron a aparecer un poco más tarde, vestidos con unos chubasqueros. Volvieron al mismo banco y después de enrollarse un poco, se acercaron a la puerta del Instituto Shapiro. No teníamos ni idea de lo que planeaban. ¡Y vimos asombrados que abrían la puerta y entraban!

Misha se incorporó de golpe y destapó a la mujer que le acompañaba esa noche.

—¿Cómo coño abrieron la puerta?

—No lo sabemos. Al parecer, engañaron al sensor de huella digital, lo que no es tan difícil.

—Es estupendo. Es como si los peces saltaran dentro de la barca.

—Pensé que te alegrarías.

—¡Escucha! Llama a quienes estén ahora al cargo de la seguridad. Diles que he autorizado el cierre de emergencia del instituto hasta nuevo aviso. Que cierren electrónicamente la puerta exterior y también la que conecta la zona de visitas con el hospital.

—Ya lo he hecho —le informó el matón—. El Instituto Shapiro está totalmente clausurado, y eso incluye todas las comunicaciones con el mundo exterior salvo la línea de emergencia del centro de control. ¿Quieres que Leonid y yo entremos y nos encarguemos de ellos?

—¡No! —Salió de la cama de un salto—. Me pondré en contacto con Fyodor. Consultaremos al doctor Rhodes y a la doctora Erikson. Ya se nos ocurrirá una forma de añadir a esos pesados a la lista.

—Avísame si cambias de opinión después de hablar con Fyodor. Leonid y yo estaremos encantados de hacer lo que sea necesario.

—De acuerdo —se despidió—. ¡Buen trabajo!

Colgó y buscó el número de Fyodor en sus contactos. Unos segundos más tarde, oyó que el teléfono sonaba. Sabía que se pondría de un humor de perros cuando lo despertase, pero también que se alegraría de lo que tenía que contarle.

44

Jueves, 9 de abril, 00.33 h

Lynn miró a Michael, que a su vez estudiaba la pantalla del monitor por encima de su hombro. Se encontraban en el COR del Instituto Shapiro, tan vacío como esperaban, de acuerdo con los comentarios de Vladimir. Lynn estaba sentada ante una de las terminales. No había tenido problemas para acceder a la red del instituto empleando el nombre de usuario y la contraseña del ruso; una vez conectada, introdujo el nombre de Carl. Apareció su página principal, que según Michael tenía el mismo aspecto que la de Ashanti, incluso con la misma ubicación aparente: el Grupo 4-B, pero con un número distinto. El de Carl era el sesenta y cuatro, mientras que el de Ashanti era el treinta y dos. Otra diferencia era que no ponía DROZITUMAB +4 ACTIVO, sino ASELIZUMAB PRELIMINAR.

—¿Qué opinas? —preguntó la joven.

—Creo que es muy práctico que los dos estén en el Grupo 4-B y que el número debe de ser el de su cama, como tú dijiste. Podemos buscarlos a los dos.

—Me refiero a la referencia del aselizumab.

—Supongo que van a darle aselizumab, sea lo que sea.

—Tendremos que buscarlo luego en internet—. Al menos sabemos que la «ab» del final hace referencia a un medicamento biológico.

Salió de esa pantalla y a continuación preguntó cuántas muertes había registradas en el Instituto Shapiro desde su inauguración en 2007. La respuesta apareció en una nueva ventana: treinta y una.

—Es increíble —comentó Lynn—. ¿Crees que es cierto?

—El sistema tiene un acceso muy restringido. ¿Por qué no iba a ser cierto?

—Si es una estadística verdadera, deben de estar haciendo algo bien. —Estaba impresionada, incluso un poco aliviada—. Hace dos años, cuando estuvimos de visita, se habían producido veintidós muertes en seis años, pero tenían un censo bajo, una parte de su capacidad potencial. Ahora debe de estar completo y solo han tenido nueve muertes en dos años. Es fenomenal.

—¡Averigua el censo actual! —propuso Michael.

Se volvió otra vez hacia la pantalla e introdujo la pregunta. La respuesta apareció al instante: novecientos treinta y un pacientes de mil doscientos posibles.

—Aquí lo tienes. ¡Tienen casi mil pacientes! Y si pierden menos de cinco pacientes al año, es una estadística increíble. Mientras investigaba el lunes por la noche descubrí que la mortalidad de la gente en estado vegetativo es de entre el diez y el cuarenta por ciento al año. Aquí están consiguiendo menos de un uno por ciento, si no me equivoco en los cálculos.

—No te equivocas —le aseguró Michael—. De hecho, es menos de la mitad de un uno por ciento. Es una publicidad muy buena para la automatización, que según nos explicaron es la clave del instituto.

—Te lo he dicho, tienen que estar haciendo algo bien. Es todavía más impresionante si han estado utilizando a los pacientes para hacer pruebas de medicamentos.

—¿Cuál dijiste que era la principal causa de muerte de los pacientes en coma?

—La neumonía y otras infecciones derivadas de la úlcera de decúbito. Se debe a la inmovilidad de los pacientes.

—Tal vez reducir las visitas al mínimo funciona de verdad.

Es como las precauciones inversas para las personas inmunodeficientes.

Lynn asintió con la cabeza. Su amigo tenía razón, aunque la política de visitas le molestaba desde el punto de vista personal en lo referente a Carl.

—Veamos la otra cara de la moneda —continuó— y comprobemos cuántas personas se recuperaron lo suficiente como para recibir el alta. Recuerda que los traumatismos son una de las principales causas del coma y que alrededor de un diez por ciento de los pacientes se recuperan lo bastante para volver a casa.

Michael se enderezó de repente y miró atrás, hacia el pasillo.

—¿Qué pasa? —preguntó ella.

Estaba tan concentrada en sus indagaciones que se había olvidado de dónde se encontraban.

—Me ha parecido oír algo.

Escucharon atentamente, casi sin respirar, durante unos instantes. Solo oyeron el zumbido del potente sistema de ventilación.

—No oigo nada sospechoso.

—Yo tampoco —convino el joven—. Deben de ser imaginaciones mías. —Consultó nerviosamente el reloj—. Será mejor que nos larguemos de aquí. Alguien se enterará de que estamos accediendo a las estadísticas en mitad de la puta noche. Lo que estamos haciendo es más grave desde el punto de vista legal que entrar en este sitio.

—Estoy de acuerdo contigo —admitió ella—. ¡Lo sé! Pero esto es importante. Solo unos minutos más.

Volvió a usar el teclado y preguntó rápidamente cuántos pacientes habían sido dados de alta desde que el Instituto Shapiro llevaba en marcha. La respuesta fue tan sorprendente como la tasa de mortalidad: ¡ninguno!

Miró a su compañero. Estaba desconcertada.

—No sé qué es más increíble, si la baja tasa de mortalidad o la ausencia de altas.

—A lo mejor no aceptan a pacientes con traumatismos.

—No me lo creo. Ya te he dicho que los traumatismos son una de las principales causas del estado vegetativo persistente y el coma. —Lynn se rio, aunque no le veía ninguna gracia—. Están haciendo un trabajo cojonudo con la supervivencia, pero tienen una tasa de curación lamentable.

—Bueno, vámonos.

Trató de apartar la silla de su amiga de la terminal, pero la joven se resistió.

—Solo una cosa más —prometió—. Vamos a ver cuál fue la causa de la muerte de los treinta y un pacientes. Supongo que la neumonía será la primera de la lista.

Introdujo rápidamente la búsqueda, y cuando apareció la respuesta, se quedó tan sorprendida como al enterarse de que no había habido ningún alta. ¡Casi la mitad de las muertes se debían al mieloma múltiple!

Levantó las manos y exclamó:

—No puede ser cierto. ¡Ni hablar!

—Es rarísimo —convino Michael, pero en ese momento tenía otras preocupaciones, aunque a ella le trajesen sin cuidado. Haciendo un poco más de fuerza, consiguió apartar su silla—. ¡Deja ya de buscar datos si quieres visitar el Grupo 4-B y la zona de recreo, como teníamos pensado! —Y sin esperar respuesta, se dirigió a la puerta y la abrió. Cuando estuvo seguro de que todo estaba despejado, añadió—: ¡Está bien, vamos, muchacha! ¡Mueve el culo!

Salió al pasillo detrás de él, atónita.

—¡Son unas cifras absurdas! ¿Cómo puede tener el Instituto Shapiro una tasa de mortalidad por mieloma múltiple cien veces superior a la que se observa en la población general?

—Dejemos esa conversación para cuando salgamos de aquí —le espetó Michael mientras cerraba la puerta del COR. Era una puerta corredera que se accionaba mediante un panel táctil situado en la pared, a la altura del pecho—. ¡Venga! ¡Vamos a la escalera!

Lynn permaneció en silencio durante el resto de camino hasta la puerta de la escalera, pero le daba vueltas la cabeza. En cuanto estuvieron fuera, se detuvo y dijo:

—Lo siento, pero hay algo muy raro en la relación del mieloma múltiple y este instituto.

—¡Escucha! —exclamó Michael, exasperado—. Terminemos la visita antes de empezar a hablar largo y tendido de lo que significa todo esto. Parece que te has olvidado de que estamos en territorio hostil y tenemos el tiempo contado.

Se quitó un momento la mascarilla para secarse el sudor de la cara. En la escalera hacía calor y humedad.

—Vale, tienes razón. Pero ojalá hubiera buscado información sobre la incidencia de la gammapatía en el instituto. Tal vez antes de irnos podríamos hacer otra parada en el COR. Solo tardaríamos un par de minutos.

—Lo tendremos en cuenta. —Michael volvió a ponerse la mascarilla—. Siempre, claro está, que no nos estén persiguiendo.

—No bromees sobre algo así.

—No estoy bromeando —contestó él.

Mientras bajaban por la escalera al cuarto piso, Lynn consultó el plano de la planta. Cuando llegaron al rellano, se detuvieron ante la puerta y ella le mostró que había varios caminos para llegar al Grupo 4-B.

—Mantengámonos lo más lejos posible de la sala de control de automatización. Creo que allí es donde estarán escondidos los empleados.

—Bien pensado —admitió la joven—. Entonces deberíamos ir a la izquierda de la escalera, seguir el pasillo hasta el final y luego girar a la derecha. Espero que las puertas tengan carteles. En caso contrario, será la cuarta puerta a la derecha después de girar.

Michael entreabrió la puerta de la cuarta planta y escuchó. Exceptuando el omnipresente sonido del sistema de climatización, reinaba el silencio. Abrió la puerta lo justo para mirar a un lado y otro del pasillo. Era idéntico al del quinto piso e igual de blanco y de iluminado. Y lo más importante, tampoco había nadie a la vista. La única diferencia era que, al fondo, no había una puerta al exterior.

—No lo eternicemos, ¿me entiendes?

Sabía perfectamente lo que Michael quería decir.

—Estaré justo detrás de ti —prometió.

Evitaron correr a lo loco, pero se movieron lo más rápida y silenciosamente que pudieron, sobre todo al pasar por debajo de lo que dedujeron que eran videocámaras fijadas al techo. Casi todas las puertas ante las que pasaron estaban identificadas con carteles. Doblaron la esquina y recuperaron la velocidad. No había hecho falta que contasen. En la puerta ponía en letras claras y negras: GRUPO 4-B.

—¿Estás lista? —preguntó Michael.

—Más lista que nunca —respondió ella, preparándose.

Ver a Carl en aquel sitio esterilizado y desierto iba a suponer un desafío emocional.

45

El Grupo 4-B tenía una puerta corredera como la del COR, pero más sólida. Y al igual que la del COR, se accionaba electrónicamente con un interruptor a la derecha del marco. Michael lo presionó y la puerta empezó a abrirse.

Antes de que pudieran ver el interior de la sala, oyeron un chirrido intermitente de motores eléctricos y el ruido metálico de maquinaria pesada. El sonido quedaba completamente amortiguado por la puerta y las paredes insonorizadas. Cuando la puerta se abrió del todo, Lynn y Michael tuvieron ante sí lo que parecía una cadena de montaje de una fábrica de automóviles, muy compleja y totalmente mecanizada, con brazos robóticos y un aparato que parecía una carretilla elevadora con neumáticos de goma descomunales conectada a una cinta transportadora en continuo movimiento. No había ningún empleado.

Entraron con cierto temor, y la puerta se cerró automáticamente detrás de ellos. Era una gran sala rectangular del tamaño aproximado de un pequeño teatro, con un techo muy elevado. El nivel de ruido era tan alto que prácticamente tenían que gritar para oírse. El aire era cálido y húmedo.

—Joder, ¿te lo puedes creer? —preguntó Michael casi chillando.

—Parece una película de terror futurista —gritó su compañera. Estaba desconcertada y no sabía realmente si quería ver lo que le esperaba más adelante—. Esto es el no va más de la atención automatizada.

—Y hay otras once salas como esta.

El estudiante estaba asombrado.

Todo el lado derecho de la sala estaba compuesto por cien cilindros de plexiglás inclinados, en su mayoría horizontales, apilados en cuatro montones verticales de veinticinco. Cada uno medía un metro y veinte centímetros de diámetro y dos metros diez de profundidad, y estaban separados a cada lado por una rejilla metálica de casi un metro de ancho. Las rejillas formaban un andamio que permitía el acceso para las labores de mantenimiento, y se podía llegar a ellas con unas escaleras metálicas fijas. La boca del cilindro más bajo llegaba a la altura de la cintura y la más alta estaba cerca del techo. Cada cilindro estaba numerado y contaba con un monitor informático en un brazo ajustable.

Observaron horrorizados que aproximadamente la mitad de los cilindros contenían un paciente, sin más vestimenta que un gorro similar a un casco de fútbol americano como el que llevaba el maniquí durante la visita al instituto.

De pronto, a través de una abertura situada en lo alto en el lado izquierdo de la sala, un paciente comatoso desnudo en posición supina entró en la sala, desplazándose rápidamente sobre la cinta transportadora. Él también llevaba un casco. Mediante un método que les recordó el moderno sistema de tratamiento de equipajes de un gran aeropuerto, el paciente fue transportado velozmente hasta una zona de la sala que no estaba demasiado lejos de donde ellos se encontraban. La cinta transportadora emitió unos sonidos metálicos y chirriantes y se ajustó para situar al paciente delante del cilindro adecuado, que era el contenedor superior de la sexta hilera. Allí, los brazos robóticos realizaron las conexiones pertinentes de la sonda de alimentación y las otras vías. Una vez que todas las conexiones estuvieron listas, lo que ocurrió sorprendentemente rápido, el paciente se deslizó en el cilindro como un proyectil cargado en un lanzamisiles.

Antes de que pudieran reaccionar a lo que acababan de ver, la cinta transportadora se recolocó ruidosamente siete hileras más allá de donde había depositado al primer paciente y extrajo rápidamente a una segunda persona de otro cilindro. Cuando el segundo cuerpo estuvo fuera, los brazos robóticos desconectaron las vías. A continuación, siguiendo una ruta opuesta a la primera, el nuevo paciente salió de la sala. Todo se llevó a cabo en unos pocos segundos.

—¡Santo Dios! —exclamó Lynn cuando recobró el habla—. Tanta mecanización es obscena. ¡No hay humanidad ni dignidad! Va en contra de todo lo que representa la medicina.

—¿Adónde demonios crees que van los cuerpos? —preguntó Michael.

—Sabe Dios.

La secuencia se repitió con otro cuerpo, que regresaba de un lugar desconocido. Al instante sacaron a otro paciente. Los estudiantes no tardaron en tener la impresión de que estaban presenciando un proceso continuo, que quizá no se interrumpía durante las veinticuatro horas del día, en el que los cuerpos iban y venían.

Se acercaron a la última pila con cuidado de evitar la enorme parte activa de la cinta transportadora, que se movía impredeciblemente de un lado a otro sobre sus descomunales neumáticos y subía y bajaba por delante de los cilindros. A pesar del horror que sentían, tenían una curiosidad malsana. El cilindro que les llegaba a la altura de la cintura tenía el número cien. El situado inmediatamente por encima era el noventa y nueve. Se acercaron a la boca del centésimo cilindro y miraron en su interior. La paciente, una mujer, estaba tumbada sobre una serie de rodillos que se movían para no ejercer presión sobre ningún punto concreto. Mientras observaban, dentro del cilindro se activó súbitamente un sistema de aspersión que lavó y desinfectó a la mujer. Un sonido de succión brotó de la base del tubo cuando el líquido se vació. Desde su punto de observación, apreciaron que el contenedor estaba inclinado hacia abajo en un ángulo de unos quince grados.

—Es como un puñetero túnel de lavado —comentó Michael con una mezcla de repugnancia y admiración—. Alguien ha pensado mucho todo esto.

—Supongo que por eso la tasa de supervivencia es tan alta.

El monitor situado a un lado del cilindro mostraba la página principal de la paciente, que incluía su nombre, Gloria Parkman; su edad, treinta y dos años; su ubicación, Grupo 4-B 100; RANIBIZUMAB 3+ ACTIVO; y una larga lista de signos vitales en tiempo real y otros exhaustivos datos de seguimiento. El control era tan minucioso que los estudiantes comprendieron intuitivamente que la paciente tenía que tener unos chips implantados que lo hicieran posible. Incluso había gráficos de encefalograma en tiempo real.

—Eh, acabo de acordarme de una cosa —exclamó el estudiante—. Ayer hablamos del Ranibizumab en la clase de oftalmología. Se utiliza para la degeneración macular y se tolera perfectamente sin problemas alérgicos.

—Si ya es un medicamento probado, ¿por qué se lo están dando a ella?

—Buena pregunta. A lo mejor todavía existen problemas alérgicos que el profesor no comentó. En cualquier caso, estoy empezando a pensar que, más que darnos respuestas, esta visita podría plantearnos muchas más preguntas.

Agachó la cabeza y se situó junto al cilindro, entre el tubo y la pared. Le impresionó el sistema de rodillos en continuo movimiento que mantenía el cuerpo del paciente moviéndose constantemente al mismo tiempo que evitaba los problemas de los puntos de presión. Era una suerte de sistema de masaje en un tubo que estimulaba la circulación y protegía la piel en su integridad.

—¡Eh! —llamó a Lynn—. ¡Ven aquí! ¡Mira esto!

Ella seguía cautivada por el monitor. Estaba asombrada de la variedad de datos fisiológicos que eran registrados en tiempo real y posiblemente procesados continuamente por un superordenador.

Se apretujó junto a su compañero. En aquel reducido espacio, el ruido procedente de las máquinas de la sala parecía todavía más fuerte. Lynn trató de seguir la línea de visión de Michael y el dedo con el que señalaba. Se quedó tan impresionada como él con el sistema de rodillos.

—¿Qué se supone que es eso? —gritó.

—¡Un catéter clavado en el abdomen! ¿Para qué crees que puede ser?

—Ni idea. ¿Tú lo sabes?

—¡No! Pero me parece que el abdomen está un poco dilatado. ¿Tú qué opinas?

—Ahora que lo dices, parece un poco hinchado. ¿Crees que están introduciéndole líquido en el abdomen? No es tan raro. La cavidad peritoneal tiene una gran superficie e incluso se puede usar para la diálisis.

—¡Cierto! A lo mejor tiene un problema de riñón. Volvamos y miremos el monitor a ver si la función renal es normal.

Lynn salió primero de aquel rincón caminando hacia atrás, y Michael la siguió. Cuando miraron el monitor, vieron que la función renal era totalmente normal, incluida la diuresis o eliminación de orina. Un dato de la larga lista de elementos sometidos a observación llamó la atención de la joven. Lo señaló con el dedo.

—Esto es un poco extraño. En una de las estadísticas aparece el volumen de líquido ascítico extraído. No le están introduciendo nada en el abdomen con el catéter; le están sacando líquido.

—Y está expulsando una cantidad considerable —apuntó Michael, mirando el mismo registro—. La principal causa de la ascitis es una enfermedad hepática, pero su función hepática es normal. ¡Qué raro!

—La segunda causa de la ascitis es un nivel bajo de proteínas en sangre, pero el suyo es elevado. Es el doble de raro.

—¡Oh, oh! —gritó Michael—. ¡Rápido! ¡Vuelve a meterte en el hueco!

La enorme cinta transportadora, con sus gigantescos neumáticos, apareció de repente en dirección a ellos; su peso hizo temblar el suelo y por un momento los dejó atrapados junto al cilindro número cien. En la pila contigua, un cuerpo fue extraído, desconectado robóticamente de sus distintas vías y sacado con toda rapidez de la sala. A continuación, la cinta transportadora se alejó rodando a por su siguiente encargo.

Un momento después, cuando salieron de su refugio, Lynn sorprendió a Michael subiendo por la escalera de mano para inspeccionar varios de los cilindros superiores.

—Creo que será mejor que sigamos adelante —le gritó su amigo, impaciente—. Estamos tentando a la suerte. Con toda la actividad mecánica que hay aquí dentro y los cuerpos entrando y saliendo, alguien tiene que vigilar este sitio por vídeo.

—Solo quería ver si hay más pacientes con un catéter intraabdominal. —Descendió de la escalerilla—. Y en este grupo todos lo tienen.

Michael se acercó al siguiente grupo y se asomó para ver al paciente del cilindro inferior.

—Tienes razón. Parece que todos lo tienen.

—Eso tiene que significar algo, pero ¿qué?

—Buena pregunta, pero tenemos que marcharnos.

—No pienso irme hasta que vea a Carl —repuso en un tono que no admitía discusión.

—En mi opinión, deberías dejarlo correr. —Posó la mano en su hombro con la esperanza de refrenarla—. Ver a Carl aquí no os va a ayudar ni a ti ni a él. Ya sabes a qué me refiero.

—Me da igual.

La joven apartó la mano de su amigo sacudiendo el hombro y echó a andar por la hilera de cilindros.

Michael titubeó por un momento, preguntándose si era preferible que fuera sola para que dispusiera de un poco de intimidad con su amante enfermo, pero rápidamente decidió lo contrario. No era precisamente el entorno adecuado para disfrutar un momento en privado, y no quería arriesgarse a que ella se pusiera sentimental, una posibilidad a tener en cuenta si pensaba en cómo se sentiría él mismo si la situación se invirtiera y su novia, Kianna, fuera una de las pacientes. La alcanzó con rapidez. En ese momento, el mecanismo similar a una carretilla elevadora que introducía y extraía a los pacientes de los cilindros se dirigió hacia ellos.

Tuvieron que regresar a toda velocidad al pasillo que recorría la sala a lo largo, junto a la pared que estaba enfrente de la hilera de cilindros. La cinta transportadora que metía y sacaba a los pacientes de la sala se arqueó en lo alto.

Después de depositar a un paciente en un cilindro muy cerca de donde habían estado, el aparato se encaminó a la parte opuesta de la sala para recoger a otro.

—Por más que lo intento, no se me ocurre por qué están moviendo constantemente a los pacientes —gritó Michael, poniéndose de puntillas para intentar echar una mirada furtiva al agujero negro por donde había desaparecido la cinta transportadora—. Ni adónde rayos van.

Cuando se volvió otra vez hacia Lynn, vio que ella iba directa al cilindro sesenta y cuatro. La alcanzó y vio que no estaba contenta.

—No está aquí —gritó por encima del ruido continuo.

Un vistazo rápido le confirmó que el cilindro sesenta y cuatro estaba vacío, aunque el monitor mostraba la página principal de Carl, de modo que era donde había estado o donde iba a estar.

—Menos mal —suspiró Michael.

—¿Quieres ver si Ashanti está aquí?

—No le veo ningún sentido. Por décima vez, sigamos adelante.

—Está bien —claudicó, pero aun así vaciló.

Quería buscar a Ashanti para ganar tiempo. Su parte irracional deseaba esperar a que Carl volviera entre el flujo constante de pacientes que iban y venían en la cinta transportadora. Al mismo tiempo, su parte racional coincidía con Michael en que tenían que marcharse. Por un momento, se debatió con su indecisión, y mientras lo hacía vio las distintas vías diferenciadas por colores y etiquetas que le serían conectadas robóticamente a Carl cuando lo trajeran para observarlo y mantenerlo con vida. Estaba la vía intravenosa de color azul, la vía arterial de color rojo, una sonda de gastrostomía para la alimentación de color verde y una vía intraperitoneal de color amarillo.

Michael la agarró por el brazo.

—Sé que para ti es duro marcharte, pero no va a ser más fácil si lo ves. ¡Tenemos que irnos!

—Lo sé —gritó con una pizca de resignación—. ¡Pero mira! ¡Carl ya tiene una vía intraperitoneal! —Señaló el conector amarillo—. ¿Por qué? Desde luego él no tiene ascitis. Al menos, todavía.

—Podemos debatirlo cuando salgamos de este puñetero sitio. Tenemos muchas cosas que asimilar.

—¿Sabes lo que pienso? —Sintió una súbita urgencia y un renovado horror.

—No lo sé, pero seguro que estás a punto de decírmelo. Dímelo en el pasillo, donde pueda oírte. Este jaleo me está volviendo loco.

—¡De acuerdo!

El ruido de la sala estaba empezando a afectarle también. Dejó que Michael tirase de ella hacia el pasillo. Fue una decisión de lo más oportuna, porque de pronto la cinta transportadora se movió dando sacudidas en dirección a ellos. Cuando llegaron al pasillo, Lynn se volvió hacia atrás para asegurarse de que el paciente que traía no era Carl, mientras la máquina se situaba delante del grupo de su novio. Pero el paciente entró en el cilindro sesenta y dos, no en el sesenta y cuatro.

Retrocedieron rápidamente hasta la puerta por la que habían entrado. Lynn soltó de inmediato:

—Creo que ya sé lo que está haciendo Sidereal. No están experimentando con estos pacientes, como creíamos. ¡Esos cabrones los están utilizando de una forma mucho más perversa!

—Bueno, bueno. —Michael intentó tranquilizarla—. ¿A qué te refieres?

—¿Te acuerdas de cómo se fabrican los anticuerpos monoclonales como el ranibizumab?

—¡Claro! —respondió. Le sorprendió la repentina ira de su compañera. La oía en su voz y la veía en sus ojos—. Se fabrican con tumores de ratones llamados hibridomas.

—¿Que son...?

—¿Qué es esto, un maldito examen? Dime lo que estás pensando.

—¡Responde a la pregunta! ¿Qué son los hibridomas?

—Un tipo de cáncer creado fusionando linfocitos de ratón con células de mieloma múltiple de ratón inyectados otra vez en ratones.

—¿Y dónde se les inyecta?

—En el abdomen.

—¿Y por qué las empresas farmacéuticas tienen que superar tantos obstáculos para humanizar los medicamentos generados por ratones?

—Para reducir las posibilidades de que provoquen reacciones alérgicas cuando las toman los humanos.

Miró fijamente a Michael sin parpadear, esperando a que él atase cabos. Estaba todo allí, flotando en el aire.

—¡Hijos de puta! —soltó el joven un momento después, cuando todas las piezas del rompecabezas encajaron en su mente.

Movió la cabeza con gesto de repugnancia.

—Todo cuadra —añadió Lynn con idéntica repulsión—. Todo. Productos Farmacéuticos Sidereal y Asistencia Médica Middleton están conchabados. Por eso tantas personas que entran en los hospitales de Asistencia Médica Middleton contraen gammapatías. Por eso sus pacientes tienen una incidencia elevadísima de mieloma múltiple. Y aquí, en el Instituto Shapiro, es del cien por cien. Deben de estar utilizando a los mil pacientes para fabricar anticuerpos monoclonales humanos que no sea necesario humanizar. ¡Ya son humanos!

—Y lo que es peor, deben de estar detrás de los comas provocados por la anestesia —añadió el estudiante—. Debe de ser un nuevo método para conseguir cuerpos sanos que puedan explotar las veinticuatro horas del día. Siento tener que decirlo, por Carl.

—Me temo que tienes razón —confirmó ella. Su voz reflejaba ira y tristeza al mismo tiempo. Respiró hondo para mantener el control—. El estado vegetativo de Carl no fue un accidente. Lo sospeché cuando descubrí el bucle repetido. Ahora lo sé con seguridad. Lo que no entiendo es por qué no vimos todo esto antes. Ha estado delante de nuestras narices todo el tiempo.

—El interrogante ahora es qué hacer. ¿A quién acudimos?

—Esto es una conspiración a gran escala. No podemos acudir a nadie del centro médico. Es imposible saber quién está implicado y quién no. Tenemos que hablar con el padre de Carl, Markus Vandermeer, esta misma noche. De hecho... —Sacó el móvil. Cuando lo encendió, comprobó enseguida que no había cobertura—. ¡Maldita sea! Lo llamaré en cuanto salgamos.

—¡Vamos!

—¡Espera! Aprovechando que estamos aquí, al menos quiero echar un vistazo a la supuesta zona de recreo. Es la broma de peor gusto que he oído en mi vida. No puede haber nada recreativo en este sitio, pero creo que Carl puede estar allí. —Sacó los planos y los examinó rápidamente—. ¡Vale! Ya sé adónde tenemos que ir. Está muy cerca. Llegaremos en un momento.

46

Jueves, 9 de abril, 1.04 h

Misha tuvo que llamar para que la puerta corredera del CCS, o Control Central del Shapiro, se abriese. Por motivos de seguridad, la única forma de accionarla era desde dentro. Hizo un gesto a Fyodor y a Benton Rhodes para que entrasen delante de él en la sala refrigerada a muy baja temperatura. A continuación entró él. Cinco guardas de seguridad armados, vestidos con uniformes del hospital, cubrían la retaguardia. Todos eran inmigrantes rusos y recibían órdenes de Fyodor, quien los había reclutado personalmente en San Petersburgo al asumir el mando de la seguridad del hospital. Los consideraba sus tropas de asalto.

El técnico que se encargaba del control central se llamaba Viktor Garin. Iba vestido con un mono del Instituto Shapiro, en contraste con los recién llegados. Permaneció de pie mientras los demás se apiñaban alrededor de los cuarenta monitores que mostraban por turnos imágenes tomadas por las cámaras de seguridad de los pasillos y varias habitaciones de las seis plantas del Instituto Shapiro.

Aunque parte del trabajo de Viktor consistía en estar pendiente de los monitores de seguridad, pasaba la mayoría del tiempo en el otro lado de la sala, delante de las imágenes de vídeo procedentes del equipo automatizado del Instituto Shapiro. Eran las máquinas las que daban la mayoría de problemas. En los ocho años que llevaba trabajando allí, no se había producido ningún fallo de seguridad. Las únicas infracciones tuvieron lugar cuando varios empleados fueron sorprendidos durmiendo.

A pesar de estar acompañado de Benton, Fyodor preguntó en ruso a Viktor dónde estaban los intrusos y qué habían estado haciendo.

—Ahora mismo están en la cuarta planta. Se dirigen a la sala de recreo —contestó Viktor también en ruso—. De momento solo han visitado el COR, donde han usado una terminal para acceder al banco de datos, y luego han pasado al Grupo 4-B, donde han estado la mayoría del tiempo. Como decía, ahora se dirigen a la sala de recreo.

Señaló el monitor que los estaba siguiendo por el pasillo de la cuarta planta.

—¿Qué datos estaban buscando en COR? —quiso saber Fyodor.

—Estadísticas de mortalidad y altas y el expediente del nuevo paciente.

Abandonó el ruso y le contó a Benton lo que había descubierto, incluido adónde se dirigían Lynn y Michael.

—Desde luego, son unos entrometidos de mierda —comentó el médico malhumorado—. Será un alivio deshacerse de ellos.

—Tienes que reconocer que son personas con recursos —añadió Fyodor.

—No pienso reconocerles ningún mérito, y no me gusta un pelo que entren en la sala de recreo. ¿Quién sabe los agentes potencialmente infecciosos que podrían transmitir?

—Como puedes ver, llevan los trajes, gorros y mascarillas del instituto. —Señaló el monitor adecuado.

—¿De dónde los han sacado? ¿Y están limpios? —inquirió Benton—. Si esos dos capullos provocan un brote entre nuestra población de pacientes, será una catástrofe. Son estudiantes de medicina y están expuestos a toda clase de enfermedades. Si perdemos a un solo paciente que esté produciendo un medicamento lucrativo, será un tremendo revés.

—Los detendremos en cuanto podamos —anunció Fyodor—. Creo que hay muchas posibilidades de que ni siquiera intenten entrar en la sala.

—Podemos esperar sentados —respondió el médico—. Lo único seguro es que se llevarán una impresión, ¿y quién sabe lo que podrían hacer?

—No harán nada —aseguró el ruso—. No pueden. Todo el instituto está cerrado. No irán a ninguna parte ni podrán usar sus móviles para comunicarse con el exterior.

—Pase lo que pase, encarguémonos de ellos lo antes posible —pidió Benton—. Cuanto antes, mejor.

—De acuerdo —asintió Fyodor, alegre—. Sinceramente, hemos estado esperándote. ¿Has traído los tranquilizantes?

El doctor sacó dos jeringas que contenían grandes dosis de midazolam.

Fyodor las cogió.

—¿Podemos tener la seguridad de que esto los tranquilizará del todo?

—Sin duda —contestó Benton entre risas—. Se quedarán groguis mucho más tiempo del que necesitamos para llevarlos al quirófano. Para tu información, el diagnóstico será traumatismo craneal sufrido durante un asalto. Norman Phillips, un neurocirujano que simpatiza con el programa, los operará. Yo me ocuparé de la anestesia para asegurarme de que no se despiertan.

—¿Está ya en el hospital el cirujano?

—Está de camino.

Fyodor se volvió hacia el equipo de seguridad y le entregó las jeringas al jefe. Les ordenó en ruso que acabaran rápido y que llevaran a los estudiantes sedados a la sala de observación A. Una vez allí, debían ayudar a transportarlos de uno en uno al quirófano cuando estuviera listo.

47

Jueves, 9 de abril, 1.11 h

Lynn y Michael tardaron más de lo que esperaban en llegar a la sala de recreo. La puerta de entrada no se parecía al resto. Era igual de pesada que la del Grupo 4-B, pero en lugar de manejarse con un panel táctil común, tenía un sistema de seguridad por huella del pulgar como el de la puerta exterior. También necesitaron varios intentos para entrar, hasta que Lynn calentó otra vez la falsa huella digital con su aliento.

Finalmente, una lucecita verde se encendió encima del panel táctil, y la puerta corredera empezó a abrirse. Como en la sala de los grupos, lo primero en lo que repararon fue en el ruido. Era también de origen mecánico, pero no tan fuerte como el de la otra sala. A medida que la puerta se abría más y les permitía ver el interior, los dos estudiantes aspiraron sobresaltados y retrocedieron, sorprendidos y estupefactos.

La sala era mucho más grande que la de los grupos en todos los aspectos, con un techo de casi cinco metros. La iluminación resultante de la combinación de leds y lámparas ultravioletas empotradas en el techo era intensa. En el techo también había instalado un laberinto de raíles que sostenían varios garfios grandes con dientes largos y curvados. Los garfios parecían las pinzas de las máquinas que, a cambio de una moneda, permitían al jugador intentar atrapar un premio. Pero allí, en el Instituto Shapiro, las pinzas no atrapaban premios, sino que transportaban a unas personas y dejaban a otras.

En el suelo se concentraban cientos de pacientes desnudos, en estado vegetativo o en coma, ataviados con sus cascos. Y por increíble que pareciera, caminaban sin rumbo, de manera errática, un poco vacilante y rígida, chocando los unos con los otros y contra las paredes. Las manos y los brazos les colgaban a ambos lados del cuerpo como si fueran de trapo.

—¡Santo Dios! —gritó Lynn—. No estoy preparada para esto. Esto es peor que la sala de los grupos. Los cascos no son solo para los sensores.

—Tienes razón. —Michael también estaba paralizado ante el espectáculo—. Los cascos deben estimular los centros motores de forma coordinada para hacerles andar.

Lynn se estremeció.

—Son como zombis, solo que no están muertos.

Justo al otro lado de la puerta había una especie de jaula metálica, de casi dos metros de profundidad, para impedir que los pacientes se acercasen a la puerta que daba al pasillo. Algunos chocaban contra la jaula mientras que otros topaban contra las paredes. Comprobaron que la mayoría de las personas que deambulaban tenían los ojos cerrados, aunque algunos los tenían abiertos, pero mostraban una mirada distante y desenfocada que hacía pensar que sus cerebros no eran conscientes de lo que veían sus ojos. Casi todos tenían la boca cerrada; los que la tenían abierta, babeaban. Sus expresiones eran vagas y no emitían ningún sonido, ni siquiera cuando chocaban entre ellos. El ruido de la sala procedía de los garfios al introducir a los pacientes y depositarlos entre la multitud y recoger a otros para llevárselos a un lado.

Lynn avanzó y entró en la jaula metálica, impulsada por una curiosidad morbosa. No había visto ni imaginado en sus peores sueños algo semejante. Michael se situó junto a ella. Ninguno de los dos dijo nada. De repente, un torrente de líquido desinfectante perfumado cayó desde un complejo sistema de aspersión a alta presión instalado en el techo. La lluvia artificial fue breve, pero bastó para empujarlos al pasillo un instante para evitar mojarse. Los pacientes ni se inmutaron ante el repentino chorro y siguieron deambulando mecánicamente.

Cuando volvieron a entrar en la jaula, siguieron asombrados por el drama que se desarrollaba ante ellos. Gracias a sus conocimientos de neurología, sabían lo compleja que era una actividad como caminar desde un punto de vista fisiológico. No bastaba con estimular un músculo concreto. Había que inducir un montón de músculos en mayor o menor grado, además de inhibir simultánea y parcialmente los músculos oponentes para que un humano se mantuviera erguido, por no hablar de lo necesario para que caminase. Por supuesto, había que coordinar todo el proceso a través de la parte del cerebro llamada cerebelo. Era tan complicado que supondría un reto para un superordenador.

—Así es como consiguen mantener a esas personas con vida —murmuró Michael, sin poder apartar la vista del grupo de pacientes con daños cerebrales que se movían arrastrando los pies—. Por eso no tienen problemas con la neumonía ni con el sistema cardiovascular. La gente tiene que estar activa o degenera. Y la luz ultravioleta les proporciona vitamina D y antisepsia.

—¡Oh, no! —gritó de pronto Lynn, muy angustiada.

Su amigo desvió rápidamente la mirada en su dirección.

—¿Qué pasa?

—Es Carl.

Señaló con el dedo a la izquierda y él trató de seguir su línea de visión. Resultaba difícil en medio del mar de gente que daba tumbos en direcciones caóticas e impredecibles; le recordaba el movimiento browniano de las moléculas. Para colmo, era complicado fijarse en una cara determinada, ya que la inexpresividad de sus rostros les hacía parecerse extraordinariamente.

—¿Dónde? —preguntó.

Se puso de puntillas, desplazando la vista de una cara a otra, buscando una conocida.

—Lo he perdido —se lamentó Lynn.

Ella también se esforzaba por ver mejor.

—¿Estás segura de que lo has visto? ¿O han sido imaginaciones tuyas?

—¡Lo he visto!

—Vale, tranqui, chica.

—Voy a salir ahí —anunció con determinación.

La jaula tenía una puerta hecha de la misma malla metálica que el resto de la estructura. Estaba asegurada con un cerrojo normal. Lo giró y abrió la puerta un poco.

Michael la agarró para impedir que se abriera más de unos centímetros. Varios pacientes chocaron contra ella.

—No creo que sea buena idea.

Trató de mantener la calma, pero se mostró enérgico.

—Me da igual lo que creas —respondió su amiga—. Voy a ir a buscarlo.

—¿Y qué vas a hacer? Si lo ves ahí será peor que si lo vieras en uno de esos puñeteros cilindros, cosa que ya habría sido bastante dura. ¡No te hagas esto! ¡Sé inteligente!

Lynn empujó la puerta, pero Michael no la soltó. Hubo un pequeño tira y afloja entre los dos. Otro paciente chocó contra ella y acto seguido se desvió como los demás, pero antes rozó los dedos de Michael. Instintivamente, el inesperado contacto con uno de los desagradables pacientes que circulaban por el lugar le hizo soltar la puerta. Antes de que pudiera estirar el brazo y volver a cogerla, Lynn la abrió lo suficiente como para salir a la planta principal de la sala.

—¡Joder, Lynn! —gritó detrás de ella—. ¡Vuelve aquí! ¡Te estás portando como si estuvieras chalada! Cojonudo —murmuró furioso.

Tiró de la puerta contra la jamba cuando otro paciente se estrelló contra ella. Volvió a ponerse de puntillas. La había perdido de vista en medio de la multitud que se movía a trompicones. Por un breve instante, se planteó qué hacer, preguntándose si debía esperarla o ir tras ella. No creía que pudiera sufrir daños, salvo emocionales. Lo que realmente quería era largarse del Instituto Shapiro.

De repente, unos sonidos de pisadas y voces en el pasillo interrumpieron su tormento momentáneo. Se inclinó hacia atrás a través de la puerta abierta, se asomó al pasillo y echó un vistazo en la dirección por la que habían venido. Un grupo de guardas de seguridad uniformados y armados se acercaba al trote.

Por instinto, volvió a meterse en la jaula y pulsó el cierre electrónico de la puerta. En el exterior había un teclado táctil que se activaba con la huella del pulgar, pero en el interior había uno normal. La puerta corredera se activó y se cerró, pero antes de que pudiese cerrarse del todo, una mano se introdujo rápidamente y la detuvo. Michael levantó el pie y propinó una considerable patada a los dedos del intruso, que desaparecieron acompañados de un grito de dolor, y la puerta se cerró con un ruido sordo.

La nueva situación puso fin en el acto a sus deliberaciones. Supuso que la puerta del pasillo no sería un obstáculo importante para los que estaban en el exterior. Sin vacilar, abrió la puerta metálica y se encaminó en la dirección que Lynn había seguido. A los pocos segundos estaba totalmente rodeado de pacientes en distintos estados de coma.

Mientras esquivaba a las personas de andares lentos y erráticos, experimentó un extraño *déjà vu* al recordar los tiempos en los que jugaba al fútbol americano en el instituto y en la universidad. Necesitaba moverse con rapidez y avanzar en una dirección concreta, al contrario que ellos, lo que le hizo chocar contra unos cuantos con más fuerza de la que le habría gustado. Le impresionó que ninguno de los pacientes se cayera. Supuso que los programas informáticos que dirigían sus paseos podían lidiar rápida y adecuadamente con las alteraciones súbitas en la información de respuesta y restablecerse para mantener a los pacientes en pie.

Después de recorrer seis o siete metros desde la jaula, redujo el paso, se detuvo y volvió a ponerse de puntillas. Creía que sería relativamente fácil localizar a Lynn, considerando que buscaba a la única persona con ropa entre la multitud, y blanca, nada menos. Pero había demasiada gente. La parte positiva, pensó, era que encontrarlos sería igual de difícil para los guardas de seguridad.

Vislumbró por un momento el gorro blanco de su amiga. Se movió rápido en esa dirección y se acercó a ella por detrás. Había encontrado a Carl y lo estaba abrazando. Por supuesto, él no podía corresponderle. Los brazos le colgaban flácidos a los lados, su cara era una tabla rasa y sus piernas seguían moviéndose como si caminara mientras Lynn lo sujetaba.

Michael se situó detrás de Carl para poder mirar a Lynn a la cara. Ella tenía los ojos cerrados.

—¡Nos han descubierto!

Sacudió el brazo de su amiga para sacarla del trance.

Lynn abrió los ojos de golpe.

—Un grupo de guardas de seguridad del hospital ha aparecido en el pasillo. Por suerte, he conseguido cerrar la puerta antes de que pudieran entrar, pero seguramente ya estén dentro.

La joven asintió con la cabeza; su rostro reflejaba el mismo pánico que Michael estaba experimentando. Soltó a Carl y, como un juguete de cuerda, él se desvió inmediatamente, sin rumbo.

—Hay otra entrada en el otro extremo de la sala —gritó Lynn.

—Estoy seguro de que esperan que vayamos por allí —respondió Michael—. Nos cogerán seguro. Tenemos que hacer algo con lo que no cuenten.

A pesar del ruido ambiental de las pinzas y las cintas transportadoras, oyeron el sonido inconfundible de la puerta de la jaula abriéndose y golpeando ruidosamente contra la pared. Sus perseguidores estaban entrando en la sala de recreo.

Los dos alzaron la vista hacia las pinzas, que seguían con su incesante actividad.

—No, eso no funcionará. —Intuía que su amigo también se había preguntado por un momento si podrían utilizarlas para salir—. Pero tal vez las cintas transportadoras...

Se habían dado cuenta de que las pinzas estaban depositando y devolviendo a su sitio a pacientes detrás de una barrera de dos metros y medio de alto a cada lado de la sala. Sin ni siquiera debatirlo, echaron a correr hacia la derecha. Lynn se puso detrás de Michael y se agarró a él mientras se abría paso entre la multitud. Notaron un enorme alboroto detrás de ellos y supusieron que los guardas de seguridad intentaban abrirse camino entre los pacientes que deambulaban con una expresión vaga en el rostro.

Esperaban tener cierta ventaja al ser solo dos y trabajar conjuntamente. Intuían que los empleados de seguridad estaban a punto de alcanzarles cuando llegaron a la barrera del lado derecho y comenzaron a buscar desesperadamente una puerta. Encontraron una, pero no tenía un interruptor eléctrico en la pared para abrirla, quizá por miedo a que los pacientes chocasen con ella. Una rápida inspección les reveló que había un hueco en la puerta a modo de asidero. Lynn introdujo los dedos y tiró. La puerta corredera se abrió con relativa facilidad.

Apartaron a los pacientes a empujones para evitar que los siguieran, cruzaron rápido la puerta y la cerraron detrás de ellos. Como habían supuesto, se encontraban al final del recorrido de las cintas transportadoras de los Grupos 4-B, 5-B y 6-B. Cada una tenía un práctico rótulo. Tres filas de pacientes alineados como bolos esperaban a ser devueltos a sus respectivos cilindros o trasladados al espacio de recreo. Al igual que en la sala de las agrupaciones que habían visitado, los pacientes eran manipulados por máquinas robóticas. El ruido ambiental de las cintas transportadoras era considerablemente más fuerte que en la sala de recreo.

—Si queremos que esto salga bien, deberíamos probar la cinta transportadora del Grupo 5-B —gritó Lynn por encima del estruendo de la maquinaria—. Estaremos en la misma planta que la puerta de salida.

Michael hizo un gesto de aprobación con el pulgar. Rodearon lo más rápido posible al grupo de personas en coma que hacían cola, esperando para ser devueltos a sus respectivos cilindros. En contraste con los demás pacientes de la planta, esos permanecían inmóviles, una proeza tan difícil desde el punto de vista de la programación como hacerles andar.

Siguieron adelante y esquivaron los brazos robóticos que colocaban a los pacientes en la cinta transportadora del Grupo 5-B. De momento, los brazos permanecían inmóviles; acababan de colocar a un paciente. Era el momento oportuno. Michael se subió a la cinta transportadora a gatas e indicó a Lynn con un gesto que hiciera lo mismo.

La joven echó un vistazo detrás de ella. Varios guardas de seguridad estaban cruzando la misma puerta por la que ellos habían entrado. Cuando la vieron, le gritaron que se detuviese.

Les ignoró e, imitando a Michael, se subió a la cinta transportadora a gatas. La superficie era de silicona lisa y flexible, y ofrecía buena adherencia. Su amigo se encontraba a unos tres metros por delante, pero ya había desaparecido; agachó la cabeza cuando se vio arrastrada al túnel de un metro veinte de altura.

Casi dos metros más allá de la entrada, la cinta se inclinó bruscamente hacia arriba y el túnel se oscureció cada vez más. La cinta transportadora se detuvo en seco después de una subida de seis metros por la pendiente.

—¡Mierda! —oyó decir a Michael más adelante—. ¿Por qué se ha parado este puto trasto?

—Los de seguridad me han visto.

Empezó a subir a gatas. Creía que Michael estaba haciendo lo mismo, pero después de un breve trecho, chocó contra sus pies.

—¿Por qué te has parado? —preguntó Lynn.

Apenas podía distinguir la silueta de Michael delante de ella. Tenían que darse prisa. Oía voces detrás de ellos.

—No estamos solos. Hay un paciente delante de mí. Vamos a tener que pasar por encima de él. ¿Te importa?

—No tenemos otra opción. Debería haber suficiente espacio.

Lynn levantó el brazo y tocó el techo. El túnel era como un

tubo, aparentemente con espacio de sobra para trepar por encima de un cuerpo.

—No creo que sea difícil, pero seguro que no es bonito.

—Nos las apañaremos —prometió, aunque no estaba del todo convencida.

No se le ocurrían muchas experiencias peores que trepar por encima de un paciente comatoso desnudo en un cilindro oscuro inclinado hacia arriba.

Oyó a Michael decir: «Lo siento, hermano», mientras avanzaba con dificultad. Al mirar al frente y a un lado de la silueta oscura de Michael, distinguió un poco de luz; esperaba que no quedara mucha distancia por recorrer.

—De acuerdo —dijo Michael aproximadamente un minuto más tarde—. ¡Es tu turno! Seguro que a este pobre desgraciado le pareces de lo más llevadera después de aguantarme a mí.

Pasar por encima del paciente fue más fácil desde el punto de vista físico de lo que había esperado, pero más complicado desde el punto de vista psicológico de lo que imaginaba. Se esforzó por no apoyar su peso sobre la persona comatosa, pero no lo consiguió del todo. El hecho de que el paciente estuviera en posición supina en lugar de tendido boca abajo empeoraba las cosas.

—Está bien —susurró con voz entrecortada una vez que lo dejó atrás.

Había contenido el aliento mientras estuvo en contacto directo con el enfermo. Michael la esperaba con impaciencia.

—Sigamos adelante —susurró con tono urgente mientras empezaba a avanzar a gatas. Las voces se hicieron más claras detrás de ellos—. Podrían invertir la dirección de la cinta.

Gatearon otros cinco metros; después, la cinta se niveló y la luz ambiental aumentó notablemente, sobre todo tras un giro de noventa grados. Avanzaron otros tres metros y aparecieron en el Grupo 5-B, que era idéntico al 4-B. Aliviados, se levantaron y franquearon el lateral. Cuando lo hicieron, la cinta se puso otra vez en funcionamiento, pero esta vez los rodillos se movían en la dirección opuesta, como Michael había temido.

Aprovecharon la superestructura de la cinta transportadora para saltar al pasillo. Con toda la maquinaria apagada, el silencio reinaba en la sala. El único ruido que se oía provenía de varios cilindros en los que se estaba llevando a cabo una operación de limpieza intermitente.

No se entretuvieron. Corrieron hasta la puerta que daba al exterior de la sala y, una vez que tuvieron la seguridad de que el pasillo estaba despejado, se precipitaron hacia la salida. Pasaron a toda velocidad por delante del COR y no tardaron en patinar hasta detenerse ante la puerta que daba al exterior. Michael recogió sus chubasqueros, le dio a Lynn el suyo y se los pusieron rápidamente. No querían tener que dar explicaciones si se tropezaban con alguien camino de la residencia o en la propia residencia.

—¿Lista? —preguntó.

Tenía la mano suspendida sobre el interruptor de la puerta.

—Más que lista —contestó ella echando un vistazo atrás por encima del hombro—. ¡Vamos! ¡Larguémonos de aquí!

Michael presionó el interruptor para descubrir, horrorizado, que no pasaba nada. Lo apretó lo más fuerte que pudo y lo mantuvo presionado. Nada. La puerta no se movió.

Lynn cruzó un brazo contra su torso y arremetió contra la puerta con el hombro derecho. La golpeó con fuerza, pero no sirvió de nada. Michael la imitó, con similar resultado. La puerta estaba hecha de acero y tenía una estructura sólida. Estaba diseñada como barrera protectora, y los dos lo sabían.

Se miraron desesperados.

—¿Qué vamos a hacer? —gritó Michael.

Ella no contestó. Sacó a toda prisa el fajo grapado de los planos y lo hojeó rápidamente.

—¡Vamos, hermana! —soltó con voz entrecortada—. Tenemos que escapar. Nuestra única posibilidad es cruzar al hospital. ¿Estás buscando la mejor ruta?

En ese momento oyeron el sonido inconfundible de una puerta abriéndose de golpe. No podían verla, pero se figuraron que era la de la escalera.

—Por aquí.

Se encaminó en la dirección opuesta al hospital.

Michael corrió detrás de ella, tratando de decirle que se equivocaban de ruta, pero no le hizo caso. Intentó otra vez hablar con ella a la vuelta de una esquina, pero les llegó el sonido de varios hombres corriendo en dirección a ellos.

Lynn dobló otra esquina y entró en un largo pasillo que se extendía como un estudio en perspectiva. Corrió a toda velocidad, seguida de Michael unos pasos por detrás. Pasaron por delante de una serie de puertas a los dos lados.

—¿Adónde narices vamos? —preguntó el joven jadeando.

Ella lo ignoró. De pronto, se detuvo delante de una de las puertas del pasillo principal. Lo hizo tan precipitadamente que Michael chocó contra su espalda. Tuvo que agarrar a su amiga con las dos manos para evitar que los dos rodaran por el suelo. Ella escapó con dificultad de entre sus brazos y pulsó el interruptor de la puerta. En cuanto se abrió, entró corriendo.

Michael la siguió. Tenía dudas sobre lo que estaba haciendo. Antes de que la puerta se abriese, había visto el cartel con letras mayúsculas que identificaba la dependencia como FARMACIA Y SUMINISTROS GENERALES. Una vez dentro, se dio la vuelta y cerró la puerta. Al volverse otra vez hacia la habitación refrigerada a muy baja temperatura, vio que estaba llena del suelo al techo de estanterías abarrotadas de toda clase de medicamentos y artículos relacionados. Se sorprendió cuando vio que Lynn había desaparecido.

Corrió por el pasillo central, buscándola en cada pasillo lateral. El comportamiento de su amiga lo había desconcertado. La encontró al fondo del todo, con las manos en las rodillas, delante de una rejilla metálica relativamente grande de unos sesenta centímetros de alto y un metro de ancho, situada justo encima del rodapié y pintada del mismo color que la pared. Había sacado el destornillador y estaba desenroscando desesperadamente los tornillos metálicos que la sujetaban.

—¿Qué coño estás haciendo? —preguntó Michael—. Van a llegar dentro de nada, y el partido habrá acabado.

—Y ya no estaremos aquí —aseguró ella.

—¿Estás insinuando...?

—Eso es exactamente lo que estoy insinuando. —Sacó el último tornillo e intentó extraer la rejilla. La pieza no cedía por la pintura reseca que la sujetaba—. Esta mañana, cuando estuve en la comisión de urbanismo, me enteré de que el Instituto Shapiro comparte infraestructura con el hospital, incluido el sistema de climatización. Este conducto de retorno nos llevará al hospital.

—No pienso meterme ahí, ni hablar.

—No tenemos muchas alternativas —comentó la joven. Utilizaba frenéticamente el destornillador para recorrer el contorno de la rejilla. Un momento después, consiguió soltarla de la pared—. Por fin.

Apoyó la rejilla contra la pared, a un lado de la abertura, y dejó el destornillador.

—¿Cómo sabes que no nos perderemos? —preguntó Michael.

—Fácil. Seguiremos la corriente de aire. Lo bueno de estos conductos es que tienen que agrandarse, no encogerse.

—¿Por qué has escogido esta sala de todas por las que hemos pasado?

—Sabía que mantendrían la farmacia más fresca que las demás salas, lo que significa conductos más grandes. Además, estamos de suerte. No veo ninguna cámara de seguridad aquí dentro.

El joven miró al techo con creciente pánico. Ella estaba en lo cierto. No había cámaras. A continuación se agachó y miró el interior del conducto. Comparado con ese tubo oscuro y estrecho, lidiar con la cinta transportadora había sido coser y cantar. Además, no estaba seguro de que su cuerpo cupiera ahí dentro.

—Tenemos que hacerlo, hermano —insistió—. Puede que nos lleve un rato, y espero que no seas claustrofóbico. ¿Quieres ir primero o segundo? El que vaya el segundo tiene que intentar volver a colocar la rejilla.

—Tú, primero —aseguró Michael.

—De acuerdo.

Se armó de valor.

A pesar de lo que le había dicho a su amigo, tenía serias dudas sobre lo que se disponían a hacer. Al mismo tiempo, era intentarlo o rendirse, y con el importante descubrimiento que habían hecho, no ardía en deseos de que ninguno de los dos cayera en manos de Productos Farmacéuticos Sidereal o Asistencia Médica Middleton.

Respiró hondo, alargó las manos por delante de ella e, impulsándose con los pies, se metió de cabeza por el conducto. Reptó como una serpiente hasta que descubrió que moverse sobre la superficie metálica era más fácil de lo que había imaginado. Se había internado unos dos metros en la oscuridad cada vez mayor cuando oyó que la rejilla metálica golpeaba contra el hueco. Michael no estaba detrás de ella. Sin poder darse la vuelta ni mirar detrás, lo llamó a gritos.

—¿Qué narices estás haciendo?

—Estoy volviendo a colocar la rejilla —le gritó él—. Tú vete a llamar a los marines. Yo me las apañaré. ¿Quién sabe? A lo mejor no me encuentran, al menos no con facilidad.

—¡Michael! —Chilló tan alto que se hizo daño en los oídos—. No es justo. ¡Me has engañado!

—Por un buen motivo —respondió—. Si encontrasen la rejilla suelta, sabrían lo que estamos haciendo. De esta forma al menos tienes una posibilidad, aunque tampoco es que te envidie. ¡Adelante, muchacha!

—Michael —volvió a gritar Lynn, un poco menos fuerte—. ¡No lo hagas! Somos un equipo. Tú mismo lo dijiste.

—Lo siento. El balón ha entrado y el partido ha terminado. ¡Buena suerte!

—¡Por favor, Michael! —gritó, pero él no contestó—. ¿Sigues ahí?

Silencio.

—Mierda —murmuró.

Por un momento, consideró intentar dar marcha atrás y ver si podía arrancar la rejilla de una patada, aunque no creía que pudiera. Respiró hondo y avanzó arrastrándose, cada vez más dentro de la absoluta oscuridad.

Jueves, 9 de abril, 3.24 h

Benton Rhodes apagó su smartphone y lo guardó en el bolsillo. Había estado jugando a Angry Birds para entretenerse, pero se le había agotado la paciencia. Consultó la hora. Habían pasado más de dos horas desde que el equipo de seguridad había ido tras los estudiantes. Aunque habían arrinconado y sedado a uno de ellos después de una persecución relativamente breve, la otra seguía suelta, y eso lo irritaba.

—Se acabó —aseguró.

Retiró la silla y se levantó para estirarse. Él, Fyodor y Misha seguían en el centro de control. Viktor había estado ocupado supervisando al personal del Instituto Shapiro para que volviera a conectarse el equipo automatizado de la planta cuarta a la sexta que se había apagado.

Los rusos se volvieron para mirarlo. Ellos también habían estado matando el tiempo. Todos estaban cansados y tensos.

—Creo que deberíamos seguir adelante con la falsa operación del varón —afirmó Benton—. No hay motivo para que esperemos a dar con la mujer, y el doctor Phillips lleva casi una hora preparado.

—Nos parece bien —aseveró Fyodor.

—¿Cuándo creéis que encontraréis a la mujer? —preguntó el médico.

No pudo evitar que un tono de burla asomase a su voz.

—No deberíamos tardar. Hemos traído a más hombres, y vamos a ser sistemáticos. Empezaremos por la sexta planta e iremos bajando. Sinceramente, nos sorprende que nos haya burlado tanto tiempo. Es evidente que ha encontrado un sitio donde esconderse. No esperábamos que se separasen.

—¿Puede llevarme uno de vosotros a la sala de observación A?

—Por supuesto —contestó Fyodor.

49

Jueves, 9 de abril, 4.35 h

Lynn sentía que se acercaba al final de un viaje arduo, tanto desde el punto de vista físico como psicológico. La primera hora había sido la más dura, ya que el tamaño del conducto seguía siendo pequeño. Había llegado a múltiples cruces y le costó pasar por algunos. En ocasiones tuvo que avanzar de lado e incluso curvarse para dar la vuelta en las esquinas cerradas. Había sido tan difícil progresar en las zonas en las que tenía que superar barreras en apariencia infranqueables, que dudaba seriamente de que pudiera dar marcha atrás.

Utilizó un par de veces la aplicación de linterna de su teléfono, pero por lo demás permaneció en una oscuridad absoluta. Deliberadamente, mantuvo los ojos bien cerrados. Abrirlos aumentaba su claustrofobia y su miedo. Agradecía la brisa continua que corría por el conducto y que le aseguraba que se movía en la dirección correcta, sobre todo en los cruces. La corriente también evitaba que se ahogara en el reducido espacio. Y sobre todo intentaba no pensar en Michael y en lo que su amigo podría estar pasando.

Las dimensiones del conducto aumentaron de forma progresiva según se adentraba a rastras en el sistema. Al final, pudo avanzar considerablemente cuando el conducto le permitió ir a gatas, como habían hecho en el túnel de la cinta transportadora. Cuando se inclinó hacia abajo, se sentó para deslizarse con el trasero, como si estuviera en el tobogán de un parque, pero avanzó muy despacio, presionando con los pies a ambos lados por miedo a chocar contra algo al fondo.

Volvió a avanzar con rapidez cuando el conducto se niveló y pudo levantarse y caminar doblada por la cintura. Deslizaba las manos suavemente a lo largo de las paredes metálicas para orientarse mejor. A medida que progresaba, reparó en que el nivel de ruido y las turbulencias del aire en movimiento aumentaban. Dedujo que procedían de unos ventiladores, que debían de ser grandes y potentes para mover tanto aire a tanta distancia. Se dio cuenta de que se estaba acercando y empezó a temer tropezarse con uno de ellos en la oscuridad.

Esa preocupación le hizo encender la aplicación de la linterna antes de continuar, pero sabía que la batería de su teléfono no duraría demasiado si la usaba durante mucho rato. En lugar de la aplicación, utilizó la luz de la pantalla, que resultó ser más que suficiente. El único problema era que el teléfono se apagaba una y otra vez.

Unos treinta metros más adelante, el conducto se agrandó considerablemente, pero tres metros más allá, el pasaje se encontraba totalmente bloqueado por una gran malla gris oscuro. Por el ruido y las vibraciones, Lynn supo que el ventilador o los ventiladores se encontraban justo al otro lado.

Tenía miedo de quedarse atrapada por el filtro que bloqueaba el conducto, así se acercó a él y alargó la mano para ver si se giraba o se abría de alguna forma. No se movió. Con la batería claramente mermada, volvió a encender la aplicación de la linterna y enfocó con la brillante luz que emitía alrededor del borde del filtro. Reparó en una fina franja de luz exterior a lo largo del borde derecho.

Apagó el teléfono. Así distinguía mejor la línea de luz, que se extendía desde el suelo del conducto hasta el techo, un detalle que le hizo pensar que el filtro se deslizaba hacia dentro desde fuera en ese punto. Volvió a intentar moverlo empujando en esa dirección. Lo consiguió con un poco de esfuerzo. Lo empujó hacia fuera unos centímetros y advirtió un cambio notable en la corriente de aire que se movía a su lado. Encendió otra vez la linterna para poder ver más allá del filtro, pero justo antes de hacerlo, descubrió otra línea vertical de luz menos intensa que entraba a través de la pared del conducto situada a su derecha, a escasa distancia del filtro.

Repentinamente alentada, volvió a encender la luz y enfocó con ella en la dirección de la nueva línea iluminada. Vio un panel de acceso con bisagras y, lo más importante, equipado con una manilla. Guardó el teléfono en el bolsillo y tiró de la manilla. Un instante después, abrió el panel lo bastante como para comprobar que detrás había un espacio iluminado con varias máquinas.

Aunque tenía muchas ganas de salir y escapar de los claustrofóbicos confines del conducto, se obligó a ir despacio y con cuidado. A pesar del ruido y las vibraciones del ventilador, o los ventiladores, que tenían que estar justo detrás del filtro, estuvo atenta por si oía alguna señal de vida en la sala de máquinas. Cuando se dio cuenta de que era imposible saberlo, abrió con cuidado el panel, despacio y sin hacer ruido, para poder tener una vista gradualmente más amplia de la sala del otro lado. A esas alturas de la pesadilla, lo que menos deseaba era tropezarse con alguien y tener que darle explicaciones. Por suerte no vio a nadie, ni siquiera cuando el panel estuvo completamente abierto.

Razonablemente segura de que estaba sola en la sala, nada extraño a las cuatro y media pasadas de la madrugada, salió con dificultad por la abertura y bajó al suelo. No tenía ni idea de dónde estaba, aunque esperaba encontrarse en la zona de máquinas del hospital y no seguir en el Instituto Shapiro.

Comprobó si su móvil tenía cobertura. Ahora que estaba fuera, lo primero en lo que pensó fue en Michael y en lo que le habría ocurrido. Seguía sin cobertura, al menos en el sótano del hospital, donde esperaba encontrarse. Como no podía llamar, buscó una salida en la sala. Estaba a punto de correr hacia ella cuando se dio cuenta de lo sucia que estaba. Al mirarse, vio que el mono del Instituto Shapiro, antes blanco, estaba casi negro en la zona del pecho, la tripa y la parte delantera de las piernas, así como en la cara interior de los brazos. No se había percatado de la cantidad de polvo que había en los conductos del aire acondicionado. Temía que su cara estuviera igual de manchada.

No quería llamar la atención, sobre todo de los guardas de seguridad. Consciente de la evidente connivencia entre Productos Farmacéuticos Sidereal y Asistencia Médica Middleton, no estaba dispuesta a fiarse de las autoridades. A pesar de la hora que era, pensó que tenía muchas posibilidades de tropezarse con alguien en el hospital, por mucho que intentara evitarlo. Aunque la actividad disminuía de noche, el centro nunca dormía del todo. Tenía que hacer algo con su aspecto.

Se quitó el gorro del instituto y la mascarilla, que seguía atada alrededor de su cuello. El gorro estaba manchado, pero no tanto como la ropa. Tiró las prendas a un contenedor de basura y se acercó corriendo a una pila. Se lavó la cara ahuecando las manos y se la secó con toallitas de papel.

La suciedad de los paños de papel le hizo felicitarse por su decisión de lavarse la cara. No había espejo en el que mirarse, de modo que se lavó otra vez. En esta ocasión, las toallitas solo quedaron un poco sucias. Trató de usarlas para limpiarse la ropa, pero fue inútil. Deseó no haber dejado el chubasquero en el conducto en cuanto pudo deshacerse de él.

Buscó frenéticamente otro mono más normal, cualquier cosa que pudiera usar para taparse, pero no había nada. Estaba claro que lo que tenía que hacer era subir al vestuario de mujeres de la sala de cirugía y conseguir un conjunto nuevo de ropa quirúrgica. No creía que supusiera un problema a esas horas de la noche, porque los quirófanos estaban por lo general tranquilos, y los vestuarios todavía más. También sabía que sería un sitio idóneo para usar el teléfono, ya que siempre había buena cobertura. Pero, por encima de todo, quería llamar a Markus Vandermeer. Quería al FBI y la CIA o incluso, como Michael había dicho en broma, a los marines. Desde su punto de vista, ni siquiera podía fiarse del todo de la autoridad local. Asistencia Médica Middleton era una organización poderosa e importante en la política de la zona.

Entreabrió la puerta que creía que daría al pasillo de un sótano, pero se equivocó. Al parecer, el enorme sistema de climatización tenía su propio espacio. La puerta daba a una zona de máquinas todavía más grande, en la que unos empleados del hospital trabajaban de cara a una gran consola llena de toda clase de indicadores. Como en la sala de climatización principal, el ruido ambiental era considerable y la iluminación igual de brillante.

No le costó demasiado localizar la que era sin duda la salida principal, ya que se trataba de dos puertas en lugar de una sola. Como confirmación de sus sospechas, mientras miraba, entró un empleado que le permitió echar un breve pero alentador vistazo a lo que parecía un pasillo de hospital.

Los empleados parecían absortos en sus respectivos trabajos, consultando indicadores y escribiendo en sus cuadernos. Nadie parecía prestar demasiada atención a la salida principal, salvo cuando la utilizaban. Decidió arriesgarse.

Caminó con paso rápido, lo justo como para no llamar la atención, y atravesó el entorno industrial. Se sentía terriblemente expuesta, pero era consciente de que no podía hacer gran cosa al respecto. No tenía ni idea de lo que diría si alguien la detenía. Pero nadie lo hizo. Cruzó la puerta de dos hojas y suspiró aliviada.

Volvió a sacar el teléfono y buscó cobertura mientras corría por el pasillo. Seguía sin haber señal. La batería tenía una energía de menos del cinco por ciento, de modo que lo apagó. Temía tropezarse con alguien en el pasillo principal, así que entró en el primer hueco de escalera que encontró. De ninguna manera iba a utilizar el ascensor.

Subió los escalones de dos en dos y de tres en tres, sin apenas detenerse en los rellanos. Cuando pasó por la primera planta, siguió ascendiendo al mismo ritmo hasta llegar a la segunda. Allí se detuvo un momento para consultar la cobertura del móvil. Por fin había una poca, pero no mucha. Al menos ahora sabía que se estaba acercando a su objetivo, el vestuario de mujeres de la sala de cirugía.

En la segunda planta, la escalera daba a una sección situada enfrente del departamento de patología quirúrgica, no muy lejos del departamento de anestesia en la que habían hablado con Sandra Wykoff. Atravesó a toda prisa la zona y llegó a los ascensores principales, donde redujo el paso. No vio a nadie, aunque oyó la televisión en la sala de cirugía. Se detuvo ante la puerta abierta y echó un vistazo al interior con cautela.

Dos camilleros estaban tomando un café y leyendo el periódico. No había enfermeras. Le pareció el momento perfecto para pasar, y lo hizo a un paso que no llamara la atención. Fue directa al vestuario de mujeres, totalmente desierto, como esperaba.

Lo primero que hizo fue quitarse la ropa del Instituto Shapiro, enrollarla y meterla en el fondo del cubo de la basura, asegurándose de que quedaba completamente tapada. Una vez que se hubo puesto un conjunto quirúrgico normal, sacó el móvil, que ahora tenía buena cobertura. Buscó en sus contactos el número de teléfono de casa de Vandermeer y lo pulsó. Mientras esperaba a que se estableciera la comunicación, consultó la hora. Iban a ser las cinco de la madrugada.

Leanne cogió el teléfono. Después de disculparse por llamar a esas horas, le preguntó si podía hablar con su marido, explicándole que era importante. Cuando Markus se puso al teléfono, Lynn no se anduvo por las ramas. En ese momento su principal preocupación era Michael.

—Productos Farmacéuticos Sidereal no están haciendo pruebas de medicamentos con pacientes sin autorización —anunció deprisa—. Es muchísimo peor. Están utilizando a los pacientes para fabricar medicamentos y provocándoles enfermedades e incluso la muerte.

—¡Está bien, habla más despacio! —le pidió Markus, tratando de asimilar con su mente soñolienta lo que Lynn acababa de decir—. ¿Qué has dicho?

Lo repitió algo más despacio, pero con aún más convicción y vehemencia.

—¿Cómo lo sabes? —preguntó el padre de Carl.

Detectó una súbita seriedad en su voz.

—Michael Pender y yo nos hemos colado en el Instituto Shapiro esta noche —admitió—. Ya sabe que funciona un poco como Fort Knox.

—Por supuesto —afirmó—. Es por el bien de los pacientes, para protegerlos de distintas enfermedades.

—Eso podría ser verdad hasta cierto punto. Pero por lo que hemos descubierto, creemos que es más una tapadera para ocultar lo que realmente están haciendo, que es poner en riesgo la vida de los pacientes para producir anticuerpos monoclonales. Y no solo con los pacientes del Instituto Shapiro. Lo están haciendo con muchos pacientes ambulatorios hospitalizados en los centros de Asistencia Médica Middleton. Es una conspiración gigantesca entre Sidereal y Middleton. Estamos todo lo seguros que podemos estar. Y hay más. Esta es la peor parte, sobre todo para usted y su mujer y para mí personalmente. El estado de Carl fue provocado intencionadamente de manera que pudiera ser trasladado al Instituto Shapiro para producir un medicamento concreto. ¡No fue un accidente! Fue una forma de reclutarlo.

Se hizo el silencio por un momento. Lynn pensó que tal vez la línea se había cortado.

—¿Sigue ahí, Markus? —preguntó.

—Estoy aquí. Estoy intentando asimilarlo todo. Es sobrecogedor.

—Sé que es horrible —reconoció—. Y tiene que haber mucha gente importante implicada. Si no, algo así no podría ocurrir. Creo que están ganando miles de millones.

—¿Seguís en el instituto tú y Michael?

—Yo, no. Nos han descubierto y nos han perseguido. Yo he

escapado por el sistema de climatización. Michael ha borrado mis huellas y sigue allí dentro. Debo suponer que lo han atrapado y que siguen buscándome. ¡Hay que hacer algo, y enseguida! Podrían matarle.

—Está bien. Voy a llamar de inmediato a las autoridades federales, al FBI en concreto. ¿Dónde estás ahora? ¿Estás a salvo?

—Estoy en la sala de cirugía del hospital principal.

—¿Has hablado con alguien más?

—Con nadie. No sé en quién confiar.

—¡Muy inteligente! Tal vez deberías marcharte. Escapa de ahí.

—Todavía tengo el coche de Carl.

—Cógelo y lárgate. ¡Ven aquí!

—De acuerdo —dijo—. Pero ¿y Michael? ¿Qué va a pasarle?

—Lo dejaremos en manos de las autoridades. Tal vez puedan reunir enseguida a un equipo de operaciones especiales. De momento, preferiría mantener a la policía local al margen, por si acaso.

—Estoy de acuerdo.

—Muy bien, ven hacia aquí. Cuando llegues tendré más información.

Jueves, 9 de abril, 5.11 h

Guardó el teléfono en el bolsillo, respiró hondo y se miró al espejo situado encima del lavabo. Se alegró de no haberse cruzado con nadie desde que salió del conducto del aire acondicionado. A pesar de que se había lavado la cara, vio que todavía la tenía llena de manchas que le daban cierto aspecto de mapache. Era consciente de que tarde o temprano se tropezaría con alguien y que debía tener un aspecto presentable. Con un poco más de esfuerzo y una pizca de jabón, consiguió mejorar notablemente su apariencia. Incluso se alisó el pelo usando los dedos como peine. Desistió al comprender que no lograría mejorar mucho más.

Su plan consistía en intentar evitar a todo el mundo en la medida de lo posible. Si la abordaban o le preguntaban, se mostraría simpática, pero reservada. El sitio que más le preocupaba era el garaje, vigilado por guardas de seguridad desde la reciente agresión que había sufrido una enfermera a altas horas de la madrugada. Quería evitar a todos los empleados de seguridad.

Al salir del vestuario de mujeres, se fijó en que había aparecido una enfermera que estaba sirviéndose café. Lynn se dirigió a la salida del pasillo principal; se sentía como un gato con las orejas hacia atrás. Evitó incluso mirar a la enfermera, y esperó que no se fijara en ella. Apartó la vista a un lado y, gracias a ese gesto, vislumbró por casualidad el monitor de la pared, que indicaba que había una intervención de neurocirugía en marcha en el Q12. El cirujano era Norman Phillips. Eso explicaba la poca gente que había en la sala de cirugía.

Miró de nuevo y se detuvo en seco. Parpadeó con la esperanza de que le engañase la vista. ¡El nombre del paciente era Michael Pender! El diagnóstico era hematoma subdural y el procedimiento previsto, una craneotomía.

Dejó escapar un breve grito involuntario, como el sonido que emitiría un animal torturado. Miró frenéticamente qué hora era. ¡La operación había empezado solo unos minutos antes, a las cuatro y cincuenta y ocho!

—¡No! —gritó lo bastante alto como para sorprender a las tres personas que había en la sala de cirugía.

Se dio la vuelta, con los ojos desorbitados.

—¡No! ¡No! ¡Otra vez, no! —chilló, sin dirigirse a nadie en concreto.

Las personas de la sala la miraron fijamente, pero no se movieron. Estaban paralizados, observándola con la boca abierta y sin pestañear, temiendo que fuera una desequilibrada mental.

Un segundo más tarde, Lynn había salido de la sala y se precipitaba hacia las puertas de vaivén de los quirófanos. Sacó el teléfono mientras corría. Cruzó y se detuvo un momento para buscar la última llamada que había hecho. Volvió a marcar rápidamente el mismo número y se acercó el teléfono al oído mientras reanudaba su carrera. A sus espaldas escuchó a una enfermera de la sala de cirugía que le ordenaba a gritos que se detuviera, advirtiéndole que no podía entrar en el quirófano. La enfermera también cruzó las puertas de vaivén y la perseguía.

La estudiante se detuvo delante del Q12 y se tranquilizó al oír la voz de Markus. Le explicó entrecortadamente que Michael estaba en el quirófano.

—Hay que impedirlo. ¡Es intolerable! —gritó Lynn—. No se despertará. ¡Lo sé! ¡Le pasará lo mismo que a Carl!

La enfermera que la había perseguido se acercó a ella corriendo.

—¿Qué demonios estás haciendo? —preguntó con voz estridente.

Lynn no le hizo caso, concentrándose en la conversación con Markus.

—¡Tiene que enviar a alguien ya! ¡La policía, el FBI, quien sea! ¡Por favor! ¡Está en el quirófano doce! ¡Tiene que impedirlo!

—¡¿Hola?! —gritó la enfermera, alargando la palabra a modo de pregunta mientras intentaba arrebatarle el teléfono de las manos—. ¡No puedes estar aquí!

Colgó y apartó bruscamente el teléfono de las manos de la enfermera, que la miraba como si estuviera loca.

—No demos problemas.

La mujer intentó hablar lo más tranquilamente posible.

Alargó la mano para agarrar el brazo de la joven y sacarla del quirófano.

Apartó la mano de la enfermera con un golpe tan contundente como un puñetazo de kárate. Dio media vuelta y entró en el quirófano. Dentro había cinco personas: el paciente anestesiado, un cirujano con bata y guantes, una enfermera de quirófano ataviada de la misma manera, el anestesiólogo y una enfermera instrumentista. Al principio nadie la miró y todos siguieron charlando. Benton, que hacía las veces de anestesista, y Norman, el neurocirujano, hablaban de golf mientras el segundo operaba. Por su parte, las dos enfermeras debatían el horario de operaciones. Hasta que su perseguidora no apareció detrás de ella y le ordenó en voz alta que saliera del quirófano, la actividad y las conversaciones de la sala no se interrumpieron, pero a partir de ese momento, la atención de todos los presentes se centró en la súbita presencia de Lynn.

La joven estudiante hizo caso omiso a la enfermera, como había hecho en el pasillo. Toda esperanza en que el paciente fuese otro Michael Pender se esfumó cuando lo vio. Definitivamente, era su mejor amigo. Estaba totalmente segura, aunque tenía parte de la cara y del cuerpo tapados con paños quirúrgicos. Michael estaba sentado, con un tubo endotraqueal y los ojos cerrados con cinta adhesiva. La bolsa de respiración de la máquina de anestesia se dilataba y se contraía con su respiración. El monitor cardiaco emitía un pitido constante. El cirujano ya había retirado un colgajo de cuero cabelludo y estaba preparándose para trepanarle el cráneo con un taladro.

Sin vacilar un segundo, Lynn se acercó a la máquina de anestesia y se inclinó para ver el lateral. Quería comprobar el número. Como se temía, era la máquina 37. Se enderezó. La enfermera que había entrado corriendo detrás de ella volvió a ordenarle en voz alta que saliera del quirófano, avisando a todos los presentes de que la joven estaba aparentemente desquiciada.

No le hizo caso, a pesar de que la mujer intentaba agarrarla de nuevo por el brazo; se volvió hacia la enfermera quirúrgica y exclamó:

—¡Tiene que conseguir otra máquina inmediatamente! ¡Esta da problemas! La gente no se despierta.

—¡Por favor! —rogó la primera enfermera—. ¡Tienes que marcharte!

Benton se recuperó de la impresión y, después de buscar en la superficie de la máquina de anestesia, sacó una jeringa llena. Sin previo aviso, se precipitó sobre Lynn como un elefante en una cacharrería y provocó que otra jeringa parecida que había sobre la máquina cayese al suelo. La enfermera que había entrado detrás de Lynn soltó el brazo de la estudiante y retrocedió asustada.

Gracias a sus dotes atléticas naturales, perfeccionadas durante años jugando al lacrosse, esquivó fácilmente a Benton, se agachó con habilidad por debajo de su brazo y corrió alrededor de la mesa de operaciones con la intención de interponerla entre ella y el anestesiólogo enfurecido. Cuando el médico iba en una dirección, ella tomaba la otra. Mientras trataban de conseguir posiciones, Lynn instó otra vez a la enfermera a que cambiase de máquina de anestesia.

—Si lo hace, me iré —gritó—. Si no, me quedaré aquí hasta que lo haga.

Su voz resonó en las paredes azulejadas.

La enfermera quirúrgica no sabía qué hacer y miró a Benton en busca de orientación.

—Voy a llamar a seguridad —anunció la primera mujer.

Sin esperar una respuesta, desapareció por la puerta y salió al pasillo de los quirófanos.

El doctor Norman Phillips se recuperó de la momentánea parálisis que le había causado el inesperado espectáculo. Le pasó a la enfermera el craneótomo que había estado a punto de utilizar y salió de detrás de Michael. Estaba claro que no le importaba contaminar sus guantes y su bata, ya que alargó los brazos y las manos por delante y amenazó con cerrar el paso a Lynn para que no pudiera seguir dando vueltas alrededor de la mesa de operaciones.

La joven aceptó en el acto la oferta de participar en el enfrentamiento que hizo el neurocirujano. Quería causar el mayor número posible de problemas, y si el cirujano contaminaba los instrumentos esterilizados, tendría que empezar otra vez y perdería una cantidad considerable de tiempo. Esperaba aumentar el retraso al máximo para evitar que a Michael le pasara algo hasta que llegase la ayuda, en forma de Markus Vandermeer. El problema era que no tenía ni idea de cuánto tiempo podría tratarse. Lo que no podía permitir era que Benton y Norman la atrapasen al mismo tiempo. Se podía imaginar lo que contenía la jeringa.

Imaginó que se encontraba en un campo de lacrosse y que el partido era masculino y no femenino. Bloqueó con el cuerpo a Norman a toda velocidad, le golpeó con el hombro y lo empujó hacia arriba. Había visto a Carl hacerlo en unos antiguos vídeos que tenía de su época universitaria. La jugada funcionó a la perfección: pilló al neurocirujano totalmente desprevenido y lo derribó al suelo. Estaba contaminando el entorno quirúrgico todo lo humanamente posible.

Benton, que se acercó corriendo por detrás de ella, observó su impresionante exhibición y se deslizó hasta detenerse. Lynn aprovechó la oportunidad para darle un fuerte golpe con el borde de la mano en el antebrazo estirado con el que sostenía la jeringa, que salió volando de su mano, cayó al suelo y rodó hasta detenerse debajo de la mesa de operaciones, donde no podía hacerle daño.

Saltó por encima de Benton y volvió corriendo al otro lado de la sala; el médico se esforzaba por recobrar el aliento. Estaba preparada para el siguiente ataque. Benton regresó a la máquina de anestesia, abrió un cajoncito y sacó con dificultad una nueva jeringa llena de una dosis masiva de midazolam. Norman se levantó del suelo y comprobó que no tenía ningún hueso roto.

—¡Otra máquina de anestesia! —gritó una vez más a la enfermera o a cualquiera que la escuchase—. Es lo único que pido. Me iré cuando la consiga y esté en marcha.

No sabía si la operación planificada era necesaria o no, aunque estaba casi segura de que no, pero la intervención en sí no era su principal preocupación, sino la máquina de anestesia número 37.

—¿Doctor Rhodes? —inquirió la enfermera de quirófano—. ¿Qué debo hacer?

—Nada —contestó Benton con desprecio.

Cogió la jeringa llena y echó a un lado el vial. De nuevo preparado, miró a Norman, quien ya se había recuperado del todo. Los dos asintieron con la cabeza y centraron toda su atención en la joven. Rodearon la mesa de operaciones siguiendo direcciones opuestas con la intención de atraparla.

Había tenido éxito al utilizar el bloqueo de cuerpo con Norman, pero no estaba segura de querer enfrentarse a los dos hombres a la vez. Lanzó un rápido ataque contra Benton, similar al utilizado con su colega. Aceleró todo lo que pudo y arremetió contra él. Y de nuevo, justo antes del impacto, se agachó ligeramente de manera que al golpearle pudiera embestir hacia arriba con la punta del hombro. En el último segundo antes del contacto, Benton, que había presenciado el efecto del impacto sobre Norman, se echó atrás en actitud defensiva. La treta consiguió amortiguar considerablemente la colisión, pero también hizo que los dos perdieran pie con el impulso de la joven.

Lynn cayó justo encima de Benton. Pudo oír cómo los pulmones del hombre se quedaban sin aire. Luchó con desesperación por recobrar el aliento, más incluso de lo que lo había hecho Norman. La chica se levantó con dificultad y se percató de que había conseguido clavarle la jeringa, fuese su intención o no, cuando chocaron de frente. Hundida casi por completo, la jeringa todavía le sobresalía del antebrazo.

No tenía tiempo para preocuparse por cuánto contenido podía haberle inyectado o si sería suficiente para ponerla en peligro. Tenía un problema más acuciante. Norman había rodeado la mesa de operaciones y se abalanzaba sobre ella, imitando sus movimientos de lacrosse. Con lo cerca que estaba en ese momento, Lynn no tenía ninguna posibilidad de atacar. Como había hecho cientos de veces durante los partidos, se apartó en el último momento como un torero, y consiguió esquivarlo. Aun así, Norman logró agarrar la parte superior de su traje quirúrgico al pasar corriendo y evitar así caerse.

Echó mano de todas las fuerzas de las que pudo hacer acopio para tratar de soltarse de las garras del médico, pero él la sujetó y logró agarrarle la muñeca izquierda. Lynn levantó la mano libre, cogió la mascarilla del médico y le dio un tremendo tirón que arrastró de golpe hacia delante la cabeza del hombre antes de que la goma elástica se rompiese. Sin embargo, él no soltó la ropa ni la muñeca de la joven, que forcejeaba como loca para escapar; hiciera lo que hiciese, Norman no la soltaba.

Benton, que había recobrado el aliento, acudió en ayuda de su colega. Recibió unos cuantos bofetones fuertes antes de poder atrapar el brazo todavía libre de Lynn, que atacó entonces con los pies y las piernas.

Forcejeó todo lo que pudo y les propinó como mínimo una patada en las piernas a cada uno. Apuntaba más alto, pero no fue capaz de acertar.

Cuando los hombres consideraron que tenían a la desenfrenada mujer mínimamente controlada, o al menos cansada, se dirigieron a la puerta del quirófano con la intención de sacarla al pasillo. Pero era más fácil la teoría que la práctica. Lynn se empeñó en complicarlo al máximo, apoyando uno u otro pie en la jamba cada vez que intentaban salir e impulsándose hacia atrás con todas sus fuerzas. Practicar kickboxing le había proporcionado unas piernas fuertes.

—¿Puedes sujetarla mientras voy a por más Versed? —chilló Benton.

—Para ser sincero, no lo sé —contestó Norman con voz ronca—. Menuda zorra, ¿Quién demonios es?

—Te lo contaré luego.

—¡Yo te contaré quién soy! Soy una estudiante de medicina de cuarto. El paciente es mi amigo. ¡Quiero otra máquina de anestesia!

Sin previo aviso, Benton cerró el puño y la golpeó en la cara, haciéndole sangrar la nariz magullada. El golpe sorprendió a Norman, que por un instante le apretó el brazo con menos fuerza. Ella aprovechó la ocasión y consiguió liberarse el brazo derecho. Imitando a Benton, cerró el puño y le asestó un golpe sorprendentemente parecido al suyo que le provocó una hemorragia en la nariz, como él le había hecho.

En ese momento, justo enfrente de las tres personas que luchaban, la puerta del pasillo se abrió de golpe. Era la primera enfermera. Entró corriendo. Detrás de ella, ataviados con trajes quirúrgicos colocados como batas por encima de sus uniformes de seguridad, se acercaban los mismos cinco hombres que les persiguieron en el Instituto Shapiro. No reconoció sus caras, solo sus uniformes, porque eran ligeramente distintos de los que llevaban los guardas de seguridad del hospital.

—¡No! —gritó—. No quiero ir con ellos.

—Deberías haberlo pensado antes de entrar aquí —respondió la enfermera triunfalmente.

Se apartó para que los corpulentos hombres pudieran entrar

y agarrarla. Ella siguió forcejeando, pero fue inútil. En un instante la habían sacado al pasillo.

—¡Subidla a una camilla! —gritó Benton a los guardas de seguridad—. Saldré enseguida con una medicina. —Cruzó una mirada de incredulidad e indignación con Norman—. ¡Tienes razón! ¡Menuda zorra de mierda! —masculló mientras regresaba rápido a la máquina de anestesia.

Quería coger otra jeringa y otro vial de midazolam.

—Esta será recordada como mi craneotomía más peculiar —se quejó el cirujano mientras empezaba a quitarse la bata quirúrgica y los guantes contaminados. Miró otra vez a Michael, quien había permanecido inconsciente en medio de la refriega—. ¿Ha seguido bien durante todo el proceso?

—Está bien —le aseguró Benton haciendo un gesto con la mano—. Este tío tiene una salud de hierro.

El doctor preparó el fármaco y se pasó a propósito un poco con la dosis. No quería más escenas. Mientras Norman iba a lavarse a conciencia otra vez, Benton salió al pasillo, donde esperaba la camilla. Lynn estaba inmovilizada encima, sujeta por los cinco guardas al mismo tiempo. Convencido de que estaba convenientemente dominada, decidió inyectarle la jeringa, cuya dosis estaba seguro de que la mantendría en el país de los sueños durante horas.

—Me niego a que me administren cualquier medicina —gritó, tratando de mostrarse autoritaria.

—Como si me importase —replicó Benton con sorna.

—¿Esta es la mujer que estábamos buscando en el Instituto Shapiro? —preguntó uno de los guardas de seguridad.

Tenía un ligero pero claro acento ruso.

—La misma. —El médico hizo un torniquete alrededor de la parte superior del brazo de la chica y limpió con algodón el pliegue del codo—. Ahora entiendes por qué habría sido mucho mejor que la hubieras cogido cuando debías.

Por la fuerza de la costumbre, antes de poner la inyección y con el objetivo de eliminar el aire, Benton levantó la jeringa delante de su cara, con la aguja apuntando al techo. Mientras lo hacía, vio que la puerta de dos hojas del fondo del pasillo se abría de golpe y una fila de gente entraba en tropel en la zona de quirófanos. Apartó la jeringa de su línea de visión y enfocó la vista. Se quedó perplejo. Había muchas personas, muchas más de las que deberían entrar en los quirófanos a esas horas de la mañana.

Paralizado y muy confuso, Benton observó como la larga fila de gente se acercaba corriendo. Advirtió que eran en su mayoría hombres, un detalle también desconcertante porque la mayoría del personal de quirófanos eran mujeres. Y más raro aún, al igual que los guardas de seguridad que se encontraban a su lado sujetando a Lynn sobre la camilla, los recién llegados llevaban batas de hospital puestas hacia atrás, con la apertura por delante y no en la espalda.

A medida que el nuevo grupo se aproximaba, la confusión del doctor empezó a transformarse en miedo. A cada paso que daban corriendo, vislumbraba sus uniformes, similares a los de los guardas de seguridad, pero con una diferencia. Reparó en que no eran marrones, como los trajes del personal de seguridad del hospital, sino grises como los de la Policía de Tráfico de Carolina del Sur. Y lo que era peor, la mayoría de ellos llevaban un revólver en la mano.

Epílogo

Viernes, 22 de mayo, 11.20 h

Lynn Peirce intentaba ver el lado bueno de aquel momento agridulce. Había amanecido un día precioso, aunque una semana antes pronosticaran posibles chubascos. La lluvia habría sido una decepción, porque habría obligado a la facultad de Medicina de la Universidad Mason-Dixon a celebrar la ceremonia de graduación en el interior y no bajo el espléndido sol del florido jardín interior del centro médico. Después de cuatro años de estudio, perseverancia y trabajo duro, sobre todo a la luz de las espantosas tribulaciones del último mes y medio, le parecía adecuado estar en el exterior, a la vista del hospital, el edificio científico principal, el edificio de la clínica y el Instituto Shapiro para recordar que todas esas instituciones habían vuelto a cumplir la labor médica altruista, para la que habían sido concebidas en un principio.

La investigación acerca de las insospechadas actividades ilícitas de Asistencia Médica Middleton y su cómplice, Productos Farmacéuticos Sidereal, seguía en marcha, y las acusaciones resultantes proseguían, así como las demandas por negligencia, que obligaron a Asistencia Médica Middleton a declararse en bancarrota. Como tal, el escandaloso asunto seguía dominando las páginas del periódico *Post and Courier* de Charleston y siendo la comidilla de la ciudad.

El papel de Lynn y Michael en el descubrimiento de la sorprendente conspiración había terminado filtrándose. Desde la funesta mañana en que había conseguido impedir la falsa operación del estudiante, los periodistas habían estado intentando entrevistarla, asegurando que era una heroína.

Pero ella no se consideraba una heroína. No podía ante las terribles pérdidas personales que había sufrido y de las que se consideraba responsable. En todo caso, se reprendía a sí misma por no haber averiguado antes lo que estaba pasando. Ahora, en retrospectiva, deseaba más que nada no haberse involucrado en la operación de Carl, aunque si no lo hubiera hecho, la conspiración seguiría en marcha. También le hubiera gustado haber sido más fuerte y no haber implicado a Michael, sobre todo teniendo en cuenta lo que le había pasado por su culpa. Al mirar atrás, querría no haber acudido a él movida por una especie de reflejo pavloviano un instante después de ver a Carl en estado comatoso en la UCI de neurología.

En ese momento exacto, las 11.20 de la mañana del 22 de mayo, se encontraba al pie de los tres escalones que subían al estrado temporal montado al fondo del césped del patio interior. Habían instalado un podio y tres sillas, una de las cuales estaba actualmente ocupada por el orador de la ceremonia. De pie detrás del podio, al micrófono, se hallaba la decana estudiantil, que leía los nombres de los graduados, ordenados alfabéticamente para la ceremonia. Cada vez que recitaba un nombre, el estudiante subía los escalones y recibía el diploma de manos de la decana de la facultad. Para acelerar el proceso, los cinco estudiantes que iban a ser llamados después esperaban en los escalones de manera que estuvieran disponibles en el acto. Lynn era la siguiente. Harold Parker, el compañero de clase que la precedía alfabéticamente, estaba recibiendo ya su título.

Se volvió para mirar al público. Habían colocado cientos de sillas plegables en filas delante del estrado. Todas estaban ocupadas, incluso había gente de pie al fondo del todo. Desde donde se encontraba podía ver a su madre, sus dos hermanas y sus cuatro abuelos en la hilera situada inmediatamente detrás de las dos primeras, reservadas a los graduados. Su hermana la saludó con la mano cuando la descubrió mirando hacia ella. Lynn le devolvió el saludo con timidez. Se alegraba de que todos hubieran viajado a Charleston para celebrar su logro, pero sabía que después de la ceremonia se sentiría agobiada, porque tanta fanfarria estaba aumentando su sensación de vacío personal. Después de todo lo que había pasado en los últimos días, no tenía ganas de celebrar nada.

—Señorita Lynn Peirce —anunció la decana estudiantil—. Mejor expediente académico de su promoción.

Subió obedientemente los escalones y se acercó a la decana de la facultad. Hubo algunos aplausos e incluso unos cuantos silbidos, aunque habían pedido al público que no aplaudiera hasta que todos los estudiantes hubieran recibido sus diplomas.

—¡Señorita Peirce! —dijo severamente la decana English, lo bastante apartada del micrófono para que nadie más pudiera oírla. A continuación su rostro se iluminó—. ¡Enhorabuena!

Le entregó el diploma, pero no lo soltó, un gesto que le recordó a Siri Erikson, acusada de desempeñar un papel clave en la conspiración. Se había descubierto que ella había perfeccionado el método para crear hibridomas humanos empleándose a sí misma como sujeto de prueba y luego aplicando la técnica en docenas y docenas de pacientes del Centro Médico Mason-Dixon y toda la población del Instituto Shapiro.

—Hay un refrán —continuó la decana— que dice que la curiosidad mató al gato, aunque personalmente nunca he estado de acuerdo. Tú has conseguido justificar mi puesto ridiculizándolo por completo. Yo misma, la facultad, el hospital y la profesión médica te damos las gracias por lo que tu curiosidad ha descubierto.

—De nada —respondió, perpleja.

No esperaba que la decana le dijera nada aparte de «Enhorabuena», como había hecho con los demás estudiantes.

La doctora siguió sujetando el diploma de Lynn, lo que la sorprendió aún más.

—He llamado a unos colegas del norte en tu nombre —prosiguió—. Aunque sería un honor para nosotros contar contigo aquí como residente, me han dicho que preferirías ir a Boston. Si estás interesada, ven a verme, por favor.

A continuación sonrió y soltó el título.

—Gracias.

Salió del estrado al escuchar el nombre del siguiente estudiante por los altavoces.

—Michael Pender. Segundo mejor expediente de la clase, y el otro gemelo.

De nuevo, hubo unos cuantos aplausos y risitas nerviosas, procedentes sobre todo de compañeros de graduación en respuesta a la broma de que eran gemelos, ya que era difícil que hubiera dos personas más distintas.

Bajó los escalones al otro lado del estrado y se dio la vuelta para ver cómo Michael se acercaba a la decana. Se le veía enorme con la toga de graduación y las trenzas que no le habían afeitado en la tentativa de craneotomía sobresaliendo por debajo del birrete.

Se sentía conmocionada. No podía creerse lo que la decana acababa de decirle. ¿Sería verdad que tenía la posibilidad de ir a Boston a hacer la residencia, y si había una plaza, irse de Charleston? Cuando se descubrió toda la trama, Carl fue sacado del Instituto Shapiro, pero como su estado no había experimentado cambios y el centro estaba indicado para los pacientes en estado vegetativo, sus padres estaban considerando la posibilidad de trasladarlo allí otra vez. Si eso ocurría, a Lynn le limitarían las visitas.

La joven no pudo evitar sonreír al ver a Michael con la decana. Ella sostenía el diploma de Michael y hablaba con él más allá del «enhorabuena» de rigor, como había hecho con ella, dándole sin duda las gracias por su papel en la revelación. Pero mientras Lynn observaba, vio que Michael desviaba rápidamente la vista en dirección a ella, y sospechó que estuvieran hablando de ella y, posiblemente, de Boston. En lugar de volver a su asiento, como le habían indicado, esperó a su amigo. Cuando se acercó con el diploma en la mano, vio que tenía la culpabilidad dibujada en la cara. Lo conocía a la perfección.

—¿Le has dicho que quiero ir a Boston? —preguntó.

—¿Quién? ¿Yo? —Michael se hizo el inocente—. A ver, ¿por qué iba a decirle algo así?

—No lo sé. Por eso te lo pregunto.

—A lo mejor porque sería lo más saludable para ti —respondió su amigo. Indicó con la mano que volvieran a sus asientos. Comenzaron a andar, con Lynn a la cabeza—. Y a lo mejor también para mí.

Se detuvo, se dio la vuelta y obsequió a Michael con un abrazo rápido y un ligero beso en la mejilla, pese a estar bien a la vista de todos. Nunca había sido efusiva en público. El gesto despertó más aplausos y silbidos de sus compañeros. Para entonces, todos los alumnos de su clase conocían el papel que habían desempeñado en el descubrimiento de la conspiración inmoral y criminal que había envuelto al centro médico. Puede que ellos no se considerasen unos héroes, pero casi todo el mundo los veía como tales.

—¿Son esos? —susurró Leonid en ruso mientras Lynn y Michael se sentaban.

—Sí —gruñó Darko.

Los dos estaban de pie al fondo del jardín. Se habían vestido de manera elegante pero informal, con camisas blancas, chaquetas de cuero y vaqueros. Ninguno había sido arrestado en la operación de amplio alcance iniciada por el FBI durante la investigación y el desmantelamiento de la conspiración de Middleton-Sidereal. Como sicarios que eran, trabajaban de forma extraoficial, y ninguno de los cómplices de la conspiración quería arriesgarse a implicarlos, por miedo a su reputación y a las represalias.

—¿Por qué no nos los cargamos y nos olvidamos? —preguntó Leonid.

Para ellos, los dos estudiantes no eran en absoluto unos héroes. Más bien lo contrario.

—Me encantaría, pero tenemos que esperar a recibir noticias de Sergei —explicó Darko—. ¡Larguémonos! ¡Ya he visto bastante!

Se dirigieron al garaje. Darko había querido verlos una vez más para asegurarse de que tenía sus caras grabadas en la memoria después de su breve, violento y por desgracia inconcluso encuentro con ellos.

—¿Por qué no hemos tenido noticias de Sergei? —quiso saber Leonid al subir al coche—. Ha pasado más de un mes.

—Tiene muchas cosas en la cabeza —contestó su compañero—. Sobre todo después de que la Interpol les obligase a él y a Boris a marcharse de Ginebra y volver a Moscú. Tendremos noticias de él. Estoy seguro de que querrá que hagamos algo. Esos dos estudiantes han provocado muchos daños y han hecho perder mucho tiempo. Por su culpa, Sidereal se ha visto obligada a interrumpir temporalmente la producción de medicamentos biológicos hasta que encuentren una nueva cadena de hospitales que se asocie con ellos. No creo que esté dispuesto a dejar que se vayan de rositas. Ni yo tampoco...